Walter Serner:

Der elfte Finger

Erotische Kriminalgeschichten

Ausgewählt von Axel Matthes

Deutscher
Taschenbuch
Verlag

dtv

Die Geschichten wurden unverändert entnommen aus: ›Der elfte Finger‹, ›Zum blauen Affen‹, ›Der Pfiff um die Ecke‹, ›Die tückische Straße‹.

Ungekürzte Ausgabe
der zweiten, vermehrten Auflage des
Rogner & Bernhard Verlags von 1974
Februar 1977
Deutscher Taschenbuch Verlag GmbH & Co. KG,
München

ISBN 3-920802-82-9
Umschlaggestaltung: Celestino Piatti
Umschlagbild: Didi Petrikat, Amsterdam
Gesamtherstellung: C. H. Beck'sche Buchdruckerei,
Nördlingen
Printed in Germany · ISBN 3-423-01240-4

Inhalt

Das Buch

Walter Serner schrieb diese Geschichten nach dem Ersten Weltkrieg, in einer Zeit, als für viele Menschen die Devise galt: »Wer hat, der hat.« Der skrupellose Schieber, der trickreiche Geschäftemacher im bürgerlichen Gewand, wurde nicht nur verachtet, sondern auch oft beneidet und bewundert; die professionellen kleinen und großen Gauner sahen sich bei ihrem Treiben in Übereinstimmung mit der gängigen Moral. So ist es nur konsequent, daß der Autor seine Geschichten in allen Gesellschaftsschichten spielen läßt. Seine anarchische, amoralische Welt ist – der ›Dreigroschenoper‹ vergleichbar – das Spiegelbild einer Gesellschaft, die ihren eigenen moralischen Verfall mit heuchlerischen Tricks zu überspielen versucht. Mit üblicher Sex- und Krimi-Konsumware haben Serners witzige, spannende und auf hohem Niveau geschriebene Geschichten nichts zu tun, wohl aber mit scharfer Gesellschaftskritik. Es handelt sich »nicht wirklich um Kriminalgeschichten, auch nicht wirklich um erotische Geschichten. Er verwendet lediglich Topoi der erotischen und kriminologischen Literatur, Versatzstücke aus Kolportage- und Kriminalromanen, um die Handlung, die in der Regel gesprächsweise und im bonmothaften Schlagabtausch transportiert wird, zu einem verblüffenden Plot zu bringen. Trotzdem hat Franz Jung recht, wenn er meint, es ließen sich aus Serners Geschichten ganze Serien amerikanischer Kriminalromane herausstehlen; denn in jeder dieser 36 Dreiminutenkrimis steckt in einem einzigen Absatz mehr Spannung und sprachliche Ingeniosität als in 36 Thrillern zusammen, mehr knisternde Erotik als in ganzen pornographischen Bibliotheken.« (Norddeutscher Rundfunk)

Der Autor

Walter Serner, am 15. 3. 1889 in Karlsbad geboren, in Wien zum Dr. jur. promoviert, gehörte zum Kreis der Dadaisten, gab während des Ersten Weltkriegs die Zeitschrift ›Sirius‹ und 1919 mit Otto Flake und Tristan Tzara den ›Zeltweg‹ heraus, die letzte dadaistische Veröffentlichung, und gehörte zu den Mitarbeitern an Franz Pfemferts expressionistischer Zeitschrift ›Aktion‹. Ende der zwanziger Jahre lag sein siebenbändiges Gesamtwerk vor. Seit 1933 ist er verschollen.

Freiheit durch Selbstmord oder Flucht

Die Freiheit durch Selbstmord oder Flucht – immer wieder kommt man auf diesen Punkt der Geschichte zurück. Aber was weiß man von diesen Transportmitteln? Ich habe schöne Seiten über diese Themen gelesen: rote Kissen und Weingläser. Ihr werdet mich nicht davon überzeugen können, daß der Hausbesitzer dumm genug ist, um den Schlüssel in der Tür stecken zu lassen: ein Revolverschuß – so billig wird man nicht frei. Wer sagt uns, daß die zum Leben Verurteilten sich umbringen müssen? Dann würden die Gefängnisse leer stehen.

Wohin führst du mich, Gedanke? sagte der alte Dummkopf. – Zu deiner Nasenspitze, sagte die kleine Gans. Leute gibt es auf der Erde, sie sind wie die Läuse. Wenn ihr aufgehört habt, Kinder zu machen, sagt mir's. Hernach braucht ihr nur noch einmal von vorne anzufangen. Die Unschuld der Neugeborenen, was ist das wieder für eine sonderbare Erfindung: wir sind alle Neugeborene, Unschuldige – das heißt Schuldige. Der gesunde Menschenverstand, die Logik, meine Damen und Herren, was für eine Mördergrube! Man wird bestohlen, wie in einem Wald.

Aber diese kleine Abhandlung fängt an, euch zu langweilen, wie das Leben mich langweilt, und darum wollen wir zusammen versuchen, wie wir aus dieser Falle herauskommen. Wie der Straßenhändler, der euch zuerst Postkarten anbietet und dann mit verhaltener Stimme sagt: Wünschen Sie Photographien, mein Herr? so will ich euch nach diesen ehrbaren Präambeln ein System ins Ohr flüstern, das nicht die Garantie der Regierung besitzt, ein ganz neues, ganz warmes, ganz schönes System mit einem Schild, auf dem zu lesen steht: Macht die Türe nicht zu! kurz ein System, ein System, ein System:

Ein System:

Das System Dd: Nacht, Katarakt, Schrauben der Minuten und der Gedanken, Kugeluhr der Gefühle, verlassenes Gelände mit Oolith-Pflaster (Menscheneier und Straußenschädel), zerbrochener Ring der Vernunft, Uhrkette!

Das System Dd nimmt sich vor:

alle Probleme in kürzerer Zeit zu lösen als man braucht, um sie auszusprechen;

alle Probleme in kürzerer Zeit aufzustellen als man braucht, um sie zu denken;

die Zeit unter der Brause zu verbringen, die Karten zu mischen, der armen Welt den Schädel einzuschlagen;

stehend zu schlafen, die Nacht zu erleuchten, den Tag zu verdunkeln, eure guten Loto-Kugel-Augen rollen zu machen;

um jeden Preis bei den Geschicklichkeits- und Zufallsspielen zu gewinnen oder zu verlieren: beim Kugelspiel, beim Kegelspiel, beim Spiel mit den Messern, beim Roulette, bei den kleinen Pferden, in der Rhetorik, in der Politik, in der Poesie, in der Religion, in der Liebe, beim Bridge und bei den Versteigerungen;

die Sonne herunterzuholen und in den kleinen dicken Bäuchen die Begeisterung auszulöschen;

eure so wesentlich logischen Logiken zu zerschlagen, Kreise im Wasser zu machen und Vierecke in der Luft; weder Vierecke noch Kreise, weder in der Luft noch im Wasser.

Das System Dd nimmt sich vor: dies zu tun, das zu tun, das Gegenteil zu tun, weder dies noch das noch das Gegenteil zu tun, nichts zu tun, alles zu tun und euch ein wenig schweigen und sterben zu machen.

Das System Dd hat zwei Buchstaben, hat zwei Gesichter, hat zwei Rücken, läßt Widersprüche zu, läßt keinen Widerspruch zu, ist ohne Widerspruch der Widerspruch selbst, ist das Leben, der Tod, das Leben, das Leben, das Leben, Mitteilung an die Kunden.

Die Leute, die uns plötzlich im Licht erblicken, sind erschüttert: Ihr rennt dem Tode entgegen; das Leben darf doch nicht alle Tage komisch für euch sein; wie dürft ihr unglücklich sein? Wohin wird euch das alles führen? Es gibt unter diesen Bedingungen keine mögliche Gesellschaft; ihr wollt das Ende der Welt: ihr denkt gar nicht daran; das ist nur eine Redeweise; aber seid ihr etwa Anarchist? O! Mama, Mama, Mama: der Herr ist Anarchist!

Ihr glaubt, euch zu verbergen, indem ihr die Hände vor die Augen legt. Ihr hofft, mit Hilfe einiger Weichlichkeiten alles ganz einfach, ganz glücklich zu machen.

Wackere Leute: wer nicht will, braucht seine Seele dem Teufel nicht zu verkaufen. Wie könnt ihr nur zu den Schauspielen kommen, das Herz voll Bisamratten, voll soviel Eichhörnchen und anderen schrecklichen Nagetieren, voll soviel Krankheiten, Bankerotten, Ehebrüchen, Verrätereien, Katarrhen im Gehirn? Ihr sucht hier das Vergessen für eure Augen, die leer sind wie die von Standbildern. Ich bewirte euch mit dem Schnaps der Täuschung und verspotte euch, weil ihr nichts anderes zu sagen findet als die Langeweile, die Ungeduld, die Entrüstung, die Verachtung und das Lachen, das so falsch ist wie eure Hosenträger. Nicht nur ich bin häßlich, dumm, abgeschmackt, anmaßend, nichtig, nichtig; ihr alle zusammen und ich, wir werden schon ein Paar abgeben. Was für ein hübsches Gespann! Schreit nicht, daß ich mich irre: wenn ich euch betrachte, komme ich immer wieder zu meinen räudigen Hammeln zurück.

Das System Dd macht euch frei: zerbrecht alles, ihr stumpfen Gesichter. Ihr seid die Herren von allem, was ihr zerschlagt; wozu die Achtung vor den zerbrechlichen Dingen? Was zerbrechlich ist, muß zerschlagen werden. Versucht einmal eure Kraft; hernach, wette ich, werdet ihr nicht aufhören. Was ihr nicht zerschlagen könnt, das wird euch zerschlagen, wird euch beherrschen. Zerschlagt die heiligen Ideen, alles, was die Tränen in die Augen treibt, zerschlagt, zerschlagt, ich gebe euch umsonst dieses Opium, das stärker ist als alle Betäubungsmittel: Zerschlagt! Tragt überallhin eure zweifelnden Finger. Der Zweifel ist der schwärzeste und tiefste Brunnen, der sich euch darbietet: in ihn hineinfallen, heißt einen endlosen Fall tun, der euch für alle Ewigkeit das bezaubernde Gefühl des Hinabsteigens in einem Fahrstuhl verschaffen wird.

Zweifel des Zweifels: ihr werdet stets eure blutigen Nägel gegen die kindischsten Ideen richten können. Niemals wird es euch gelingen, an irgend etwas zu zweifeln, noch irgend etwas zu zerschlagen. Ihr seid unbeweglich und glaubt, euch zu bewegen. Schwäche oder Kraft – alles ist nur Geschwätz. Der Wind, der auf dem Schnee der Berge tanzt, macht sich nicht übel lustig über eure kleinen Zimmerexplosionen. Auf einer bestimmten Stufe gibt es keine Schwachsinnigen mehr, gibt es nur noch Schwachsinnige. Es besteht kein Grund, die Welt immerzu nur durch die kleinen Gläser einer Lorgnette zu betrachten.

Das erste D meines Systems war der Zweifel, das zweite D wird der Glaube sein.

Ich glaube an mich, an Dich, an sich, an alle anderen.

Ich glaube an die Wunder, an die Gelegenheiten, an die okkulten Wissenschaften, an die Wissenschaft, an die Seife, an den Edelmut des Herzens, an das soziale Opfer.

Ich glaube an den blauen Himmel, an die grünen Bäume, an die Trikolore, an die rote Fahne, an die kugelrunde Erde, an die junge Jugend, an das alte Alter. Ich glaube. Ich. Ich glaube an den Zweifel, ich zweifle an meinem Glauben. Ich zweifle am Glauben an meinen Zweifel. Was ich glaube, das glaube ich.

Louis Aragon

(Die Übersetzung dieses Textes wurde mit freundlicher Genehmigung des Karl H. Henssel Verlags, Berlin, entnommen aus: Alain Bosquet, ›Surrealismus, Texte und Kritik‹, 1950.)

»Ich halte Sie für einen klugen Kerl«, begann Stornelli.

Thévenaz verneigte sich leichthin, den Mund verächtlich verziehend: »Was wollen Sie von mir?«

»Wertvoller Freund!« Stornelli machte eine übertrieben würdige Handbewegung.

»Freund?«

»Bon. Vorerst das Theoretisch-Unvermeidliche. Darf ich Sie bitten, mir zu sagen, wie Sie über ... « Stornelli schnalzte geringschätzig mit der Zunge, » ... über Freundschaft denken?«

»Freundschaft? Schlechte Kameradschaft! Kameradschaft? Das Übereinkommen, halbpart zu machen, das aber anderen Verträgen gegenüber den besonderen Nachteil hat, nicht eingeklagt werden zu können.«

»Ganz meine Auffassung. Aber man muß wagen. *Alles* ist ja doch gewagt.«

Thévenaz schwieg.

»Sie sind nicht einmal neugierig?« fragte endlich verbissen Stornelli.

»Nicht mehr, seit ich Margot bei Gérard gesehen habe.«

Die beiden Augenpaare begegneten einander kurz und scharf.

Stornellis Gesicht zog sich gegen die Mitte zusammen: »So.« Er rauchte in kleinen Zügen, mit scheinbar ausschließlichem Interesse für diese Beschäftigung. »Ich wußte allerdings nicht, daß sie Margot kennen.«

Atemlose Pause.

»Margot ist also hier.« Thévenaz blies den Rauch triumphierend und sehr geräuschvoll durch die aufeinander gepreßten Lippen. »Was macht sie eigentlich jetzt?«

»Seilakt!« Stornellis Kinn zuckte.

»Jawohl ... – Anseilakt!!«

»Sie sind ein toller Kerl, wahrhaftig.« Stornelli machte eine robuste Handbewegung.

Thévenaz verneigte sich abermals.

»Also hören Sie! Es handelt sich um keine Kleinigkeit.«

Stornelli dämpfte die Stimme. »In meinem Hotel ist ein Amsterdamer Juwelenhändler abgestiegen, der übermorgen nach Madrid weiterfährt. Ich war längst über diesen Fink orientiert. Hatte aber Pech. Am Tage nach seiner Ankunft sprach ich ihn im

Schreibzimmer an, ohne zu bemerken, daß es mein sehnsüchtig erwarteter Kunde ist, obwohl ich sein genaues Signalement besaß. Unverzeihlich! Aber nicht mehr zu reparieren. Wenn er mich nun im Zuge wiederfindet, im selben Coupé, wird er sofort mißtrauisch und wechselt den Waggon. Ich kenne das. Deshalb habe ich an Sie gedacht ... «

Thévenaz' Kopf blieb gesenkt: »Weshalb haben Sie gerade an mich gedacht?«

»Sie sind unverblüffbar und stets auf dem Sprung, zu bluffen.«

»*Alles* ist Bluff.«

»Gewiß! Deshalb nannte ich Sie ja einen tollen Kerl. Nur so ist glattes Arbeiten möglich ... C'est entendu?« Langsam hob Thévenaz den Kopf.

Stornelli saß noch in derselben Stellung: er mußte ihn unausgesetzt betrachtet haben, so – lang gleichsam war sein Blick.

»Wollen Sie mit mir dinieren?« Stornelli eilte, da Thévenaz zögerte, voraus, um ihn zu zwingen, ihm zu folgen, und wartete an der nächsten Straßenecke.

Als Thévenaz neben ihn trat, ging er wortlos weiter.

Nach dem Diner, das eine des Kellners wegen dünne Konversation begleitet hatte, trat Stornelli im Vestibül neben eine sehr elegant gekleidete Dame und kam nach kurzem Gespräch mit ihr auf Thévenaz zu: »Monsieur Fernand Thévenaz – Madame Rapha.«

Nachdem man saß, lächelte Madame Rapha: »Ich glaube, Sie bereits einmal gesehen zu haben. Im Café de l'Opera, wenn ich nicht irre.«

Thévenaz erinnerte sich nicht.

Madame Rapha begann, sich zu pudern und zu röten, ohne aufzuhören, zu lächeln.

Stornelli bestellte Dewars White Label und übernahm, plötzlich sehr jovial und vornehm witzig geworden, die ganze Unterhaltung.

Nach einer Viertelstunde erhob sich Madame Rapha sehr unvermittelt, verabschiedete sich gleichwohl aber überaus herzlich.

Kurz darauf stand Stornelli auf: »Kommen Sie doch noch in mein Zimmer. Ich möchte einiges ungestört mit Ihnen besprechen.«

Auf der Treppe fragte Thévenaz: »Wer ist diese Frau?«

»Margot«, sagte Stornelli ruhig, ohne sich umzuwenden.

Thévenaz biß die Zähne aufeinander und lächelte.

In seinem Zimmer trat Stornelli vor den Schrankspiegel und bürstete seine Haare. Dabei sagte er langsam: »Sie brauchen Geld.«

»Ja.« Thévenaz lauerte angespannt.

»Bon. Darf ich Sie bitten, mich im Nebenzimmer zu erwarten?« Stornelli bürstete immer noch seine Haare.

»Es würde mich interessieren, zu erfahren, wieso Ihnen meine Geldverlegenheit ... «

»Sie hätten andernfalls heute abend meinen Amsterdamer Vorschlag nicht *nicht* abgelehnt.«

Thévenaz grinste, summte die ersten Takte einer Arie aus Butterfly und ging ins Nebenzimmer.

Kaum hatte er die Tür geschlossen, als hinter ihm abgesperrt wurde.

Thévenaz zuckte die Achseln, auf das Allerletzte an Unerwartetem gefaßt, und sah sich kalt und sicher um: er befand sich in einem Schlafzimmer, das nur um weniges eleganter war als das Stornellis.

Thévenaz machte ein paar Schritte, blieb aber sofort wieder stehen, da er schräg hinter sich ein Geräusch gehört zu haben glaubte.

Doch noch bevor er sich hätte umsehen können, umhalsten ihn von hinten her zwei weiße Arme: Madame Rapha.

Thévenaz begriff und spielte, da ihm die Neuartigkeit dieser Situation mehr gefiel als seine Partnerin, mit leidenschaftlicher Verstellung den Routinier.

Madame tat sehr erstaunt und – überwältigt ...

Gegen Morgen fragte Thévenaz: »Ist Margot Ihr wirklicher Name?«

Sie blieb auf dem Rücken liegen, spielte mit den Fingern im Haar und zirpte kokett: »Comme ci comme ça.«

In unbestimmtem Zorn fragte er: »Erhalte ich mein Honorar von Ihnen oder von Monsieur Stornelli?«

»Wie?«

»Nun, das Honorar für diese Nacht.«

Sekundenlang glotzte sie ihn an. Dann sprang sie im Nu aus dem Bett, streckte die Hände mit unsäglich gespreizten Fingern wie zur Abwehr gegen ihn und schrie ganz absonderlich: »Allez, allez de suite!«

Thévenaz fand Stornellis Zimmer leer, riß Mantel und Hut an sich und verließ hastig das Hotel.

Nachmittags, mitten in einem Taumel von Reflexionen, erhielt er einen chargierten Expreßbrief aus Marseille, mit der Schreibmaschine geschrieben:

Monsieur,
ich habe mir gestattet, Ihnen gewissermaßen aus dem Handgelenk zu zeigen, wie ich arbeite. Habe ich Sie für mich gewonnen? Sie haben in diesem Brief eine 500 Franc-Note gefunden. Ich bin, als ich Sie aufforderte, ins Nebenzimmer zu gehen, bereits Ihr Kamerad gewesen. Ihr Kumpan, wenn Sie wollen. Wer Madame Rapha tatsächlich ist, weiß ich nicht; jedenfalls steht so viel fest: eine vornehme Gans, der ich erzählte, Sie wären furchtbar von ihr entzückt, sehr ideal veranlagt, daher schüchtern (wenn auch feurig) und aus guter Familie. Madame, der ich solches mit denselben Folgen bereits einige Male (verschiedentlich variiert) besorgt hatte, war nun ihrerseits so entzückt, daß einer Anleihe von Frs. 1 500.- in keiner Hinsicht mehr Schwierigkeiten entgegenstanden. Das Weitere ist Ihnen bekannt. Ich habe hier eine dicke Angelegenheit in den Fingern. Wollen Sie kommen? Ich wohne im Hotel de France. Herzlich grüßend

Jean Gautier.

p. s. 1. Margot seilakt in Marseille und erwartet Sie ungestüm.
2. Verbrennen Sie diesen Brief.
3. Ich bin Voyeur. Leider mußte ich zu früh zu Bett, um ausgeschlafen zu haben.
4. Sollten Sie keine Narrheiten gemacht haben, so exploitieren Sie Madame rasch noch ein wenig sehr.
5. Der Amsterdamer war selbstverständlich eine Finte.
6. Madame Rapha heißt mit Vorname Mela. Margot riet ich ihr sich Ihretwegen zu heißen. (Sind Sie mir böse?)

Mit dem Marseiller Abendschnellzug verließ Thévenaz Aix-les-Bains.

Deiters Putsch

Piotr Deiter, ein Russe, erwachte am 18. April 1925 um vier Uhr morgens durch einen Kanonenschuß: es gab in Lissabon wieder einmal einen Militärputsch. Vor dem Fenster war nichts als Rauch zu sehen. Als er sich verzogen hatte, gewahrte Deiter, daß das gegenüber befindliche Haus eingestürzt war und die den Hof abschließende Mauer. Da der Portier das Haustor unter keinen Umständen geöffnet hätte, war Deiter jäh dazu entschlossen, über den Hof fortzugehen, um gewisse lustvolle Erinnerungen an die Wirkung der Kanonenschüsse des vorletzten Putsches zu einem speziellen zu verwerten.

Als er nach wenigen Minuten in der Rua da Gloria stand, fiel ihm ein, daß er vergessen hatte, zweckentsprechend sich anzukleiden. Deshalb stieg er durch ein Parterrefenster in das nebenan befindliche Haus seines Freundes Poito, der gar nicht verwundert war, sondern ihm dafür dankte, ungeachtet der Gefahr zu seinem Geburtstag gekommen zu sein. Deiter gratulierte, frühstückte, die Abwesenheit Zoilas bedauernd, und wußte Poito später zu veranlassen, zum Zeitvertreib ihm seine sämtlichen Anzüge vorzustolzieren. Als man beim achten angelangt war, machte er den Scherz, den neunten sich selber anzuziehen, und tänzelte, gleich einem Manequin, vor Poito hin und her.

»Er paßt dir ausgezeichnet.« Poitos Auge expertierte.

»Wie für mich aus der Kanone geschossen.«

»Ein Volltreffer!«

»Bum!« Und Deiter schüttelte miteins herzlich Poitos Hand, mit gerührter Stimme hauchend: »Ich danke dir dafür!«

Poito machte ein dummes Gesicht. Als er begriff, lächelte er grandseigneuresk und ließ es dabei bewenden.

Mit diesem Truc besorgte sich Deiter seit mehreren Jahren seine Garderobe. Er behielt die neue Akquisition, mit der er Großes vorhatte, auf dem Leibe, drückte sich unter einem Vorwand und eilte alsbald auf die Praça do Rio de Janeiro. Hier blickte er siegesgewiß auf ein Fenster der zweiten Etage jenes stattlichen Gebäudes, das Zoila bewohnte. Durch das Fenster des Parterre-Abortes drang er ins Haus und ungesehen bis zum Schlafzimmer Zoilas vor, die zum Zeitvertreib mit ihrer Freundin Delfina telefonisch alte Erinnerungen austauschte. So erfuhr er, daß diese, die seit zwei Jahren die Gattin da Silvas war, eines hohen Justizbeamten, mit Zoila voreinst in Paris die Straße gemacht hatte; daß beide in der Rue de la Montagne-Sainte-Geneviève ein Maison meublée bewohnt und daselbst und bei Vachier allerhand Unsägliches erlebt hatten.

Als Deiter nachher eintrat, war Zoila, die den langjährigen Freund Poitos nur wegen seiner Verwendbarkeit duldete, zum ersten Mal von seinem Erscheinen entzückt: sie ängstigte sich sehr. »Aber die Kugeln fliegen doch nur so herum! Ich habe sogar die Fensterladen schließen und Licht machen müssen.« Sie nahm verzagt ihr Gesicht in die Hände.

Deiter, dessen Mut bloß der ihm angeborene Leichtsinn war, kniete, eine Grimasse schneidend, nieder. »Ohne dich halte ich es keinen Tag aus. Erhöre mich oder ich benütze die Gelegenheit.«

Zoila lachte. »Ich könnte dir nicht einmal davonlaufen.«

»Und würdest du schreien, käme sicherlich niemand. Man würde glauben, es hätte dich eine verirrte Kugel getroffen, und nur um das eigene Leben zittern.« Deiter ließ, es ihr vorführend, seine Arme schlottern.

Da donnerten in großer Nähe rasch hintereinander mehrere Kanonenschüsse. Zoila schlug sich, ebenso oft erschreckend, die Hände auf den Mund, während Deiter die Wiederkehr jener gewissen Wirkungen mit einem leisen Zungenschnalzen begrüßte und den Rock sich auszog.

Von dieser Geste indigniert, lallte Zoila: »Du hast ja schon wieder einen neuen Anzug.« Plötzlich aber schrie sie auf. »Eine Kugel hat eingeschlagen.«

Es war keine gewesen, sondern ein Tischchen, das Deiter umgestoßen hatte. Er sprang herzu, um Zoila, die bleich geworden wankte, zu stützen. Der hierbei unvermeidliche Kontakt trieb ihm das Blut in Kopf und Rumpf.

In diesem Augenblick fiel, diesmal de facto und in unmittelbarer Nähe, ein Kanonenschuß.

»Es wirkt wunderbar«, jauchzte Deiter innerlich, ließ die Jammernde auf den Diwan fallen, zog hinter ihm Weste und Hose aus und wartete auf Zoilas völlige Zermürbung durch den nächsten Kanonenschuß.

Der fiel denn auch prompt. Den neuerlichen Tränenstrom Zoilas ignorierend, warf Deiter sich über sie und genoß neben nennenswertem Widerstand eine halbe Stunde lang den von Schluchzen erschütterten Leib einer Halbohnmächtigen, die bei jedem folgenden Kanonenschuß aufschreiend an ihren Peiniger sich klammerte. Deiters Putsch war geglückt.

Bald darauf wieder auf der Straße, verließen seine Gedanken den errungenen Triumph. »Diese Delfina!« Und schon überlegte er, wie er sie ihrer Freundin hinzugesellen könnte. Da sah er, daß der Portier des Hotel Atlantic den Kopf durch die Tür steckte. Er sprang herzu und drängte sich unter dem Vorwand ein, sich bergen zu wollen; in Wirklichkeit aber, um telefonieren zu können.

Der Ereignisse wegen wünschte die Beamtin zu wissen, wer er sei.

»Paolo Poito ist mein Name. Erster Sekretär Vasco da Fleites. Ich spreche vom Atlantic aus.« Und bald darauf hörte Deiter den holden Sopran Delfinas:

»Wer ist denn am Apparat?«

»Paolo Poito.«

»Aber Sie haben doch eine ganz andere Stimme als sonst.«

»Der Schreck ist mir in die Glieder gefahren. Ich war nämlich soeben bei Zoila. Sie hatte gerade mit Ihnen telefoniert, als ein Schuß ins Zimmer ...«

Delfina schrie auf.

»Beruhigen Sie sich! Sie ist unverletzt. Aber halb wahnsinnig. Wollen Sie sie nicht aufsuchen? Aber bitte nicht telefonieren! Sie liegt im Bett und hat Kompressen auf der Stirn.«

»Aber die Revolution ... Ich kann doch nicht ...«

»Ich werde Sie führen, Senhora. Ich bürge dafür, daß Ihnen nichts zustößt. Ich erwarte Sie neben Ihrer Haustür. Ich flehe Sie an ...«

»Mein Mann ist in Belem, im Schloß, bei einer Sitzung ... Ich kann doch nicht ... Si, si, also ich komme.«

Deiter sprang aus dem Fenster des Lesezimmers und lief in die Travessa de Sant Antao. Nach wenigen Minuten erschien Delfinas in einen dichten Schleier gehülltes Köpfchen und blickte beunruhigt darüber, nicht Poito vor sich zu haben. Deiters schöner Anzug beschwichtigte sie jedoch schnell; auch seine vor Ergebenheit bebende Stimme:

»Ich bin Poitos Sekretär. Seit zwei Tagen. Er wurde, kurz nachdem er mit Ihnen telefoniert hatte, weggerufen. Das Haus, wohin er sofort kommen wird, ist nur ein paar Schritte von hier entfernt.«

Die Aufregung, das Knattern der Schüsse und das Ungewöhnliche der ganzen Situation verhinderten Delfina, des Unwahrscheinlichen, das Deiter berichtet hatte, sich bewußt zu werden. Sie schlug, beinahe glücklich darüber, tapfer sein zu können, den

Mantelkragen hoch und folgte ihm, der sie um die Ecke führte, in die Rua da San Juliao, allerdings in deren unteren ordinären Teil. Hier pochte er an die Tür des Hotel Lisboa, eines üblen Absteigequartiers.

Während Delfina die Häuser entlang geeilt war, hatte sie kaum gewagt, aufzublicken, achtete auch jetzt auf nichts und wunderte sich erst, als er ein kleines düsteres Zimmer öffnete, aus dem ihr der Geruch von nasser Wäsche und vergossenem Wein entgegenschlug. »Olà!« Sie hatte in einer Ecke ein Bett erblickt.

Da hatte Deiter sie jedoch schon ins Zimmer geschoben und zugesperrt. »Setzen Sie sich und tun Sie so, als wären Sie in der Rue de la Montagne-Sainte-Geneviève. In dem Meublée schräg gegenüber dem Bal Vachier.« Er zog sich die Weste aus.

»Vach ... ?« Delfinas Mantel glitt von den Schultern. Ihr Schleier schwebte zu Boden.

»Von einem klingenden Entgelt kann selbstverständlich nicht die Rede sein. Und von dem Coup der Entsprungenen rate ich ab.«

»Ent ...« Delfinas Finger machten vage Bewegungen um den Mund. Nur in ihrem verloschenen Blick war schon jetzt das entsetzte Ahnen dessen, was da kommen würde.

»Entgelt sei das unverbrüchliche Schweigen über Ihr so viel bewegtes Vorleben. Selbst über die Plünderung der Wohnung des alten Pinaud.«

Delfinas Brust ging hoch: sie hatte alles begriffen. Ihre Finger durchstöberten zitternd ihre Taschen: leer. »Ich gebe Ihnen morgen ...«

Deiter lauschte: das Knattern der Gewehre hatte aufgehört, und seit langem war kein Kanonenschuß mehr gefallen. Er lächelte mühsam, hoffte aber schnell, es auch ohne jene Wirkungen zu erreichen. »Ziehen Sie sich aus!«

Delfina, die ihn unablässig und wie von Sinnen angestarrt hatte, kreischte auf. Doch Deiter war schon neben ihr, riß ihr die Kleider vom Leib und schleuderte die Tobende aufs Bett. Da sah er, halb über sie geneigt, wie sie die Lippen öffnete, entschlossen zu einem markerschütternden Schrei. Den Bruchteil einer Sekunde überlegte er. Dann zog er den Mund zusammen und spie Delfina in die Kehle. Sie verging fast vor Ekel. Es war, als brächen ihre Augen. Ihr ganzer Körper sank in sich zusammen und bebte leise. Da packte Deiter seine größte Leidenschaft, die Grausamkeit. Er spie Delfina unaufhörlich ins Gesicht, während er den wesenlos gewordenen Körper vergewaltigte ...«

Eine Viertelstunde später gab er dem Portier der Travessa de Sant Antao einen Brief für Delfina und rannte zu Poito, der diesmal sehr verwundert war. »Aber wie sieht denn nur deine Hose aus!«

Deiter blickte an ihr hinunter. »Verflucht!«

»Kenne ich die Glückliche?«

»Hast du Benzin?« Deiters Ohren lauerten, als er hinwarf: »Übrigens habe ich da Silvas Frau gesehen.«

Poito riß es herum. »Diese Frau hast du ...?«

»*Gesehen!*« Deiter schmunzelte orientiert. »Es war die kleine Saraf vom Salao Foz. Wo ist das Benzin?«

Poito suchte stürmisch. Alsbald mit Erfolg.

Während Deiter sich die Hose putzte, detaillierte er: »Delfina kam aus dem Atlantic, als ich vorbeiging. Der Portier schrie hinter ihr her. Ein mutiges Weib! Sie bat mich, sie heimzubegleiten. Jetzt wäre, meiner Ansicht nach, der Moment für dich da.«

»Für mich?« Poitos Hände gehabten sich, als dirigierten sie ein unsichtbares Symphonie-Orchester.

»Ich brauche dreihundert Eskudos.« Deiter pfiff. »Für meine kranke Tante in Porto.«

»Wieso – der Moment?«

»Eigentlich keine große Summe. Aber doch schwer aufzutreiben.«

Poito maß ihn verblüfft und angewidert zugleich. »Du könntest ein Assaoul sein, wahrhaftig. Aber wenn du wirklich etwas weißt, das mir ... dann zerreiße ich diese drei Scheine hier in zwei Hälften.«

»Wann bekomme ich die fehlenden Hälften?«

»Wenn es mir bei Delfina gelungen sein wird.«

»Das kannst du nachher leugnen.« Deiter spuckte in die Hände und rieb sie, da Poito von einem Fuß auf den andern trat. »Zerreiß die Scheine!« Als seine Finger das Geld fühlten, wurde er liebenswürdig: »Die anderen Hälften, lieber Paolo, wirst du mir geben, wenn ich dir die Hälfte der Details, die du brauchst, gesagt haben werde.« Sobald Poito zustimmend gesummt hatte, stellte Deiter sich hin, als hätte er jahrelang in der Rua do Ferregial gewohnt. »Vittorino da Silva ist jetzt in Belem, Delfina also allein. Das ist die eine Hälfte.«

Poito rümpfte die Nase. Die von neuem in ihm erwachte Gier nach der Frau, die er seit Jahren vergeblich begehrte, ließ ihn jedoch nicht weiter sich bedenken.

Deiter steckte die anderen Hälften fürsorglich ein. »Delfina ist durch den Kanonendonner und die Angst auf der Straße erschöpft und willenlos, aber aufgeregt. Du wirst also keine Schwierigkeiten haben. Außerdem hat sie eine tolle Szene mit ihrem Mann hinter sich. Und schließlich weiß sie schon, daß du kommst.«

»Was?« Poito hob die Faust zum Schlag. »Du hast eine Schurkerei gemacht? Antworte!«

Deiter spie nachlässig aus. »Alles wahrhaft Schwierige gelingt doch nur durch Schurkerei. Zum Beispiel jeder Reichtum. Auch jeder Staat. Ohne Schurkerei würde er sich überdies in wenigen Stunden in nichts auflösen. Deshalb haben wir doch so oft Revolutionen. Portugal hat zu brave Präsidenten. Und da willst du Delfina kriegen, indem du mit dem Finger winkst?« Er lächelte Poito spöttisch zu. »Du bist angekündigt und hast nichts weiter zu tun, als eine ernste Miene aufzusetzen und deinen Rock auszuziehen ... Sie wird aufschreien und sich sofort hinlegen. Aber es eilt.«

Noch kämpfte Poito mit sich. »Sag, was sich eigentlich zugetragen hat!«

»Erst, wenn du ihr Liebhaber bist,« gackerte Deiter, »werde ich dir für einen gewissen Betrag sagen, womit du sie so in die Hand bekommst, daß sie dich niemals verabschieden kann, dir vielmehr eine schnelle Justizkarriere vermitteln muß.« –

Nicht lange nachher erschien Deiter noch einmal bei Zoila, die bei seinem Anblick sich wimmernd aufsetzte, aber doch begann, sich die Haare zu ordnen. »Was bringst du denn da?«

Deiter warf ein Bündel in die Ecke. »Meinen alten Anzug.«

»Paolo hatte übrigens denselben. Du nimmst wohl deinen Freunden alles weg?«

»Einiges überlasse ich auch den Damen.«

Da klingelte das Telefon. Zoila stürzte sich auf den Hörer. »Ah, Delfina ...«

Mit einem Satz war Deiter neben ihr, ergriff den anderen Hörer und sprach in die Muschel: »Ich möchte Sie nur bitten, Senhora, Poito, der jetzt wohl schon bei Ihnen sein wird, zu sagen ...« Da Zoila sich anschickte, ihm den Hörer auf den Kopf zu schlagen, schrie er: »Rufen Sie ihn lieber ans Telefon!« Als er Poitos Stimme hörte, preßte er Zoila den Hörer ans Ohr, das nun den unwiderlegbaren Beweis dafür erhielt, wie sie betrogen worden war.

Als sie endlich aufhörte, zu heulen, sagte Deiter: »Ich räche dich, wenn du mir dreihundert Eskudos für meine kranke Tante in Porto gibst und meine Geliebte bleibst, bis ich eine andere habe.«

Zoila warf ihren Körper gegen den seinen, überall ihn mit beiden Händen umschmeichelnd. »Aber du mußt Paolo ruinieren!«

Deiter schmatzte zustimmend, war jedoch zu ermüdet für jede weitere Aktivität. »Nimm die Finger weg! Jetzt reden wir von Geschäften.« Er streckte ihr die flache Hand unter die Nase. Sein Putsch war über die Maßen geglückt.

war in der Absicht nach Marseille gekommen, mit Bec-Salé und Gugusse einen großen Coup zu machen.

Er hatte eben ein kleines Café auf dem Boulevard Baille verlassen, als er vor der Auslage einer Buchhandlung stehen blieb: ein Kriminalroman, dessen blutrünstiges Titelbild weithin leuchtete, hatte es ihm angetan. Seine Jugendleidenschaft lebte in alter Macht wieder auf: er nahm ein Exemplar in die Hand, blätterte darin und entfernte sich lesend. Das war immer schon sein Truc gewesen.

Unter einem Haustor las er stehend weiter. Das Buch war langweilig und dumm. Schon wollte er es wegwerfen, als ein Einfall seinen schmalen feinen Mund kräuselte. Er riß noch einige Seiten mit den Fingern auf, verknitterte das Titelblatt ein wenig und löste den kleinen Zettel der Firma des Buchhändlers ab. Hierauf ging er langsam zurück, trat in die Buchhandlung und bot dem Inhaber dessen eigenes Buch zum Kauf an. Er empfing zwei Francs.

Diese in der hohlen Hand schwenkend, schlenderte er vor sich hin, als er, plötzlich aufsehend, vor Wut aufzischte: er hatte den Geheimagenten Rebbis erkannt, der sich ihm wie zufällig näherte. Da eine Begegnung unvermeidlich geworden war, zog er es vor, Rebbis freundlich zu winken.

Der war dermaßen durchsonnt von diesem glücklichen Zusammentreffen, daß es ihm nur schlecht gelang, so zu tun, als suche er in seiner Erinnerung. Als er sich hinreichend gequält zu haben glaubte, zog er den Hut: »Ah, monsieur le vicomte! Was für ein überraschendes Wiedersehen!«

»Überraschend?« Der Vicomte blinzelte listig.

Rebbis frottierte sich betreten die Hand. »Sie glauben also neuerdings ... «

»Nein.« Der Vicomte schmunzelte zart. »Sondern daß Sie immer noch ... «

»Ich werde Sie überzeugen.« Rebbis nahm mit jener einzigartigen Innigkeit, mit der man nur sein Opfer liebt, den Arm des Vicomte. »Aber stecken Sie doch schon das Geld ein!«

Der Vicomte, der bloß davon überzeugt war, daß Rebbis ihn schon längere Zeit beobachtet hatte und die Herkunft des Geldes kannte, lächelte frech. »Ich wollte Ihnen gerade eine Mominette anbieten. Henri da drüben kennt mich. Ich bestelle Anisette und er bringt ... «

»Immer noch der Alte«, sagte Rebbis lachend. »Gehen wir also hinüber. Die Luft hier ist übrigens fehlerlos.«

»Das sagten Sie auch in Paris vor der Brasserie Lavenue, als Sie mir vorschlugen, Madame Briffant in der Avenue Loewendall auf den Plafond zu klopfen.«

»Die Sache hätte Sie groß gemacht.«

»Oder – krumm.« Der Vicomte legte die zwei Francs vor sich auf das Marmortischchen und schneuzte sich geräuschvoll, um seine Heiterkeit zu maskieren.

»Ich versichere Ihnen ... « Rebbis spielte, während er ein verblüfftes Gesicht aufsetzte, an dem großen runden Stein seiner Krawattennadel.

»Kosten Sie den Absinth!« Der Vicomte änderte ganz unerwartet den Ton. »Was tun Sie jetzt?«

»Es ist ja doch nur Anisette.« Rebbis kordialisierte flott mit. »Ich amüsiere mir den Kopfschmuck weg und schiebe Auskünfte.«

Der Vicomte wunderte sich, als glaube er es.

»Aber«, machte Rebbis gedehnt und warnte sich mit dem Zeigefinger. »Citroën ist eine Canaille.«

»Sie lügen ja beleidigend.« Der Vicomte trank und sah in sein Glas.

»Hören Sie, Vicomte ... «

Und während Rebbis weitschweifig begründete, daß er der berühmten Automobilfabrik die schwierigsten Privatinformationen besorge, dachte der Vicomte unausgesetzt darüber nach, wie er ihn sich vom Halse schaffen könnte. Schließlich kam er zu dem Schluß, daß ihm nichts anderes übrig blieb, als seinen gewagtesten Truc loszulassen. »Hé, Rebbis, wie gefällt Ihnen das?« Er hatte mit einem Mal seinen Browning in der Faust und richtete den Lauf auf die Bar.

Rebbis schwieg sofort und blickte, die Hand bereits in der Tasche an seiner Waffe, scharf auf den Browning des Vicomte.

»Henri!« rief der Vicomte durchdringend. »Stell einen Stöpsel mit einem Streichholz auf die Etagère dort oben!«

Henri, ein flinker schlanker Bursche, tat es scheu, aber schnell.

Die Gäste an den umstehenden Tischen staunten mit gläsernen Augen umher.

Der Vicomte stand auf, zielte auf das Streichholz und schoß.

Im selben Augenblick aber sauste seine Linke, die einen Schlagring umklammert hielt, über seine Waffe hinweg auf Rebbis' Schläfe, der sofort blutüberströmt zusammenbrach.

Der Vicomte feuerte noch zwei Schüsse in die Luft, bevor er mit einem wilden Satz über die Bar sprang, durch die dahinter befindliche Tür und durch das Fenster, das vom Nebenraum aus auf den Hof führte.

Als Rebbis unter den Händen des rasch herbeigerufenen Arztes zu sich kam, blickte er zuerst auf den Schrank: das Streichholz war weg. Er ließ sich den Stöpsel herunterreichen. »Da ist die Kugelspur ... Wo ist der Kellner Henri?«

Henri war gleich dem Vicomte unauffindbar ...

Die auf dieses Ereignis folgenden Tage benützte Rebbis ausschließlich dazu, die Buchhandlung auf dem Boulevard Baille und das gegenüber liegende kleine Café scharf überwachen zu lassen. Mit dem Resultat, daß auch nach zwei Wochen nicht die kleinste brauchbare Beobachtung registriert werden konnte. Erst in der dritten Woche fiel es einem Flic auf, daß zwei jugendliche Kokotten, Joop und Miette geheißen, beim Verlassen des kleinen Cafés sich wiederholt nach allen Seiten umblickten. Er folgte ihnen und konnte feststellen, daß sie in einem alten baufälligen Haus der Rue St. Bruno verschwanden.

Andern Tags wartete Rebbis persönlich auf dem Boulevard Baille. Joop und Miette kamen denn auch gegen fünf Uhr nachmittags, hielten sich etwa eine Stunde in dem kleinen Café auf und verließen es ebenso vorsichtig wie tags zuvor. Als sie das Haus in der Rue St. Bruno betreten hatten, eilte Rebbis zur Tür, postierte seinen Begleiter in den Hausflur und stieg mit Hilfe seiner elektrischen Taschenlampe eine bereits angemorschte Holztreppe empor. Er hatte kaum die erste Etage erreicht, als ihm von hinten ein dickes Wolltuch über das Gesicht gerissen wurde ...

Als er wieder sah, saß er auf einem Holzstuhl in einem anscheinend leeren Zimmer. Aus einer Ecke hinter ihm kam ein schwacher Lichtschein. Er wandte sich nach ihm um und erhielt gleichzeitig eine fürchterliche Ohrfeige.

Bec-Salé, den er ebenfalls von Paris her kannte, stand breitspurig vor ihm und lachte, sich die zerbeulte Glatze reibend. »Hein, sale dresseur des mouches? Läufst kleinen Mädchen nach?«

Rebbis biß die Zähne aufeinander. In seinem Kopf hackte es so schmerzhaft, daß ihm Tränen in die Augen kamen.

»Pleure pas pour ça!« Bec-Salé versetzte ihm eine zweite Ohrfeige.

Rebbis sah rot. Rasend vor Wut stürzte er vor, lag aber sofort auf dem Boden, von dem er sich erst nach Minuten aufzurichten vermochte. Halb besinnungslos taumelnd, schleppte er sich zu dem Stuhl.

Da trat Henri ein, die Hände tief in den weiten braunen Samthosen. »Y a pas d'erreur. C'est Rebbis!« Er betrachtete ihn mit dem feuchtmatten Blick des Homosexuellen. Dann trat er näher, spie ihm ins Gesicht und riß ihm einige Haare an der Schläfe aus. Als Rebbis schwach die Hand hob, stieß er den Stuhl unter ihm fort. Rebbis krachte zu Boden.

Schließlich kam der Vicomte. Er sah Rebbis' schmerzhaften Versuchen, sich zu erheben, bewegungslos zu. Erst als es Rebbis gelungen war, an der Wand sich hochzuschieben, sagte er scharf: »Sie wollten mich hier bei fehlerloser Luft, die nur Sie selber verpesten, mit einer Sache à la Madame Briffant exen. Ich hielt es daher für weise, Ihnen zwei kleine Mädchen zu schicken.«

Rebbis war trotz den fast unerträglichen Schmerzen imstande, sich zu ärgern. »Ich räume gern ein ... daß Sie nur ... nur diesem Umstand es zu verdanken haben, mich hier zu sehen.«

Des Vicomte stechend aufleuchtende Augen verrieten ihm, daß er keine Sekunde zu verlieren hatte.

»Ihr Truc mit dem Buchhändler war wunderbar«, stieß Rebbis schnell hervor.

»Das ist sogar wahr.«

»Ich habe mich auch überzeugt, daß Sie das Streichholz tatsächlich heruntergeschossen haben. Fabelhaft!«

»Auch das ist wahr.«

»Und Ihre Flucht ... und wie Sie mich hierher lockten ... spät, aber sicher ... Alles erstklassige Sachen. Mein Kompliment.«

»Nehme ich und werfe es Ihnen wieder an den Kopf.«

»Vicomte, Sie sind ein Gigant!«

»Esel! Worauf wollen Sie eigentlich hinaus?«

Rebbis löste sich mühsam von der Wand und wankte ins Zimmer vor. In der Mitte blieb er vor Schwäche stehen. »Wir zahlen sehr viel«, lispelte er.

»Immerhin sind vor drei Monaten Ihre Flics sogar auf die Straße gestiegen.«

»Der Präfekt ist im Grunde vernarrt in Sie. Ich würde Sie ihm nicht einmal einzureden brauchen.«

»Was für ein Sonntagsherz Sie haben!«

Rebbis machte einen Schritt nach vorn. »Mein Wort darauf, daß ... «

Der Vicomte wich ausspuckend zur Seite.

»Ich übernehme Ihre Leute.«

»Albern!«

»Ich werde alles tun, was Sie wollen. Ich werde ... «

Der Vicomte sah ihm wie müde auf die Brust. »Sie haben eine schöne Krawattennadel. Ich wundere mich, daß Gugusse sie übersehen hat.«

»Ein schwarzer Onyx. Nichts Besonderes.« Rebbis strich sich das verknitterte Plastron zurecht und spielte mit dem Stein. »Sie wollen also nicht?«

»Nein, zum Teufel!«

»Warum nicht? Es ist doch das bessere Geschäft. Und absolut sicher für Sie.«

Der Vicomte blies ihm auf den Mund.

Rebbis überwand sich schluckend. »Ich begreife Sie nicht. Sie sind doch wie alle hochbegabten Kriminellen nur von den Umständen ins Verbrechen hineingetrieben worden. Wie die sozialen Verhältnisse heute liegen, gibt es von da keinen Aufstieg mehr. Nur ein elendes Proletarierleben, wenn Sie einmal zurück wollen. Sie wissen aber auch, daß Sie, wenn Sie dieses Leben fortsetzen, ja doch über kurz oder lang unter der Guillotine liegen. Und nun biete ich Ihnen die Rehabilitierung und wahrhaftig kein Proletarierleben. Die Sicherheit erhalten Sie dadurch, daß Ihre Ernennung zum Kommissär im Regierungsblatt erscheint, bevor Sie sich melden. Und da sagen Sie nein? Warum?«

Der Vicomte näherte sein Gesicht und schrie: »Weil ich Vicomte bin und kein Flic!«

»Ich bin nicht so naiv, Ihnen derlei zu glauben. Sie mißtrauen mir.«

»Wie kamen Sie mir hier auf die Spur?«

Rebbis besann sich lange. Dann entschied er sich, da sein Gehirn versagte, für die Wahrheit. »Ich erkannte Sie auf dem Boulevard Baille wieder. Trotz Ihrer guten Maske. Das ist meine Spezialität. Ich merke mir eine Augenpartie, eine Stirnpartie, ein Ohr.«

Der Vicomte schwieg nachdenklich. Dann sagte er hastig: »Jemand muß mich verraten haben. Wer?«

Rebbis lächelte geschmeichelt. »Sie irren. Ich sah Sie aus dem Buchladen kommen, mit dem Geld in der Hand. Irgendwie kamen Sie mir verdächtig vor. Mein Blick ist geschult. Ich ging um Sie herum, um Ihnen zu begegnen und Ihr Gesicht zu sehen. Ich erkannte Sie sofort. An Ihrem Mund.«

»Und nachher gingen Sie zu dem Buchhändler sondieren.«

»Nein. Ich ließ den Buchladen überwachen.«

Der Vicomte stampfte auflachend mit dem Fuß. »Woher kennen Sie dann meinen Truc? ... Ah, Ihr erstes Wort hier war also schon eine Falle.«

»Den Buchladen hielt ich für eine Verständigungs-Etappe.« Rebbis begann am ganzen Körper zu zittern. »Sagen Sie mir, Vicomte, was haben Sie mit mir vor! Ich kann Ihnen vielleicht von größtem Nutzen sein ... «

»Geschmeiß!« Der Vicomte wischte sich mit dem Handrücken den Mund ab. »Bon. Ich lasse Sie frei, wenn Sie vier Dossiers für mich stehlen und mich über den Inı alt einiger anderer informieren.«

Rebbis griff sich an den Kopf; er verwünschte sich, weil ihm kein Ausweg einfallen wollte. Plötzlich aber huschte ein kleines Lächeln über seine Nase hinweg.

Der Vicomte sah es und wußte, daß er ihn hintergehen wollte. »Nun?«

»Ich bin bereit!«

»Merci.« Der Vicomte wandte ihm verächtlich den Rücken. »Bec-Salé!«

Da hob Rebbis die rechte Hand an die schwere Silberfassung des Steins in seiner Krawatte. Seine Finger zuckten ein bißchen. Und mit einem Ruck riß er den Onyx heraus, an dem im Schein der Petroleumlampe eine lange schmale Dolchnadel aufblinkte.

Als aber seine Faust sich gegen den Rücken des Vicomte schnellen wollte, fiel durch die Türspalte ein Schuß. Rebbis taumelte röchelnd zurück. Bec-Salé stürzte herein, versetzte Rebbis einen Fußtritt in den Hintern, so daß er in die Knie brach, und hierauf einen Faustschlag ins Genick, der ihn zu Boden streckte.

Der Vicomte, der auf dem Kinn des Daliegenden einen dünnen Faden Blutes erblickte, neigte sich über ihn. Und erst jetzt sah er die Dolchnadel. »Bec-Salé, hast du deshalb ... ?«

Bec-Salé nickte.

Der Vicomte reichte ihm die Hand.

Gugusse und Henri erschienen in der Tür.

»Das Auto ist in einer halben Stunde auf der Place Castellani«, meldete Henri.

Gugusse stieß mit dem Fuß verächtlich gegen den Leichnam. »Crotte! ... Der unten ist für acht Tage verstaut.«

»Und was machen wir«, fragte Bec-Salé, »wenn alles glatt geht, mit unseren achthunderttausend?«

»Schluß!« Der Vicomte zog seine Mütze aus der Tasche. »Wir tauchen unter, frisieren uns und werden in Reims ein Bar-Restaurant. Joop und Miette können wir gut brauchen.«

Wunder über Wunder

In Begleitung eines jungen Schweizers, dessen Bekanntschaft sie im Hotel gemacht hatten, verließen Rabsborough und Leilah die St. Peterskirche.

»Jetzt weiß ich endlich, Öchsli, was Zimt ist«, sagte Rabsborough sehr leise.

Leilah spitzte süß die scharf gemalten Lippen, trüb meinend: »Aber, aber ... Übrigens ist es in der St. Pauls-Kathedrale in London wärmer, nicht?«

Rabsborough klopfte ihr, den untersten Westenknopf wieder öffnend, auf den Unterarm. »Bitte, auch ich bin nicht ganz ohne Pietät.«

»Jedenfalls ein wüster Geselle.« Leilah zupfte an seiner Krawatte.

Öchsli zog eine schwärzliche Zigarette aus der Westentasche. Er hielt es für nötig, endlich etwas zu äußern, um seine Empörung, aber auch seinen weitaus überlegenen Standpunkt kräftig zu dokumentieren. »Diese Kirche ist ein Wunder. Aber die St. Pauls-Kathedrale ist vielleicht ... « Er verfiel, die Anstrengung nicht mehr aushaltend, doch wieder in sein heimatliches Idiom: » ... vülloicht kumfortablr, das rüm öch ün, dach vüle Detoils hür sind in manchr Wüs vül abwachslungsrüchr.«

»Der Knabe sieht aus ...« Rabsborough begab sich zu Leilahs Ohr hinab. » ... wie ein Leitfaden durch die biblische Geschichte.«

Leilah sprang lachend die breiten Steinstufen hinunter und lief, den roten Sonnenschirm auf dem Pflaster nachschleifend, im Zickzack über den riesigen Platz.

Öchsli lief ihr nach, wobei er die Zigarette verlor, seine mühsam zusammengeklebte Haltung und einen Zwanziglire-Schein.

Rabsborough hob diesen auf, barg ihn auf seiner Brust und näherte sich, immerhin um einiges fröhlicher, Leilah, die neben einer sehr blonden Dame, welche mitten auf dem Platz unter einem großen gelben Schirm malte, stehen geblieben war.

Öchsli hatte über diesem Ereignis Leilah vergessen. Er beglotzte eifervoll die bepinselte Leinwand und bemühte sich, den Namen Hodler murmelnd, schwere Kennerschaft anzudeuten.

Rabsborough neigte sich nachlässig über das angefangene Bild. Und plötzlich flüsterte er der malenden Dame weich ins Ohr:

»Mein liebes Fräulein, Striche machen ist nicht so lukrativ wie der Singular.«

Die junge Dame hielt, langsam dem Sinn dieser Worte nachgehend, einige Sekunden den hübschen Kopf gesenkt. Dann aber sprang sie zornrot empor und flammte Rabsborough ins Gesicht: »Schämen Sie sich! Das wagen Sie einer Dame zu sagen? Und hier ... hier an diesem Ort?«

»Gerade hier.« Rabsborough sah das Blut an ihren Schläfen und stöhnte heiter: »Hier bemerkt man nämlich ganz besonders deutlich, daß die Kunst traurig stimmt. Sie ist sogar traurig. Das ist ihr Todesurteil. Deshalb allein aber hat die schlaue Kirche sich ihrer bemächtigt.«

Die junge Dame nahm Rabsborough nach diesen Worten sofort ernst und fühlte die ethische Pflicht, ihm würdig zu antworten. »Sie irren durchaus, mein Herr. Nicht nur die Kunst im allgemeinen, auch die kirchliche hat einen tiefen Sinn. Daß Traurigkeit manchmal in ihrem Gefolge auftritt oder auch als bewußter Zweck, das ist ...«

Rabsborough legte seine Hand beruhigend auf den zuckenden Arm der jungen Dame, so daß sie, darüber erstaunt, schwieg. Dann räusperte er, als wäre er verlegen. »Ich kenne eine Frau, die sich unterm Isenheimer Altar schwängern ließ. Es war jedoch schwer, zu entscheiden, ob aus Traurigkeit, Leidenschaft oder lediglich zu ihrem Privatvergnügen.«

Die junge Dame blickte hilfesuchend bald Leilah an, die interessiert schwieg, bald Öchsli, der mit seinem Standpunkt kämpfte, schlug sich schließlich Rabsboroughs Hand herunter, stampfte mit dem Fuß und schrie: »Lassen Sie mich in Ruhe! Gehen Sie doch schon! Ich verabscheue Sie!« Tränen erschienen in ihren hellen blauen Augen.

Rabsborough nahm sich Leilahs Arm und ging lachend weiter.

Öchsli folgte, gänzlich aus dem Schweizerhäuschen.

Dem ratlos verwunderten Gesicht Leilahs sagte Rabsborough endlich: »Sehr einfach. Ich habe dieses liebliche Wesen in einem Atem beleidigt, neugierig gemacht und in seinen heiligsten Grundsätzen getroffen.«

»Das chabe Sü nüt!« Öchslis Manneswürde hatte sich bereits wieder gefaßt. »Das war schlacht von Ühn, söhr schlacht.«

Leilah zog zierlich das Mündchen kraus. Auch ihre Finger schienen, das Fichu umspielend, zu spotten. Sie ging rascher.

Rabsborough, sehr vorsichtig, supponierte diesen Spott.

»Nicht so schnell, Leilah! Ich bewies dieser Dame ja nur, weshalb ihr Bild schlecht ist.«

Leilah, die lediglich Öchsli über hatte, lächelte breit, auch weil es ihr schmeichelte, daß eine hübsche Frau schlecht malte. Hierauf äußerte sie unnachahmlich: »Kokette Aufregung einer geistig Minderjährigen!«

»Ich verstoh nüt.« Öchsli hustete gewichtig. Dabei huschte sein platter Blick seitlich auf Leilah und Rabsborough, halb verlegen, halb zornig.

»Sie verstohn nüt?« höhnte Rabsborough lax. »Klingeln Sie doch die Neue Züri Zittig an!«

Öchsli japste ein wenig, hob das geschorene Haupt, bedeckte es und schritt mit völlig wiedererlangter Haltung großartig über den Platz.

»Übrigens ist es die Baronesse von Potthammer aus Rudolstadt.« Rabsborough beobachtete Leilah neugierig.

Die zeigte, wirklich überrascht, etliche Sekunden die Zungenspitze ...

Nach dem Diner saßen Rabsborough und Leilah in einer Ecke des Hotel Exzelsior und tranken eine Flasche Marteaux.

»Rom!« Rabsborough unternahm es, alles, was seine Stimme an verachtungsähnlichen Tönen gelernt hatte, in diese komische Silbe zu pressen: »Rom! Ich finde, diese Stadt ist nur eine besonders verfallene Art von Provinz. Wo in anderen Städten Kinos langweilen, stören hier Kirchen. Jeder Mann über dreißig sieht aus wie Garibaldi, darunter wie Theodor Körner oder Alfred de Musset. Aber du kennst, dank deiner instinktiven Haltung, weder den einen noch den andern.«

»Können Sie denn Ihr Lästermaul nicht eine Minute halten?« Die Baronesse von Potthammer, welche ihre Niederlage nicht verschmerzen konnte, hatte es unwiderstehlich in die Nähe ihres Peinigers getrieben.

Rabsborough wandte sich ihr ohne den kleinsten Ausdruck der Verblüffung zu. »Jetzt, meine Gnädige, beginnen Sie mich ernstlich zu interessieren. Wollen Sie uns das Vergnügen machen?«

Die Baronesse ließ sich, nach Sekunden mißlungenen Überlegens, schließlich, nervös lachend, am Tisch nieder. »Sie müssen mich entschuldigen ... « Sie wandte sich an Leilah, die urban grinste, aber doch so, daß man es auch für entzückt halten konnte.

Nicht weit vom Tisch hatte sich ein junger Italiener aufgestellt, der es verstanden hatte, der Wachsamkeit des Portiers zu entgehen. Und plötzlich stieß sein gequälter Tenor eine melodische alte Serenata in die Nacht.

»Trottel!« hauchte Rabsborough.

Leilah beugte sich zur Seite, um den Sänger zu sehen.

»Ein sehr netter Junge ... «

»Aber bitte, Leilah! Du weißt doch, daß ich *dagegen* nie etwas einzuwenden habe.«

Leilah winkte gleichgültig ab. »Warum nur ein singender Mann so entsetzlich blöde wirkt?«

»Weil er ... « Rabsboroughs Augen blitzten lustig drauflos. »Ach, weil er eben zu primitiv exhibitioniert.«

»Sie sind ja ein Monstrum!« Die Baronesse versuchte vergeblich, ein Entsetzen, das sie längst nicht mehr fühlte, zu markieren. »Sie sind ja ganz gräßlich.«

»Wenn Sie mit mir schlafen wollen, müssen Sie mich deutlicher auffordern.« Rabsborough legte seine Pfeife weg und schob seine Manschetten ein wenig zurück.

Leilah, die jedes Wort vernommen hatte, entfernte sich, um dem Sänger eigenhändig fünf Lire zu überreichen.

Die Baronesse trachtete immer noch, eine Antwort zu finden oder eine Geste oder einen Entschluß oder irgend etwas, das ihr den Triumph über Rabsborough gesichert hätte. Aber je länger es dauerte, desto deutlicher fühlte sie, daß sie nichts finden würde. Und schließlich sah sie ein, daß es überhaupt bereits zu spät sei. Sie tat, was man in solch einem Fall fast stets zu tun pflegt: sie lächelte.

Und auch Rabsborough lächelte. »Sie wirken Wunder, meine Gnädige.«

»Wieso.« Die Baronesse fand nicht einmal mehr die Kraft, darüber zu erstaunen, daß sie danach fragte.

»Ihr Lächeln hat mich auf – Minuten aus meiner Absicht geworfen.«

»Aus welcher Absicht ... ?«

Rabsborough ergriff seine Pfeife. »Gestatten Sie mir eine kleine Abschweifung, die es gleichwohl aber nur scheinbar ist ... Ich hörte einmal, irgendwo in Deutschland, durchaus zufällig, ich versichere Ihnen, jemanden sagen, daß die Wunder der Erde die Gesetze des Himmels seien. Und habe mich augenblicklich sehr gewundert, daß es im Himmel noch nicht – unordentlicher zugeht. Ich bin vielmehr eher geneigt, zu glauben, daß die Erde ein schlechter Witz des Himmels ist und dieser ein Bluff des lieben Gott, der ja, da ihm nichts anderes übrig bleibt, als an sich selber zu glauben, ein großer Halunke sein muß. Die Erde sieht ihm fast noch ähnlicher als der Himmel. Vielleicht bin ich sogar fromm, wenn ich mein Lästermaul auftue.«

Die Baronesse, längst von Rabsborough dunkel begeistert, warf ein Bein über und schien zu übersehen, daß ihr Rock den Knien um vieles zu nahe zu liegen gekommen war. »Sie phantasieren.«

»Wirke ich nicht bereits Wunder?« Rabsborough kniff, um zu erregen, sich in die Hand. »Übrigens phantasiert man immer. Aber man braucht diesen faulen Zauber, je fauler desto süßer, um sich in die erforderliche Stimmung für das süßeste Wunder zu bringen, für das oberste Gesetz des Himmels: das Zusammenkommen von Mann und Weib.«

»Wirklich, wenn Sie so Ihre Resultate präsentieren, könnte man glauben, daß Sie zaubern.« Die Baronesse lächelte bereits ein Versprechen.

»Sehr richtig. Ich bin sogar der Auffassung, daß man dem großen Weltenschieber nur deshalb nicht hinter seine Schliche kommen kann, weil er nur das Resultat präsentiert und sich selber fürsorglich im Verborgenen hält. Sollte er fürchten, entlarvt und gelyncht zu werden?«

»Dafür, daß er Sie auf dem Gewissen hat, würde er es bereits verdienen.«

»Sie geben mir also recht. Das tröstet mich über den – Minutenverlust von vorhin, der dadurch entstand, daß Ihr Lächeln mich veranlaßte, mir Ihre Gunst nicht zu erzwingen, sondern zu holen. Jenes war meine Absicht. Dieses ist das Wunder.«

Leilah trat schnell neben den Sessel Rabsboroughs und flüsterte ihm, jedoch so, daß die Baronesse es hören mußte, in den Kragen: »Ich fahre noch ein bißchen auf den Pincio. Die Nacht ist so warm und der gute Junge so wundervoll blöde.« Sie schlüpfte davon, scheinbar die Baronesse gänzlich vergessend.

Diese, im Banne einer nie noch gekannten Lockerung sämtlicher Lebensgewohnheiten, sagte leise: »Wie hätten Sie denn aber meine Gunst sich erzwingen wollen?«

»Ach.« Rabsborough winkte jemandem mit der Pfeife. »Ich werde es Ihnen, lediglich zu Ihrer Erheiterung, vorführen.« Worauf er dem zögernd und ungelenk an den Tisch tretenden Öchsli seinen Zwanziglire-Schein unter die Nase hielt und, mit der andern Hand auf die Baronesse weisend, behauptete, diese hätte gesehen, wie er ihr die Banknote aus dem Handtäschchen stahl.

Öchsli, der zum Überfluß an einem Kaffeefleck seinen bereits schmerzlich vermißten Schein wiedererkannt hatte, geriet dermaßen in Wut, daß er Miene machte, sich auf die Baronesse zu stürzen.

Rabsborough versetzte ihm, gerade als seinen speichelspritzenden Lippen das Wort »Chaibe ... « sich entrang, rechtzeitig einen wohlgezielten Uppercut, der ihn auf den Boden legte, von wo zwei rasch herbeigestolperte Kellner ihn bestürzt entfernten.

Die Baronesse, die abwechselnd erbleicht und errötet war, suchte, naturgemäß resultatlos, ihr Bewußtsein in Ordnung zu bringen. »Aber ... was ... soll ... denn das ... was ... «

»Das bedeutet, daß nach diesem Skandal jeder, ausnahmslos jeder im Hotel Sie für meine Geliebte hält. Es ist also durchaus unmöglich, sich äußerlicher Gründe wegen mir noch weiterhin zu versagen.«

»O Sie ... « stammelte die Baronesse unterwühlt.

»Du!«

»Wie heißt du eigentlich?«

»Fritz Hasemann, mein Täubchen.«

Ljungdahl umwickelte seine blutende Hand mit dem Spitzentaschentuch, das Ramona ihm auf den Tisch geworfen hatte, bevor sie Cristina gefolgt war. Als er die Zipfel verknüpfte, kam Ramona wieder an den Tisch. Sie schlug, etwa fünfzehnmal und überaus schnell, die Zähne auf einander: »Sie sind nicht mein Typ. Außerdem habe ich mich schon mehr verteilt, als mir zuträglich ist. Aber Cristina gefallen Sie doch so sehr. Kann man es deutlicher beweisen?« Sie schnellte den kleinen Finger vorsichtig auf seine verbundene Hand. »Übrigens ist sie schöner als ich.«

Ljungdahl hob ablehnend die Hand, die sofort schmerzte. »Ihr Hut, Ramona, paßt nicht zu Ihrer Stimme.«

Ramona setzte kurz ihre perlweißen Zähne auf die Unterlippe. »Es freut mich, daß Sie sich bekehren.«

»Fast alle Frauen bekommen ohne Hut einen blöden Ausdruck. *Sie* würden gewinnen.« Ljungdahl umkrallte mit der unverletzten Linken ihren Schenkel oberhalb des Knies.

Ramona zischte: »Wiederholen Sie diesen Griff nicht!« Ljungdahl rieb seine brennenden Finger, die ein heftiger Fächerschlag getroffen hatte. »Ich glaube Ihnen die kalte Schulter nicht. Sie verbergen mir etwas.«

Ramona spie sich achselzuckend auf den Unterarm, schmierte eine trockene gelbe Crême darauf, rieb sie mit dem Zeigefinger zu Brei und mit einer geschickten Wendung auf Kinn, Nasenspitze und Stirn, wodurch sie Lichter erzielte, welche ihr ganzes Gesicht gleichsam nach innen zu verkürzten und jenen scharfen Ausdruck, in den Ljungdahl wie vernarrt war, noch verstärkten.

»Ist Cristina überhaupt Spanierin?«

»Sobald Sie wollen, führe ich Sie zu ihr.« Ramona überpuderte ihre Arbeit mit staunenerregender Geschwindigkeit.

Ljungdahl stupste ihr den Mittelfinger auf den Oberarm. »Cristina ist ja vielleicht schöner. Aber im Ernstfall zählt das Detail mehr. Ich liebe Ihr grausames Gesicht.«

»Gerede!« Ramona parfümierte sich den berührten Oberarm.

»Jede Gier ist unbegreiflich.« Ljungdahl mußte miteins lachen, da er Ramonas Geste verstand. Dabei lockerte sich das Taschentuch, so daß das Blut wieder zu fließen begann.

Ramona schob ihm das Taschentuch von der Hand, zerriß es zwischen den Zähnen und verband die Wunde. »Cristina hatte schon wilde Jahre gehabt, bevor sie nach Cordoba kam. Sie heißt allerdings Ferretti. Ihre Mutter war Italienerin. Aber ihr Vater Spanier. Torero.« Sie neigte den Mund über seine Hand, um die Zipfel des Taschentuches, deren einen sie zwischen die Zähne klemmte, fest zuziehen zu können. »Sie ist ein uneheliches Kind. Noch heute trägt sie um den Hals ein kleines Medaillon mit der Miniature ihres Vaters. Damit hat es eine eigene Bewandtnis. Wollen Sie nicht danach fragen?« Sie stieß, da er nicht antwortete, seine eben noch mit größter Behutsamkeit behandelte Hand brutal von sich, pfiff aber sofort, als bereue sie es. »Es war ein Wunder, daß niemand sah, wie sie Sie gestochen hat. Und es kam doch sofort Blut. Das ist ihr erster Gunstbeweis. Und ich kann Ihnen versichern, daß Sie ihr imponiert haben, als Sie das Glas auf den Tisch schlugen und dem Kellner ruhig sagten, Sie hätten sich geschnitten.«

Ljungdahls Zunge leckte flau: es war Ramona nun doch gelungen, seine Begehrlichkeit abzulenken und seiner Eitelkeit zu schmeicheln.

Ramona speichelte, als hätte sie es ihm vom Gesicht gelesen, sich den Zeigefinger ein und strich mit ihm über seine Lippen. »Wie kann man ein Weib wie Cristina auslassen? Andere müssen schwer zahlen.«

Ljungdahl schnappte nach ihrem Finger.

Aber Ramona, mit dem Blick bei der Sache, war schneller. »Sie wollen also? Sie wollen, nicht wahr? Sie wollen!«

»Als würde sie dafür bezahlt«, dachte Ljungdahl, aber er hütete sich, es auszusprechen; und er hörte sogar auf, es anzunehmen, als er die herrische Geste sah, mit der sie ihren Busen arrangierte. »Der Stolz ist hier fast ein Laster.«

Ramona nahm es als Zustimmung. Ihr pralles Posterieur zog sich ein. Plötzlich stand sie steil und mit hochgezogenen Schultern. Ihre Unterlippe rollte ein bißchen.

Sie verließen die Terrasse des Circulo Mercantil und gingen den Paseo Gran Capitan hinunter. Vor ihnen flammten die Bogenlampen auf, eine nach der andern. An der Ecke der Calle de Burgos begann Ramona vorauszugehen und eigentümlich die Arme zu bewegen. Flüchtig war es Ljungdahl, als gebe sie damit irgendein Zeichen. Da der schweigsam zurückgelegte Weg ihn zudem ernüchtert hatte, entschloß er sich, so rasch wie möglich sich zurückzuziehen. Es sofort zu tun, wagte er nicht, die spanische Empfindlichkeit kennend.

Ramona trat nach wenigen Schritten in ein Haus und durch

eine niedrige eiserne Gittertür in einen atriumähnlichen, mit einigen halb zerbrochenen Petunientöpfen kärglich geschmückten Vorraum, in dessen einer Ecke hinter gelblichem Milchglas ein Talglicht brannte. Es roch nach Weihrauch und Urin.

Zum ersten Mal lächelnd, ergriff Ramona Ljungdahls Hand und zog ihn schnell durch eine Seitentür in einen schmalen Gang, wo sie viermal an eine Tür pochte, durch deren Ritzen Licht drang. Ein Riegel wurde zurückgestoßen. Im Rahmen der Tür erschien Cristina in einem zu langen und fast grotesk geschnittenen Hemd, über das ihr aufgelöstes langes schwarzes Haar hinabwallte. Sie preßte sogleich ihren Körper an den Ljungdahls und machte eine rasche Drehung, so daß dieser ins Zimmer zu stehen kam.

Ramona schloß von draußen die Tür.

Ljungdahl hatte ihr Gesicht noch gesehen: sie hatte immer noch gelächelt. »Sie hat vielleicht gar nicht aufgehört, zu lächeln«, ging es ihm kurz durch den Kopf.

Cristina warf ein bereits sehr schadhaftes Seidentuch sich übers Hemd, schlüpfte in einen kurzen Unterrock von rotem Flanell, den sie über das Tuch band, und stieß die nackten Füße in dunkelgrüne Pantöffelchen. »Schau mich an!«

Ljungdahl tat es ohnedies. Aber er sah nicht viel, da sie vor dem Licht stand; nur, daß sie den rechten Fuß hob, mit dem sie seine verbundene Hand beinahe berührte.

»Das war meine Visitkarte.«

Ljungdahl lächelte wirr. Und während er einen auf dem Kachelsims liegenden eigenartigen Gegenstand zu erkennen sich bemühte, wurde sein Kopf nach hinten gestoßen. Erst Sekunden später wußte er, daß sie ihn geküßt hatte und in die Oberlippe gebissen. Er schmeckte Blut.

Cristina hing sich an seinen Hals, ihm etwas vor die Augen haltend. Immer wieder. Und immer näher. Er nahm es ihr schließlich aus der Hand und senkte es, so weit die Halskette, an der es hing, es zuließ: es war eine Miniature, darstellend einen Espada, dem ein Stier in der Arena den Bauch aufschlitzt. »Ist das alles?«

»Du bist enttäuscht?« Cristina riß ihm mit einem ärgerlichen Ruck des Halses das Medaillon aus der Hand und wirbelte sich auf einem Absatz zur Seite. Dann setzte sie sich, schlug ein Bein über, zündete sich eine kleine Zigarre an und sang zwischendurch leise die Canzonetta von Filipucci.

Ljungdahl, der längst vergessen hatte, daß er sich hatte zurückziehen wollen, sah mit einem Mal, daß sie in der Rechten eine Reitpeitsche hielt, mit deren dünner Lederschleife sie einem großen schwarzen Kater den Kopf kraulte. Vergeblich versuchte er, den Geruch, der von ihr ausging, zu präzisieren.

»Weißt du, was die Amore ist?« Cristina machte einige pfitschende Lufthiebe.

»Ein Wort, das so gut wie kein anderes jede Gier erleichtert.«

Cristina stemmte eine Hand gegen den Bettpfosten, der knackte. »Weil du es nicht weißt. Weil du ein Turnó bist.«

Ljungdahl fühlte sich beengt: da er nicht annehmen konnte, eine Neo-Sentimentale vor sich zu haben, vermutete er, nicht verstanden worden zu sein. Mit einem Blick auf ihren Leib, der in feinen Spiralen sich bewegte, zog er es vor, zu lächeln.

Während Cristinas schlanke Linke die Hüften entlang strich, knallte ihre Rechte die Schleife der Reitpeitsche vor der Schnauze des Katers auf die Kacheln. »Ich werde dir erzählen, wie es bei mir war.« Sie holte aus und traf den Kater mit solcher Wucht auf die Nase, daß er mit fauchendem Gurgeln auf sie zuschoß. Aber noch bevor er sie erreicht hatte, trafen ihn drei, vier, fünf Hiebe, so daß er sich winselnd verkroch. »Es hat sehr frühzeitig angefangen. Vida. Interessiert es dich überhaupt? Du stehst ja da wie ein Regenwurm.« Sie wies mit der Reitpeitsche auf einen Baststuhl mit außerordentlich niedrigem Sitz. »Wenn du nicht willst, darfst du auch die Wand verdrecken.« Sie ließ mit einem rapiden Lachen die Zigarre über die Finger laufen, so daß die Schatten an der Mauer tanzten. »Vida. Meine Mutter nahm mich schon mit sechs Jahren in die Arena.« Und nun begann sie mit auffälliger Geläufigkeit und fast geschmackloser Häufung blutrünstiger Details das Erlebnis ihrer ersten Corrida zu schildern, die einem Amateur-Matador das Leben gekostet hatte und in der Folge ihr die Unschuld. Da der Stier, bevor er die tödliche Cogida gerannt hatte, drei Espadas außer Gefecht gesetzt hatte, wäre die Aufregung des Publikums so gestiegen, daß es, als die Fortsetzung der Corrida untersagt wurde, zu einer blutigen Schlägerei gekommen wäre. Dies alles hätte sie so erregt, daß sie nicht einschlafen konnte, ihre Mutter, die im selben Zimmer schlief, mit ihrem Liebhaber im Bett beobachtet hätte und durch diesen Anblick zum ersten Mal in jenen Zustand geraten wäre, der schließlich in die Arme eines Mannes führt. An dieser Stelle schwieg sie, um Atem zu holen, und bog, aufs Äußerste von ihren Worten erregt, die Reitpeitsche zwischen den Händen. Ihre Zähne zerrieben die Zigarre.

Ljungdahl, den es zwang, an das Erzählte zu denken, ärgerte sich unklar ein wenig. Er wollte sich zurechtfinden, ihre Absicht erkennen. Aber alles war wie von dieser Frau verlegt, von ihrem herben Geruch, ihrer harten Stimme, ihrer aufregenden Erregung.

Cristina warf die Zigarre an die Zimmerdecke und traf sie noch in der Luft mit der Reitpeitsche, von der sie knallend auf einen Spiegel flog. »Jeden Sonntag ging ich nun mit meiner Mutter zu den Corridas. Denn ich plärrte so, daß sie mich mitnehmen mußte. Die Plätze kosteten sie nichts, da sie mit allen Banderilleros und Espadas, die damals in Madrid berühmt waren, geschlafen hat. Mein Vater war Valencia II. Ein großer Espada. Der vielleicht einer der größten geworden wäre, wenn ihm nicht mit vierundzwanzig Jahren in Sevilla ein Stier ...« Sie schwang das Medaillon kurz vor sich her. »Meine Mutter hat es ihr ganzes Leben lang bedauert, daß sie damals nicht nach Sevilla gefahren war. Aber sie war im siebenten Monat schwanger mit mir und fühlte sich schlecht. Das Medaillon habe ich von ihr geerbt. Sie hat es sich eigens von Aguero machen lassen, der den Tod meines Vaters mitangesehen hatte. Ich trage es immer. Ebenso wie meine Mutter.« Sie küßte es langsam, schwang es mit einer jähen Bewegung auf den Rücken und sprang vor Ljungdahl hin, ihm die Hand auf den Magen pressend. »Siehst du, Catelo, so hat es bei mir angefangen. Mit zwölf Jahren *war* es dann. Ein Mono. Die sind schlimmer als die Ärgsten. Ich trieb es mit ihm auf dem Abattoir zwischen den toten Stieren. Unter Fleischgestank und Blutdunst. Einmal lagen wir halb auf dem Bauch eines Stieres, der noch zuckte. Ein anderes Mal brach einem, neben dem wir lagen, plötzlich noch ein Blutstrahl aus dem Maul und floß uns über die Beine. Und wieder einmal, da ... «

Ljungdahl wußte nicht, ob er nicht mehr zuhören oder bloß das heiser Keuchende ihrer Stimme nicht mehr ertragen konnte oder ob es seine nicht mehr niederzuzwingende Gier war: er warf sich auf Cristina und seine Lippen auf die ihren. Doch er berührte sie nicht: Cristina hatte ihn durch einen Fauststoß an die Wand geworfen. Gleichzeitig sauste ein Peitschenhieb durch die Luft und ihm brennend über Stirn und Wange.

Cristina stand mit gespreizten Beinen vor ihm. Die Zunge hing ihr aus dem Mund. Ihre Augen leuchteten tückisch. Mit einem bestialischen Schrei holte sie bis über die Schulter aus. Und nun klatschte Hieb auf Hieb nieder.

Ljungdahl war dermaßen überrumpelt, daß er weder den

Schmerz voll spürte, noch sich zu wehren wußte. Als jedoch die Hiebe immer schneller und fester fielen, löste er sich knirschend von der Mauer und hob die Fäuste. Aber Cristina bückte sich, nach etwas greifend. Und schon traf ihn ein vierfacher Knutenhieb, quer über Brust und Arme. Er brüllte auf. Ein zweiter Knutenhieb schnitt auf seinem Rücken. Krächzend stürzte er vor. Sie entwich ihm geschmeidig und versetzte ihm einen furchtbaren Hieb auf den Hintern. Er bäumte sich. Seine Stimme pfiff vor Schmerz. Aber die Hiebe prasselten unbarmherzig auf ihn nieder. Wieder schmeckte er Blut. Es rann aus der Nase, auf den Wangen, an den Ohren, die Brust hinunter. Überall brannte es ihn schier unerträglich und wurde immer unerträglicher. Er fiel in die Knie. Es war wie ein Feuerregen um ihn, naß und leuchtend. Schließlich schwand ihm das Bewußtsein ...

Als er zu sich kam, hörte er das Geräusch von plätscherndem Wasser, das Gehen nackter Füße. Obwohl jede Bewegung ihn schmerzte, stand er stöhnend auf. Schräg hinter ihm flackerte in einem offenen Zimmer eine kleine Kerze. Gegenüber sah er eine Tür. Gedankenlos rüttelte er an ihr. Verschlossen. Da hörte er schwaches Ächzen. Dann einen kleinen Schrei. Er näherte sein Auge einer Ritze und erblickte auf einem Bett Ramona und Cristina in wollüstiger Verschlingung. Eine Weile sah er ihnen zu. Dann wischte er mit einem Strumpf das Blut sich vom Gesicht. Dabei fühlte er, wie übel er zugerichtet war, und trat vor einen matten Wandspiegel. Bei seinem Anblick fluchte er laut auf. Als er gehen wollte, hörte er Ramona lachen. Wütend trat er ins Zimmer zurück, zerschnitt vier Röcke und zwei Seidenkleider und spuckte unzählige Male in einen gefüllten Weinkrug.

Zwei Tage später begegnete er in Madrid auf der Gran Via Mario Tosato, einem amüsanten Florentiner, und berichtete ihm von seinem Mißgeschick. Ohne seine Zigarette auch nur einige Sekunden zu vernachlässigen, erklärte Tosato, liebenswürdig lächelnd: »Las tortilleras di Corboda ... conosco tutte ... conosco anche dal profumo a occhi chiusi. La Ferretti a un odore differente. Odora di Kater. Vous comprenez. Verstehn Sie ... «

Ljungdahl verstand. »Ma ... Sie haben ... Excusez ... «

Tosato krümmte verdeutlichend die Hand, den Spazierstock unter die Achsel klemmend: »Si capisce. Sono due tortilleras molto sadistiche. La Ferretti, erzählt sie grande Romanen. L'altra è la più fina. Fa il trucco. Ma avevate de la chance. Branco Freixas, Sie kennen, aus Lisboa, er hinkt noch heute, ecco.«

Das ominöse Schild

Als Somogyi (aus Agram) nach monatelanger Abwesenheit gegen acht Uhr morgens die steinerne Wendeltreppe eines schmalen Hauses in der Via Mazzini emporstieg, um bei seinem Gelegenheits-Kumpan Bazzo sich zu verbergen, blieb er im zweiten Stock vor einer Tür stehen, an der ein schmutziggrauer Karton hing mit der schwarz gedruckten Aufschrift: »Servizio latrina cent. 30«.

Somogyi, das bevorstehende schwierige Wiedersehen im Kopf, wollte schon weitergehen, als er fühlte, daß er die Gelegenheit benützen könnte; und während er bereits mit der Linken vorne an seiner Hose nestelte, öffnete er mit der Rechten die Tür.

Er hatte noch kaum recht gesehen, als ihm auch schon ein durchdringender Schrei entgegenscholl: mitten im Zimmer stand in einem großen Blech-Lavabo eine nackte Frau, in der einen Hand einen nassen Schwamm, in der andern ein Stück Seife.

Somogyi war so verdutzt, daß er völlig vergaß, wo seine Linke sich befand.

»Porco cane! Maledetto porco!« schrie die Frau, die Knie schließend und die Seife auf ihre Scham pressend. Ihr Gesicht gebärdete sich, als griffen ein Skorpion und eine Maus sie gleichzeitig an.

Somogyi, seine Linke immer noch an der gewissen Stelle, grinste jetzt langsam, aber außerordentlich sanftmütig. Infolgedessen übersah er, wie der rechte Arm der Frau ausholte und den Schwamm gegen ihn schleuderte.

Der Schwamm ging fehl. Er platschte, hart neben Somogyis Kopf, an die Wand, von der er, nachdem er einen dunkelbraunen Fleck von der Form Südamerikas zurückgelassen hatte, mit einem saftigen Glucksen auf die Steinfliesen fiel.

»Aiuto!« zeterte die Frau, nach diesem Mißerfolg noch wütender und schüttelte drohend die Faust. »Aiuto!«

Aber Somogyi hatte die Tür bereits hinter sich geschlossen. Nicht zuletzt, weil sein geschultes Ohr in der Ausführung des jüngsten Hilfeschreies eine gewisse Mattigkeit wahrgenommen zu haben glaubte. Er näherte sich zögernden Schrittes, mit seinen pfaublauen Augen unentwegt auf die gleißende Leibesfülle der Badenden glotzend. »La prego di scusarmi, signorina ... Aber das Schild an der Tür gab mir immerhin eine gewisse Berechtigung ... «

»Was für ein Schild, Madonna!« keifte die Frau mit unwahrscheinlicher Weinerlichkeit. »Packen Sie sich jetzt endlich oder ... « Sie holte mit der Seife aus.

Die Situation war in höchstem Maße kritisch.

Somogyi erkannte es. Er machte schnell kehrt, öffnete die Tür und knüpfte das Schild los. Diese Beschäftigung beanspruchte ihn jedoch mehrere Minuten, so daß die Badende Zeit fand, aus dem Lavabo zu steigen und sich in ein rosafarbenes Leintuch zu hüllen.

Somogyi trat gravitätisch wieder ein, schloß unbemerkt die Tür ab und stelzte hierauf, das Schild steif vor sich hinhaltend, auf die überaus verwundert Dreinblickende zu.

Diese las alsbald. Las immer wieder. Mit bebenden Lippen. Mit torkelnden Augen.

Somogyi weidete sich mit bemerkenswerter Niederträchtigkeit an dem psychisch parterren Zustand seines Opfers, das erst nach Sekunden hervorzugurgeln vermochte: »Madonna ... Madonna ... Cos' è questo? Che ... «

»Dieses Schild hing an Ihrer Tür. Sie konnten sich soeben selbst davon überzeugen und werden deshalb endlich begreifen, weshalb ich hereinkam, ohne anzuklopfen. Aber nur *dadurch* ist meine Haltung zweideutig geworden.« Somogyi ließ das Schild sinken, es dezent umwendend.

»Madonna ... « entrang es sich, wenn auch um vieles schwächer, der Kehle der nunmehr bloß Verwirrten. »Aber wie kommt dieses Schild an meine Tür? Ich wohne doch schon zwei Jahre hier.«

»Vielleicht ebendeshalb«, entfuhr es Somogyi in unverantwortlichem Übermut. Um es zu annullieren, stellte er sich vor: »Somogyi. Nikolaus Somogyi.«

Es ist wohl eine der unerklärlichsten Erscheinungen, daß der unmöglichste Mensch, sobald er sich vorstellt, irgendwie an Boden gewinnt. Zudem hatte Somogyis freche Antwort, da sie unverstanden blieb, sogar imponierend gewirkt. Und so geschah es, daß Somogyi miteins den Namen »Eletta« gehaucht vernahm.

Augenblicks ließ er das Schild fallen, riß Elettas noch feuchte Hand an seine Lippen und küßte sie voll Inbrunst. Diese Unternehmung hatte die einigermaßen vorherzusehende Folge, daß Somogyi erwog, wie er die Besitzerin dieser genußreichen Finger auch mit ihren restierenden Körperteilen seiner Lust dienstbar machen könnte. Er erwog nicht lange. Wußte er doch wie das Alphabet, daß auch die Prüdeste stets den Rüdesten erträumt.

Dennoch hielt er es für ratsam, sonderlich in Anbetracht der jüngst gemachten Erfahrungen, speziell überraschend vorzugehen. Deshalb stieß er im selben Moment, da er ihre Hand freiließ, seine Faust so heftig zwischen Elettas Brüste, daß sie mit einem gebrochenen Aufschrei in ein niedriges Fauteuil plumpste, von dem Somogyi sie jedoch, um die Wirkung voll zu verwerten, an den Füßen zu Boden zog. Und zwar auf einen ehemaligen Gebetteppich, bei welchem Transport das rosafarbene Leintuch bis unter die Brüste sich schob, so daß Eletta, als ihre Bewegung zum Stillstand kam, gebrauchsfertig hingestreckt war. Ihr halbes Schreien vernichtete Somogyi, nachdem er sich über sie gestürzt hatte, durch einen wohl angelegten Kuß ...

Als Somogyi bereits aufrecht im Zimmer stand und Eletta, leise und sehr wirkungslos vor sich hinjammernd, unweit hinter ihm über dem Blech-Lavabo ihrer Toilette oblag, rüttelte es an der Türklinke.

Vier Hände hielten indigniert inne.

Eletta empfand es trotz allem angenehm, daß sie sich berechtigt wissen durfte, über Somogyi zu verfügen. »Schau mal nach, wer es ist.«

Somogyi schaute nach. Legte aber sogleich die Tür geräuschlos ins Schloß und blickte bleich auf Elettas schon wieder eifrige Hände, über deren säubernden Griffen es machtvoll hin und her wogte.

»Was ist denn los? Wer ist es denn?« Elettas Finger machten angesichts der enormen Ratlosigkeit Somogyis abermals halt.

»Er hat mich nicht gesehen. Glücklicherweise.« Somogyis schönes Hundegesicht lächelte unstet.

»Wer denn!« belferte Eletta ungeduldig.

»Still!« wisperte Somogyi, schob sachte den Riegel vor und tänzelte auf den Fußspitzen hinter Eletta. »Kennst du ihn denn?«

»Wen?« Eletta richtete sich teilweise auf.

»Bazzo.«

»Bazzo?«

»Ja.«

»Aber natürlich. Laß ihn nur herein!«

»Ausgeschlossen.«

»Warum?«

Somogyi, der urplötzlich eine Lösung seiner allzu schwankhaften Situation gefunden zu haben hoffte, antwortete sehr ernst: »Diesen venerischen Hengst?«

»Er ist ... ?« Eletta schnappte. »Aber ich habe ... du hast ... er hat ... «

» ... und wir haben – keine Zeit zu verlieren.« Somogyi drückte ihr seine Hand auf den Mund, warf sich hierauf zu Boden und rollte sich kurzerhand unter die Ottomane, die vor dem Fenster stand.

An der Tür rüttelte es ungestüm.

»Subito, subito!« heulte Eletta ängstlich. »Ich leg nur etwas um.«

Bazzo eilte lauernd über die Schwelle. Seine Hengstmähne wehte. »Wo ist es hin?« stieß er nervös hervor.

»Was soll hin sein ... «

»Hast du es weggenommen?« Bazzos Augen flackerten wild.

»Was denn nur ... Du bist gar nicht so wie sonst.«

Bazzo scharrte erregt mit einem Fuß. »Ich bin weder so noch so. Sondern so, wie ich gerade will.«

»Also ein Charakter. Das hab ich schon immer geahnt.«

Bazzo überhörte es ungern. Sein Blick schoß durchs Zimmer. »Was? Sand auf dem Teppich? Das Lavabo auf dem Boden? Und die Lampe steht nicht schief?«

»Banknoten sind darunter.« Eletta kicherte verächtlich und schlüpfte in ein rotes Seidenhemdchen.

Bazzo sah trotzdem nach: unter der Lampe herrschte Öde. »Ich bitte mir jetzt endlich Ernst aus, Stück Tier du!«

»Mit dir ist es schwer, ernst zu sein. Du siehst alles.«

Da stürzte Bazzo mit einem Mal nach vorn und griff mit zitternden Händen nach dem schmutzigen Schild. »Da ist es ja! Da ist es ja! Hast du es weggenommen?«

»Nein, Somogyi«, sagte Eletta gedankenlos und lachte, als sie es bemerkte.

»Wer ist Somogyi? Vielleicht dieser venerische Hund?«

»Und da fragst du, wer es ist?«

»Verflucht, wirst du mir endlich antworten?«

»Seit zehn Minuten tu ich nichts anderes. Und zwar auf die saublödesten Fragen.«

Bazzo neigte plötzlich lauschend den Kopf. »Hast du nichts gehört?«

»Madonna ... nein.«

Bazzo beruhigte sich gleichwohl nicht, umklammerte Elettas Oberarm und fauchte ihr speichelspritzend ins Gesicht:

»Dieses Schild da habe ich vor einer halben Stunde an deine Tür gehängt.«

»Du?« Eletta bohrte ihm beide Fäuste in den Bauch.

»Weg von mir! Unverschämt!«

»Maul halten!« Bazzo griff nach einem zerbeulten Kupferleuchter.

Eletta spie darauf.

Bazzo, sofort entmutigt, schmiß ihn zu Boden, auf dem er weiterrollte. Just unter die Ottomane, hart vor Somogyis Nase.

»Ich habe es doch nur an deine Tür gehängt«, jammerte Bazzo jetzt, beinahe schon kleinmütig, »um die Poliziotti irrezuführen.«

»Die Poliziotti?« Elettas Züge spannten sich unsympathisch. Es war unverkennbar, daß sehr Seriöses bei ihr einsetzte. »Ach so. Aber ich verstehe noch nicht ... «

Bazzo setzte sich konsterniert auf die Ottomane, wobei ihm das Schild aus der Hand fiel und zwischen seine Füße. »Vor zwei Stunden habe ich erfahren, daß sie mich suchen. Da sie mich bei mir nicht finden werden, werden sie mich bei dir suchen, infolge des Schildes aber nicht einmal deine Tür entdecken. Ist das nicht eine großartige Idee?«

»Servizio latrina – eine großartige Idee? Madonna mia ... !« Trotz dem zweifellosen Ernst der Lage kochte in Eletta von neuem der Zorn hoch.

»Vormittags kommt doch kein Klient zu dir. Und jetzt ist es erst neun.«

»Ein Irrtum. Und außerdem steht ›30 centesimi‹ darauf. Die Polizei ist ja im allgemeinen gräßlich dumm, aber so viel weiß sie doch, daß in einem Privathaus der Servizio latrina gratis ist.« Eletta trällerte höhnisch.

Bazzo schwieg verblüfft und beschämt.

Somogyi, unter ihm, grinste amüsiert. Dann aber packte ihn wiederum der Übermut: er zog einen blauen Bleistift aus der Tasche und strich auf dem zwischen Bazzos Füßen liegenden Schild behutsam die Taxe durch.

Unmittelbar darauf fielen Bazzos verwaschene Blicke auf das Schild. Und schon schwang er es, aufspringend. »Bitte zu lesen! Bitte zu lesen!« Seine Augen wölbten sich jählings voll eitel Siegerjubel.

Eletta machte ein ideal verdrossenes Gesicht. »Du hast eben einen blauen Bleistift. Denn bevor du es aufgehoben hast, war die Taxe noch nicht durchgestrichen.«

»Es steht dir frei, mich zu visitieren.«

»Fällt mir gar nicht ein! Übrigens kannst du ihn ja weggeworfen haben.«

»Visitiere das Zimmer!«

Eletta lächelte seltsam, sich hastig ankleidend. »Die Poliziotti können jeden Augenblick da sein.«

»Ja so.« Bazzo eilte zur Tür und befestigte das Schild neuerdings.

Es dauerte mehrere Minuten.

Währenddessen huschte Eletta vor die Ottomane. »Somogyi, hörst du?«

»Ja.«

»Was soll ich mit diesem buffo nur machen?«

»Gar nichts.«

»Wenn aber die Poliziotti ... «

»Laß sie nur kommen.«

»Aber das Schild ist doch ein Unsinn!«

»Ebendeshalb.«

Die Tür ging auf. Bazzo trat wieder ein. »Jetzt können sie kommen.«

Sie kamen auch. Nach einer Viertelstunde.

Bazzo, der auf der Ottomane saß, ließ sich widerstandslos fesseln und, nach einem schuldbewußten Blick auf Eletta, mit hängender Mähne abführen.

Sogleich kroch Somogyi hervor, den zerbeulten Kupferleuchter in der Hand.

Eletta betrachtete günstig seine Gestalt. »Gib den Leuchter her!«

»Dein Wunsch ist mir ein Kichern.« Somogyi gehorchte freundlich.

»Was willst du jetzt noch, du Hund? Bist du wirklich venerisch?«

»So wenig wie dein verflossener Hengst.«

»Was willst du also?«

»Bazzo würdiger ersetzen.«

»Madonna!«

»O nein.« Somogyi zeigte seine schönen Zähne. »Du mußt mich verbergen.«

»Was?« Eletta ließ den Leuchter fallen. »Dich suchen sie auch?«

»Leider. Aber mich werden sie nicht finden.« Somogyi lief zur Tür und riß das ominöse Schild herunter. Nur noch ein Stückchen blieb hängen. »Der blaue Strich ist von mir.«

Eletta lachte. Es war wie eine Hoffnung. »Seit wann bist du in Verona?«

»Seit drei Stunden.«

»Das ging schnell.« Eletta lachte immer noch.

Somogyi hauchte einen Kuß auf das Schild. »Dank dem Servizio latrina.«

»Meinetwegen!«

The mistery of Tottenham Court Road

Als Jabert in Shearns Hotel auf dem Tottenham Court Road eintrat, war niemand zu sehen. Nachdem er seinen Koffer in das Zimmer getragen hatte, in dem er schon zweimal übernachtet war, ging er in das W. C., in dessen Tür er auf einen jungen Mann in einer Ärmelweste stieß, der von seltener, beinahe unwirklicher Schönheit war, aber einen dermaßen bösen Zug um den Mund hatte, daß er sich wunderte, ihn so offen zur Schau getragen zu sehen.

Obwohl es erst sieben Uhr abends war, ging Jabert sogleich zu Bett. Er hatte in Devonshire den kompliziertesten Kassenschrank seiner Karriere bewältigt und schlief, übernächtig, augenblicks ein. Als er gegen fünf Uhr morgens erwachte, hörte er ein schleifendes Geräusch auf dem Korridor. Unwillkürlich dachte er an den schönen jungen Mann vom vergangenen Abend. Der Plan, ihm einen Besuch zu machen, war kaum erwogen, als Jabert auch schon entschlossen war, in sein Zimmer einzudringen. Mit dem Erforderlichen versehen, schlich er sich auf den Strümpfen vor das W. C., um die Richtung zu rekonstruieren, in welcher der junge Mann gegangen war. Daselbst befanden sich nur zwei Zimmertüren, deren erste er mit drei Stichen öffnete. Das Zimmer war unbesetzt; das zweite unversperrt, das Bett unberührt. Schon wollte er sich zurückziehen, als das Licht seiner Taschenlampe zufällig das Fenster streifte. Er zuckte zusammen: sah er recht ... ? Hing da nicht ... ? Ja, dort am Fenster hing ein Mann, hatte sich einer aufgehenkt.

Jabert drehte das Licht an und den Körper des Toten sich zu, um den abgewandt hängenden Kopf sehen zu können. Er erblickte, was er eigentlich schon gewußt hatte: das Gesicht des schönen jungen Mannes mit dem bösen Zug um die Lippen, den der Tod in einen abschreckend häßlichen verwandelt hatte. Jabert öffnete die Hose des Toten, um festzustellen, ob Selbstmord vorlag. Das untrügliche Zeichen fehlte. Im selben Augenblick vernahm er vom Korridor her dasselbe schleifende Geräusch. Sofort kroch er unters Bett. Einige Sekunden später spürte er einen schwachen Luftzug: die Tür war geöffnet worden. Da entdeckte er neben dem Fenster eine Frau, die, nur mit dem Hemd bekleidet, auf dem Fußboden lag. Und fast gleichzeitig hörte er die Stimme eines Mannes:

»Jo. Die Hauptsache wäre also jetzt besorgt. Wenn sie morgen den Bender da am Fenster hängen sehen und diesen Crack daliegen ... «

Jabert sah, wie zwei Finger den Busen der Frau auf dem Fußboden betasteten und sie mit einer rohen Bewegung auf den Rücken rissen. Er war durch sein Leben hart geworden, der Anblick dieser Hände aber ließ ihn dennoch erzittern. Da hörte er jene Stimme wieder:

» ... werden sie glauben, daß er nach seinen zwanzig Schnicks das Delirium bekommen hat und wie sie ihn hängen sah, hat sie sich vor Schreck hingelegt. Oder sie werden nach der Rauferei ...«

»Aber woher hast du ihn denn überhaupt?« Eine hellere Stimme sprach diese Worte.

»Er hat mir mal einen Gang vershackelt.«

»Du hast ihn doch nicht ... «

»Hoho ... Schwer wars nur, ihn bis daher zu dreideln. Gebaumelt hat er dann schneller als'n Hund läuft.«

»Du hast ihn ... meinetwegen ... ?«

»Garn, garn! Ich hätte dich also mit dieser Irish-beauty da auffliegen lassen sollen?«

»Ich weiß schon, daß die vom Gericht nichts glauben. Aber ich ...«

»Dear me, ist das ein Doodle! Und wenn du mit Engelszungen geflötet hättest, nach vier Wochen wärst du in die Schlinge gestiegen.«

»Aber die da ... ? Was ist mit ihr?«

»Diese Foozle? Die hab ich ... No, Willy, ich bin nicht da, um dich vor dir zu entschuldigen.«

»Und wo ist denn nur Blossie hin?«

»Up! Zum letzten Mal! Gestern hast du mit den beiden Colts, mit Blossie und mir unten gesoffen. Um zwölf bist du mit ihr losgegangen. Um zwei Uhr war sie wieder unten. Und wie ich um vier bei dir anklopfe, ist Licht und ne tote Frau auf dem Teppich ... Hollah, was ... Weißt du noch, ob das Licht ...«

»Ob das Licht ...?«

»Ich hab das Licht abgedreht, wie ich raus bin.«

»Ich erinnere mich. Du hast abgedreht.«

»Gemini! Es hat aber gebrannt, wie wir zurückgekommen sind. Tsss!«

Lautlos zog Jabert seinen Browning, schob sich nach hinten und zwängte sich eben zwischen Bett und Wand hoch, als er die hellere Stimme flüstern hörte, ob jemand da sei. Da wußte er, daß der Andere unters Bett gekrochen war und jeden Augenblick seine Füße sehen konnte. Schnell hob er den Kopf: zwei Schritte vor ihm bewegte sich der Rücken eines Mannes. Schnell schlich Jabert sich hervor und hinter den drei Schritte entfernten Fenstervorhang. Nach kurzer Zeit hörte er die tiefere Stimme wieder:

»Das ist was ... Ich weiß genau, daß ich das Licht ... Jemand war da. Blackfriars! Stell dich vor die Tür!«

Ein Schuß krachte. Jabert duckte sich, übersät von Glassplittern. Dann sprang er seitlich hoch und schoß auf den Mann mit dem noch rauchenden Browning.

Der Mann sank mit einem kleinen Glucksen um.

Jabert aber blickte starr zur Tür: dort stand der schöne junge Mann, der mit weit aufgerissenen Augen wie zur Abwehr ihm die Handflächen entgegenhielt. Als Jabert sah, daß der auf dem Boden Liegende tot war, ging er auf den Mann vor der Tür zu. »Wer bist du?«

»Wer bist *du?*«

Jabert wies mit seinem Browning auf einen Stuhl neben dem Tisch. Als er ebenfalls saß, legte er die Hand mit der Waffe aufs Knie. »Erklär mir rasch die Situation! Wer ist das?« Er zuckte mit dem Kopf nach dem Gehenkten und wunderte sich, nur eine ganz schwache Ähnlichkeit mit seinem Gegenüber bemerken zu können.

»Weiß nicht.«

»Und die da?«

»Weiß ich auch nicht.«

Sekundenlang betrachtete Jabert das schöne Gesicht vor sich, dessen böser Zug sich zu verschärfen schien. Seine Zunge strich dünn über die Lippen: »Noch einmal, erklär mir!«

»Well. Also gestern haben wir zusammen gesoffen. Das hast du wohl noch gehört.«

»Du gingst dann mit einer gewissen Blossie ... « Ein bedauerndes Lächeln kräuselte Jaberts feinen Mund.

»Um vier Uhr wachte ich auf. Daß ich überhaupt mit ihr allein dort drüben in einem Zimmer war, das kam, weil ich alkoholisiert war. Immerhin, so plötzlich allein mit einem fremden Weib ... Der ärgerliche Geruch von Teer und altem Obst ... Riechst du ihn nicht auch? Nun, da hatte ich schon eine matte Ahnung, daß das alles nicht geheuer war. Aber die Person ließ mich ja nicht ne Sekunde denken, fiel sofort mit allen Ups and Downs über mich her. Scheußlich!«

Jabert schmunzelte zufrieden. »Um vier bist du also aufgewacht. Schneller, schneller!«

»Well. Debast stand im Zimmer. Das ist der, den du niedergeknackt hast. Hats verdient, der Fiddler. Und dann sah ich also diese Tote da.«

Jabert neigte neugierig den Kopf zur Seite. »Wirklich eine Irish-beauty! Und dann hast du sie mit ihm hierher geschleppt.«

»Das weißt du? Well. Also Debast fragte bestürzt, was denn los sei ... Ich stotterte, es sei nicht Blossie. Das sei eine verteufelt dumme Geschichte, jammerte er. Aber sag mal ... die Schüsse! Sie werden kommen!«

Jaberts Lider flatterten verneinend. »Nach zwölf hören die Beaksmen so was nicht gern. Und die im Hotel auch nicht. Weiter, weiter!«

»Also ich fragte ihn nicht nach Blossie, nicht, wie diese Frau in mein Zimmer gekommen und wie sie ... auf dem Teppich ... tot, im Hemd ... Ich wußte schon, daß das ganz zwecklos gewesen wäre. Er versprach dann, mir diese Schweinerei zu flicken, wenn ich ihm auf Knock springen würde. Dann ließ er sich mein Leben beichten. Das Lügen fiel mir nicht schwer, weil er fortwährend fragte. Selbst ein so gerissener Fiddler, wenn man ihm nur sagt, was er hören will, ist leichter anzulügen als das leichtgläubigste Frauenzimmer.«

»Jo, jo.« Jabert bohrte seine Zunge in die Wange. »Er hat dich leimen wollen. Die Leiche hat *er* zu dir hineingelegt. Und den hier hat er sich heraufgeholt, um das Ganze auf Hobble zu machen, auf Susancide. Da habe ich dich also gewissermaßen abgeweicht.« Da der Andere nickte, zwinkerte er: »Ohne mich wärst du ihm nicht mehr ausgekommen. Was machst du sonst?«

»Ich bin in Roß's Restaurant angestellt.«

»Tottenham Court Road 62. Das Essen ist gut.«

»Wie überall, wo Kokotten verkehren.«

»Warst du schon mal Away?«

»Nicht nen Tag.«

»Wie heißt du?«

»Willy Cuttler. Aber wärs nicht gescheiter ... «

»Hat Zeit. Wie ich sehe, bist du ein Mary-Ann. Gibs nur zu!«

Cuttler, der bis dahin, völlig unbeweglich, unausgesetzt dieselbe Stelle des Tisches fixiert hatte, blickte rasch auf. »*Du* bist wohl einer?«

Jaberts Zunge wackelte an der Unterlippe. »Da kannst du dich also bedanken.«

»Ich bin zwar kein Mary-Ann, aber ich möchte schon endlich weg aus dieser toten Gesellschaft.« Cuttler stand auf und riß sich die Ärmelweste herunter. »Auf Knock läßt einen eben jeder springen.«

Jabert wartete, bis er im Bett war. Als er sich zu ihm legte, schob er seinen Browning griffbereit auf das Nachttischchen ...

Nach einer Stunde saßen beide wieder am Tisch; Cuttler mit trüben Augen, Jabert griesgrämig.

»Hundertfünfzig Schilling geb ich monatlich meiner Braut.«

Cuttler stand auf, den Kopf schüttelnd. »Laß mich schon fort jetzt!«

»No«, knurrte Jabert. »Sag lieber ja!« Er hob die Hand mit dem Browning ein wenig.

Cuttler setzte sich und blieb unbeweglich und in derselben Haltung wie anfangs.

Durch die Ereignisse der Nacht, seine Macht und den seltsamen Rausch, den er genossen hatte, war Jabert härter und unbeugsamer geworden, als er noch vor wenigen Stunden für möglich gehalten hätte. »Willy, leg die Foozle aufs Bett!«

Cuttlers Augen schlossen sich kurz. Dann tat er es überaus schnell. Dabei entblößte er auf der linken Hüfte der Toten eine tellergroße grünblau schillernde Verletzung. Das rechte Auge trug ein schon ins Schwärzliche spielendes Veilchen, über dem, ein satanischer Kontrast, eine zusammengeklebte weiße Haarsträhne hing, die einzige in dem noch dunklen Haar.

Cuttler setzte sich aufs Bett, mit den Fingern der Toten spielend, um seinem Peiniger den Rücken zukehren zu können.

»Zehn Meter gegen den Wind spürt man, daß die'n paar Tage alt ist. Schade. Beine, Beine!«

»Alles ist wert, daß es zugrunde geht«, brummte Cuttler schläfrig.

»Du auch. Soll ich dich umknacken?«

Cuttler riß es herum. Sein Gesicht wurde fahl. »Debast war'n Schurke. Aber wenigstens weg in mich.«

»Gleichsam strafmildernd ist das also für dich.« Jabert grinste, zischend: »Erklär mir das!«

Cuttler blickte auf den Arm der Toten, der aus dem Bett hing und mit den Fingern den Boden berührte. »Ein schöner Mensch bringt die andern außer Rand und Band, wirkt überhaupt antisozial. Da merken sie, daß sie nichts sind als ne miese stiere Hammelherde, die bei jeder Gelegenheit bluten muß. Und deshalb haben sie gar nicht den Mut, weg zu sein. Dafür rächen sie sich.«

Er legte den Arm der Toten behutsam aufs Bett. »Hat einer aber den Mut, dann macht er jede Schweinerei, um einen zu kriegen. Was du mit mir gemacht hast, hätte er jeden Tag machen können. Aber er hat mich auf seine Weise erobern wollen.«

Jabert schwenkte vergnügt den Browning. »Great Scott, Willy, du bist ja'n Idealist.«

Cuttlers Augen wurden rot, der böse Zug um seinen Mund abschreckend häßlich.

Jabert verglich ihn mit dem des Gehenkten. »Der böse Zug des Todes. Wenn man acht gibt, kann man ihn bei jedem schönen Menschen sehen. Komisch ist das.«

»Gar nicht komisch ist das«, rief Cuttler laut. »Je schöner einer ist, desto früher verliert sich alles in ihm. Weil er am schnellsten und gründlichsten merkt, was für eine Bubble die ganze Welt ist.«

»Ich sags ja, du bist'n Idealist«, höhnte Jabert. »Nimm lieber die hundertfünfzig!«

» . . . weils die schickste Form ist, zugrunde zu gehen.« Cuttler, der in Gedanken gewesen war, hatte laut vollendet.

Jabert wußte nicht, warum es ihn wütend machte. »Und wenn ich dich jetzt umknacke, just nachdem, gehst du dann vielleicht nicht schick zugrunde?« Dessen Schweigen machte ihn nur noch wütender. »Deck sie auf! Also?« Er näherte ihm die Waffe.

Cuttler gehorchte, die Beine krümmend, mit haßerfüllt zukkenden Augen.

Doch gerade, als Jabert ihm etwas ganz Unglaubliches befehlen wollte, flog mit einem Krach die Tür auf: die beiden Colts, stämmig und untersetzt, traten ins Zimmer, Revolver in den Händen. Als sie Debast auf dem Boden erblickten, schossen beide. Cuttler fiel lautlos über die Tote auf das Bett. Da krachten hinter einander zwei Schüsse. Die beiden Colts taumelten, heulten auf und ringelten sich wimmernd an einander nieder. Sobald sie sich nicht mehr bewegten, streichelte Jabert seinen Browning. Noch nie hatte er so gut geschossen wie diese Nacht. Und zweimal war er verfehlt worden. Doch sofort befiel ihn der Aberglaube seiner Zunft, der fordert, daß, wer dem Tod entging, den des Andern respektieren müsse. Deshalb berührte er weder Debast noch den, der auf ihn geschossen hatte. Bei Cuttler fand er acht Schilling, bei dem andern Colt drei Pfund. Als er wenige

Minuten später die Treppe hinunter eilte, war die Portierloge leer, die Haustür offen und nirgends jemand zu sehen ...

Der fünffache Mord in Shearns Hotel ging monatelang unter dem Titel ›The mistery of Tottenham Court Road‹ durch die englischen Zeitungen. Die Polizei stand zwar nur teilweise vor einem Rätsel, da Debast und die beiden Colts ihr als Schwerverbrecher und Homosexuelle bekannt waren, aber den wahren Hergang vermochte sie nicht zu rekonstruieren. Um so weniger als Shearns Anhang und seine Angestellten jene Nacht in der nur wenige Häuser entfernten Horse Shoe Bar zugebracht hatten, um irgendeinen Geburtstag zu feiern. Die Annahme, daß dies im Einverständnis mit Debast geschehen war, drängte sich fast von selber auf, war aber nicht zu begründen. ›The mistery of Tottenham Court Road‹ blieb unaufgeklärt. Auch als Jabert vier Monate später verhaftet wurde.

Jene Nacht war ihm doch zum Unglück geworden. Die Macht und der Rausch, den er genossen hatte, hatten ihn unvorsichtig gemacht, ja verwegen. Bei einem simplen Wohnungsdiebstahl wurde er überrascht. Da man ihm doch drei schwere Einbrüche nachweisen konnte, erhielt er sechs Jahre Coop.

Der Abreiser

Faschkonner hatte diesen ungewöhnlichen Spitznamen erhalten, weil er jährlich mindestens drei Mal ganz plötzlich abreiste, um nach etwa vierzehn Tagen mit roten Backen und außerordentlich vergnügt zurückzukehren.

Nach einigen Jahren fiel es auf, daß mit solch einer Abreise stets der Abbruch des jeweiligen Verhältnisses Faschkonners zusammenfiel. Man hielt es ihm lächelnd vor, pries seine Gewandtheit und den praktischen Sinn, mit einem notwendig gewordenen Ortswechsel eine Erholungsreise zu verbinden, unterließ es aber nicht, scheinbar erstaunt hinzuzufügen, daß die Verlassene sich so schnell getröstet hätte.

Faschkonner lächelte orphisch und maß sichtlich dem peinlichen Umstand, in den Schein zu geraten, verlassen worden zu sein, nicht die geringste Bedeutung bei. Niemand vermochte darum auch nur zu ahnen, daß Faschkonner auf ebendiesen Umstand den größten Wert legte. Denn Faschkonner, der bereits in Jahren, wo andere Mondgedichte auf Minderjährige machen, tief von der Überzeugung durchdrungen war, daß sämtliche Weiber tückische Lügnerinnen seien, hatte ein eisernes Prinzip: er begann erst dann ein Verhältnis, wenn er genau wußte, wie er die jüngst zu Erobernde später prompt sich wieder vom Halse schaffen konnte. Dieses Prinzip war bereits derart mit ihm verwachsen, daß sein erster Gedanke beim Anblick des Wesens, das seine Sinne gerade heiß begehrten, stets war: »Wie werde ich dieses wunderherrliche Weib wieder los?«

Im allgemeinen zog er jenes Mittel, das nur dann versagt, wenn die Wahl schlecht erfolgt, allen anderen vor: er trachtete, den Mann zu finden, den er im geeigneten Augenblick seiner Geliebten mit dem von ihm gewünschten Erfolg präsentieren konnte. Nur wenn aus besonderen Gründen, vor allem aber mangels eines passenden Nachfolgers, dieses probateste aller Mittel nicht verwendet werden konnte, griff Faschkonner zu anderen Rezepten. Mit Vorliebe spann er schon von der ersten zärtlichen Stunde an ein zähes Netz bestimmter sexualethischer oder auch anderswie gestufter intellektueller Anschauungen, gegen die schwer sich zu vergehen er seine Auserwählte später geschickt zwang. Worauf er niedergeschmettert abreiste, um nicht selten bei seiner

Rückkehr der Verlassenen gleichwohl bereits am Arme eines beglückten Nachfolgers zu begegnen.

Diesmal aber war Faschkonner, zum ersten Mal seit dem Beginn seiner so erfolgreichen Abreise-Karriere, in großer Verlegenheit. Er hatte sich, was ihn selbst in stillen Stunden höchlichst wundernahm, über die Maßen in eine Russin verliebt, die nicht nur nicht mehr ganz neu war, sondern überdies für jedes noch ungetrübte Auge fast häßlich. Ein schöngeschweifter blutroter Mund, gefüllt mit sämtlichen, zudem noch perlweißen Zähnen vermochte über wildumfurchte Schweinsäuglein, stark ergrautes Haar und kurze faltige Hände keinen anderen hinwegsehen zu machen als Faschkonner. Er war in diesen Mund vernarrt und, wenn er ihn verloren beglotzte, komponierte seine aufgeregte Phantasie die restliche Dame in ein berückendes Weib um. Und als er nun gar den Leichtsinn begangen hatte, diesen Mund zu küssen, bevor er noch wußte, wohin er ihn später verschieben könnte, war es einerseits endgültig um ihn geschehen, andererseits der unausweichliche Zwang da, unter allen Umständen sich eine erfolgreiche Abreise zu sichern.

Zu diesem Behufe steckte sich Faschkonner eine lange Zigarre zwischen die Zähne und legte sich auf seine Plüsch-Chaiselongue, fest entschlossen, dieses Möbel nicht früher zu verlassen, als bis er »es« gefunden habe oder »ihn«.

Faschkonner fand beides. Und zwar nach zwei Stunden. Als er sich erhob, war er von einer solch tiefen Heiterkeit durchstrahlt, daß seine Wirtschafterin ihn verwundert fragte, ob er vielleicht Millionär geworden sei.

Faschkonner begab sich unverzüglich zu einem gewissen Sigloich, einem sehr talentierten jungen Mann, dessen schlanke schwarzhaarige Erscheinung in den Straßen Frankfurts a. M. ebenso bekannt war wie seine Gepflogenheit, reichen älteren Damen gegen dicke Vorschüsse sich zu versprechen und – nicht zu halten.

Sigloich, der Faschkonner nur flüchtig kannte, war sehr erstaunt über diesen unerwarteten Besuch. »Ich kann nicht aufstehen, bester Faschkonner, ich hatte heute Nachtdienst.«

Faschkonner machte, vor dem Bett einhertänzelnd, in Selbstverständlichkeit, setzte sich auf dessen Rand und rieb behutsam Sigloichs Bettdecke zwischen den Fingern. »Bitte nur keine Entschuldigung! Aber daß Sie *doch* Nachtdienst machen, finde ich Ihres Talents unwürdig.«

Sigloich fühlte sich so geschmeichelt, daß er eine Tasse von der

Wand nahm und Faschkonner Schokolade eingoß. »Und was führt Sie so frühzeitig zu mir?«

»Der Bedarf nach Ihnen. Wobei ich mir zu bemerken gestatte, daß es vier Uhr nachmittags ist.«

Sigloich, der mit Recht ein Geschäft witterte, zog seine Rechte aus der sie liebkosenden Linken und die Decke sich bis an den Hals.

»Nicht so frostig, junger Sieger. Auch *Sie* sind nicht erhaben über Reklame.«

Sigloich blickte freundlich zur Decke empor. »Sie vermuten, daß ich, da ich bereits Nachtdienst tun muß, meiner gesunkenen Anziehungskraft wieder auf die Beine helfen müßte.«

»So ist es. Ich habe ... «

»Stopp! Wenn Sie *darauf* spekulieren, täuschen Sie sich.«

Faschkonner zog es vor, gewissermaßen im Sturm vorzugehen. »Sie können sechshundert Mark verdienen.«

»Womit?«

»Mit Eleonore Bimstein.«

»Was?« Sigloich riß es herum. »Mit der Rhamses?«

» ... der Rhamses?« Faschkonners Augen entfernten sich weit von ihrer normalen Größe und blieben daselbst.

»Wissen Sie das nicht? Sie sieht doch auch wahrhaftig so aus wie – na, wie schlecht exhumiert und versehentlich nicht wieder bestattet.« Sigloich gröhlte lange und ausgiebig.

Faschkonner beschäftigte sich ängstlich mit seiner Schokolade.

Endlich beruhigte sich Sigloich, klopfte Faschkonner menschenfreundlich auf den Kopf und predigte: »Hochgeehrter Abreiser, sechshundert Mark hörte ich Sie sagen. Dafür blende ich auch die Rhamses.«

Faschkonner wagte es noch nicht, neuen Mut zu fassen, sondierte aber gleichwohl: »Warum sagen Sie – Abreiser?«

Sigloich schlug ihm diesmal bereits auf die Schulter. »Na, Ihre Abreisen sind doch auch irgendwie – Blendungen, was?«

Faschkonner, angenehm berührt von Sigloichs ahnungsvollem Gehirn, beschloß, es zu versuchen. »Es handelt sich um ... «

Sigloich neigte interessiert das Ohr aus dem Bett und volksredete, als Faschkonners Ausführungen sich dem Ende zuwandten, vorwegnehmend: »Aha, ich verstehe, Sie hehrer Abreiser!« ...

Faschkonner verließ ihn, gebläht vor Zufriedenheit, und fuhr schnurstraks in die Wohnung der Bimstein, welche er, nun in jeder Hinsicht vollauf beruhigt, bis gegen Mitternacht bediente ...

Nach beendetem Souper überredete er sie, unter Hinweis auf die Schonung ihres Teints, zu einem kurzen Ruheschläfchen, das er plötzlich meuchlings unterbrach, indem er vorsatzgemäß mit jenem Wind begann, unter dessen Gunst er sowohl abzureisen als auch mit größtem Erfolg wiederzukehren hoffte. Er hub nämlich von Rabindranath Tagore an zu sprechen, von dem ein tief geheim gehaltenes Werk existiere, in dessen Inhalt er von einem jungen, in Frankfurt lebenden Schüler des alten Weisen eingeweiht worden sei. Das Werk handle von der indischen Liebe, welche das streng gehütete Geheimnis der Brahmanen sei und darin bestehe, zu taguren: das heißt, durch gewisse Selbstbeschwörungen vor dem Beischlaf und durch gewisse Gebete und Artikulationen während dieses Vorganges einen Grad der Entzückung, des Rausches, des Taumels hervorzurufen, von dem der schlichte Europäer sich rundweg nichts träumen lasse.

Die Bimstein, deren Schlaftrunkenheit Faschkonners Offenbarungen den erhofften Sonderschuß von Geheimnisfülle und letzter Wichtigkeit gab, horchte immer fanatischer. Einige der tausend Fältchen um ihre Äuglein glätteten sich sogar, während sie bebte: »Ich merkte schon, daß es mit dir anders war. Sieh mich doch nur an! Erkennst du nicht, *wie* ich dich genossen?«

»Ich erkenne es«, antwortete Faschkonner mit einer leicht angesetzten vielversprechenden Dumpfheit in der Stimme.

Diese erwies sich in den folgenden Tagen und Nächten von unerhörter Modulationsfähigkeit. Das, was Faschkonner an seufzenden, stöhnenden, schluchzenden, jauchzenden, ja schreienden Lauten produzierte, war ohne Zweifel staunenerregend; und geradezu märchenhaft war die Fülle von seltsamsten Worten, Vokalverbindungen, Interjektionen und Schimpf- und Kosenamen, die seinem erfinderischen Hirn entquoll. Hinzu kamen minutenlange verzehrende Vor-Besprechungen, die gewagtesten Stellungen, die unmöglichsten Kunstpausen, die schmerzvollsten Verzückungen, so daß das auf diese wahrhaft ungewöhnliche Weise herbeigeführte Liebeserlebnis vielleicht alles hinter sich ließ, was die menschliche Phantasie bisher auf diesem Gebiete hervorgebracht hatte.

Das Resultat war, daß Faschkonner, den solches Lieben naturgemäß rasch ermüdete, schon nach einer Woche seine Abreise erwog; und daß die Bimstein, welche ein auch nur annähernd berauschendes Ereignis in ihrem langen Liebesleben bis dahin nicht zu verzeichnen hatte, in eine kontinuierliche Ekstase geriet, die Faschkonner gelegentlich sogar für ihren Verstand fürchten ließ.

Als nach weiteren drei Tagen geschilderten Zusammenlebens Faschkonner zum Bahnhof fuhr, brauchte er deshalb nicht zu besorgen, die Vorbereitungen für den erfolgreichen Antritt seines Nachfolgers Sigloich könnten ungenügend gewesen sein.

Im Gegenteil. Denn das, was sich begab, nachdem die Bimstein die Abreise Faschkonners erfahren hatte, wird im Gedächtnis jener Frankfurter, welche das Café Ruhland zu frequentieren pflegten, unauslöschlich haften bleiben. Sie kam mit aufgelösten Haaren, halboffener Bluse, ungeknöpften Schuhen und ein Handtuch in der Hand angetorkelt, da sie von den Bekannten Faschkonners, den sie in diesem Café kennen gelernt hatte, Anhaltspunkte für dessen Auffindung zu bekommen hoffte. Als niemand sie geben konnte, verfiel sie in einen wahren Paroxysmus des Schmerzes, der Sehnsucht, der Qual, der Wut. Sie tobte, schrie, zerschlug Geschirr, zerriß ihre Kleider und versuchte schließlich, wenn auch wohl doch nur eindruckshalber, sich mit ihrem Handtuch zu erdrosseln. Dieses wurde, obwohl man das übrige als Schauspiel genossen hatte, immerhin verhindert. Kurz, es war unsagbar und etwas seit Menschengedenken in Frankfurt nicht mehr Erlebtes.

Ein Rettungswagen des Allgemeinen Krankenhauses brachte die Bimstein in die Abteilung für Tobsüchtige. Erst nach zwei Tagen konnte sie der häuslichen Pflege überlassen werden, die überraschender Weise sofort eine völlige Heilung zur Folge hatte. Die Bimstein hatte nämlich bei ihrer Heimkehr einen Brief Sigloichs vorgefunden, in dem er ihr in wundersam orientalischen Satzwendungen mitteilte, er habe von ihr gehört und sei, da er selbst tagure und überzeugt sei, daß sie dem Geheimnis der indischen Liebe nahestünde, bereit, ihr in ihren Nöten beizustehen, wenn sie ihm mit Hilfe von sechshundert Mark die Möglichkeit gebe, zu ihr zu eilen.

Sigloich empfing postwendend die sechshundert Mark, eilte aber nicht.

Die Bimstein wartete. Wartete einen Tag und eine Nacht. Noch einen Tag und noch eine Nacht. Am dritten Tag machte sie sich auf den Weg.

Sigloich, angetan mit einem weitwallenden schwarzen Schlafrock, öffnete ihr eigenhändig und führte sie unter demütigen Verbeugungen, die Hände auf dem Bauch gefaltet, in sein Schlafzimmer, wo er sie sogleich, ohne jeden Übergang, jämmerlich verprügelte.

Der Bimstein, welche anfangs wie gelähmt war, begann ganz von ferne etwas zu dämmern. Dann nährte sie die leise Hoffnung, der Unmensch würde schließlich doch aufhören. Als die Hiebe aber immer härter niederklatschten, richtete sie sich mit letzter Kraft hoch und nahm den Kampf auf.

Das Geschrei, das alsbald erscholl und Sigloich seinerseits stattlich vermehrte, lockte die Hausbewohner herbei, welche, da sie sofort das Fürchterlichste vermuteten, durch die von Sigloich eigens angelehnt belassene Wohnungstür eindrangen und die Raufenden trennten. Sigloich erklärte außer Atem, er sei das Opfer eines mannstollen Frauenzimmers geworden, und da das Ereignis im Café Ruhland durch die Zeitungen bekannt geworden war, zweifelte niemand, daß es sich um dieselbe verrückte Person handle.

Abermals erschien der Rettungswagen und brachte die Bimstein, die vergeblich und endlich bis zu neuen Wutausbrüchen ihre Unschuld beteuert hatte, in die Abteilung für Tobsüchtige.

Als Faschkonner den langen Brief seines Nachfolgers gelesen hatte und die beigelegten fünfzehn Zeitungsausschnitte, trieb es ihn machtvoll zurück und sofort zu Sigloich, der ihm um den Hals fiel, Champagner auffahren ließ und sich in überschwenglichsten Dankeskundgebungen nicht genug tun konnte.

Denn die ungeheuerliche Reklame, welche der Überfall durch die Bimstein ihm gemacht hatte, war in zwei Tagen zu den unerwartetsten Früchten herangereift: Millionärinnen rannten ihm das Haus ein, ohne daß er mehr zu tun brauchte, als ihre Geschenke entgegennehmen zu lassen und nicht zu Hause zu sein. Bald aber erkannte er, daß eine derartige Gelegenheit, sich endgültig zu versorgen, nicht so rasch wiederkehren würde, und heiratete die reichste Bewerberin um seine Hand, eine fünfundvierzigjährige Dame, namens Yvonne Breibach.

Faschkonner, dessen Name in der Affaire Bimstein fast noch häufiger genannt worden war, wurde nicht weniger überlaufen. Auch er konnte, nachdem er lange mit sich zurate gegangen war, den gewaltigen Verlockungen nicht widerstehen. Nach einem Monat war auch er verheiratet. Und zwar mit einer sechsunddreißigjährigen verwitweten Bankiersgattin, namens Geraldine Kohn. Aus Pietät behielt er seine Wirtschafterin, welche ihm sein Glück fast prophezeit hatte, bei sich und hing in seinem Louis XV.-Salon links vom Kamin einen goldgerahmten Stahlstich auf, darstellend das markante Haupt des Königs Rhamses II., rechts eine silbergefaßte Photographie des indischen Weisen Tagore.

Aber das Taguren stellte er ein. Auch seine Abreisen. Für drei Jahre. Dann begannen sie wieder. Aber selbstverständlich, Geraldines wegen, nur mit vorübergehendem Erfolg.

Im Hotel Fleißig

einem kleinen Hotel in der Warmoestraat in Amsterdam, wohnte Fietsch seit einer Woche. Hier fühlte er sich sicher. Die Wirtin, eine dicke faule Person, nahm sich nicht einmal die Mühe, ihren Gästen ins Gesicht zu sehen. Kein Kellner. Nur ein altes verhutzeltes Stubenmädchen schlurfte von Zeit zu Zeit über den Korridor. Besser hätte Fietsch es nicht treffen können. Bis fünf Uhr nachmittags lag er im Bett, unzählige »Miss Blanche« rauchend. Dann machte er lange und penibel Toilette, da er die Vorsicht, sich umzuarrangieren, nicht außer Acht lassen wollte, und begab sich in das nur einige Häuser weiter unten am Hafen gelegene Café De Sleepdienst. Nach Einbruch der Dunkelheit machte er einen ausgedehnten Rekognoszierungsgang durch den Hafen und nach Mitternacht einen Besuch im Boardinghouse Hong Tonks, das hinter einer zivilen Fassade ein konträres Treiben verbarg. Und gegen fünf Uhr morgens lag er wieder in seinem weichen Bett im Hotel Fleißig. Dieses Leben gedachte er so lange wie nur möglich fortzusetzen, um sich in Vergessenheit zu bringen und eines Tages, ein ganz neuer Herr, seiner Existenz jenen großartigen Schwung zu geben, dessen sie zu seinem Leidwesen bisher entraten hatte. Da aber führte ein ganz unvermutetes Intermezzo eine vorzeitige Wendung herbei.

Fietsch war eines Nachts schon gegen drei Uhr heimgekommen und hatte soeben seine Schuhe ausgezogen, als es klopfte. Er hielt inne und lauschte. Dann lächelte er: entweder hatte er sich getäuscht oder irgendwie im Hotel wurde …

Da klopfte es abermals. Diesmal war jeder Zweifel ausgeschlossen: es hatte an *seine* Tür geklopft. Er stellte den Schuh, den er noch in der Hand hielt, unhörbar auf den Boden, schlich sich von der Seite her zur Tür und blickte durchs Schlüsselloch: jemand stand dicht davor. Fietsch zögerte immer noch, da er niemanden in Amsterdam kannte und niemand seine Adresse. Da fiel ihm ein, daß bei ihm ja Licht zu sehen war, also ein Hotelgast draußen sein konnte, der irgend etwas brauchte. Schon wollte er öffnen, als es wiederum klopfte. Dieses Klopfen, das eigentümlich kurz und gleichmäßig gewesen war, ließ ihn innehalten: so klopfte man im Gefängnis. Es war also einer von der Zunft draußen oder ein Piper. Fietsch überlegte. Nicht lange. Denn wie fast Jeder in solchen Augenblicken neigte auch er dazu, das Angenehmere zu glauben. Mit einem Ruck sperrte er auf.

Vor ihm stand ein untersetzter Mann in einer abgetragenen Winterjacke, aus deren Tasche eine Mütze lugte. Seine kleinen dunklen Augen funkelten, während er mit der Hand verlegen sich durch das spärliche rötliche Haar fuhr. »Jestattense, aba ik ...«

Fietsch ließ seine Augen nicht von den Händen des Mannes; auch nicht, als er ihn an der Schulter ins Zimmer holte. »Wat wollnse denn?« Er drehte den Schlüssel um.

»Ik möchte Ihn bitten ...«

»Kennse mia denn?« Fietsch stand steif vor dem Mann. Nur seine Augen umeilten ihn.

»Ik wohne nämlich schon zwee Taje hia. Unten am Ende vom Jang. Aba kenn tu ik Ihn nich. Det heeßt, ik habe Ihn jestern Puppchen feifen jehört.«

Fietsch wurde mißtrauisch. »So. Also det hab ik nu jar nich jerne, wenn eener wat heert.«

Der Mann knöpfte, unliebsam berührt, den Katzenfellkragen seiner Jacke auf. »Jestattense bitte, aba det is een falscher Vadacht.«

Fietsch hob die rechte Hand in Kopfeshöhe, senkte die Finger horizontal und winkte mit ihnen. »Na, heiß is Ihn ja schon.«

»Jestattense ...« Der Mann nahm den Katzenfellkragen ab, den er neben dem Schenkel baumeln ließ. »... wenn ik Ihn wiedahole, detse sich in een schweren Irrtum befinden.«

»Na, Spanier sindse jedenfalls nich.« Fietsch grinste mit schief offenem Mund. »Sonst hättense keene Jlatze.«

Der Mann ärgerte sich erstaunlicher Weise und ripostierte: »Na un Sie? Sie ham ja falsche Haare.«

»Det Arjument jejen mia is ja nu bei die Haare herbeijezochen.« Fietsch, der seine Antwort für geistreich hielt, pflegte sie in solchem Fall stets anzubringen. »Ik friere nämlich uffm Koppe. Aba wie hamse denn det so schnell jemerkt?«

»Falsche Haare liejen so liniert.«

»Nich schlecht. Nu aba ...« Fietsch warf einen Blick auf seine neben dem Bett an der Wand hängende Taschenuhr. »Dreie is durch un Nacht. Wat wollnse denn nu eejentlich?«

Der Mann wand die Hände vor dem Bauch. Und plötzlich huschte ein schüchtern flehender Blick zu Fietsch empor. »Ik möchte Ihn bitten, Se solln mia een Rat jeben.«

Fietsch, durchaus noch nicht sorgloser geworden, hüstelte trocken. »Det is imma ne vataifelt dumme Jeschichte. Wenn man een mal erst nen Rat jeben muß, denn is ihm jewöhnlich ieberhaupt nich mehr zu helfen.«

»Bürstense mia nich jleich ab«, sprudelte der Mann, miteins nervös, hervor und setzte sich auf den nächsten Stuhl. »Et is mia schon noch zu helfen. Ik muß mia bloß ofee machen bei een, der sich auskennt.«

»Woher wissense denn, det ik mia da auskenne?« Fietsch dehnte eindrucksvoll die Stimme. »Ik weeß zwar jar nich, watse meen, aba ik meene ... Se ham doch selber zujejeben, detse mia nich kenn. Also ruddelnse nich!«

Der Mann stand auf, als wollte er auf ihn zugehen und mit einem einzigen Wort ihm alles erklären, setzte sich aber schnell wieder, als wäre es ihm so leichter, zu sprechen. »Ik bin nämlich noch sehr jung. Zwoundzwanzich. Aba een jewissen Blick hab ik nu doch schon. Und wie ik Ihn jestern feifen jehört habe, da hab ik mia Ihn nachher anjeschaut, wiese fort sind. Und da hab ik nu jleich jesehen, ne Nulpe is det nich.« Er schwieg, scheu um sich blickend.

»Unjelechte Eier!« Fietsch hatte längst die Hände in den Taschen: die eine hielt den Browning umklammert, die andere sein Schnappmesser.

In diesem Augenblick wurde ein langsam stärker werdendes Kratzen vernehmbar und bald darauf hohles Pochen.

Fietschs Gesicht, das sich bedrohlich verfinstert hatte, hellte sich auf: jemand kam die Treppe empor und kratzte mit dem Schlüssel an der Mauer. Die Tür des Nebenzimmers wurde aufgesperrt. Die leise Stimme einer Frau war zu hören und die heisere eines Mannes.

»Sehnse mal.« Fietsch wies verächtlich mit dem Kopf auf die Wand. »Der eene nimmt sich wat Solides vor und der andere eene Dame. Die da drieben haut ihn dafier. Jleich wernse.«

Man hörte das falsche Lachen einer Frau, die sich auszieht, und das geile des zusehenden Mannes.

Als es still wurde, sagte Fietsch eisig: »So. Also ik bin keene Nulpe. Darf ik Ihn bitten ... wat ik bin?«

Der Mann hustete langwierig. »Eener, der schon jesessen hat.«

Fietsch lächelte mit offenem Mund. Dann nahm er die Hände aus den Taschen. Sein Mißtrauen war zwar noch nicht ganz beseitigt, aber so viel stand jetzt fest, daß sein nächtlicher Besucher ein Neuling war. »Also un wenn ik schon jesessen hätte ...

wat dann?« Da er ihn neuerdings die Hände winden sah, duzte er ihn: »Wie heeßt du eejentlich, du Hurtich?«

Wider alles Erwarten wurde der Mann daraufhin nur noch scheuer.

Aus dem Nebenzimmer erklang leises Mundharmonikaspiel.

»Himmelkreuzschwerenotnochmal! Musike macht die Bande ooch noch! So mach schon det Maul auf!« Fietsch trat auf den Mann zu und rüttelte ihn an den Schultern.

»Ik bin der Lang aus Dessau un Antisemit.«

»Na endlich!« Fietsch ließ ihn los. »Un Antisemit biste ooch. Det is mia piepe. Ik bin ja nu keen Jude, aba von de Toleranz. Det kann nie schaden.« Er setzte sich aufs Bett, die Füße unter die Schenkel emporziehend. »Also wat is nu los!«

Lang drehte ihm mit beiden Händen den Stuhl zu. »Ik habe et ja jewußt, detse mia nich so mia nischt dia nischt vor de Tiere setzen werden.«

»Mia wat, dia nischt!« Fietsch lachte kurz.

»Nee, nee, machense keene Witze! Die Sache is mia sehr ernst.« Lang machte eine beteuernde Geste mit dem ganzen Arm. Dabei stieß er ein Glas vom Tisch, das zerbrach.

»Liesenschmalz!« brummte Fietsch, ohne sich jedoch zu ärgern. »Laß man! Setz dia! Schieß nu schon los! Aba machs kurz! Is schon später.«

Lang suchte einen Ruheplatz für seine aufgeregten Hände. Schließlich legte er sie unterhalb des Stuhls an das Holz und hob den Kopf. »Et wa bei meine letzte Tour nach Southampton, wo ik wejen die Ankunft von die ›Almanzora‹ ... Ik hatte da wat vor, nich? Da hat et eben anjefang, wie ik uff de Waterloo Station injestiejen bin. Et wa valleicht finf Minuten vor Abjang des Zuches, wie een junger Mann de Wagontiere uffreißt un fracht, ob det der Zuch nach Gravesend is. Ik mach nee mitm Koppe. Un denn janz kurz vor Abjang des Zuches is een janz hibsch anjezochener Mann jekomm un setzt sich mia jejenieber in de Ecke. Jleich hinter ihm aba is eener injestiejen, der is so plänär uff Piper herjerichtet jewesen, det man hätte meen sollen, et wär eener. Un det sollte ik woll jerade, nich?«

»Aha!« machte Fietsch wissend. »Ik rieche den Kitt schon. Aba azähl nua mal un ohne Salm, wenn ik bitten darf, wa?«

»Jawoll ... Also un an die letzte Station vor Southampton is er ausjestiejen. Det is meine erste Beobachtung. De zweete is die. Ik habe mia een Zimma jenomm. Im South Western House. Mitten im Hafen zwischen de Schien und Docks. Det wa am Tache, wo die ›Almanzora‹ fällich wa. Im Hotel saje ik, ik will morjen mit die ›Araguaya‹ nach Buenos Aires. Nu hat aba die ›Almanzora‹ in Le Havre irjendeen Malöhr jehabt un is een Tach später anjekomm. Een ekelhaftet Pech! Also ik entschließe mia anders. Ik jeh nich nach Southampton, sondern ik hocke im Hotel. Abends is een alter Herr an mein Tisch jesessen un hat jleich jeschmust mit mia. Allens janz stur und kaff. Aba beim Wechjehn hat er mia jefracht, ob ik nich valleicht von Jöteborch komm. Ik saje nee. Wie er wech is, is mia aba wiederjekomm, det ik uff die Waterloo Station von nem Koffer von eener Dame, die ooch jewartet hat ... Ik habe det so jemacht, wie eener sich die Stiebel bindet ... Da habe ik also ne Etikette abjenomm, ›Göteborg Hotel‹ is druff jestanden, un injesteckt. Ik habe ihr aba erst, wohljemerkt, uff mein Koffa jepicht, wie ik im Zimmer jewesen bin. War et also nich sehr uffällich, det der alte Jlimma da jerade uff Jöteborch jetippt hat?« Lang hatte während der letzten Worte die Hände vom Stuhl gelöst und machte eifrige fahrige Gesten.

»Keen Salm!« brummte Fietsch. »Un 'n bißken jeschwinda! Klöhn nich so!«

Lang wand den Kopf im Kragen, als hätte er auf einen Abszeß im Nacken zu achten. »Un nich vorher hab ik den Alten jesehn un nachher ooch nich mehr. Un jetzt kommt de wichtichste Beobachtung. Also am andern Vormittag is die ›Almanzora‹ injeloofen. Vaninfticher Weise eene Stunde bevor die ›Araguaya‹ raus is. Da hat et also nich uffalln könn, det ik uffm Quai wa. Mein Kunden habe ik jleich jesehn. Uff der Hühnerleiter is er jestanden un hat Winke-winke jemacht. Wie er runter wa, bin ik seim Diena nach in de jroße Jepäckshalle. Mein Plan is jewesen, ik laß ihm int Jespräch vawickeln un zwischenmank schwenke ik die Koffa ab. Et is aba janz anders jekomm. Wie mein Dackel den Diena uff englisch anquasselt, schmust mia eener an. Ik seh sofort die Zahl. Der wars, der mit mia im Zuch nach Southampton jefahren is un mia ooch nich eenmal ins Oje jeblickt hat. Ik weeß jar nich mehr, wat er mia da vorjesung hat. Quatsch natierlich. Aba wie ik 'n endlich los wa, is von mein Dackel un der Diena nischt mehr zu sehn. In London habe ik erst meine Wut jeschluckt un wa schon halb beschickert, wie mia mein Dackel am Kinne jreift. Wie durch een Wunda hat die janze Chose nu doch noch jeklappt. Der Diena hat nämlich jerade in die entscheidende Minute längeres Jroßes zu varrichten jehabt un wie mein Dackel mia hat vahindert jesehn, hat er allens alleene jemacht.« Er wetzte mit dem Hintern und klimperte mit den Fingern auf die Knie.

»Det is allens. Aba ik jloobe, da brauchense keene Federwache, nich?«

Fietsch ließ seine Füße los, die auf den Boden schnellten, und neigte sich vor, die Ellbogen auf den Knien, die Wangen in den Händen. »Nee, brauche ik nich. Is doch nischt passiert.«

Langs Finger lagen still. »Nu machense sich man keen Streußelkuchen mit mia!«

»Doje spritzte!« Fietsch lallte vor Vergnügen. »Fiehlste dia imma noch nich sicha in die Haut, meine Lobelle? Ik seh dia doch durch un durch.«

»Jawoll. Un ik geniere mia da jarnich.« Lang hob erleichtert die Hände. »Ik möchte nua erstens ...«

»Pscht!« machte Fietsch befehlend. »Det is een sehr miesa Zustand, ik weeß. Aba nu saje mal, haste schon mal mit die Piper zu tun jehabt?«

Lang streckte den Zeigefinger der rechten Hand aus und machte mit dem Daumen die Bewegung des Hahnaufziehens. Dabei schüttelte er heftig den Kopf.

Fietsch wandte das Gesicht ab. »Ik meene natierlich nich jleich kabore lejen. Ik seh schon, du weeßt noch jar nischt von wiese arbeeten. Hast nua so deine Privatbeobachtung jemacht, wa?«

Lang nickte mit funkelnden Augen und dem ganzen Körper.

Fietsch drehte seinen langen Oberleib vor, nahm mit einem schnellen Griff Lang die Zündholzschachtel aus der Brusttasche und zündete sich eine »Miss Blanche« an. »Nu hör mal, mein Junge. Vadächtijen kannste allens, wenn de willst. Aba fier een Vadacht ne jesunde Basis finden, det is imma vaflucht schwea. Hast dia ja ooch selber jesacht, det da eener schon keene Nulpe nich sin darf. Na, da haste et nich schlecht jetroffen mit mia.« Er wedelte sich den Zigarettenrauch unter die Nase und sog ihn entzückt ein. »Nu man scheen der Reihe nach! Beobachtung eens willste schließen, det der junge Filz von de Wagontiere et zua Konstatierung jemacht hat, ob de effektiv im Coupé sitzt. Bong. Dein plänärer Piper willste schließen, det er schon an un fier sich un vonwejen det Aussteijen an die vorletzte Station die Uffjabe jehabt hat, den hibsch anjezojenen Knoppel in die Ecke jejen Vadacht zu decken. Bong. Beobachtung zwo willste schließen, det der alte Jlimma beim Essen een Piper wa un ieba die Jöteborch-Etikette im Bilde un bei die Inspizierung von dein Zimma hat er ihr uff dein Koffa jesehn. Daher die Fraje, ob de von Jöteborch kommst. Absicht, um dia sicha zu machen, wa? Bong.«

Lang wackelte auf seinem Stuhl vor Freude. »Jawoll, jawoll.

Wennse von de ›Arjus‹ wären, könntense et nich scheena diktieren.«

Fietsch spie durch eine Zahnlücke einen dünnen Strahl. »Wenn de mia mit disse Alöcher in Vajleich ziehen willst, kannste jleich wieda adjes sajen.«

»Jestattense bitte ...« Lang machte sich klein. »Ik kann Ihn nua vasichern, detse janz meine Uffassung entwickelt ham. Det heeßt, mia is det allens nua so vorjekomm, aba die richtichen Schlisse haben *Sie* mia jezojen.«

Fietsch rieb sich herablassend die Nase. »Det mit von Jöteborch, det haltense fier janz besonders fiffich, die Jötta.«

»Ja so, ja ...« Lang, der vor Ungeduld nicht recht zugehört hatte, drängte weiter. »Un nu Beobachtung drei, wennse so fraindlich sin wolln.«

»Da willste schließen, det der Knoppel ausm Zuch, der dia in die Jepäckshalle 'n Koffatransport vahindert hat, dia ebendeswejen anjeschmust hat, wa?«

»Jenau so un nich anders!« rief Lang begeistert.

»Pscht!« machte Fietsch kategorisch. »Un nu spitz mal deine Löffel: et is det Kennzeichen von durch die Bank, wat de Piper machen, dette et von ner Harmlosichkeit nich untascheiden kannst. Det hört sich an wie'n jewöhnlicha Quatsch. Det sieht aus wie ne zufällje Bejejnung. Wie ne von selbst jekommne Situation. Is et nu een Kennzeichen, det et keens jibt? Schwerlich. Un uffn Kunstfehla kannste bei Scotland nich rechn. Die sin uff Jlanz jedrillt.«

Lang duckte sich. »Wat soll nu ...«

Aus dem Nebenzimmer erscholl plötzlich lautes und unheimlich schnelles Trampeln und Stoßen, auf das alsbald dumpfe verquollene Schreie folgten.

»Det jeht nu jeden Tach so.« Fietsch hielt das Ohr hin. »Un jetzt fangse ooch schon in de Nacht an. Un imma kriecht er die Dresche ab. Kann eim wirklich die Lust vajehn.« Er blickte resigniert zur Decke. »Also wat de da allens azählt hast, det kann natierlich ooch janz harmlos sind. Dafier is noch sehr bekräftijend, det dein Dackel den Koffatransport janz unjeschoren bewerkstellicht hat.«

Lang kratzte sich den Kopf. »Valleicht weeß de Polente schon, wo de Koffa hin sind. Valleicht wollnse uns bloß nich Wind machen, bis se ooch die Details jesammelt ham.«

»Bong.« Fietsch rauchte mit geschlossenen Augen. Er öffnete sie auch nicht, als er sagte: »Ik meene weda entweda noch oda, sondern ik saje, det sind Angstschlisse.« Er schlug die Augen auf, um die Wirkung zu sehen.

Lang kroch geradezu in sich hinein. »Un wat is nu also definitorisch Ihre Uffassung von det Janze?«

Fietsch machte ein paar Schritte. Da er keine Schuhe an den Füßen hatte, setzte er sich wieder aufs Bett. »Kernseefe! Meine Erfahrung is jewaltich. Un wat ik dia saje, det kann dia jeden Zweifel rauben sozusajen. Ik weeß, *wat* det Entscheidende is.«

»Nu also ...« Lang schlug sich den Handballen auf den Mund.

»Man sachte, Junge!« Fietsch näßte Daumen und Zeigefinger und zerdrückte zwischen ihnen den glimmenden Rest seiner Zigarette. »Ik habe mia zwar nu schon ieberzeucht, dette keen Piper nich bist ... Schon jut, nua keene Saubohn! ... Aba ik weeß noch nich, ob de det allens da azählt hast, bloß damit ik fier die Jewißheit een Ieberblick jewinne.«

»Nee, so wat! Du heiljer Strohsack!« Lang deutete, wirklich komisch, ein Händeringen an. »Wat sollte ik denn sonst ... nich?«

»Jibt man sehr ville Möjlichkeeten.« Fietsch legte den unförmlichen Rest seiner Zigarette auf den Daumennagel und schnellte ihn mit dem Mittelfinger der andern Hand Lang aufs Ohr. Er lachte über den Treffer. »Denkste nach, kannste ville finden. Wenn de aba wirklich ne Angstreise hiaher jemacht hast, ik meene, wenn de erst retour willst, bis de dia sicha fiehlst, da wirste dia die Jewißheit doch nu wat kosten lassen, wa?«

Lang hob eckig eine Schulter nach vorn und schob häßlich den Mund hoch. »Se wollen ... Ik soll also ...«

Fietsch rieb die Handflächen an einander. »Jib mich zwanzich Fund un ik saje dia Bescheid.« Er blickte zu Boden, die Lippen spitzend.

Lang machte ein sehr widerspruchsvolles Gesicht. »Et is nua ... Det heeßt, ik habe jar nich so vill.«

Fietsch hob langsam den Blick und öffnete den Mund. »Bong.« Sein Mund öffnete sich wieder. Er dachte sichtlich scharf nach. Dann pfitschte er flott mit drei Fingern. »Macht nischt. Bei mia jibts det nich: wennse komm, könnse jehn. Keener kann jleich sehn, ob et bloß 'n Papierbukett is. Na scheen, paß uff! Det Entscheidende is die Fraje von dem Jlimma nach Jöteborch. Klebt er Jöteborch, saje ik taffke Jöteborch. Det is ihr Patent. Det is ihre Lieblingsblende. Unbejreiflich, detse jrade da druff schwören. Fier mia is det direkt der klare Wink. Da weeß ik jleich, aha, et pipert, un zieh 'n Schwanz in. Watse da nämlich machen mit det harmlose Hinhalten vons Vadächtje, det is nich harmlos, weil et een sehr jroßa Zufall sin mißte. Ik saje ja nich, det Zufälle ne Rarität sin. Aba, jeleckt: vabliffende Zufälle, die sin eene. Un Zufälle sin imma vabliffend, wennse ne uffällje Jleichzeitichkeit darstellen un enorm jünstich ankomm un wenn der andre et eenfach nich hat wissen könn. Det is akkurat der vorliejende Fall. Jrade zu die frachliche Zeit sin in Southampton pro Tach sechs bis zehn jroße Dampfer aus alle Richtung injeloofen. Der Jlimma aba hat ausjerechnet uff Jöteborch jetippt. Folchlich is et fier mia jar keen Zweifel, det de Polente weeß ...«

»Wat weeß se...?« Langs Brust fiel ein.

»Det die Koffa jeschnappt sin. Du warst ihn vadächtich un sie ham dia ieberwacht. Also liecht et doch uff die Hand, det se dia mit die Koffa in Vabindung setzen. Nu wäre et aba deshalb sehr anjenehm, wenn de rauskriejen kenntest, ob de hia ooch in Behandlung bist, wa?«

»Vaflucht!« knurrte Lang.

»Stimmt.«

Nach einer Weile hob Lang den Kopf. »Na, un kenntense mia da nu nich een Rat jeben?«

Fietsch schwieg taktischer Weise, an Langs steigender Angst sich weidend. Endlich fing er leise an: »Also, wat det erste is, mißtest de dia mal ne Woche lang unta meine Spezial-Beobachtung bejeben und jenau so leben wie ik hia. Na, un habe ik mia nu von deine Behandlung iebazeucht, so kennte ik dia dann schon een Rat jeben, wie de abjehn kannst. Is et nischt, na ooch jut. So oda so aba, jockel jetzt nich nach London! Du kennst dein Jejna nich. Jut uffpassen könn, det jenücht nich. Wenns mal dicke kommt un de nich jleich allens kapierst, biste aus.«

Lang schmatzte, Tränen in den Augen, und stierte auf den Tisch.

»Na, laß man nich jleich Bitta in Speichel, Junge.« Fietsch lehnte sich weit zurück, gähnend die Arme krumm biegend. »Kannst ja noch froh sin. Een anderer saust beim ersten Ausjehn rin un hat jleich zum Jabelbissen een paar Lenze wech. Bist doch 'n hella Kopp. Jeh in de Lehre, det rate ik dia.«

»Aba wie soll ik denn ...« Lang stand langsam auf, sich den Hintern reibend.

»Wat haste denn? Det is een Maulaufmachen. Wenn de willst, kannste zu mia komm.« Fietsch lümmelte sich vor. »Du jefällst mia.«

»Wat?« Lang machte freudestrahlend einen Sprung. »Zu Ihn, Fietsch?«

Der rutschte fast vom Bett. »Mia is, wie wennste schwebst.« Er wischte sich über die Stirn. »Du kennst mia? Du hast jetremmelt?«

Lang wich vor seinen aufflammenden Augen zurück. »Nee, nee, nee ... Ik habe bloß uffm Tische da Ihren Nam jelesen. Un den Nam kenn ik nu freilich. Un da is mia jleich janz anders jeworden, nich?«

Fietsch schlug sich knallend aufs Knie. »Die Platze kennte man kriejen!«

Lang wünschte sehnlich, ihn zu besänftigen. »Et is ja bekannt, detse dichten. Aba detse et so stimmungsvoll machen un ins Schwarze jetroffen, det hätte ik nich fier jejeben jehalten.« Und plötzlich kam ihm der richtige Einfall. Er lief zum Tisch und las, über ihn sich neigend, langsam und jede Silbe mühsam prononzierend:

»Een fades Lied vajeht nach Osten,
Im Westen fahl der Tach erlischt.
Da stellt een Piper sich uff seinen Posten,
Und eene Hure ihren Kerl drischt.

Rudolf Fietsch.«

Tief geschmeichelt senkte Fietsch den Kopf. »Danke fier Komplimente! Keene Ursache! Det mache ik wie Kartenspielen.« Er erhob sich träge. »Also, ik saje dia, et is bessa, du jehst nich fremd. Mach jetzt in dein Zimma! Viertel vor finfe jehste an meine Tür vorbei un machst een Doppelschritt. Aba laut. Dann jehste ins Sleepdienst schaufeln un wartst, bis ik komme. Wenn ik dann da bin un eene Blangsche uff de Diele schmeiße, jehste rumloofen. Is piepe wo. Un um zwölf jockelste zu Hong Tonk, da unten rechts vorne. Kennste et doch, wa?«

Lang roch an seinen Fingern. »Aba ik ...«

»Nischt aba!« Fietsch stellte sich habacht. »So wirds jemacht, wenn de nich willst, det ik mia von dia denke, der Mensch is nich jekonnt.« Er drängte ihn, seine Schultern packend, zur Tür. »Jetzt biste bei Fietsch im Jriff. Jetzt heeßts parieren oda nich. Wat andres jibts da nich. Aut oda knaut.«

Lang drückte sich an der Tür herum, geflissentlich über ihn hinwegblickend.

»Nu raus damit!« Fietsch blies ihm ins Gesicht. »Wat denn noch?«

Da hielt Lang ganz von unten ein wenig die offene Hand hin.

Fietsch schnalzte mit der Zunge, griff in die Tasche und steckte ihm zwei Gulden in die Finger. Dann blickte er ihm gleichsam allumfassend ins Gesicht. Er war innerlich sehr stolz auf diesen Blick, den er seinen Kreaturen mit Vorliebe auf den Weg mitgab.

Lang, der diesen Blick nicht länger aushielt, drehte sich schnell um und wollte hinaus.

Fietsch sperrte auf. »Vorsicht is ooch die Mutter von mein Vater sein Sohn. Nu jeh man!«

Lang verbeugte sich schroff und schloß mit affektierter Grazie die Tür hinter sich.

Fietsch ging zum Tisch, spuckte auf zwei Finger und rieb seinen Namen unleserlich. Dann grinste er minutenlang: er hoffte zuversichtlich, mit Hilfe dieses klugen und doch so leicht lenkbaren Jungen seiner Existenz jenen großartigen Schwung zu geben, dessen sie zu seinem Leidwesen bisher entraten hatte.

Sorhul blieb unter den Arkaden der Piazza Deferrari stehen und beobachtete interessiert die Gruppen von Männern, die in allen Ecken standen, schrien und gestikulierten, so daß man hätte vermuten können, jeden Augenblick müsse eine Keilerei beginnen.

Plötzlich fühlte Sorhul sich von hinten berührt. Ein abgerissen daherschlotternder alter Mann flüsterte ihm etwas zu; als er sich nicht verstanden sah, sprach er französisch, die Adresse eines Nachtlokals nennend.

Sorhul lehnte höflich ab, erhielt aber trotzdem mit liebenswürdiger Aufdringlichkeit ein gelbes Kärtchen in die Hand geschoben, das er, ohne es zu lesen, gedankenlos einsteckte.

In der Via Venti Settembre, eben als er die Zolezi-Ecke passierte, sprach ihn eine unauffällig, aber elegant gekleidete Dame an, die eine üppige blonde Süddeutsche hätte sein können. Sie behauptete nach wenigen Worten, Hunger zu haben.

Das imponierte Sorhul. »Sie lügt vielleicht wirklich nicht, oder ist auf bemerkenswerte Weise raffiniert«, sagte er sich und führte sie, sehr neugierig geworden, zu Fossati, einem der vornehmsten Restaurants von Genua.

Zu seinem Erstaunen benahm sie sich durchaus korrekt, ja war mit gewissen kleinen Gebräuchen, die das Gewohntsein derartiger Milieus bedingen, wohl vertraut.

Nach dem Braten versuchte Sorhul, sich zu orientieren. »Sind Sie wirklich Italienerin? Sie sprechen ein akzentfreies Französisch.«

»Was soll das.« Sie legte ihre kraftlosen, ein wenig feuchten Finger, die so gar nicht zu ihrem Körper paßten, auf Sorhuls Hand. »Ob ich Ihnen nun die Wahrheit sage oder ein Märchen vorsetze, Sie werden mir auf keinen Fall glauben. Vielleicht aber lieber noch das Märchen. Denn die Wahrheit ist zu dumm.«

Sorhul sah, sehr angeregt, auf seinen Teller. Die linke Hälfte seines Gesichtes zog sich zusammen, so daß die andere wie gelähmt aussah. »Hm. Ich halte Sie für so intelligent, mit dieser vorzüglichen Vorbemerkung mich umso sicherer einem Märchen zuführen zu wollen.«

Sie zog ihre Hand langsam zurück. »Es ist besonders schwer, ja beinahe unmöglich, sich zu verständigen, wenn man nicht wenigstens ein ganz klein wenig Vertrauen – vorgibt. So wie der bessere Spieler dem schwächeren etwas vorgibt.«

»Wiederum vorzüglich.« Sorhuls Neugier schoß hoch auf, seine Stirn leicht rötend. »Aber ich wundere mich im Grunde stets, wenn es mir gelingt. Das ist eine der klarsten Quellen des Mißtrauens.«

Sie schwieg. Es schien Sorhul, als lächle sie ganz unmerklich. Deshalb sagte er heiter: »Es ist wohl überhaupt unmöglich, anders als à fonds perdu zu reden.«

»Doch nicht. Oft genügt es, überhaupt mit einander zu reden, um das gegnerische Ziel zu erkennen. *Was* man redet, ist gänzlich gleichgültig.«

Sorhul, dem diese Maxime geläufig war, wurde ebendeshalb unwillig. »Lassen wir das. Das führt zu nichts. Wollen Sie Geld?«

»Selbstverständlich.«

»Sehr gut. Wieviel?«

Sie hatte plötzlich einen kleinen Bleistift in der Hand. »Hier ist meine Adresse.« Sie schrieb sie, Sorhuls Ärmel schnell zurückschiebend, hinten auf die Manschette. »Welche Gegenleistung verlangen Sie?«

Sorhuls Augen arbeiteten entzückt. »Sind Sie dessen sicher?«

»Absolut.«

»Weshalb?«

»Sie sehen viel zu gut aus, um – poire zu sein.«

Sorhul hatte sich längst abgewöhnt, auch auf die geschicktesten Schmeicheleien hineinzufallen. »Hier haben Sie zwanzig Lire. Das ist nicht viel, genügt aber . . .« Er grinste kokett, ». . . um sich bis morgen über Wasser zu halten. Vielleicht kann ich Sie brauchen. Nur noch eine Frage: Sie machen alles?«

»Unter Umständen, gewiß.«

Es gelang Sorhul nicht, festzustellen, an welches Metier sie bei dieser Zustimmung dachte . . .

Anderntags packte ihn doch wieder die Neugier: die Unbekannte von Fossati wollte ihm nicht aus dem Kopf. Er kannte das Leben und seine Überraschungen zu genau, um nicht zu wissen, daß diese Neugier unbegründet war; daß Seltenes sich nie einstellt, sondern auf einmal da ist; und daß das, was ihn bei der Signorina Francesca Palbi in der Via San Luca erwartete, entweder etwas ihm bereits Bekanntes sein würde, oder bestenfalls noch unbekanntes Triviales. Aber sein Blut war auf. Mehr als je. Noch nie war er so sprungbereit gewesen, wie seitdem er mit Adrienne Rom verlassen hatte.

Nach dem Déjeuner verschwand er und gab beim Verlassen des Hotels einem Chasseur den Auftrag, Madame zu sagen, daß er in einer Stunde zurück sein werde ...

Die Portiera in der Via San Luca musterte ihn, während sie ihn, scheinbar schwerhörig, den Namen der Signorina Palbi zweimal zu wiederholen zwang, außerordentlich gewissenhaft. Später fiel Sorhul ein, daß schon dieser Umstand allein ihn hätte mißtrauisch machen müssen. Dann teilte ihm die Alte mit, daß diese Dame nicht mehr hier wohne, sondern in der Via Lomellini 16 parterre rechts.

»Nicht übel«, dachte Sorhul im Weitergehen, »seine richtige Adresse zu erschweren.«

Angelangt, wurde er, kaum daß er die Schwelle der Wohnung überschritten hatte, hinterrücks niedergeschlagen.

Obwohl sein Kopf ganz entsetzlich schmerzte, besaß er doch die Geistesgegenwart, sich besinnungslos zu stellen und bewegungslos liegen zu bleiben.

Man warf ihn auf ein Sofa, leerte seine Taschen aus und ließ ihn dann liegen.

Nach einiger Zeit hörte er die Stimme der Signorina Palbi und die eines aller Wahrscheinlichkeit nach noch jungen Mannes. Die beiden sprachen italienisch, aber so schnell und leise, daß Sorhul, der diese Sprache ein wenig verstand, es sofort aufgab, weiter hinzuhorchen.

Nach Minuten verstörten, völlig leeren Daliegens wagte er, das rechte, der Sofawand zugekehrte Auge langsam zu öffnen und den Kopf, der sofort von neuem heftig zu hämmern begann, sachte dem Raum zuzudrehen: er sah einen schäbig gekleideten Mann von etwa vierzig Jahren, der einen langen dicken Strick hastig zu entwirren sich abmühte, und die Signorina Palbi vor einem runden Tischchen, auf dem sie seine Papiere durchsah. Daneben lagen seine Banknoten und sein Browning.

Sofort schloß Sorhul das Auge und drückte vorsichtig seinen Unterleib in das Sofa, um etwas zu fühlen.

Und er fühlte es. Seine Hose besaß nämlich zwei hintere Taschen. In der links befand sich stets (eine alte weise Gepflogenheit) ein blind geladener Browning, in der rechts ein scharf geladener. Auf dem runden Tischchen im Zimmer aber lag sein blind geladener Browning.

Sorhul wartete noch einige Sekunden, um die Reihenfolge der zu machenden Bewegungen sich zu vergegenwärtigen. Dann sprang er blitzschnell auf, die Waffe in der Faust ...

Unterwegs warf er den Revolver, den er jenem Halunken abgenommen hatte, in einen Mülleimer und trat in eine Bar, um seine Aufregung und deren galligen Geschmack hinunterzuspülen. Dabei zählte er das Geld, das er aus der Handtasche der Signorina Palbi entfernt hatte. »Vierzehnhundert Lire! Das ist zwar für einen dermaßen gut gezielten Kopfhieb nicht viel. Für meine unverzeihliche Dummheit aber eine angemessene Belohnung.«

Als er das Hotel Miramare betrat, fürchtete er miteins, seine Annahme, das holde Gaunerpaar würde sich nicht rühren, könnte doch falsch sein. Der so überdeutliche, ihm gleichwohl erst jetzt einfallende Umstand aber, daß es ihm nicht einmal bis in den Flur gefolgt war, beruhigte ihn.

Adrienne empfing ihn vergnügt und ahnungslos.

Sorhul ließ sich wortlos in ein Fauteuil fallen und schob die Haare oberhalb der rechten Schläfe zurück: eine fürchterliche blutunterlaufene Beule wurde sichtbar.

Adrienne biß die Zähne aufeinander. Ihr Mund verriß sich bösartig. »Wer? ... Wo?« Ihre Augen wurden ganz klein.

Sorhul heuchelte, um diese Wirkung, die er genoß, noch zu vertiefen, große Ermattung und beschloß, die spätere Erzählung seines Abenteuers durchaus zu seinen Gunsten zu gestalten; treu seiner Erfahrung, daß erzählte Schlappen lächerlich machen und nur mitangesehene manchmal einen guten Eindruck.

Mit einem Mal aber schrie er fast auf: er hatte einen großartigen Einfall ...

An einem der folgenden Abende trug Adrienne, seit Wochen mit den Gewohnheiten im Palazzo Rosso des Marchese de Brignole-Sale vertraut, während die Dienerschaft aß, den van Dyck, den sie aus dem Rahmen gebrochen hatte, hinunter in das Seitenportal in der Via Laro, wo Sorhul ihn rasch vom Holz riß, zusammenrollte und unter seinem Inverneß verbarg. Hierauf fuhr er ins Hotel zurück.

Adrienne versteckte sich in einer Treppennische und wartete, als sie den Marchese heimkommen sah, noch einige Minuten, bevor sie, tief verschleiert wie stets, bei ihm eintrat. Es fiel ihr nicht schwer, die aufgetragene Komödie der Erschöpfung und nervösen Erregtheit zu mimen, schließlich unter heftigem Schluchzen dem Marchese in die Arme zu sinken und scheinbar gelegenheitsweise sich nehmen zu lassen, was sie bisher konstant verweigert hatte. Die Koinzidenz dieser Hingabe mit dem Verschwinden des Bildes hielt Sorhul für das beste Mittel, dem Marchese jeden Verdacht gegen Adrienne zu nehmen.

Der Diebstahl wurde am nächsten Morgen, sehr frühzeitig, entdeckt.

Bereits gegen Mittag erfolgte die Verhaftung eines gewissen Giacomo Gazzi, dessen Reklamekärtchen, ein Passepartout für eine Opiumhöhle, auf der Treppe, wohin Sorhul es plaziert hatte, gefunden worden war. Er vermochte sein Alibi nicht nachzuweisen, da er beruflich die Straßen durchstreift hatte.

Bei Sorhul und Adrienne wurde eine Haussuchung vorgenommen, die resultatlos verlief. Sorhul selbst hatte darauf bestanden, obwohl der Marchese den Verdacht der Polizei empört zurückwies; umsomehr als er Adriennes heroischen Widerstand bewunderte und nach ihrem so plötzlichen Fall, den er für einen zwar seltsamen, aber dem launischen Leben eben eigenen Zufall hielt, verliebter war denn je. Er begriff ohne weiteres, daß Adrienne, die ihm jetzt schwüle Liebesepisteln sandte, nicht mehr zu ihm zu kommen wagte, litt aber so sehr darunter, daß Sorhul nicht länger zögern zu dürfen glaubte, seinen großartigen Einfall auszuführen.

In der folgenden Nacht fuhr Adrienne, nur mit einem kleinen Handkoffer versehen, in einem geschlossenen Taxi in das Hotel Bristol, wo der Marchese sie in einem eleganten Doppelzimmer erwartete und außer sich war vor Glück.

Nach zwei Tagen war Adrienne von ihrer augenblicklichen Situation dégoutiert und wünschte, eine kleine möblierte Wohnung in einem Privathaus gemietet zu erhalten.

Der Marchese war sofort einverstanden, da es ihm um vieles billiger zu stehen kam, und begab sich noch am selben Tag, auf Adriennes Rat hin, in die Via San Luca, um mit der Signorina Palbi wegen eines von dieser zu vermietenden Appartements zu verhandeln.

Inzwischen hob Adrienne das ganze Guthaben (über zwanzigtausend Lire), das der Marchese ihr eröffnet hatte, unverzüglich ab und reiste nach Florenz.

Sorhul blieb noch in Genua, um die Entwicklung der Ereignisse abzuwarten und keinen Verdacht zu erregen.

Da allgemein angenommen wurde, daß der Marchese mit Adrienne die Honigwochen irgendwo am Meer verbringe, beunruhigte man sich nicht weiter über sein Verschwinden.

Daraufhin reiste Sorhul, den van Dyck in den Boden seines größten Koffers eingenäht, gleichfalls nach Florenz, wo er täglich mit großer Spannung die Zeitungen erwartete. Endlich eines Morgens sah er schon von weitem auf dem Genueser Secolo eine riesige Manschette. Er eilte zu dem Kiosk und las: »Ermordung des Marchese de Brignole-Sale. Verhaftung des Mörderpaares. Neue Spur in der Affaire des van Dyck-Diebstahls.«

Vierundzwanzig Stunden später waren Sorhul und Adrienne in Wien. Erst hier gab er ihr den Secolo zu lesen.

Als Adrienne ihn sinken ließ, sagte er: »Daß die Schädeldecke des Marchese dünner ist als die meine, konnte ich allerdings nicht wissen.« Hierauf begann er mit der Erzählung seines Abenteuers, das ihm die Kopfwunde eingetragen hatte. Da er es nun mit Leichtigkeit zu seinen Gunsten gestalten konnte, machte er auf Adrienne einen unauslöschlichen Eindruck, dessen stürmische Wirkung er unverzüglich genoß. Auf dem Diwan.

»Minouche, kanntest du Adette, diese Hure, eine sehr begabte Jüdin …? O, es ist wirklich grotesk, wie sehr die Hallermünde ihr in vielem gleicht! Dieselbe israelitische Art, die unbekanntesten Dinge beim Namen zu nennen, von durchaus Unerklärbarem wie von einer Aktie zu reden und die Mundwinkel arbeiten zu lassen, als wäre, mit ihr verglichen, der Kaiser von China ein Insekt. Ich muß gestehen, daß mir das, allerdings gleichsam als Jugenderinnerung, sehr gefallen hat. Es erinnerte mich an meine ersten *Arbeits*-Versuche, die ich mit einem entgleisten deutschen Rittmeister in Deauville machte. Er war ein begeisterter Judenverehrer und deshalb Antisemit bester Marke. Er hatte den rührenden Ehrgeiz, tunlichst nur Juden hineinzulegen. Wer eben einmal Soldat war, überschätzt den Lorbeer. Eine Schwäche. Man hat in dieser Hinsicht völlig in Absehung seiner persönlichen Lustwünsche zu fixen. Von diesem Herrn lernte ich, pekuniär unverständliche Situationen zu lieben. Und bei all dem hatte er die berüchtigte tête carrée. Aber ich behaupte: hätte der gute Junge nicht die Chance gehabt, einen riesigen Spielverlust nicht anders als mit einer Dame vom Berliner Palais de danse decken zu können, wäre er sein Leben lang der idiotische Schrittdriller geblieben, der er in Potsdam bei den Husaren Jahre hindurch gewesen war. Wenn er von den Genüssen sprach, die ihm die Situation verschaffte, als kaiserlich deutscher Rittmeister der Mec einer großen Hure zu sein, wurde er geradezu sentimental. O, wir genossen damals beide sehr. Durch ihn verlernte ich bereits mit neunzehn Jahren mein sogenanntes Vaterland. Er hat mir einmal (wir arbeiteten drei Jahre zusammen) das Leben gerettet, indem er im richtigen Augenblick den Einfall hatte, ein gewisses Telephongespräch zu mimen. Ein exakt ahnender Junge! Er wurde in London nachts auf der Straße von einem Polizeiagenten, der ihn für einen lange gesuchten Einbrecher hielt, niedergeschossen. Einer jener unwahrscheinlichen Zufälle, vor denen unsereiner allein Furcht hat. Und, es ist wirklich ergötzlich, das festzustellen: die Hallermünde hat bei all ihrer preußischen (oder auch jüdischen) Sicherheit immer einen kleinen Zug um die Augen, der vor diesen unwahrscheinlichen Zufällen auf der Lauer zu liegen scheint. Als ich deshalb plötzlich mit jenem Damenhandschuh, den ich unserem Mister Holger wegstibitzt hatte, zu spielen begann, machte sie denn auch ein Gesicht, als würde sie ein Fernbeben verspüren, verlor den frech, aber virtuos gesponnenen Faden ihrer Konversion und bat mich, ohne auch nur zu versuchen, mich mit irgendwelchen Geschicklichkeiten einzufangen, kurzerhand – *diskret* zu sein. Enorm! sage ich. Hat das Frauenzimmer die Stirn, an meine Vertrauenswürdigkeit zu appellieren. Grandios! *Das* ist der Typ, der mit dem Telephon schießt, mit einem ›petit bleu‹ erdrosselt, eine ganze Bank durch ein plötzliches Lachen platzen machen und einen Minister seriös hochgehen lassen kann, indem er ihn ganz unerwartet in einer schlechtweg genial ausgesuchten Situation – duzt. Grandios! sage ich. Enorm! Man lernt. Unsere Arbeit ist, dieser vis-à-vis, stümperhaft. Dieses juvenile Schießen! Dieses fossile Schimpfen! Verzeih, Minouche, ich dachte wahrhaftig nicht daran, dich zu verletzen. Nicht nur nicht, als ich kürzlich auf dich danebenschoß (welche unverzeihliche Träumerei!), sondern auch jetzt nicht, da ich ja doch mich selbst damit herabsetzen müßte. Denn auch ich schimpfe zu viel. Ich bin eben Halbfranzose und habe, vermutlich von meinem ... von meinen Vätern her, die schöne Geste, die Grazie der Trichage im Blut. Aber sie ist im Vergleich mit der Hallermündschen Stirn das, was ein Theaterschuß gegenüber einer in die Kulissen gebrachten Visitkarte ist, auf welcher der Star zu lesen bekommt, daß sein Hündchen überfahren wurde. Die Folgen kann man sich entwerfen. Und das Gesicht dessen, der dadurch irgendwie Tausende einkassiert, ebenfalls ... Ja so, die Hallermünde. Nun, ich versprach ihr, diskret zu sein, bat sie aber sogleich, mir für *diesen* Herrn ein Empfehlungsschreiben zu geben, da ich eine kleine, ganz abseits liegende Gefälligkeit von ihm erbitten möchte. Die Biene begriff sofort!!! O, es ist erstaunlich! Erstaunlich!! Erstaunlich!!! Das Ganze war eine der schönst aufgeholten, seltenst balancierten Erpressungskomödien ... das illusterste Lied, das ich jemals solch ein Tierchen singen ließ, nicht *einen* Flügel in den Fingern, nicht *ein* Beinchen ... Es war wunderbar, rührend, erlesen ... Enfin, bath! Denn so holte ich mir – nicht von Mister Holger, sondern von einem gewissen Herrn von Stötvink, einem edlen Dänen, zweitausend Francs. Vermutlich hat die Hallermünde dieselben Handschuhe wie Mister Holgers zur Zeit amtierende Katze. Es könnte aber auch sein, daß sich beim Anblick des fraglichen Kleidungsstückes lediglich das böse Gewissen der Hallermünde erfolgreich regte. Nun, sei dem, wie ihm wolle: jedenfalls dachte Stötvink gar nicht daran, ein Gespräch vorzusenden. Zweifellos bereits telephonisch avisiert, wünschte er, ganz nett gelangweilt, die Höhe des Betrages zu kennen. Ich sagte mir sofort, unter zweitausend dürfte er sich nicht inkommodieren. Und da ich keine Zeit hatte, eventuelle Inkommodierungen zu bearbeiten, verlangte ich nicht mehr. Das heißt man glattes Arbeiten. Ja, es ist mein bester Erfahrungssatz: Mensch, sei unter allen Umständen von absolut größtmöglicher Frechheit; das weckt stets das böse Gewissen auch der edelsten Naturen ... Minouche, ich fühle mich sehr, verspreche dir aber, es dich entgelten zu lassen ... Daß Mister Holger mir entschlüpfte, war nicht mein Fehler. Das heißt, bis zu einem gewissen Grade vielleicht doch. Du weißt ja, wie ich mich bei der Hallermünde eingestellt hatte: meine Karte und die mündlich dem Boy mitgegebene Mitteilung, wenn ich störte, käme ich gern ein andermal. Das hört sich fast albern an, ist aber in diesem Milieu etwas außerordentlich Raffiniertes. Als ich dann vor ihr stand, sagte ich, noch bevor sie ihr Wiedererkennungsentsetzen zu Ende gespielt hatte: ›Madame la comtesse, was ich mir bei Rumpelmayer leistete, besaß die einzige Chance, Ihre Aufmerksamkeit wirksam zu erregen. Sie hören tagaus tagein nichts als Gewäsch ödester Durchseifung, so daß ein wohlgezielter zynischer Platzregen Sie nur erfrischen konnte. Seien Sie nicht undankbar!‹ Was begann? Nach mehreren zarten Kampfesstellungen eine heftig tastende Unterhaltung, voll kontinuierlicher Arrangements, bis ich eben plötzlich – den Handschuh zückte. Das tat ich selbstverständlich im ungeeignetsten Augenblick: nämlich, als sie sich gerade fest ins Recht gesetzt hatte. Übrigens, während sie langsam aus ihrem Sitz rutschte, sagte ich etwas sehr Holdes, das sie vermutlich innerlich gänzlich herunterstieß, und zwar, bitte: ›Recht, madame, ist die Geschwindigkeit, den anderen ins Unrecht zu setzen‹ ... Minouche, was soll das heißen? Ich prahle, dich genießend, empfinde mich durch deine bloße Anwesenheit wie mit sieben multipliziert, und du reagierst mit keiner Zügellosigkeit? ... Du sitzt schlecht? Nimm doch den Luftpolster hinters Kreuz! ... Mein Fehler war dann aber, daß ich, noch voll von den schweren Erheiterungen dieser Affaire, mit Mister Holger unwillkürlich ein wenig zu – sagen wir zu duftig sprach. Wäre ich richtig seriös geblieben, so hätte mein vortrefflicher Vortrag über Fruchtabtreibung vom Abend vorher eventuell noch einige Tausend eingetragen. Einmal aber das Mißtrauen geweckt: und die Erinnerung an jenen erquicklichen Speech machte es sofort unheimlich steigen. Zu spät erkannte ich meinen Fehler, der aber im

Grunde doch keiner war. Auch die stärksten Naturen können die einmal erregte Nervenvibrations-Richtung nicht von einer Minute auf die andere umstellen. Ich hätte zumindest einige Stunden warten müssen, bevor ich mir diesen Insulaner vornahm. Das konnte ich aber nicht. Wir mußten abreisen, da der ›Rappel‹ unsere blöde Schußaffaire bereits in den Klauen hatte. Ein weiterer alter Erfahrungssatz, der leider aber nicht immer durchführbar ist, wenn die Ereignisse sich hetzen: *langsam* arbeiten, *sehr* langsam arbeiten. Die Nerven sind eben keine Maschinenbestandteile. Man müßte ein Umschaltungspulver für momentan unverwendbare Nervenvibrationen entdecken. So könnte man vielleicht *jedes* Malheur vermeiden. Und sicherlich das Genießen auf noch ungeahnte Weise heben ... Ha, Minouche, es ist Gold wert, tatsächlich Gold wert, wenn man vor einer Gestalt, deren Augen allein schon Gold wert sind, Reden halten kann. Das treibt den inneren Dampf ins Haupt, man gerät, wie sage ich's nur gleich sehr berückend – je nun, in Wallung, und es begeben sich fruktifizierbare Einfälle. Zudem ist es ein nicht zu unterschätzendes hygienisches Palliativ, luftig causieren zu können. Man erscheint kühl vor dem Feind, und es fällt nicht mehr schwer, die Zunge still zu drücken. Das ist der Papstfehler aller Anfänger: daß sie, weil im Pyjama ohne würdiges Gegenüber, zu viel sich selber bemerken wollen, zu viel des Persönlichen tun, des besten Schlechten, zu viel des ... Ich merke, daß mein über alle Zweifel soignierter Wortschatz sich vergaloppiert, zu sehr sich selbst gefällt ... Minouche, heilige Ménilmonteuse, ich rase gelinde, schwelge fast irr, zaudere süß ... doch nur an dir und um dich ... O, segne mich mit einem Pfiff! ... Merci. O, wie sie lacht! ... Aber auch ... aber auch das Eisenbahnfahren besorgt Wichtiges an diesem Rederausch. Man bekommt ja den Takt gleichsam in den Leib gestampft. Und er, der Takt, und es, das Tempo: voilà, das Allerwichtigste! Was ist Tempo? Arrangierte Bewegung. Und da Reden gleichfalls eine derartige Bewegung ist, nur kontrollierter, ist der Takt dazu nicht ohne Bedeutung. Ich bin gegen Leute, die nur im Sitzen und bei großer Ruhe auf Ideen kommen, nicht einmal mehr mißtrauisch. Da *bin* ich überhaupt nicht. Das sind keine Begabungen. Das sind *Sitz*-Gelegenheiten. Sie haben schließlich auch nur Ideen, diese Leute. Und fallen deshalb sofort hinein, wenn sie sich in Bewegung setzen. Unsereiner hat Einfälle. Das Wort schon enthält Bewegung. Die besten Einfälle hat man übrigens im Fallen. Deshalb sind die gefallenen Mädchen so erfinderisch vor dem Zwang, sich irgendwie – aufzuhalten. Und die gelandeten Fische nicht faul und überhaupt auf der Höhe, auf der sie nicht verweilen, weil dort die Geschäfte zu schlecht gehen. Aber die Höhe ins Betriebsleben verpflanzt: und das große Geschäft beginnt. Minouche, du bist auf der Höhe. Ich kannte dich kaum zwei Tage, als ich mir bereits mit äußerster Lebhaftigkeit dich in den Armen eines sogar hübschen jungen Mannes vorzustellen vermochte, wie du, eine Zigarette liebkosend zwischen den Lippen und die Augen in einem Lehrbuch über praktische Astrologie, plötzlich auf deine Armbanduhr siehst und lakonisch meldest: ›Mein Herr, wenn Sie weitermachen wollen, müssen Sie nachzahlen.‹ Auf diese phantastische Höhe, die nicht nur ein übernatürlicher Einfall ist, sollst du von der Bewegung, die ich dir machen werde, dereinst noch gebracht werden. Denn dirigiert läufst du großartig ... Minouche, bitte deine Augen! ... Du bist meine tag- und abend- und nachtfüllende Bewegung. So wie ich die deine bin. Und zusammen und bewegt, wie wir es von einander sind, werden wir den höchsten Dampf entknüpfen, den allerhöchsten. O, Minouche, ich bin, ich bin ... Viens, ma gosse, machen wir uns Bewegung! In diesem Hängebett wird es eine doppelte sein und im Coupé eine dreifache. Wenn aber der Geist, der ach so lasterhaft ist, mich dabei überkommt und Sentenzen zischen läßt, so hast du mich zu stören ... zu schimpfen ... wenn ich nicht hören will ... zu zählen ... wenn ich nicht ... zu *reden* ... wenn ich nicht ... von den Geheimnissen deiner Berechnungen ... von den Gepflogenheiten deiner Überlegungen ... von den Bedürfnissen deiner Beendungen ... von ... den ...«

»Wep, par ici!«

»O, Minouche, Minouche ... Minouche ... o ...«

Nach einer Stunde hielt der Nacht-Rapide Paris–Lyon–Méditerranée in Nizza.

Auf dem Rummelplatz

Sikora, der die Lange Pannekoekstraat dahergeschlendert kam, blieb auf dem Nieuwe Markt beim Anblick der bunten Zelte erstaunt und erfreut zugleich stehen. Und als nun gar eine echte Jazz-Band loshämmerte, legte er die Hände langsam auf die Hüften, hob seinen Unterleib unternehmungslustig aus der Hose und setzte sich, den schmetternden Klängen zu, in Bewegung. Und bald gerieten seine Beine in verheißungsvolles Wiegen, fühlte er doch nichts Geringerem sich entgegengetragen als dem Ziel der heißen Wünsche von zwanzig einsamen Nächten, zu denen, von anderen Misèren ganz zu schweigen, der Mangel an Gelegenheiten ihn verurteilt hatte.

Sikora sog an sämtlichen Fingern, so sicher war er bereits, daß ihm binnen kurzem nicht nur ein blondes Liebchen sich präsentieren würde, sondern auch eine Möglichkeit, seine Finanzen durch einen kühnen Griff in eine fremde Tasche aufzubessern. Das grelle Azetylen-Licht und das biedere Tanzvolk ließen ihn jedoch seine Wünsche als unrealisierbar erkennen: hier tanzten fast nur anständige Mädchen mit Ladenangestellten oder Gesellen und die paar unscheinbaren Huren, die er agnoszierte, waren mehr Konkurrenz als Opfer. Sikora mußte seinen kühnen Griff als unlukrativ unterlassen und, solange er in seiner schäbigen Joppe steckte, jede amouröse Annäherung als aussichtslos. Schon wollte er voll Galgenhumors im Schwung kehrtmachen, als eine mollige Blondine an ihm vorübertanzte, die ihrem Partner, dem die Kräfte zu versagen begannen, mit der Faust spottend auf den Rücken schlug: »Du bist a Held! Wie kann aner nur so schwitzen!«

»Seit zwa Stunden tanz i«, entschuldigte sich ihr Tänzer, »und seit aner mit Ihnen.«

Sikora, dem eine Gelegenheit zu winken schien, reckte sich auf den Fußspitzen höher, ließ sich aber wieder auf die Fersen nieder, als ihm einfiel, wie sehr unwahrscheinlich es war, daß der junge Mann eine Tänzerin, mit der er seit einer Stunde walkte, so ohne weiteres abgeben würde. Da tanzte das Paar neuerdings an ihm vorbei, der konstatierte, daß, wenn man in der Mitte der Tanzenden sich hielt, es gar nicht so leicht wäre, die Qualität eines Anzuges zu bestimmen. Dann starrte er auf das rot durchflochtene Blond der Partnerin, ihre vollen glühenden Lippen, die glatt gespannten pfirsichfarbenen Wangen und die großen dunkelblauen Augen und rollte, wie von tausend Insekten gestochen, die Schultern: »Kruzitürkenüberananander, das is a Weiberl!« Doch da war es seinen Blicken schon wieder entschwunden.

Sich auf die Zunge beißend, marschierte Sikora längere Zeit auf demselben Fleck. Diese kaum hoffnungsvolle Meditation wurde einige Male von dem an ihm vorübertanzenden Paar angenehm unterbrochen. Beim vierten Mal glaubte er deutlich wahrzunehmen, daß der Held die nächsten Takte schwerlich würde durchhalten können. Und da sah er ihn auch schon innehalten, den Schweiß sich von der Stirn wischend und gänzlich außer Atem; sie, ihm mit höhnischem Lächeln und zweifellos ebensolchen Worten Rippenstöße verabreichend.

Sikora sah blond. Nur blond. Magnetisch zog es ihn hin. Und er wußte wirklich nicht recht, wie es zugegangen war, daß er bereits an das Hinterteil seines allerdings noch fiktiven Nebenbuhlers stieß. Aber als er nun wieder die großen dunkelblauen Augen erblickte, die ihm zuzulächeln schienen, als er die vollen roten Lippen schimpfen hörte: »Ach, das is aber blöd, daß Sie net mehr könner, Sie Krischbindl, jetzt find i kan Tänzer mehr«, da ergriff er die Bicepse des vor ihm Stehenden, stellte jubelnd fest, daß sie den seinen ganz enorm unterlegen waren ... und schon stieß er den jungen Mann mit aller Kraft zur Seite und versetzte ihm eine knallende Ohrfeige. Stolz schwellten sich seine Lungen, als er die zwischen Entsetzen und Wohlgefallen einherfliegenden Augen seiner Auserkorenen sah und die völlige, sichtlich dem Irrsinn sich nähernde Verstörtheit des so verblüffend Gezüchtigten.

Die drei bildeten in dem um sie her brandenden Gewoge eine seltsam starre Insel des Schweigens. Sikora wurde es jedoch schnell klar, daß, wenn er noch länger schwieg, die Situation leicht zu seinen Ungunsten sich verändern könnte. Er mußte unter allen Umständen etwas sagen: erklären, schimpfen, verleumden. Schon öffnete sich sein Mund: die Lügen kamen ihm ganz von selber, wenn er in wartende neugierige Augen blickte; und nun gar in solche, groß und dunkelblau. »Patton, gnä Fräuln, i hab net anders könner. Aber Sie wissen sicher net, was für a saubers Bürscherl der Haderlump da is.« Er streifte den also Beschimpften kurz mit einem Blick, um die Wirkung zu überprüfen. Gekränkte Unschuld vermochte ja ungeahnte Kräfte zu verleihen, selbst einem im allgemeinen bereits Erschöpften. Dieser aber empfand, was wohl der Mehrzahl der jungen Männer in diesem Fall widerfahren wäre, ein dumpfes Schuldgefühl, das durch das energische Auftreten seines Beleidigers nur noch wuchs. Sein Blick wich zur Seite. Das genügte Sikora: »So a Platterer, so a lumpiger! So a Fallott, so a ölendiger!« Er hob, enthusiasmiert von der dunklen Fülle seiner eigenen Stimme, die Hand hoch, ließ sie aber wieder sinken, als der derart neuerlich Bedrohte einen Schritt zurückwich, einer Tänzerin auf den Fuß trat und von deren Partner sich im Rücken bedrängt sah.

»Segns es, das schlechte Gwissen? Ausreißen tuat er, das Quisiquasi-Gsichterl! Halt die Pappen!« brüllte Sikora plötzlich, obwohl der mit der Beschwichtigung seines zweiten Angreifers Beschäftigte rein technisch ihm gar nicht hätte widersprechen können. »Und mit so an Latsch ham Sie a ganze Stund lang umanandatanzt?«

»Sie wern glei ane fangen. Könnt mir passen! Seit zehn Minuten plag i mi mit eahm.«

Da sein Opfer bereits vom Strudel der Tanzenden etliche Meter weggeschwemmt worden war und fast schon außer Sichtweite, stieß Sikora hervor: »Lassens ihn laufen, den Safaladi-Kavalier!« Er packte den Arm seiner Erkämpften und drängte sie, die, unter dieser Eigenmächtigkeit plötzlich erbosend, mit Händen und Füßen wild um sich schlug, aus dem Gewühl vor einen Lebkuchenstand, wo er einen halben Gulden, den Rest seiner Barschaft, auf den Zahlteller legte und, ohne hinzublicken, seine offene Hand daneben. »So a Rauferei macht an Hunger.« Er blickte, dem es auf eine Ungenauigkeit mehr nicht ankam, lächelnd und selbstsicher auf den Bauch seiner Holden. »Bitt schön, bedienens sich. Wie heißens denn?«

»Sophie Peereboom. Aber das geht Ihnen an Knaatsch an.«

»Ja, was wär denn jetzt das?«

Sophie schlug ihre Zähne in das Lebkuchenherz und riß es sich vom Mund. »Mei Vatter war halt a wiener Holländer.«

»Und nachher sans daherkommer nach Rotterdam, um Herzen z' fressen.«

»I freß kane als solchene da. Hab niemanden hergrufen, Sie Drischl.« Den Mund halb voll, ließ Sophie sich herbei, Wohlgefallen zu äußern: »Aber neinpfeffert hams ihm a ganz feste. Für gwöhnlich war er gar net so a Pupperl.«

Sikora litt unter dieser Einschränkung einigermaßen, erkannte aber, daß es nun galt, das bloß lädierte Bild seines Nebenbuhlers gänzlich entzwei zu schlagen. »Das glaub i, daß der tepperte Krowot net aso war.«

»Wie war er denn? Warum hams es ihm denn so gebn?«

Sikora wand sich wie einer, der es vermeiden möchte, einen schwer verletzten Gegner weiter zu bekämpfen. »Liegt Ihnen denn gar aso viel an dem Saumagen?«

»Wenn der wüßt, wie er mir Wurscht war!« Sophie bohrte ihm die Faust auf den Nabel. »No also, was is?«

Sikora, jenes mit Recht bezweifelnd, hielt es nun für unvermeidlich, ihn endgültig niederzuschlagen. »Von mir aus! I hab ganz zufällich sa Bekanntschaft gmacht. Wenn ma das überhaupt aso heißen kann. I bin halt grad dazukommer, wie ers gmacht hat. Im Café Het Westen am Binnenweg.«

»Gehns da öfter hin?« Sophie, schon an sich denkend, lächelte.

»A Zeitlang war i jeden Tag dort.« Sikora hatte jenes Lokal allerdings nur renomméehalber genannt. »Also, i hab mi grad hingsetzt ghabt und bstellt. Da seh i, wie aner am Tisch vor mir ... die ane Hand hat er auf der Hüften von an Weibsbild ghabt ...«

»Wars hübsch?«

»Die – und hübsch! A alter Landauer wars, a ganz an ausgfahrener. Aber scho a sehr a hohe Vierzicherin. Und hergricht, daß aner Sau hätt grausen könner.« Sikora belächelte ihr Erstaunen. »Kommt no viel besser. Also mit der andern Hand fischt der Halunk so unten rum um die Röck. Erst hab i gmeint, er will sich bloß amüsiern und hab scho fast glacht. Da hab i aber gmerkt, daß er was suchen muß. Und grad wie i besser hinschau, verschwind die Hand. Da hat ers gfunden ghabt, das Geldtascherl. Laßt es ihn erst ziehen, hab i mir gsagt. Aber da hat ers aa scho in der Hand ghabt und eingsteckt. I steh auf und setz mi breitspurich vor ihn hin. Die Situation könnerns sich gar net vorstellen. Da muß ma a Phantasie ham. Alstern er hat a Gsicht gmacht wie a verbogene Wagendeichsel. Was soll i Ihnen da noch viel derzähln ...« Er hielt absichtlich inne und schielte auf die Tanzenden.

Sophie stieß ihn ungeduldig mit dem Knie. »Da schauns her! No und was war dann weiter?«

Sikora schluckte sich den Mund frei. »Da hab i halt mein Coup gmacht, mein Mali. I hab mi für an Kriminaler ausgebn und die Herrschaften ausm Lokäul auf die Straßen nausbeten. Draußen hab i nur die Hand hinghalten, da hat er mir schon 's Geldtascherl gebn. Nachher hab i aso tan, als wenn i den Kriacher aus Mitleid laufen lassen tät. Aber i hab dann noch a harte Arbeit ghabt, damit i die alte Schabraken loswer. Absolut hats mir ihren Dank ausdrücken wollen. Kenn i scho, die Ausdrückerei. Das könnerns sich leicht vorstellen, was gwollt hat, die gfährliche Alte.« Wie in der Erinnerung noch angeödet, warf er seinen Lebkuchen fort. »Aber wolln ma jetzt net ans tanzen? I hab scho gnug von derer ganzen Gschicht.«

Von ihr geradezu unterjocht, drängte Sophie ihren Busen gegen ihn und hob gehorsam die Ellbogen.

Sikora schrotete diese Hingabe augenblicks mit gierigem Druck aus, weshalb Sophie keuchend mit den Füßen gegen seine Beine trat.

Sikora versuchte, sie durch Schmeicheleien abzulenken, erhielt jedoch einen so heftigen Stoß in den Rücken, daß er locker ließ. »Ui! Aber die Jazz-Musi, da laß i nix drauf kommer.«

»I a. I hab 'n zum Fressen gern, den Jazz.« Sophie sprach dieses Wort nicht wie er buchstabengetreu aus, sondern wie »Schatz«.

Sikora glaubte, sie mache ein Wortspiel, und preßte hervor: »Fressens mi halt, siaße Sopherl!«

»Das könnt mir passen!«

Aufprustend überließ Sikora seine hemmungslosen Beine den tyrannischen Takten des Foxtrott.

Der Tanz gestaltete sich für ihn nicht nur zu einem Genuß von auserlesener Fülle, hielten doch Sophies Formen nur zu sehr, was die Linien versprochen hatten, sondern auch zu einem Triumph von ungeahntem Ausmaß. Denn Sophie, ohnedies der Kraft und dem Mut ihres Tänzers bereits zugetan, hatte es sich durch den Kopf gehen lassen, in welcher Gefahr sie geschwebt hatte: vielleicht hatte Karl, der Geohrfeigte, nur deshalb noch nicht an ihren Ersparnissen sich vergriffen, weil er etwas viel Schlimmeres geplant hatte; vielleicht war sie durch das kühne Eingreifen dieses Unbekannten vor ganz Entsetzlichem bewahrt worden. Ein von Dankbarkeit, wohligem Schauder und Innigkeit durchquollener Blick entstrahlte ihrem Auge.

Sikora sah ihn. Halb vor Erstaunen, halb vor Seligkeit geriet er aus dem Takt. Sofort aber riß er den schwül vor ihm schwankenden Busen mit kraftvollem Schwung wieder an sich, so daß er die Rippen spürte und Sophie einen stechenden Schmerz.

»Au!« Sophie verzerrte übertrieben ihre Züge. »Werns net aufhörn? Sie tun mir ja weh.«

»Die wahre Lieb tut immer weh«, zischte Sikora ihr betörend in die Haare. »Ach, du Siaße, du Siaße, i hab di damisch gern. Sag, hast du mi aa, Sopherl?«

Wie zur Abwehr, aber gänzlich erfolglos, wand Sophie, verlegen lachend, den Oberkörper. »Aber wissen möcht i jetzt endlich, wiest eigentlich heißt, du Strick.«

»Franzl.«

»Das gfallt mir. So hat mei Bruder gheißen, der an die Masern gestorben is. Und wie noch?«

»Sikora.«

»Jessas, bist du vielleicht gar a Böhm?«

»A halber.« Hierauf versetzte Sikora ihr auch schon anderweitig vorgebrachte und ihm darum sehr parate Teile seiner Biographie. Und als er eine Stunde später, die Büste Sophies im Arm, in die Lange Pannekoekstraat einschwenkte, war es ihm darum ein Leichtes, durch Veranstaltung etlicher Kuß- und Kampfstationen die letzten Verheerungen im Widerstand seiner sehnlichst Begehrten anzubringen.

Erst gegen ein Uhr nachts langten die beiden auf dem Goodschen Singel an und vor dem Haus, in dem Sophie eine Mansarde des Geflügelhändlers Pet Comans bewohnte, dessen Ladenangestellte sie war. In ihren Zügen leuchtete zwar ein einziges Ja, in ihren Beinen aber war immer noch Kampfeslust. So daß Sikora ihr schweigend den Hausschlüssel aus der Hand riß und, vorsichtig seines schäbigen Anzuges wegen das helle Licht einer Laterne meidend, das Tor aufschloß, in das er Sophie mit einem so unerwarteten Stoß hineinbeförderte, daß sie einige Meter weiterstolperte und fast zu Fall gekommen wäre ...

Als Sikora das Haus verließ, polterte es von einem nahen Kirchturm sechs. Er reckte sich ein bißchen und atmete tief den Dunst der morgendlich trüben Straße. Dabei las er auf dem Schild über dem Laden neben dem Haustor die Worte: »Wild en Gevlogelte«. Er lachte wiehernd auf.

Ein altes Weib, das einen Korb mit Fischen vorbeischleppte, schüttelte mißbilligend den Kopf über ihn.

Sikora rief ihr, sich die Hände reibend, nach: »Naa, naa, du alte Kletzen, da steh i als a Ganzer da.« Denn er war überzeugt, daß er bald noch ganz anders dastehen würde. In seiner Rocktasche befand sich nämlich ein englischer Matrosen-Paß, dessen Photo der Stempel kaum erreicht hatte und der für ihn deshalb einen weitaus größeren Wert darstellte als Sophies Ersparnisse, die er nach gestillter Leidenschaft zwar gesucht, nach reiflichem Erwägen aber unberührt gelassen hatte.

Genoveva, höchste Neugier in den durch Belladonna erweiterten Pupillen, freute sich des würdevollen Schwankens ihres Federhutes. »Wie sieht er denn aus?«

»Er besitzt einen roten Knebelbart, pechschwarze, bläulich schimmernde Haare und weder Augenbrauen noch Wimpern. Deshalb sagte ich mir sofort, als ich ihn vor einigen Wochen kennen lernte: der Mann ist nicht ohne.«

Genoveva wirbelte leicht der Kopf. »Verstehe ich nicht.«

»Wenn man schon einen Beruf ausübt«, Pfeffer wieherte geübt, »muß man unter allen Umständen auffallen. Als Arzt ganz besonders. Da nun alle Ärzte an der Hand von meterlangen Bärten und ähnlichen patriarchalischen Requisiten es auf abgrundtiefe Vertrauenswirkung abgesehen haben, ist es einfach großartig, als Arzt sich eine Halunkenfresse anzuschaffen.«

Genoveva, immerhin ergötzt, begann sich zu pudern. »Hat man denn aber auch wirklich Vertrauen?«

»Zu Maxe?« Pfeffer gluckste originell. »Wollte sagen zu Dr. Edelmaier. Ha! Er hat mir seine Anfänge erzählt. Naturgemäß hatte kein Mensch Vertrauen zu ihm. Als er aber einmal einen günstigen harmlosen Fall in die Finger bekam, richtete er ihn, ohne dem Kranken dabei zu schaden, sich zu einem allerschwersten her. Man hatte nicht den Mut, ihn wegzuschicken, da er nächtelang am Bett des also Zugerichteten blieb. Als die ganze Familie zwei Tage lang geweint hatte und bereits an Trauerkleidern nähte, rettete er den Kunden innerhalb von vier Stunden durch eine kleine Scheinoperation mit riesigem äußeren Aufwand. Von diesem halsbrecherischen Erfolg an datiert seine Praxis. Heute ist dieser Pfiffikus steinreich.«

»Er kann also doch etwas.«

»Obwohl mir dieses ›Doch‹ imponiert – nicht viel. Er weiß sich der wirklich gefährlichen Fälle stets sehr geschickt zu entledigen und behandelt nur die einfachen, die er sich eben zu schwierigen gestaltet.«

Genoveva, deren innere Ausgeglichenheit nun doch auseinanderstob, verschüttete Puder auf ihren Busen. »Bist du deshalb allein sein Freund?«

»Nein.« Pfeffer säuberte sie, etwas zu gewissenhaft. Dann ließ er seine gut entjüdelte Stimme ins Lyrische hinüber: »Dieser

Herr mit der gräßlichsten Gaunervisage, die ich je gesehen habe, und mit der unerschütterlichsten Vertrauensstellung, die ich je behohnlächelt habe, dieser Herr ist einer der gefährlichsten Verbrecher, die ich je gekannt habe.«

Genoveva wurde rot vor Angst und Neugier. »Was macht er denn?«

»Reiche krank.« Pfeffer, saftig schnalzend, reinigte seine Fingernägel vermittels einer Stecknadel. »Niemand denkt auch nur daran, seine Diagnosen anzuzweifeln und sich für gesund zu halten. Aber das ist nicht alles. Spitz deine Hörer! Seine Diagnosen sind so überaus genau, daß er seine Einbrüche fast wie Besuche macht. Nachher heilt er den Geschädigten, nimmt manchmal sogar in Anbetracht des finanziellen Ruins kein Honorar. Neuer Ruhm. Neues Vertrauen. Neue Einbrüche.«

»O!« Genoveva genoß zitternd die Aufregungen kommender Sensationen. »Und was willst du jetzt bei ihm?«

»Dich erkranken lassen, Vevi.«

»Mich? ...« Genoveva tanzte es vor den Augen.

Pfeffer griff ihr lange unter die Achseln ...

Obwohl die Sprechstunde Dr. Edelmaiers erst um drei Uhr begann, war sein Wartezimmer bereits halb vor drei überfüllt. Pfeffer aber wurde, als er seinen Namen durch eine Nebentür lispelte, sofort eingelassen.

»Det also is deine Zieje?« Dr. Edelmaier tätschelte Genoveva ab wie einen kranken Gaul. »Macht se imma Knixe?«

»Nur vor dir«, versicherte Pfeffer stimmungsvoll.

Dr. Edelmaier spie in eine Aluminiumpfanne. »Wem soll ik se ordinieren?«

Pfeffer grunzte bedeutungsvoll. »Professor Hanseborg soll ihr das Leben retten.«

»Nachdem ik ihr uffjejeben habe, wat?« Dr. Edelmaier rieb sich mit dem Handballen seine grauenerregende Nase. »Is det Meechen im Bilde?«

»Sie ist es.« Pfeffer klappte den Operationsstuhl nieder und winkte Genoveva einladend mit der Hand.

»Ziehn Se sich aus«, kommandierte Dr. Edelmaier dumpf, während er Pfeffer zur Tür hinausdrängelte.

Nach einer überaus minutiösen Untersuchung, die dazu dienen sollte, die am leichtesten produzierbare Diagnose festzustellen, wurde der am Schlüsselloch harrende Pfeffer wieder eingelassen.

Er kam, mit eiergroßen Blicken die noch halb Entkleidete

umspülend, händereibend näher. »Hanseborg ist nicht nur schwerreich, Maxe, sondern ... sondern sogar homosexuell.«

»Pfefferchen, biste meschugge?«

»Mir macht es auch manchmal den Eindruck.« Genoveva, welcher die allzu intensive Art der stattgehabten Untersuchung bereits keimende Bedenken keineswegs zu zerstreuen vermocht hatte, strengte sich, da ihre Hände den Rock hielten, vergebens an, ihren linken Busen, den Dr. Edelmaier wie versehentlich immer noch in der Hand hielt, freizubekommen.

»Macht es, macht es ...« höhnte Pfeffer beweglich. »Mädchen haben zu schweigen, wenn von ihrem Glück die Rede ist.«

»Pfeffa, du bist een würdjer Sohn deines ... Ui!« Dr. Edelmaier schrie plötzlich schrill auf.

Genoveva hatte mit dem Fuß gegen ein Schienbein ihres Peinigers gestoßen und so ihren Busen befreit.

Pfeffer versetzte ihr, die Gelegenheit nützend, aber sehr indigniert mehrere leichte Hiebe auf Schulter und Arm. »Setz dich, Vevi! Also die Sache wird gemacht, wie projektiert. Du, Maxe, stellst die Diagnose.«

»Wanderniere«, fletschte Dr. Edelmaier.

»Da kann er lange suchen.«

»Natierlich.« Dr. Edelmaier untersuchte seine fetten roten Hände.

»Gut.« Pfeffer liebkoste seinen Bauch. »Hanseborg muß also den Fall übernehmen. Ich überrasche die beiden in einer stattlich geschlechtsverkehrten Situation. In dieser Hinsicht glaube ich mich auf Vevis Eingebungen verlassen zu können. Hanseborg wird, wegen Mißbrauchs der Berufsgewalt, ein Prozeß an den Hals gehetzt. Er wird einerseits sehr glücklich sein, einen guten Zeugen gefunden zu haben, mit dem er dem Gerücht von seinen abnormalen Neigungen wirkungsvoll entgegentreten kann; andererseits aber wird er für seine Professur und seine soziale Stellung mit Recht schwere Besorgnisse hegen. Es wird ihm nun vorgeschlagen, dafür zu bezahlen, daß man ihn den Prozeß gewinnen läßt, indem ja Vevi die Aussage machen könnte, sie habe sich ihrem Lebensretter in unwiderstehlichem Drang hingegeben. Hanseborg wird den Braten riechen, aber seinen Vorteil nicht verkennen.«

»Wat, jloobste, wird er bezahlen?« Dr. Edelmaier biß sich nachdenklich in seinen roten Knebelbart.

Pfeffer bekreuzigte sich. »Ich denke an hunderttausend Emmchen.«

»Det is nett von dich.«

»Jeder kriegt ein Drittel.«

»Möchte ich schriftlich haben«, rief Genoveva dreimal.

»Kriegste!« Pfeffer suchte seinen Hut. »Übermorgen.«

Dr. Edelmaier rannte sehr unruhig umher. »Och und ik habe die janze Bude voll von Erkrankten!«

»Ha!« schrie Pfeffer. Hierauf hatte es den Anschein, als überlege er délirant. »Ha! Hanseborg wird nach dem Prozeß Wert darauf legen, Vevi noch einige Zeit herumzuzeigen. Herrliche Gelegenheit für uns, bei ihm einzubrechen. Hab ich Ideen?«

Dr. Edelmaiers abscheuliche Äuglein lohten nur so. »Pfeffa, du bist een würdjer Sohn deines jottjefälljen Volksstamms ... Und nu jeht mal, Kinder! Klingl mir an, hörste?«

Pfeffer, der Genovevas beleidigenden Äußerungen auf der Treppe wortlos standgehalten hatte, wurde unterm Haustor, als sie ihn bereits gewisser Vergehen und Verbrechen zu zeihen begann, welche ihm ein Strafausmaß von mehreren Menschenaltern zuzuziehen geeignet gewesen wären, sozusagen rabiat: »Halts's Maul, oder ich laß dich verhungern!«

»Du schnappst wirklich noch einmal über.«

»Das wäre ein ehrenvoller Abschluß meiner Biographie.«

»Saujud miserabler, dreckiger!«

Pfeffer lächelte wonnig. »Vevi, willst du ein Schnitzel?«

Dieser Vorschlag erschütterte Genoveva für Sekunden so sehr, daß Pfeffer Zeit fand, ihr zu sagen, der ganze Auftritt bei Dr. Edelmaier wäre von A bis Z – »gestellt« gewesen, um den durch einen anonymen Brief hinter die Seitentür des Ordinationszimmers gelockten Staatsanwalt zu einer Anklage zu veranlassen, die ihm seine Existenz kosten würde, Dr. Edelmaier einen öffentlichen Lacher und beiweitem weniger als die Reklame in Hotels, Kurorten und Fachzeitschriften. »Ich erhalte nach dem Freispruch zehntausend Mark, du fünftausend.«

Genoveva haschte mit beiden Händen nach der Hauswand. Als sie Halt hinter sich fühlte, versuchte sie, endlich mit Erfolg, ihre immer noch umhertaumelnden Augen einzufangen und auf Pfeffer zu richten. »Also ist kein Wort von all dem wahr?«

»Keine Silbe!«

»Warum hast du mich denn aber nicht eingeweiht?«

Pfeffer kniff sie, irgendwo. »Du bist eine sehr gute Schauspielerin, Vevi. Wie alle unwiderstehlichen Mädchen. Aber in solch einem immensen Fall ist es sicherer, auf echt zu arbeiten.«

Genoveva war alsbald nicht nur völlig versöhnt, sondern versprach Pfeffer, der nun wirklich Effekt gemacht hatte, spontan die nächste Nacht und den heißesten Dank.

Unmittelbar nach dessen Abstattung, während Pfeffer eben den noch dampfenden Leib sich wusch, fragte Genoveva: »Hast du dem Edelmaier schon telefoniert?«

»Was? ... Ach so ... Nein.« Pfeffer setzte sich auf den Fußboden.

»Ja, warum denn nicht ...?«

»Die Sache ist doch aus.« Pfeffer bearbeitete sich den Rücken mit grimmigen Handtuchschlägen.

»Wieso aus. Sie fängt doch erst an.«

»Nebbich. Das *Ganze* war gestellt.« Pfeffer befühlte einen seiner hohlen Zähne.

Genoveva rutschte langsam aus dem Bett. Ihrem Mund entrangen sich unbeschreibbar qualvolle Laute, bevor sie zu stammeln vermochte: »Bitte sag mir ... was ... ich ...«

»Gewiß.« Pfeffers behaarter Körper machte geschmeidige Wendungen. »Maxe ist nicht der Dr. Edelmaier, sondern sein Faktotum. Er ist, wie du ja bemerkt haben wirst, zu häßlich, um auf schöne Mädchen folgenschweren Eindruck zu machen. Deshalb ging er auf meine Stellungen ein, die ihm die Möglichkeit geben, sich wenigstens bis zu einem gewissen Grade zufriedenzustellen. Und die auch mich zufriedenstellen. Denn mit einem Kerl, höchst unromantischen Äußerns wie ich, schläft ein Mädchen von deinen körperlichen Qualitäten nur nach reichlicher psychologischer Bearbeitung.«

Genoveva warf sich mit einem unartikulierten Aufschrei auf Pfeffer und verprügelte ihn mit ihren kleinen Fäusten, bespie ihn, kratzte und biß. Minutenlang. Endlich hielt sie erschöpft inne. Beim Anblick Pfeffers aber packte sie von neuem die Wut. Abermals stürzte sie sich auf ihn und verhaute ihn erbärmlich.

Da, mit einem Mal, stutzte sie. Sie hatte ein Stöhnen vernommen, das ihr sonderbar geklungen hatte.

Von einem unbestimmten Verdacht erfaßt, neigte sie sich über ihr Opfer und mußte zu ihrem Entsetzen erkennen, daß der Unhold in mühsam unterdrückten Krämpfen äußersten Entzückens sich wand.

Genoveva erblaßte gänzlich. Also auch um ihre Rache sah sie sich betrogen. Wie irrsinnig torkelte sie auf ein Fauteuil zu, in dem ihre Kleider lagen, stolperte dabei über einen kleinen Teppich und taumelte an die Wand, die bei ihrem Anprall dumpf widerhallte. »Was ist das? Ist das eine Tür? Hier ist doch das Haus zu Ende!«

Und schon suchte sie fieberhaft, von einer fürchterlichen Ahnung geschüttelt, nach der Klinke oder dem geheimen Knopf. Sie fand einen kurzen Strick, zog an ihm und fuhr aufkreischend zurück:

Hinter der aufgesprungenen Tapetentür stand, die scheußlichen Züge lustverzerrt, Maxe, Speichel in den Mundwinkeln. Und zwar halbnackt. Und in einem unwiedergebbaren Zustand.

Genoveva fiel in Ohnmacht ...

Als sie erwachte, saß vor ihr ein schöner Herr in Gehrock und hellroter Krawatte, der aussah wie ein Veteran des Heiratsschwindels, und schlug ihr, ölig lächelnd, langsam vor, in diesem Zimmer und in seinem Hause verbleiben zu wollen; der Klient, der sie hergebracht hätte, zahle so unpünktlich, auch sei seine Spezialität zu geräuschvoll und hätte schon gelegentlich zu Mißhelligkeiten mit der Polizei geführt; sie solle die Gelegenheit ergreifen und ihrem Ärger, der ja nur zu verständlich sei, mit einem »Ende gut, alles gut« etc. etc.

Genoveva erraffte noch so viel Besinnung, sich wortlos anzukleiden und mit ihren Siebensachen die Treppe und die Straße zu gewinnen. Ihren Federhut, dessen Pleurosen geknickt waren, trug sie in der Hand. Ihre Augen hatten, mangels Belladonna, jeden Glanz eingebüßt.

Seit diesem Abenteuer ist Genoveva Antisemitin, Männerfeindin und überhaupt gegen den Geschlechtsverkehr. Gegenwärtig sieht sie wegen Verführung minderjähriger Mädchen einer längeren Gefängnisstrafe entgegen. Aber durchaus hochmütigen Herzens.

»Schauns amal nach, Sie Mannsbild, ob die Zentralheizung offen is.«
»Scho. Aber funktioniert net. Ja, is viel zu kalt da.«
»Bittschön, gebns mir mein Mantel her!«
»Mir wolln doch ... I mein ... sich ins Bett ...«
»Legns sich doch 'nein, wenns Lust ham.«
»Bitte nach Ihnen.«
»Ujegerl, wie er sich scho hat!«
»Wies halt wolln.«
»Sie ham ja recht. Aber gehns naus so lang. Bis i ruf. Net gmuckst, sondern gfolgt! Gengerns!«
Schiller ging, draußen einige wuchtige Schritte machend. Dann schlich er sich zurück und blickte durch eine abgeschabte Stelle der Mattglasscheibe. Irma stand vor dem Spiegel und schlang sich einen kleinen roten Shawl um die Haare. Während sie sich entkleidete, spülte sie sich den Mund aus. Ihr Körper war unerwartet mager und unebenmäßig, die Schenkel sehr deutlich behaart. Um die Hüften lag ein Bruchband, das sie in ihren Unterrock wickelte. Grimassierend schlüpfte sie ins Bett, nur schwarze Seidenstrümpfe an den Beinen. Schiller war zwar von dem Gesehenen sehr enttäuscht, klopfte aber trotzdem. »Im Bett gfallns ma besser.«
»Wieso. Sie sehn doch noch weniger.«
»Die Pölster machen Ihnen a andere Farb.«
»Schmeichler! Aber die Gattihosen lassens fei an, hörns?«
Schiller entkleidete sich mit nervöser Hast. Hinter der Bettstelle. Denn seine Wäsche war ärmlich und schmutzig. »Na, schön is net grad, das Kabinett.«
»Unds Bett könnt breiter sein. Was hast denn zahln müssen?«
»Fünf Schilling. Taier is scho. Aber dafier bleibn ma aa lang.«
»Naa, naa. Länger als bis elfe kann i net. Hat eh scho gschlagen.«
»Na, hör amal, das is aber ...«
»Sag erst, wie vielst ma eigentlich gibst.«
»Hamer doch scho ausgmacht. Dreißich.« Schiller untersuchte mit mißtrauischen Blicken ihren Kopf.
»Hast *du* gsagt, i net.«

Schiller hob zornig den Ton: »Also so eine bist! Erst billich anlocken und nachher wurzen wollen! Wär ja noch schöner!«

Irma hing die Beine aus dem Bett. »I kann ja wieder gehn.«

»Dreißich is scho mehr als gnug.« Schiller pirschte sich seitlich heran. »Zwanzich is die Taxen.«

»Mir ham gar ka Taxen.« Irma wandte sich ab. »Zehn Schilling kann a jede verlangen. Aber dafier geht dir nur a Schlampen vom Gürtel. Und die geht net. Mir schätzen uns selber ein.«

»Hättst mir aa scho unten sagen könner.« Schiller, der einzulenken wünschte, stieß ärgerlich hervor: »Na, sagn ma also fünfunddreißich. Aber kan Groschen mehr.«

Irma lächelte ihm über die Schulter zu. »Geh, schau, hörst, gib ma wenigstens vierzich.«

Schiller grinste: er hätte, wenn er zäher gewesen wäre, überhaupt nicht mehr zu bieten brauchen. »Fünfunddreißich hab i gsagt. Kost mi eh scho vierzich mitm Zimmer.«

»Und wenn i ganz liab zu dir bin ...« Irma schoß heran, drückte ihm einen schnellen Kuß auf die Schläfe und wandte sich wieder ab. »Dann aa net?«

»Hör scho auf jetzt!« Schiller rieb die Füße an einander, hielt aber inne, als er seine durchlöcherten Socken sah. »Fünfunddreißich! Dabei bleibts!«

Irma wackelte mit den Schultern, den Kopf hochgereckt. »Aber gibst mas erst.«

»Was denn noch ... Ach so, im voraus. Fier so an haltst mi?« Schiller gelang es, unbemerkt seine Socken auszuziehen.

Irma drückte die Beine an einander und die Arme um die Brüste. »Das mach i gar net anders. Möcht die sehn, die bis nachher wart. Und außerdem, was weiß ma? Oft schauns aus wie Erzherzög in Zivil und was sans? Blitzer!«

Schiller tat, als gähne er. »Da stell i mi erst gar net her.« Er griff hinters Bett und kramte in seiner Hose. »Ja blöd.«

»Bist stad!«

Schiller lachte plötzlich. »Hast mi am End fier an Erzherzog ghalten?«

»I bin doch net narrisch.« Irma trällerte. »Sag amal, bist du a Jud?«

Schiller hielt indigniert inne. »I schau also aso aus?«

»Eigentlich scho.« Irma, die den ungünstigen Effekt bemerkte, fügte neckisch ablenkend hinzu: »Drum handelst aa aso, du Wischiwaschi.«

Das ärgerte Schiller noch um vieles mehr. »Sigst ja, daß i dirs sofort geb. Aber wer garantiert mir, daß d' dann aa liab zu mir bist?«

»Jessas, wie er daherredt!« Irma meckerte heiter, schielte aber dabei besorgt nach dem Geld. »Wie mit der Kundschaft.«

Schillers große Augen traten böse hervor. »Was sagst? Du haltst mi also fier an ...«

»I halt Ihnen fier gar nix, mei Liaber. Aber a Verkäufer kenntst scho grad sein.«

Schiller, der sah, daß er sie nicht täuschen konnte, spielte mit dem Geld in der Hand. »Net ganz. I bin Rayonchef beim Gerngroß.«

»Na, da gratulier i ja.« Irma, die heftig zu frösteln begann, gab es auf, auf das Geld zu warten, und schlüpfte ins Bett zurück. »Du, hörst, weißt, da kenntst mir, wenn i amal komm, a paar Blusen billicher lassen.«

Schiller spurtete mit den Lippen, immer noch mit dem Geld spielend. »I selber verkauf nur in besondere Fäll. Aber wennst wirklich liab zu mir bist, mach i an Ausnahm.«

Irma drehte sich der Wand zu. »Kenn i scho. Im Bett sagns ja und wenn ma dann hinkommt, kennerns an gar net mehr.«

Schiller wollte schon replizieren. Doch da übermannte es ihn. »Da hast. Nimm!«

Irma hielt abgewandten Kopfes die Hand unter der Decke hervor.

»Zwanzich, dreißich und da noch eins, zwei, drei, vier, fünf. Und jetzt machst mir Platz. Wie liegst denn du ieberhaupt da?«

»Dank schön, du Grobian.« Irma zog die Knie hoch, nahm das Geld zwischen die Zähne und schob es sorgsam in beide Strümpfe. Dann streckte sie die Beine stramm und riß Schiller an sich, der stöhnend ihren kühlen knochigen Leib umklammerte ...

Irma, die das Bett verlassen hatte, wollte eben nach dem Unterrock greifen, als Schiller ihn ihr aus der Hand riß. Das Bruchband fiel zu Boden. Dann sprang er ihr nach und stieß sie rücksichtslos aufs Bett. Sie fiel schräg hin, schmerzhaft mit dem Knie anstoßend:

»Das is aber a Frechheit!«

Schiller stand erbost vor ihr. »A Frechheit is, daß d' jetzt scho wieder hast fort wollen.«

Irma räkelte sich belfernd hoch. »Sie glaubn mir scheint, daß i Ihnen fier Ihre lumpichen fünfunddreißich ... Ujegerl! Da hams lang was dran! Dafier a ganze Nacht hinschmeißen! I bin doch ka Tepp.« Sie rieb sich feixend das rot gewordene Knie.

»Wer hat denn von aner Nacht gredt? Zwa Stunden!« keuchte Schiller exaltiert. »Das is bei diesem Betrage selbstverständlich.«

»Gar nix is selbstverständlich«, höhnte Irma kieksend. »Als daß i Ihnen da unter der Hand wegmagern tät. Lassens mi aus! I geh jetzt.«

Schiller packte ihren Arm fester. »Da bleibst!«

Schnaufend versuchte Irma, ihren Arm freizumachen. »Mit Gwalt könners mi gar net dabehalten.«

Davon halb überzeugt, ließ Schiller sie murrend los und setzte sich neben sie. »Also, bleib scho da!« Er klopfte ihr, allerdings zu kräftig, auf die Schulter.

»Hauns net aso, Sie Karnalli!«

»Nur noch fünf Minuten. Das macht der Liebe ka Kind.«

Irma aber stand entschlossen auf. »I hab grad gnug.«

»Aber i noch net.«

Schiller trat neben sie, von hinten ihre Brüste ergreifend.

»Redst mir lang gut.«

»Und wie schön das Madel baut is! Taifi!«

»Schiebens nur!« Irma zupfte mißlaunig an ihren Strümpfen.

Schiller, dem ihre Stimme milder geworden vorkam, schmeichelte weiter: »A sehr guats Parfum hast.«

»Trêfle incarno. A Present.«

»Trêfle incarnat«, korrigierte Schiller selbstgefällig. »Riecht ganz echt.«

»Besserns mir nur aus. Das imponiert mir noch lang net. Aber echt is. Das hat mir a Oberleutnant von an ungarischen Regiment verehrt. Der hats seim Gschpusi gmaust. A noble Gans. So san die Männer.« Irma hatte sich von ihren Assoziationen hinreißen lassen. Betreten blickte sie zur Seite.

Schiller dachte lediglich daran, sich herauszustreichen. »Hat der dir aa so viel gebn wie i? I glaub net.«

»Offizier zahln immer die Hälft.« Die Absicht, ihn zu ärgern, war in Irmas Ton unverkennbar.

»Hör i zum ersten Mal.« Schiller räusperte ironisch. »Hast di vielleicht gar mit dem Flascherl bezahlen lassen?«

»Das gibts wieder net«, versicherte Irma lakonisch.

»Und bei mir, wo i dir alles im voraus ... da willst net amal so lang bleibn, wie sichs ghört?« Schiller fing an, an seine Ungehaltenheit selber zu glauben.

»Wie sichs ghört? Sie gfalln ma.« Irma blickte unsäglich müde an ihm hinunter.

»Mach mir doch an Abonnementspreis.« Schiller wollte es mit einem imaginären Vorteil versuchen. »Da fahrst am besten dabei.«

Irma lächelte hochmütig. »Alle Mannsbilder wolln a Abwechslung. Wirst di scho net abonnieren.«

»Bei dir scho. Du bist ja noch net lang dabei.«

»Drei Jahr«, sagte Irma leise, obligat den Kopf senkend.

»Sigt ma dir net an.« Schiller hielt den Moment für günstig. »Also jetzt, schau, gemmer wieder ins Bett.«

»Naa, nix da, nix da, nix da ...« Irma stieß aber doch nurmehr sehr schwach um sich. »Bist an ekelhafter Kerl.«

Da ging Schiller mit seiner Stimme zum Sturm über: »Und du bist a liaber, o du gscheiter, o du ganz gehauter Fratz!«

»Gengerns weiter!« Irma lachte eitel. »I wer net Ihn Ihr ...«

»Schatz!« Schiller glühte. »Du wirst es! Du wirst!« Seine Komödie hatte ihn begeistert. Er packte Irma um die Hüften und wälzte sich mit ihr aufs Bett.

Irma, deren Bruchstelle er gedrückt hatte, schrie auf.

Schiller, an einen letzten Widerstand glaubend, stürzte sich über sie, küßte sie wie ein Rasender und überbot sich selber. Eine halbe Stunde lang ...

Nachher sagte Irma plötzlich: »Bist der erste, weißt.«

Schiller stützte den Kopf in die Hand. »Was soll i wissen?«

Irma lag da, auf die Lippe sich beißend, die Hände hinterm Nacken. »Der was mi ganz gnommen hat.« Sie schloß die Augen.

Schiller atmete nicht, so sehr war seine Eigenliebe befriedigt worden. »Möglich wärs ja. Aber das sagst vielleicht halt nur aso.« Es bereitete ihm großen Genuß, sich zu zieren.

Irma kaute ihre Zunge, bevor sie sich empörte. »Glaubst es also net?« Da er ein unbestimmtes Gesicht machte, tat sie einen tiefen Atemzug. »Hast es vielleicht net gfühlt? Auf das hab i scho immer gwart. Aufs Richtiche.«

»Bist scho a siaßer Fratz, Irma«, sagte Schiller, ohne daß ihm das Zärtliche gelang. »Mir wars aa anders mit dir als sonst.«

Irma setzte sich schnell auf. »Sag amal aufrichtich, is das wahr?« Sie versuchte mit seltsam forschender Gespanntheit, in seinen Augen zu lesen. »Nächstes Mal suchst dir ja doch wieder an andere. Wetten möcht i.«

Schiller lächelte unmerklich. »Leider san ma net verheirat.«

Irmas Brust zuckte kurz nach vorn. Ihr Hals bewegte sich, als schlucke sie etwas. »San ma net.« Sie zerrte an ihren Haaren. »Aber wenns wahr is, was da gsagt hast, da könnt ma sich doch arrangieren könnt ma sich da.«

»No ja.« Schiller rümpfte mißtrauisch die Nase. »Brauchst doch andere, die mehr zahln. Oder net?«

Irma riß an ihren Fingern. »Bist an Aff. I such mir gar kan andern.« Sie steckte die Zungenspitze zwischen die Zähne, wie um sich zu zwingen, etwas zu unterdrücken.

Bis zu diesem Augenblick hatte Schiller an einen Versuch Irmas geglaubt, ihn zum Stammkunden zu machen. Nun aber begann er seinen Vorteil zu wittern. »Aber wie willst dich denn mit mir arrangieren? Das is a schwieriche Sach.«

»Gar net schwierich.« Irma war unerwartet gereizt. »Und wal i ja doch scho amal bin, was i war und bleibn muß, wal du net gnug hast ...« Sie stockte gequält, nach einer passenden Formulierung suchend. »A freie Person is ja eigentlich nie net jung. I mein, wenn mas amal gwesn is, dann is scho egal, ob mas no bleibt, mein i, was?«

Schiller nickte lauernd.

»Derfst mi deswegen aber net fier schlecht anschaugn.« Irma prüfte ängstlich sein Gesicht.

Schiller zwang sich, eine undurchdringliche Miene zu machen. »Fallt mir ja gar net ein.«

Irma machte mehrere heftige Bewegungen mit dem Kopf. Und noch bevor Schiller dessen sich hätte versehen können, warf sie sich aufweinend ihm an den Hals. »Du, hörst, i mag di aso und ...«

Schiller war so überrascht, daß er fast gelacht hätte. Vielleicht war es sogar nur diese Überraschung, die ihn verhinderte, zurückweisend zu werden.

Irma löste ihr tränenüberströmtes Gesicht von seiner Brust, schluchzend: »Hörst, weißt, derfst net lachen ... nein?«

»Aber i lach doch gar net.« Schiller wurde unbehaglich zumut.

»Mechst weggehen?« Irma sah demütig zu ihm auf. »Kannst aa allein weggehen, wennst willst.«

Schiller wußte nicht, was er sagen sollte. »I kann aa mitgehen.«

Leise weinend, preßte Irma die Hände auf den Unterleib.

Das rührte Schiller irgendwie. »I wer dir meine Adreß gebn.« Er machte eine rasche Geste.

»Naa, bleib noch im Bett, ja?« Irma legte sich ihm von neuem an den Hals. »Oder kommst einfach ins Café Mariahilf. Da bin i jeden Abend zwischen fünf und sieben.«

»I wer sicher kommer.« Schiller, der nurmehr halb daran glaubte, blickte auf die gegenüber befindliche Wand. Da bemerkte er das Bruchband auf dem Boden, erinnerte sich an die behaarten Beine und verzog den Mund.

Irma, die an seinem Blick hing, wurde betrübt. »Oder hast da net Zeit?«

»Scho.« Schiller lockerte geschickt die Umarmung, die anfing, ihm zu viel zu werden. Und in fast unerklärlicher Bosheit fügte er hinzu: »Mußt mir aber an andern Preis machen, hörst?«

Irma hielt ihm den Mund zu und schrie: »Aufhörst jetzt da damit! Oder i schau di nimmer an, du, du ... Kannst doch von mir ham, was d' willst, du Buberl.« Sie küßte ihn wild.

Dieses Argument überwand auch den Überdruß des Nachher. »Also is guat«, sagte Schiller weich. »I komm.«

»Sag, wie oft!«

»Jeden Samstag, Sonntag. Und am Dienstag und Donnerstag aa.« –

Er kam schon in der ersten Woche am Donnerstag nicht. In der zweiten kam er nurmehr Samstag und wies das Geld, das Irma ihm anbot, zurück. In der dritten kam er, teils aus Widerwillen, teils ängstlich geworden, überhaupt nicht mehr.

In der vierten Woche wurde Irma als Leiche aus der Donau gezogen. In der Zeitungsnotiz, die Schiller übersah, war zu lesen, daß das Motiv der Tat unbekannt sei.

Es war unglückliche Liebe gewesen.

Das denkwürdige Gespräch

In einer warmen Märznacht schlenderte Omstertal durch die kleinen Gassen von Florenz, als er plötzlich stolperte. Er blieb stehen, um festzustellen, was ihm im Weg gewesen war. Als seine Augen an das Dunkel des Gassenwinkels sich gewöhnt hatten, sah er, daß er über den Fuß eines Mannes gestolpert war, der vor einem Fensterladen stand. Omstertal hustete laut. Ohne jeden Erfolg. Da trat er an den Unbekannten heran und klopfte ihm auf die Schulter.

Der wandte sich langsam um, den Borsalino tief in die Stirne gedrückt: »Cosa desidera?«

Omstertal wunderte sich über diese Ruhe. »Mi permetta di ...«

»Sie sprechen deutsch?«

»Ja. Sind Sie Deutscher?«

»Ja.«

Omstertal wunderte sich noch mehr. »Entschuldigen Sie. Ich sah Sie dastehen und fürchtete ... Ja, ich weiß selbst nicht, was ich eigentlich fürchtete.«

»So, so.« Der Unbekannte rückte den Hut ein wenig höher. »An Ihrer Aussprache des Wortes ›permetta‹ habe ich sogleich erkannt, daß Sie Berliner sind.«

Omstertal, der ein eigentümlich verkniffenes Gesicht erblickte, nickte.

»Hm, wenn jetzt eine verschleierte Person, nicht zu entscheiden, ob Frau oder Pfaffe, ob jung oder alt, ob Mädchen oder Mann, mich anspräche, so könnte ich augenblicks ihr Alter nennen, ihr Geschlecht, ihre wichtigsten Gewohnheiten, den Stand, das Gewicht und so weiter. Ich würde mich vielleicht manchmal irren, aber doch wohl nur ... sagen wir zu zehn Prozent.«

Omstertal hatte ihm zwar genau zugehört, gleichwohl aber war seine Aufmerksamkeit abgelenkt gewesen: er hatte nämlich in dem Fensterladen, vor dem der Unbekannte gestanden war, ein helles Loch gesehen. Sollte er seinen Landsmann erwischt haben, als er, auf irgendwelchen unlauteren Pfaden, durch dieses Loch blickte? Ein wenig verwirrt, wandte er ihm das Gesicht wieder zu. »Ja also ... da werden Sie von mir wohl auch bereits mehr wissen als meinen Heimatsort.«

Der Unbekannte richtete sich auf. Auch seine Stimme hob sich: »Eben deshalb habe ich mit Ihnen weitergesprochen. Es erstaunt mich, daß Sie mich für so dumm hielten, dem Erstbesten zu sagen, was ich Ihnen soeben sagte.«

»Danke.« Omstertal lächelte. »Ich freue mich, so ganz ex tempore einen Landsmann kennen gelernt zu haben, dessen ich mich nicht zu schämen brauche, obwohl ich nicht leugnen kann ...«

»... daß er an fremder Leute Fenster steht und sie durch ein Loch beobachtet.«

»In der Tat.«

»Wollen wir nicht ein wenig spazieren gehen?«

Omstertal folgte schweigend und außerordentlich neugierig geworden.

Nach wenigen Schritten begann der Unbekannte: »Bevor ich Ihnen erkläre, weshalb ich vor jenem Loch stand, will ich Ihnen sagen, weshalb ich es Ihnen überhaupt erkläre. Weil ich Sie kenne. Gewiß, ich habe Sie noch niemals gesehen, weiß nicht einmal Ihren Namen. Und doch kenne ich Sie. Seit zehn Minuten. Aber das genügt mir, um zu wissen, daß Sie fünfunddreißig Jahre alt sind, unverheiratet (was nicht besagen will: unbeweibt), etwa siebzig Kilo wiegen, keinen Beruf haben und wahrscheinlich auch niemals einen hatten und daß Sie mein Bruder im Geiste sind. Nämlich ein – Dreckkerl.«

Omstertal griff sich an die Knöpfe und errötete. Schnell aber beruhigte er sich: er war, obwohl der sonderbare Kauz mit keiner seiner Behauptungen sich geirrt hatte, davon überzeugt, einen Verrückten vor sich zu haben. »Nicht sehr schmeichelhaft. Schließlich kann keiner von sich behaupten, ein Engel zu sein. Schlafen Sie wohl!«

Aber der Unbekannte hielt weitergehend seinen Ärmel fest. »Nicht so, mein Bester. Wiewohl Sie mich nun schon seit fünfzehn Minuten kennen, scheinen Sie noch nicht viel von mir heruntergesehen zu haben. Ich gebrauchte jenes Wort nicht im landläufigen Sinne, sondern auf Grund meiner Präzision.« Er lachte blechern. »Präzision! Was für ein phantastisches und zugleich – ungenaues Wort!«

Omstertal vermutete, nicht recht gehört zu haben. Aber der Unbekannte wiederholte seinen letzten Satz, wie für sich hinsprechend. Sekundenlang hatte Omstertal die Absicht, wortlos kehrt zu machen. Aber da sprach der Unbekannte schon wieder mit seiner starken klaren Stimme, die alle Worte wie mit stählernen Zangen aus dem Mund hob: »Beachten Sie, daß meine Substantiva fast immer einen dem herkömmlichen Wortsinn fremden persönlichen haben. Was die Worte Dreckkerl und Präzision für mich bedeuten, werde ich Ihnen später erklären. Jetzt will ich, damit Sie mich weder für einen Charlatan halten noch für einen Verrückten, Ihnen vorerst sagen, daß ich Ihr Alter daran erkannt habe, wie Sie mir auf die Schulter klopften. Ein jüngerer Mann hätte fester geklopft, ein älterer entweder schwächer oder viel heftiger als ein junger. Dazwischen liegen allerdings noch viele Nuancen. Übungssache! Ihr Gewicht erkannte ich an Ihrer Körperhaltung. Mit dem Normalgewicht Ihres Alters (bei Ihrer Größe) wären Sie gerade dagestanden, nicht leicht gebückt. Daß Ihr Regenmantel Ihren Körper verbirgt, akzentuiert das. Beider Feststellungen vergewisserte mich Ihre Stimme. Sie ist überhaupt das Verräterischeste. Mit dem Normalgewicht hätten Sie lauter gesprochen und mir auch um eine Nuance fester auf die Schulter geklopft. Ihre Stimme hat mir ferner verraten, daß Sie stets mit einer Frau schlafen. Es muß nicht dieselbe sein. Die Stimme eines solchen Mannes hat einen besonderen Klang, den ich nicht benennen mag. Adjektive sind noch unpräziser. Ach, alles ist so ungenau! Nie sagt man etwas das Ens der Dinge wirklich Treffendes. Ihre Stimme hat mir aber auch verraten, daß Sie beruflos sind und ein ...«

»Dreckkerl!« Omstertal schmunzelte vergnügt. »Sie haben wohl sehr eifrig Detektivromane gelesen?«

Der Unbekannte blieb, scharf aufblickend, stehen. »Nicht so, mein Bester. Sie sind doch ein Mann von Geist. Ich mache es Ihnen ja nicht leicht, die Geduld zu bewahren, aber sollten Sie wirklich keine Ohren dafür haben, daß ich mich konstant und immer deutlicher ankündige?«

Omstertal wurde, wie sehr er auch dagegen sich sträuben mochte, unbehaglich zumut. Zudem waren sie unterdessen auf den Lung' Arno gekommen, an dessen niedrige Steinmauer der Unbekannte sich lehnte. Und plötzlich sagte er: »Ich bin nämlich ein Genie.«

Omstertal mußte, obwohl er mit aller Energie versucht hatte, unbeweglich zu bleiben, doch lachen.

»Sehr richtig! Jedes Lachen enthält schon eine kräftige Portion Größenwahn.« Der Unbekannte rieb sich die Hände. »Nämlich auch Männer von Geist verhalten sich vor jener hohen Selbsteinschätzung ganz so wie Sie. Das ist eines jener leider sehr seltenen Symptome, die eklatant beweisen, was für ein gewaltiges Stück Dummkopf in jedem Menschen steckt. Hätte ich Ihnen ebenso à brûle-point mitgeteilt, ich wäre ein Idiot oder ein gemeiner

Verbrecher, so hätten Sie, wie jeder andere, es geglaubt oder vielleicht für übertrieben gehalten und gerade solch schonungslose Selbsterkenntnis für geeignet, aus dem Idioten noch einen ganz passablen Dummkopf werden zu sehen und aus dem Verbrecher einen braven Kleinbürger. Wie kommt es nun, daß in diesem Fall immer sofort geglaubt wird und dort niemals? Weil das gewaltige Stück Dummkopf, das in jedem Menschen steckt, darin besteht, im Geheimen sich selbst für ein Genie zu halten und vielleicht noch einige Tote.«

Omstertal wurde noch unbehaglicher zumut, ja beinahe feindselig. Es gelang ihm jedoch, diese kleinliche Regung auszuschalten. »Sie haben mich zum zweiten Mal matt gesetzt. Ich will wenigstens nicht so dumm sein, meine gekränkte Eitelkeit zu verbergen.«

»Verfallen Sie nun doch nicht ins Gegenteil! Wie jung Sie innerlich noch sind!« Der Unbekannte ergriff zart Omstertals Arm, ließ ihn aber sogleich wieder los. »Ich habe mich nicht in Ihnen geirrt. Deshalb kann ich mir auch die Freude machen, Ihnen zu erklären, weshalb ich vorhin durch das Loch im Fensterladen blickte. Meine vorherrschende und wertvollste Eigenschaft ist nämlich die Neugierde. Von den Bonzen wurde sie mißkreditiert wie alles, was nur zu sehr dazu sich eignet, andere Aufschlüsse zu gewähren als die, welche opferwillig machen. Alles, was jemals in der Welt Neues vollbracht wurde, muß aber auf Neugierde als wichtigsten Triebfaktor zurückgeführt werden. Doch hier soll ein Essayist weiterschreiben. Ich entdeckte den Wert dieser Eigenschaft, als ich blutjung einmal bei einer meiner Cousinen durchs Schlüsselloch blickte, während sie mit ihrem Mann sich unbeobachtet wähnte. Ich war ein frühzeitig Mann gewordener Junge, hätte es aber dennoch nicht für möglich gehalten, daß etwas, das ich so wohl aus eigener Erfahrung kannte, dermaßen verändert auf mich wirken könnte, wenn ich es aus dem Versteck mit ansähe. Ich erkannte, bis zu welch unwahrscheinlichem Grad alles von Bosheit, Grausamkeit und Gemeinheit durchsetzt ist. So sehr, daß der Eindruck, ich hätte Irre vor mir, immer deutlicher mir sich aufdrängte. Am deutlichsten in jenem Augenblick höchster Lust, als ich sah, wie die Augen meiner Cousine wie in beginnender Verblödung brachen; und an jenen Stellen der Konversation, wo beide, scheinbar aus einem Übermaß von Glück, die Gekränkten spielten. Mit völlig erlogenen Argumenten. Mit dem Betrug einer Kennerschaft, die in der Situation selbst sich ironisierte. Mit einer eitlen Beredsamkeit, die immer boshaft blieb und gerade dann, wenn sie am hingerissensten sein wollte, nur Grausamkeit war und Gemeinheit. Ich wartete fiebernd darauf, daß jene beiden plötzlich in ein homerisches Gelächter ausbrächen, gegenseitig ihren Irrsinn erkennen und ihn einander an die Köpfe werfen würden. Nichts. Der Grund ist, daß das, was man selbst tut, einem durch sich selbst verstellt ist, und das, was man Andere tun sieht, dadurch verstellt wird, daß die Agierenden durch das Bewußtsein, beobachtet zu sein, an Spontaneität einbüßen. Erst das versteckte Beobachten verschafft die erforderliche Distanz. Man ist weder Zuschauer noch Beteiligter. Man ist draußen und schaut hinein. Man ist vor dem spontanen, unverstellten, wahren Leben angelangt. Jeder Mensch, jede Beziehung von Menschen untereinander ist ein gefundenes Fressen für jeden Dritten, der draußen ist und durchs Schlüsselloch schaut. Was für Unsäglichkeiten! Was für ein Irrsinn! Was für ein Vergnügen! Der Schleier der Bonzen zerreißt. Und was man sieht, ist – der Dreck.«

Omstertal fühlte, daß er längst in die diesem Manne eigene Sphäre geraten war. Derselbe Trieb, von dem jener so viel sprach, hatte seiner sich bemächtigt: die Neugierde. »Wirklich nichts anderes?«

»Auch das, was man hört.« Der Unbekannte schwieg einige Sekunden, wie im Banne von Gedanken, die ihm in die Quere kamen und nicht sofort anzuschließen waren. »Ha, Geist! Leidenschaft! Fanatismus! Glaube! Nichts als verführerische Worte, hinter denen der Irrsinn lauert! Große Worte, um den eigenen Dreck zu verbergen. Ich sage Ihnen, hätte die Erde Geist, sie würde stehen bleiben. Aber sie ist ja selbst bloß Dreck. Und deshalb dreht sie sich um ihren Dreck. Alles dreht sich um den Dreck. Dreck dreht sich um Dreck. Dreck, alles Dreck ...« Er löste den Körper von der Steinmauer und wackelte mit den Händen wie ein Klosterprediger. »Seien wir doch einmal, lediglich zu unserem Vergnügen, völlig aufrichtig! Was bleibt da, scharf geknetet? Eitel Schweinerei! Ich versichere Ihnen, mich schon oft durchaus ernstlich gefragt zu haben, ob Goethe nicht vielleicht bloß ein Weltfurz war. Sie lachen? Lieber junger Megalomane, auch ich habe lange gelacht. Aber das Lachen ist mir vergangen. So vergangen wie die Megalomanie.« Er kicherte auf unerträgliche Weise. »Nun also, das Leben ist im tiefsten Grunde Dreck. Deshalb wären die Priester, die Staatsmänner, die Künstler, die Philosophen, behielten sie ihr Trugbild für sich, Privatirre, die meines Mitleids sicher wären. Da sie es aber aller Welt oktroyieren, sind sie furchtbare Verderber. Und sie entlarven sich ja auch, wenn man sie durchs Schlüsselloch beobachtet. Was ich so an Grausamkeit gesehen habe, würde die Erfahrungen jedes regulären Irrenwärters übertrumpfen. Sie entlarven sich überdies auch ohnehin: sie lieben zwar die Menge vorgeblich in überschwenglicher Weise, jeder Einzelne aber, der vor ihre Lichter kommt, kriegt ihren sonst wohl verkapselten Dreck zu riechen, ihre Bosheit und Gemeinheit. Man habe doch den Mut zu seinem Dreck! Man muß die Verderber von vorher aus seinem Gehirn eliminieren, ganz frisch von sich aus vorgehen und sich den Teufel um das scheren, was Andere gesagt und getan haben. Hier müßte eine neue Religion einsetzen, welche die Erde erobern wollte. Hier stünde man auf einer These, die keine Erfindung wäre wie die Moral, der Staat, die Kunst oder irgendein anderes Ideal. Und haben nicht alle, die auf diese ungenauen Präzisionen sich festgelegt haben, immer wieder sich blamiert? Die beste Entscheidung: gar keine. Es lebe der Dreck! ... Aber die Naturalisten, höre ich Sie denken! Haben sie nicht vielleicht doch streckenweise aufrichtig berichtet? Man frage die Leser! Man frage sich selbst! Früher oder später merkt jeder die Vorspiegelungen. Wenn das Leben nur zu einem kleinen Teil diesen Spiegelungen entspräche, müßten alle längst so tödlich sich gelangweilt haben, daß die Welt ausgestorben wäre und der letzte Selbstmörder ein grandioser Hohn auf die ganze Schöpfung. Gerade dadurch aber, daß das Leben wild und gefährlich ist, unberechenbar und grausam, irrsinnig und falsch, dumm und boshaft, eitel und gemein, ist es lebenswert, bietet es immer wieder neue aufreizende Situationen, Banalitäten, Frivolitäten, Brutalitäten, Bizzarerien, Bluffs und so weiter. Das allein macht Vergnügen. Nur hier geht es aufrichtig zu. Nur hier im Angesicht des Drecks. Und ich müßte ein dummes Kalb sein und ein noch dümmerer Lügner, wenn nicht jeder, der durch ein Schlüsselloch zwei Menschen beobachtet, sich köstlich amüsierte. Ein Schusterjunge ebenso wie ein Künstler. Der Unterschied in den Motiven würde bei genauer Untersuchung als sehr geringfügig sich erweisen. Denn wer über den agnoszierten Dreck sich freut, freut sich von seinem Dreck aus.« Wieder rieb er sich, vielleicht zum zehnten Mal, schadenfroh die Hände.

Omstertal lächelte, fast ein wenig bestürzt. »Jetzt weiß ich, was Sie eigentlich unter Dreckkerl verstehen. Auch darin haben Sie nicht geirrt: ich *bin* ein Dreckkerl in diesem Sinne. Diese Ihre

Weltanschauung ist auch die meine, wenngleich ich sie ganz anders fundiert hätte. Denn für mich gibt es nicht nur Dreck. Für mich gibt es auch die Lust.«

Der Unbekannte drohte ihm schelmisch mit dem Finger. »Ich drohe Ihnen nicht mit dem Finger. Und es ist auch nicht schelmisch, sondern eine irre Geste: allein würdig einem Einwurf, wie Sie ihn eben taten. Würde ich Sie jetzt über Ihre Lust ausfragen, so würde ich ein Heer von Tiraden zu hören bekommen. Ich werde mich also hüten.« Er trat ganz nahe vor ihn hin und sprach ihm ins Gesicht: »Wollust ist doch der reine Dreck. Wollust ist doch das Leben an sich. Wollust ist doch alles. Wollüstig ist noch der nach einer tollen Liebesnacht gänzlich Geschwächte, der seine müden Glieder in die Kissen schmiegt. Wollüstig ist noch der gänzlich des Weibes Überdrüssige, der einen Hund streichelt. Wollüstig ist der Hungernde, der Verzweifelte, der Todkranke. Wollüstig ist jeder Lebende. Denn wer aufhört, wollüstig zu sein, stirbt. Nur der Wollüstige hält das Leben aus. Die Geschlechtslust ist ja nur ein Teil der ganzen Wollust. Allerdings ihr bestes Teil. Deshalb herrscht in jeder Wollust immer ein Teil fürs Ganze vor. Und in jedem Teil herrscht immer auch das Ganze. Es ist vielleicht die einzige Symbolik, die sinnvoll ist, daß durch jedes Loch des menschlichen Körpers Dreck passiert. Und daß er, wenn er mit letzter Wollust passiert, einen Zustand von Seligkeit verursacht, der zwischen Verblödung und manifestem Irrsinn schwankt. So daß in der Worte unmittelbarster Bedeutung das Leben in seinem intensivsten Moment nur um den eigenen Dreck sich dreht. Hier sage ich Ihnen in Parenthese, daß das Fleisch der Schweine, die am meisten Dreck fressen, am besten schmeckt; daß, je mehr Mist und Jauche die Zwiebel schluckt, desto schöner die Tulpe wird; und daß überall dort, wo viel Dreck hinkommt, auch viel blüht. Denken Sie nur an den schillernden Reiz der Prostituierten und der Gespräche mit ihnen ... Deshalb gehört zur höchsten Intensität jenes Momentes auch der Dreck des Wortes. Denn jeder ist doch in seiner Lust allein. Und alles, was er um sie herum spricht, dient nur ihrer Steigerung, ob es nun die schüchternen Liebesphrasen eines Gymnasiasten sind oder die ordinären eines alten Herrn: beide denken nur an ihre Wollust. Und ist sie da, dann ist sie ihnen so sehr alles, daß sie gegen ihre eigenen Worte wüten, gegen sich selbst und alles und einander von einer Grausamkeit zur anderen treiben ... bis zum Paroxysmus: sie beißen, prügeln, drosseln, zerschlitzen einander. Wollüstiger Untergang des Drecks in grausamem Irrsinn.« Er schwieg, sichtlich nicht wissend, wie er zu dem zurückfinden könnte, was er noch sagen wollte.

Omstertal, der dies deutlich fühlte, half ihm. »Auch ich halte diese Präzisionen für ungenau und – phantastisch.«

Der Unbekannte senkte den Kopf, schweigend weitergehend.

Omstertal folgte ihm schnell. Als er neben ihm ging, hörte er ihn kichern. Es schmerzte fast, es zu hören.

»Sollte ich Sie falsch verstanden haben?«

Der Unbekannte blieb stehen und hob den Blick. »Ich bin im Reden ein wenig aus der scharfen Gedankenbahn geraten. Manche Sätze waren zu elliptisch, zu sehr aus anderen Bahnen hereingeworfen. Aber ich liebe es, auf meine Echappées zu achten. Da übertrifft man sich selber. Die wunderbarsten Dinge habe ich gesagt, ich wußte selbst nicht wie. Man muß bloß sehr auf der Hut sein, nicht auf sie hineinzufallen. Noch ein wenig Geduld: es ist meine letzte Antizipation. Sie haben sicherlich schon darüber nachgedacht, warum ich Ihnen das alles sagte.«

»Ja. Aber ich muß gestehen, daß ich den Grund nicht weiß.«

Der Unbekannte zwinkerte: »Wirklich nicht?«

»Nein.« Omstertal durchzuckte es: »Vielleicht will er, daß ich ihm ein Kompliment mache?« Da er sofort daran glaubte, vermochte er nicht die Bosheit sich zu verkneifen, sich selber zu schmeicheln. »Doch, ich weiß es. Sie sagten mir das alles, weil Sie mich für einen Mann von Geist halten und deshalb hofften, Ihre Gedanken von mir richtig gewürdigt zu wissen.«

Der Unbekannte hieb die Zähne hörbar aufeinander. »Wollen Sie mir bitte definieren, was Genialität ist!« knurrte er barsch.

Omstertal zögerte: »Genialität ist – die richtige Vogelperspektive ... der große Schlüssellochblick von draußen nach drinnen.«

»Wenn diese Definition richtig wäre, dann wäre sie ja von mir und ich ein Genie.«

Omstertal preßte die Finger zusammen: dieser Kopf schien sich selber noch sich zu entwinden. »Wollen Sie sich désavouieren?«

Der Unbekannte schrie auf: »Jawohl, das will ich! Denn Genialität ist nichts als – präzises Phantasieren, das niemals den Anspruch erheben darf, richtig zu sein. Gedanken sind Stimmungen.«

»So daß also, wer, wie Sie soeben, präzis phantasiert hat, zwar ein Genie ist, aber kein absolutes. Demnach gäbe es im Grunde kein wahres Genie und hätte es keines gegeben.«

»So ist es. Sondern es gibt nur mehr oder weniger präzise

Phantasten, die immer schlechten Glaubens sind, denn keine Stimmung hält vor, und bloß Schwerarbeiter an ihrem Ruhm. Megalomaniaken! Dreck, mein Herr, nichts als Dreck!«

Omstertal vermochte diesmal das Lachen zu unterdrücken. »Wie heißen Sie?« Er hatte aber nur gefragt, um gleichsam sich Luft zu machen.

Und nun geschah etwas geradezu Unglaubliches. Der Unbekannte trat einen Schritt zur Seite und pißte seinen Namen in den Sand. Hierauf ging er wortlos und ohne den Hut zu ziehen.

Omstertal sah ihm nach, bis er um die Ecke bog. Dann versuchte er nochmals, den Namen im Straßensand zu lesen. Es gelang ihm jedoch nur, die Buchstaben C und m zu entziffern. Niemandem erzählte er jemals von diesem denkwürdigen Gespräch. Denn seither waren ihm außer manchem andern auch Gespräche verleidet.

Das Geheimnis der Concetta Cappi

Neapel ist die einzige Stadt Italiens, die den Strich verboten hat. Dessen um das Ende des vorigen Jahrhunderts ganz unverhältnismäßiges Überhandnehmen bedingte diese gewiß sehr erstaunliche Maßnahme, die, einmal getroffen, beibehalten wurde, weil sie der großen Frömmigkeit der Bevölkerung entsprach, vor allem aber, weil man bemerkte, daß es auch so ging. Zwar etablierten sich in der Folge allenthalben neue Bordelle und die Kupplerinnen tauchten in ganzen Rudeln auf, aber der eigentliche Zweck war doch erreicht: die direkte Verlockung fehlte. Allerdings nur während einiger Jahre. Denn allgemach bildete sich ein gänzlich neuer Brauch heraus, der nicht sowohl das Verbot erfolgreich umging, als auch eine gewisse Gewähr dafür bot, daß er beschränkt bleiben würde.

Die Sängerinnen der Kabaretts, die fast ausnahmslos ihre Gunst verkaufen, fuhren nämlich nach Schluß der Vorstellung, meist erst nach Mitternacht, in Mietdroschken nach Hause und wurden unterwegs von ihren zahlreichen Verehrern stets mehrmals angehalten, mit Blumen und Liebesworten überschüttet. Und manchmal kam es auch vor, daß einer das Glück hatte, im Wagen mitgenommen zu werden. Bald wurden die Droschken der Sängerinnen immer häufiger angehalten und immer häufiger wurden Glückliche mitgenommen. Und nach Verlauf einiger Monate konnten besonders aufmerksame Beobachter bereits feststellen, daß auch Damen, die allem menschlichen Ermessen nach keine Sängerinnen waren, gegen Mitternacht sehr langsam nach Hause fuhren, immer wieder die Via Roma passierten und erst verschwanden, wenn sie glücklich einen ergattert hatten.

So kam es, daß Neapel den vornehmsten Strich der Welt bekam: den Droschken-Strich. Seine Exklusivität erwies sich allerdings erst nach einiger Zeit. Die Regiekosten waren nämlich sehr hoch und mußten auf den Kavalier abgewälzt werden, so daß einerseits dem hohen Preis eine schöne Dame entsprechen mußte, andererseits der schönen Dame ein zahlungsfähiger Kavalier. Deshalb bildete sich zunächst folgende Gepflogenheit heraus: die Droschke anhalten, um mit der Insassin zu reden und sie zu begutachten, war gratis; wer aber, ohne sich schon endgültig entschlossen zu haben, die Droschke bestieg, war, wenn er nachträglich gleichwohl sich zurückziehen wollte, verpflichtet, die mitgefahrene Strecke zu bezahlen. Daß in solchen Fällen nicht nur die bis dahin von der Dame allein zurückgelegte Strecke angerechnet wurde, sondern oft das Vielfache, war ebenso selbstverständlich wie die Folge davon: die Herren wurden überaus vorsichtig und stiegen überhaupt erst ein, wenn man sich über den Gesamtpreis geeinigt hatte. Da diese langwierigen Unterhandlungen vom Wagen aus zum Trottoir hinab weder nach dem Geschmack der Damen waren noch nach dem der Herren, vollzog sich die definitive Siebung: die Droschken wurden nurmehr von Herren angehalten, die jeden Preis zu zahlen willens waren, und nur jene Damen, die darauf verzichten konnten, täglich Erfolg zu haben, fuhren auf den Strich.

Die Königin dieses allnächtlichen Wagen-Korsos war jahrelang die schöne Maria Cappi gewesen, deren geheimnisvoller Tod viel von sich reden machte. Sie wurde eines Nachts an der Ecke der Via Chiaia durch einen Flintenschuß in den Hals getötet. Der Mörder wurde nicht entdeckt; sei es, weil die Richtung, aus der der Schuß gekommen war, nicht mit Sicherheit festgestellt werden konnte, sei es, weil der Kutscher nach dem Schuß, den er nicht gehört hatte, noch minutenlang weiterfuhr. Erst als der Körper der Ermordeten bei einer holprigen Stelle fast aus dem Wagen fiel, hielten Passanten den Kutscher auf.

Dieses Ereignis gab umso mehr Grund zu den unglaublichsten Kommentaren, als die einzige Tochter der Ermordeten, die siebzehnjährige Concetta, die fast noch schöner war als ihre Mutter, nach deren Begräbnis ihre Verlobung mit dem jungen Principe Faradossi, der, um sie gegen den Willen seines Vaters heiraten zu können, Bankbeamter geworden war, brüsk löste und noch in derselben Nacht im Wagen ihrer Mutter auf den Strich fuhr. Als man es Faradossi hinterbrachte, rannte er wie ein Toller auf die Via Roma. Zufällig war der Wagen Concettas einer der ersten, die ihm begegneten. Faradossi blieb aufbrüllend stehen und schoß dreimal. Als der Wagen hielt und Concetta ihn wachsbleich, aber unverletzt verließ, feuerte Faradossi vor ihren Augen sich eine Kugel in den Mund. Und nun geschah das Allerunglaublichste. Concetta stieg wieder in den Wagen, ohne ihren toten Bräutigam auch nur berührt zu haben, und gab ihrem Kutscher barsch den Befehl weiterzufahren. Man erzählte sich, daß sie bis gegen fünf Uhr morgens die Via Roma auf und ab fuhr. Niemand wagte, den Wagen anzuhalten, weil alle sie kannten, alle wußten, was sich ereignet hatte, und alle die Jungfrau Concetta Cappi für wahnsinnig hielten. Als sie aber nachts darauf wieder auf der Via Roma erschien und die folgenden Nächte wieder, war der Bann gebrochen. Dennoch war der erste, der ihren Wagen anhielt, ein unbekannter Fremder gewesen.

Kersuni war kaum zwei Tage in Neapel, als ein Bekannter, mit dem er spät nach Mitternacht über die Via Roma heimging, beim Erscheinen des Wagens Concettas ihm deren Geschichte erzählte.

Kersuni, für den sie weniger romantisch sich ausnahm als für den Erzähler, wurde immerhin so neugierig, daß er sich vornahm, obwohl ihm Concettas hoher Preis genannt worden war, diese Frau kennen zu lernen und vielleicht, koste es, was es wolle, ihr Geheimnis.

Schon in der nächsten Nacht wartete er vor einer kleinen Bar in der Nähe der Piazza Dante. Gegen Mitternacht trabte der elegante Dogcart Concettas vorbei. Kersuni, der nicht wußte, daß Concetta gewöhnt war, es ihren Liebhabern nicht leicht zu machen, erreichte deshalb zu spät den Fahrdamm. Er wartete nun hart am Rand des Trottoirs, bis der Wagen zurückkam, und gab schon von weitem dem Kutscher ein Zeichen mit dem Stock. Der Wagen hielt knapp vor ihm.

Kersuni grüßte mit einem leichten Kopfneigen und stieg wortlos ein.

Der Wagen setzte sich wieder in Bewegung.

»Sie sind Ausländer?« fragte Concetta französisch und mit einer Stimme, die Kersuni durch ihren gebrochenen Klang aufhorchen machte.

»Ja.«

»Sie zahlen zweitausend Lire?«

»Ja.«

»Für jede weitere Stunde zahlen Sie ebenso viel?«

»Ja.«

»Geben Sie mir bitte Ihren Paß.«

Kersuni, der stets auch einen falschen bei sich trug, gab ihr diesen.

Nach einer Weile sagte sie: »Damit es keine Differenzen gibt.«

Kersuni nickte höflich. Es fiel ihm auf, daß sie kein anderes Bijou trug als um den Hals ein kleines Kruzifix aus schwarzen Steinen.

Von Zeit zu Zeit stellte sie noch allerlei Fragen, unterließ es aber bald, da Kersuni nur ausweichend oder gar nicht antwortete.

Sobald die Via Roma passiert war, nahm der Kutscher scharfen

Trab und hielt nach einer Viertelstunde vor einer versteckt liegenden kleinen Villa auf dem Vomero.

Das Weitere vollzog sich in der üblichen Weise. Kersuni war lediglich darüber erstaunt, daß Concetta das schwarze Kruzifix nicht ablegte, obwohl sie sich völlig ausgekleidet hatte. Als er nach etwa einer Stunde das Bett verließ, fragte er nach dem Grund.

Concetta bewegte verächtlich ablehnend die Lippen. »Sie haben ja bisher überhaupt sehr hartnäckig geschwiegen. Wollen Sie doch bitte auch weiterhin dabei bleiben.« Sie dehnte ihren schlanken ebenmäßigen Körper und warf dann rasch einen rotseidenen Peignoir über.

Kersuni hatte sich bereits zuvor im Zimmer, das aussah wie alle eleganten italienischen Boudoirs, umgesehen und soeben auf dem Toilette-Tisch einen dunklen, durch einen runden Bilderrahmen halb verdeckten Gegenstand bemerkt, der seine Aufmerksamkeit dadurch fesselte, daß er zu irisieren schien.

Noch bevor Concetta es hätte verhindern können, hielt Kersuni eine längliche Bronze-Statuette in der Hand, darstellend einen geschwänzten bocksbeinigen Teufel, dem ein nacktes kleines Mädchen ehrerbietig den Hintern küßt.

Doch da riß Concetta ihm auch schon die Statuette aus der Hand und schleuderte sie in eine offen stehende Wäsche-Schublade, die sie hastig zustieß und versperrte. »Was sind das plötzlich für Manieren?« rief sie empörter, als es dem Vorfall entsprach.

Kersuni beobachtete sie unbeweglich. »Was sind das für Steine, die Sie um den Hals tragen?«

»Schwarze Brillanten.« Concettas Lippen verschoben sich drohend. »Wünschen Sie noch ...«

»Sie legen dieses Kruzifix niemals ab?«

»Niemals.« Concetta schrie es fast. »Hier haben Sie Ihren Paß.« Sie warf ihn in ein Fauteuil. »Wünschen Sie noch zu bleiben?«

Kersuni steckte seinen Paß ein und setzte sich. »Ja.«

»Sie erinnern sich unserer Vereinbarung?«

»Ja.«

»Für jede weitere Stunde ...«

»Ja.«

Concetta, die ihn während ihrer Fragen wild angeblitzt hatte, ließ sich achselzuckend in ein Fauteuil fallen, schlug ein Bein über und sah, das Kinn in der Hand, zum Plafond empor.

Kersuni, Knie und Fäuste rechtwinklig an einander gepreßt, saß ihr gegenüber und starrte sie unausgesetzt an ...

Nach drei Viertelstunden bewegte Concetta sich zum ersten Mal. »Es dürfte die zweite Stunde um sein.«

Kersuni blickte auf seine Armbanduhr. »Es fehlen noch fünfzehn Minuten. Aber wollen Sie sich nicht vergewissern?«

»Danke.«

Kersuni schwieg und starrte sie weiter an.

Nach einer halben Stunde nahm Concetta ihren Kopf aus der Hand, wandte Kersuni voll das Gesicht zu und fragte rauh: »Was wollen Sie eigentlich noch?«

»Einige Fragen an Sie richten.«

»Gehört das zu unserer Vereinbarung?« Ihre Stimme zitterte vor Wut.

»Nein.«

»Es freut mich, daß Sie wenigstens Gentleman sind.«

»Danke.«

Concetta senkte die Augen. Dann riß sie ihr Fauteuil mit einem heftigen Ruck beider Hände zur Seite, so daß Kersuni nicht einmal ihr Profil sah.

Nach einer weiteren halben Stunde folgerte Kersuni, der Concetta nach wie vor, nur vielleicht noch verbissener, angestarrt hatte, aus nahezu unmerklichen Bewegungen, daß seine Suggestion zu wirken begann. Da er immerhin mit einer unvorhergesehenen Störung rechnen mußte, hielt er es für angezeigt, sofort zu sprechen. »Ich weiß«, sagte er laut, aber mit tunlichst gleichmäßiger Stimme, »daß Ihre Mutter erschossen wurde. Daß der Principe Faradossi ... Ich weiß, was alle Welt weiß. Ich weiß aber auch, daß das Geheimnis, das noch heute jene Ereignisse umgibt, durchaus nicht so undurchdringlich ist und keineswegs auf das Konto einer Maffia zu setzen ist oder gar Gefühlvolles oder Leidenschaftliches verbirgt, sondern ...«

»Sondern?« kreischte Concetta halblaut und riß ihr Fauteuil mit einem mühsamen Ruck in die frühere Lage zurück.

»Sondern es ist ein kleines schwarzes Kreuz und ein Teufel.« Kersuni hustete erregt.

»Schweigen Sie!« Concetta war schwerfällig aufgestanden und taumelte nun zu Kersuni, dessen Arm sie erfaßte und zitternd umspannte. »Schweigen Sie zu jedermann!« Ihre Stimme hatte fast keinen Klang mehr. Ihre schwarzen unruhigen Augen waren trüb geworden und glotzten ins Leere. »Sie haben es erraten. Meine Mutter wurde erschossen, weil sie nach Spanien fliehen wollte. Ich hätte ihr Schicksal geteilt, wenn ich – *jenem* Mann nicht gehorcht hätte. Faradossi wollte mich töten, weil er mich liebte und nichts begriff. Es brachte ihn um den Verstand. Meine Mutter wollte, daß ich ihn heirate. Heute weiß ich, warum. Jetzt aber fällt mir das – *andere* schon so schwer wie meiner Mutter. Wenn das Maß voll sein wird, werde ich mich selbst töten. Nun wissen Sie es. Schweigen Sie, wenn Ihnen Ihr Leben lieb ist.« Sie ließ sich erschöpft zu Boden gleiten.

Kersuni hielt ihre Hand fest. »Die schwarze Messe.«

»Ja. Wir haben unsere eigene Synagoge. Eine grauenhafte Parodie der Peterskirche. Und mehr als vierhundert Satanisten und Satanistinnen.« Concetta hielt gepeinigt inne. Ihr Blick schien gänzlich zu erlöschen. »Anfangs war ich wie rasend ... Hören Sie, wie es war. Faradossi war mein Erster. Es war mir zu wenig. Und da ereignete sich jener Mord. Es war um ein Uhr nachts. Ich erfuhr es eine Viertelstunde später von – *jenem* Mann, den ich für den Geliebten meiner Mutter hielt. Ich warf mich schluchzend auf den Diwan und er sich über mich und ... und diesmal war es mir nicht zu wenig. So daß ich ihm blindlings gehorchte und zwei Tage später auf den Strich fuhr. Am nächsten Nachmittag brachte er mich in die Synagoge und las die Messe auf meinem Bauch. Ich mußte eine junge Katze in der Luft zerreißen. Ich mußte einem Hahn die Kehle durchbeißen. Ich mußte den Kelch mit Urin und Menstruationsblut leeren. Und ich tat es. Tat es mit Vergnügen. Glauben Sie mir, Grausamkeit und Ekel sind das größte Vergnügen ...« Sie lächelte irr.

»Weiter ... weiter ...«, flüsterte Kersuni gierig.

»Anfangs war ich wie rasend darüber, daß ich das alles tat und daß ich es mit Vergnügen tat. Doch diese Abscheulichkeiten retteten mich vor dem Abscheu vor mir selber. Aber man hält es nicht aus. Und wenn der Körper es nicht mehr hergibt, das ist das Ende. Man ist zum Brechen voll und soll weiter essen ...« Concettas Kopf fiel, wie im Genick gebrochen, auf die Brust.

Kersuni streichelte ihre Hand, ihre Haare. »Nur noch eins. Wer pißt auf den verhaßten Philipp?«

»Jedesmal ein anderer.«

»Ich meine ... wer ist euer Katharer?«

Concetta schloß schläfrig die Augen. »Derselbe.« Sie sank in sich zusammen. »*Jener* Mann.«

Kersuni hob ihr Kinn. »Wer?« Er starrte ihr lange und fest in die Pupillen.

Concettas Augen füllten sich plötzlich mit einem solch seltsam müden alten Haß, daß Kersuni erschauerte.

Dann zischte sie einen in Neapel gefürchteten Namen.

Kersuni schwieg lange. »Warum schickt er Sie auf den Strich?«

»Wir müssen alle huren. Aber auch wegen der Irreführung.«

»Müssen Sie ihm Geld geben?«

»Der Synagoge. Aber er hat auch schon von mir ...«

»Warum haben Sie meinen Paß verlangt?«

»Wir müssen alle spitzeln. Und dann für alle Fälle ...«

Concettas Lippen schlossen sich nicht mehr. Ihre Augäpfel verdrehten sich.

Kersuni rieb ihr die Schläfen, bis sie einschlief. Dann trug er sie ins Bett und deckte sie bis ans Kinn zu ...

Es gelang Kersuni, ungesehen das Haustor zu erreichen. Der Schlüssel steckte von innen.

Auf der Straße blieb Kersuni stehen. Doch das Lächeln darüber, daß er nicht bezahlt hatte, erstarb vor der jähen Einsicht, so rasch wie möglich abreisen zu müssen.

war wirklich erstklassig. Er hatte weder den Vorteil, der oft ein Nachteil ist, einfach zu sein, noch den Nachteil, Komplikationen herbeizuführen. Er reüssierte stets und immer glatt, und hatte der Betroffene einigermaßen von seiner Verblüffung sich erholt, so erwartete ihn die neue, nicht herausbringen zu können, wie es geschehen war. Fest stand allem Anschein nach bloß, daß ein Tic die Hauptrolle in den Manövern spielte, welche Mister Gam riesige Summen eintrugen und den Schwergeschädigten das komplette Nachsehen.

Als Fénor es hatte, hatte er es buchstäblich. Er stand nämlich an der Ecke der Rue Frochot, wo das Nachtrestaurant Le Rat Mort sich befindet, und sah Mister Gam nach, der langsam die Place Pigalle überquerte und, in Zwischenräumen von etwa fünf bis zwanzig Sekunden, mit dem Kopf zuckte. Das war sein Tic.

Mister Gam war längst im Nebel verschwunden, als Fénor immer noch unbeweglich dastand. Plötzlich blickte er auf und zuckte mit dem Kopf, als könnte ihm die Nachahmung jener Bewegung irgendwie Aufschluß über die Methode geben, mit deren Hilfe Mister Gam ihm zehntausend Francs abgenommen hatte. Auch ihm war es, als ob jener Tic das Wichtigste gewesen wäre. Er vermochte aber weder ihn sich zu erklären, noch den Rest. Schließlich ließ er den ganzen Hergang noch einmal an sich vorüber.

Er war von Mister Gam, dem er beim Verlassen des Gaumont-Palace begegnet war, zum Souper eingeladen worden und hatte angenommen, obwohl er von den Verlusten gehört hatte, die unter verschiedenen Umständen einige seiner Bekannten in Gesellschaft Mister Gams auf unerklärliche Weise erlitten hatten. Daß jene Umstände sich durchaus von der Gelegenheit unterschieden, die Mister Gam veranlaßt hatte, ihn zum Souper einzuladen, hatte sein anfängliches Mißtrauen verscheucht: Mister Gam konnte nicht wissen, daß er zehntausend Francs, welche ihm infolge einer zufälligen Begegnung im Gaumont-Palace übergeben worden waren, in seiner Brusttasche trug; und er konnte nicht wissen, daß er, Fénor, sich daselbst befinde, denn er hatte erst im letzten Augenblick, lediglich von einer Laune bestimmt, sich dazu entschlossen, ins Cinéma zu gehen. Beim Souper war Mister Gam, wie immer, überaus amüsant gewesen, hatte treffende Beobachtungen und witzige Bemerkungen über die anwesende Lebewelt gemacht und einige seiner Reiseabenteuer erzählt, die alle sich dadurch auszeichneten, daß banale Handlungen und groteske Zufälle einen unwahrscheinlichen und deshalb umso interessanteren Vorfall herbeigeführt hatten. Diese mit geschickter Disposition und feiner Diktion erzählten Geschichten hatten auf Fénor durchaus den Eindruck gemacht, wahr zu sein, umsomehr als Mister Gam in ihnen entweder nur eine nebensächliche Rolle spielte oder sogar eine passive. Und es war gerade während einer solchen Erzählung gewesen, als Fénor, seine Krawatte richtend, ahnungslos mit der Hand über seine linke Brustseite streifte: die harte Wölbung, welche das Portefeuille verursachte, war verschwunden. Ein schneller Griff in die Tasche hatte bestätigt, woran er eigentlich nicht mehr gezweifelt hatte. Mister Gam schien keine Notiz von dieser Feststellung genommen zu haben und sprach in seiner suggestiven Art weiter, ohne daß seine weiche vibrierende Stimme auch nur das geringste Déséquilibre verraten hätte. Nur sein Kopfzucken, das zuvor außerordentlich häufig stattgefunden hatte, wurde nun auffällig seltener.

Fénor fröstelte. Er war überzeugt, daß dieser Tic die Lösung enthielt. Vielleicht diente er als Verständigungsmittel, vielleicht gab er Morsezeichen? Fénor grinste müde, schloß mit einer resoluten Geste den Mantelkragen und winkte einem Taxi. Als es über den Boulevard de Courcelles rollte, jubelte er innerlich auf, daß er sich beherrscht und nichts von seiner tobenden Wut sich hatte anmerken lassen; und lächelte darüber, welch fürchterliche Szenen die ihm vorhergegangenen Opfer ergebnislos aufgeführt hatten. Plötzlich wurde sein kluges Gesicht starr. Und mit einem halb unterdrückten Aufschrei schlug er sich auf die Knie: er hatte gefunden, was allein ihm eine Chance bot, Mister Gams Truc zu entdecken.

»Ich muß mich noch einmal von ihm hineinlegen lassen«, sagte er mehrmals laut vor sich hin. »Und ich muß dabei aufpassen, als befände ich mich in Todesgefahr.« –

Die nächsten Tage verbrachte Fénor fast ausschließlich mit vergeblichen Versuchen, Mister Gam auf unverdächtige Weise in den Weg zu kommen. Hierauf versuchte er es mit sorgsam gefälschten Rohrpostkarten, die Mister Gam zu Rendez-vous' bestellten, mit fingierten Telephongesprächen, die ihn auf vielerlei Art in eine bestimmte Straße bringen sollten, und endlich mit einer Depesche aus Melun. Nichts verfing. Fénor gab es resigniert auf, diesen Überfuchs anzulocken, und mußte sich entschließen, die so sehr herbeigesehnte Begegnung einem Zufall zu überlassen.

Dieser war ihm bereits am Abend nach diesem Entschluß hold. Fénor befand sich, eben als er aus der Rue Castiglione auf die Place Vendôme einbog, ganz plötzlich neben Mister Gam, welcher, die Hände in den Manteltaschen, unbeweglich dicht an der Mauer stand.

Fénor wich, allerdings ohne jede Überlegung, schnell zurück und bog um die nur ein paar Schritte entfernte Ecke. Hier blieb er stehen und dachte nach. Nach wenigen Sekunden war es für ihn außer Zweifel, daß Mister Gam jemandem auflauerte. Sein Plan war sofort gefaßt.

Fénor schlenderte an die Ecke heran und lugte vorsichtig hervor: Mister Gam stand nach wie vor unbeweglich da und hatte aller Wahrscheinlichkeit nach den Eingang des Hotel Ritz im Auge. Fénor lehnte sich an die Mauer, zündete sich eine Zigarette an und tat nur von Zeit zu Zeit einen Blick um die Ecke.

Endlich, nach etwa zehn Minuten Wartens, löste Mister Gams Rücken sich langsam von der Hauswand.

Fénor folgte Mister Gam in einem Abstand von ungefähr vierzig Schritten, sah, wie er in der Nähe des Hotel Ritz einem älteren, schon etwas beleibten Herrn geschickt in den Weg trat, sofort mit ihm in ein sehr lebhaftes Gespräch geriet und kurz darauf an dessen Seite das Restaurant Edouard VII. betrat. Fénor ließ eine Viertelstunde verstreichen. Dann betrat er gleichfalls das elegante Restaurant. Es gelang ihm, nicht ohne einige Schwierigkeiten, ungesehen zu bleiben und an dem hinter Mister Gams Rücken befindlichen Tisch Platz zu nehmen. Gleichzeitig mit dem Diner bestellte er den Figaro, um eine Deckung parat zu haben, falls Mister Gam eine Wendung nach rückwärts machen sollte.

Der Mister Gam gegenüber sitzende Herr war Fénor unbekannt, aber ein in jeder Hinsicht ganz ausgezeichnet gewähltes Opfer. Er trug eine fingernagelgroße Perle in der Krawatte, zwei Brillantringe, die auf mindestens fünfzigtausend Francs zu schätzen waren, und hörte, was Fénor ein hämisches Lächeln entlockte, seinem unausgesetzt sprechenden Tischgenossen mit devoter Begeisterung zu.

Fénor bedauerte sehr, daß er Mister Gams Gesicht nicht sehen konnte, beschied sich jedoch rasch, als er bemerkte, daß die Zahl der Kopfzuckungen von Minute zu Minute zunahm. Einige forschende Blicke genügten, um festzustellen, daß weder einer der Gäste an den Nebentischen noch einer der Kellner auf das Kopfzucken achtete. Man hatte es zwar allenthalben mit Verwunderung wahrgenommen, sich aber sofort damit abgefunden und es weiterhin ignoriert.

Es verstrich fast eine halbe Stunde, ohne daß der bis zum Schweißausbruch aufmerksam beobachtende Fénor irgend etwas hätte bemerken können, das seine wilde Neugier auch nur im geringsten befriedigt hätte.

Mit einem Mal aber schien es ihm, als wäre in den Ausdruck der Augen des gespannt zuhörenden älteren Herrn etwas Blödes, Glotzendes geraten, das vorher nicht dagewesen war. Fénor sah noch schärfer hin und glaubte, eine unnatürliche Unbeweglichkeit in der ganzen Haltung jenes Herrn bemerken zu können. Eine leise in ihm sich erhebende Vermutung wurde ihm fast zur Gewißheit, als er sich ein wenig zur Seite neigte und sah, daß Mister Gams linke Hand fest auf der seines Gegenüber lag. Und fast gleichzeitig geschah es.

Mister Gam ergriff mit der Rechten seine Serviette und fuhr mit ihr seinem Opfer übers Gesicht, als wollte er ihm in liebenswürdiger Weise ein Stäubchen entfernen. Seine Linke aber senkte sich blitzschnell in die fremde Brusttasche, eskamotierte das ergatterte Portefeuille in die Serviette und legte diese dann neben sich auf den Tisch.

Fénor hatte eigentlich bereits genug gesehen. Es interessierte ihn aber doch noch, zu wissen, wie Mister Gam das Portefeuille verschwinden lassen würde. Es dauerte denn auch nicht lange, da glitt die Serviette unauffällig zu Boden, genau zwischen die Füße Mister Gams, die sich alsbald unter sie schoben und, von ihr bedeckt, allerlei Bewegungen ausführten, um schließlich mit einem Ruck still zu stehen. Nach einigen Minuten beugte sich Mister Gam nachlässig zur Seite, um die Serviette aufzuheben. Dabei lanzierte er schnell das Portefeuille in den linken inneren Hosenrand, in dem kunstgerecht eine kleine Tasche angebracht war ...

Fénor, der das Restaurant daraufhin sofort verlassen hatte, wartete im Schatten der Vendôme-Säule, überzeugt, Mister Gam bald erscheinen zu sehen.

Nach einer Viertelstunde fuhren zwei Polizeibeamte im Taxi vor. Und nach einer weiteren Viertelstunde stürzte Mister Gams Opfer in heftigster Aufregung aus dem Restaurant, sprang in das noch wartende Taxi und fuhr in der Richtung der Rue de la Paix davon. »Zweifellos zum nächsten Privatdetektiv.« Fénor lächelte selbstzufrieden.

Bald darauf erschien Mister Gam unter dem Portal des Restaurants, umgeben von einer Schar schwatzender gestiku ierender Kellner und den eifrig auf ihn einsprechenden Beamten, die er mit immer abweisenderen Handbewegungen sich vom Leibe hielt, und ging, als man ihn endlich in Ruhe ließ, langsamen Schrittes auf die Rue Castiglione zu.

Fénor folgte ihm bis unter die Arkaden des Hotel Continental. Der um diese Nachtstunde nur spärliche Verkehr, auf den Fénor im Nu seinen Plan aufgebaut hatte, war nicht einmal vorhanden. Das zerstreute seine letzten Bedenken.

Er rannte auf den Fußspitzen ganz nahe an Mister Gam heran, stellte ihm von hinten ein Bein, riß dem Hingestürzten das gestohlene Portefeuille aus der Hosenbeintasche und steckte es ein.

Mister Gam war rasch wieder auf den Beinen und so verdutzt über die Anwesenheit Fénors, daß er gar nicht daran dachte, seinen über und über staubig gewordenen Mantel zu säubern. »Sie hier?« hauchte er, verwirrt versuchend, sich zu sammeln.

»Allerdings.« Fénor wartete, brennende Schadenfreude in den Augen.

Mister Gam strich sich mit beiden Händen die Wangen entlang, abwechselnd Fénor und die Straße musternd. Seine kleinen grauen Augen flackerten eigentümlich.

Miteins hielten seine Hände inne. Sein Kopf senkte sich langsam, fast unmerklich.

Fénor, dem keine der Bewegungen Mister Gams entgangen war, sah, wie er den rechten Fuß am linken Knöchel rieb. »Um festzustellen, ab der kostbare Raub noch an seinem Platz ist.« Fénor grinste höhnisch.

»Also *Sie!*« zischte im selben Augenblick Mister Gam. »Geben Sie mir wenigstens die achttausend Francs heraus, die zuviel darin sind.«

»Sie geben also zu, mir zehntausend Francs gestohlen zu haben, Herr Hypnotiseur?«

»Patati patata.« Mister Gam nahm sich, plötzlich wieder völlig ruhig geworden, eine Zigarette. »Sie haben sich Ihr Geld nicht ungeschickt zurückgeholt. Sie mögen es behalten. Aber was nicht Ergebnis Ihrer Arbeit ist, kommt Ihnen nicht zu.«

Fénor rückte lachend an seinem Hut. »Nicht Ergebnis meiner

Arbeit? Ist ein gut in den Weg gestellter Fuß ein schlechterer Truc als ein vorzüglich verwendeter Tic? Es wäre übrigens sehr liebenswürdig von Ihnen, mir den eigentlichen Zweck Ihres köstlichen Tics zu verraten. Alle restlichen Details Ihres Arbeitens sind mir jetzt endlich klar.«

»Mit Vergnügen.« Mister Gam lächelte verbindlich. »Er dient lediglich der Verschleierung der Hypnose. Er fesselt die Aufmerksamkeit meines Mannes in hohem Grade, macht es ihm aber andererseits unmöglich, zu bemerken, daß ich ihm unausgesetzt in die Augen sehe.« Er hatte sich während dieser Worte Fénor genähert, ergriff plötzlich mit beiden Händen dessen Kopf, preßte sie fest auf die Schläfen und stierte ihm in die Augen ...

Als Fénor zu sich kam, lehnte er, halb eingesunken, an einem Arkadenpfeiler. Ein Polizist stand neben ihm, klopfte ihm auf die Schulter und riet ihm freundlich, doch endlich heimzugehen. Fénor nickte mechanisch und ging.

Nach einigen Schritten erinnerte er sich. Die Zähne auf einander knarrend, griff er in die Tasche: das Portefeuille, das er erjagt hatte, war verschwunden; aber auch sein eigenes, in dem sich allerdings bloß zweihundert Francs befunden hatten.

Er hätte sich nicht wochenlang fast krank geärgert, wenn er gewußt hätte, daß das gestohlene Portefeuille nur neunhundert Francs enthalten hatte.

Das sicherste Spiel

Reinac betrat, seit einigen Stunden erst in Genua, gegen elf Uhr nachts einen geheimen Spielklub in einem Neubau auf dem Corso Andrea Podestà. Die Adresse besaß er von dem beflissenen Portier seines Hotels.

Es wurde Bac gespielt. Reinac verlor sechshundert Lire und brachte es über sich, aufzuhören.

In der Bar machte er die Bekanntschaft des jungen Baron Cavarri, der mit seiner Maitresse, einer zierlichen Französin aus Avignon, so meisterhaft die Bar beherrschte, daß sein erster Eindruck gewesen war: »Der Junge macht das als Nebenverdienst.«

Nach wenigen Worten wurde er jedoch an dieser Auffassung irre. Er nahm, sein Interesse hinter witzigen Äußerungen verbergend, allerlei über die Vermögensverhältnisse Cavarris wahr, das ihm in solchem Maße bemerkenswert erschien, daß er das Paar für den nächsten Abend zum Diner lud, um in einem sicheren Spiel sich zu versuchen ...

Es war ein Uhr nachts, als Reinac auf die Straße trat. Vom Wein und Spielverlust erregt und bereits eine Kombination erwägend, winkte er einem Taxi und fuhr in die Via Caffaro.

Huguette, im Nachthemd, flog ihm mit einem Aufschrei an den Hals. Es dauerte länger als eine Viertelstunde, bis sie so weit zu Atem kam, um zusammenhängend sprechen zu können.

Plötzlich bemerkte sie, während sie Reinac noch durch feuchte Schleier hindurch betrachtete, was eine Frau sonst augenblicklich fühlt. Sie jubelte: »O, meiner süßer kleiner Bébert, komm her zu mir!« Und schon riß sie ihn, dem sie lediglich zuvorkam, an sich und wälzte sich mit ihm auf die Ottomane ...

Nachher weckte sie ihre Zofe, ließ ein frugales Souper auftragen und gebärdete sich närrisch vor Vergnügen. »Et Spielmann? Was er macht der ganzer Zeit?«

Reinac trank belustigt. »Der hat sich schwer verkühlt bei jener Reise.«

»Va, gouchat que t'es! Spiel nicht der Schwierigen!«

»Er singt in Marseille.«

»Singt?«

»Noch drei Jahre.«

Huguette senkte ein paar Sekunden ihr hold zerwühltes Köpfchen. »Pardon, das ich es machte nur aus der Gewohnheit ... O, und er sagte solcher entzückender Witze. Wie du, fast. Du dich erinnerst, wie er hat an Marie empfohlen, sie soll nicht lassen so oft sich dividieren, das marschiert dann auf einen Bruch hinauf ... hinab ... *hinaus?* Et Georges? Ça biche bien?«

»Ah, das ist ganz schrecklich!«

»Er hat vielleicht einen magasin?«

»Schlimmer. Eine erotische Wäscherei.«

»Erotique?« Huguette zerfurchte erfolglos ihre kleine Stirn. »Je n'y vois pas d'inconvénient.«

Reinac hielt sich, als träume er, die Wangen. Dann wimmerte er: »Er soll in Meran verheiratet sein.«

»Filons!« Huguette schmatzte schmerzerfüllt. »Mais toi, toi, Bébert! Woher du kommst? Wo du gehst hin? Was hast du bei ... mit ... *vor?* Eh bien, was du hast hinter dich?«

»Ma chère Guette ...«

»Chiqué! Du liebst schon mir noch. Dis pas non! Du mich hast immer geliebt, Bébert. Und zwar heiß.«

»Ein Wiedersehen nach langer Zeit macht stets so erregt und neugierig, daß man diesen Zustand gerne mit Liebe verwechselt.«

Huguette machte reizvoll böse Augen. »O, ich wiedererkenne. Ich habe immer gesagt, daß du bist einer mit der esprit. O, meiner süßer kleiner Bébert ... Aber das ist Unsinn!«

»Meine Belobung!« Reinac schmunzelte, ein wenig zu selbstgefällig. »Liebe ist wirklich ein Unsinn. Es sei denn, man übt ihn aus.«

»C'est kif kif. Wir haben doch sogleich geübt.« Huguette gab ihren schwarzen Augen einen gewissen Ausdruck von Stupidität, den Reinac und auch sie selbst sehr kleidsam fand.

Reinac sah auf seine Armbanduhr. »Guette, ich muß gehen. Es ist schon drei.«

Huguette betrachtete ihn halb prüfend, halb lauernd.

Reinac fuhr ihr mit der Hand geschwind übers Gesicht. »Selbstverständlich habe ich eine Frau bei mir«, log er, ihren Blick erratend, aber auch aus Überlegung. »Ebenso wie du zweifellos hier irgendwo einen süßen Jungen sitzen hast. Das soll mich aber nicht hindern, dich gelegentlich zu besuchen, und dich nicht ...« Er hielt inne, zu einem bestimmten Vorgehen entschlossen. »... morgen abend bei mir im Hotel zu dinieren. Acht Uhr. D'accord?«

Huguette war es und erschien andern Abends pünktlich und in strahlender Toilette.

Reinac weidete sich an den stürmischen Abklopfungsversuchen, welche die beiden Frauen, kaum daß sie einander vorgestellt waren, vornahmen, und an der dabei aufgebotenen Technik, die, da auf beiden Seiten von ihm mit Absicht in keiner Weise dirigiert worden war, die persönlichen Talente in voller Pracht entfaltete.

Huguette, die nur nach außen hin sich Zwang aufzuerlegen für gut fand, bewahrte durchaus die dem Ort angemessene Haltung, sprach aber in sehr lockerer Art und erzählte amüsante Geschichten, die sie mit Reinac zusammen erlebt haben wollte; teils in der Absicht, Reinacs Eigenliebe zu wecken und ihn wieder an sich zu ziehen, teils um ihre Gegnerin zu ärgern. Sie hielt nämlich Germaine, die Maitresse Cavarris, für Reinacs Kumpanin und Cavarri für das Opfer.

Germaine vermied es immer deutlicher, in Huguettes lockeren Ton mit einzustimmen, und parierte auch damit, daß sie die noch Unerfahrene spielte. Sie zeigte durch sehr schlau gestellte naive Fragen eine schmeichelhafte und zugleich lächerliche Neugierde, ergriff aber zwischendurch jede Gelegenheit, über die engeren Beziehungen Reinacs zu Huguette sich zu informieren.

Als Reinac, mit Cavarri am Arm, den beiden Frauen, die er allein gelassen hatte, sobald er bemerkte, wie vorzüglich das Spiel begann, sich wieder näherte, waren diese auf dem Punkt Freundschaft zu schließen, so sehr haßten sie einander bereits.

Cavarri, der die immerhin ungewöhnliche Einladung Reinacs nur angenommen hatte, weil er von dessen Witz angezogen worden war, war bald auch von Huguette entzückt, die er ebendeshalb geflissentlich mied, umsomehr als Reinac, sachte scherzend, ihn vor ihr gewarnt hatte. Gegen Mitternacht konnte er aber doch nicht umhin, sich ihr zu nähern.

Unterdessen rückte Reinac Germaine näher, faßte sie so um die Taille, daß nur Huguette es sehen konnte, und bat sie harmlosen Gesichts, unter allen Umständen Cavarri an sich zu fesseln. Einmal fest in dessen Federn, ließe sich ein ausgezeichneter Coup machen. Er denke an nichts Geringeres als eine notarielle Schenkung zu ihren und selbstverständlich auch zu seinen Gunsten. Näheres würde er ihr mitteilen, wenn sie überhaupt für die Sache sich interessiere.

Germaine, welche der Ehrgeiz, über Huguette zu triumphieren, mehr beherrschte als etwa eine plötzliche Leidenschaft für Reinac, bekundete augenblicklich dieses Interesse; und umso lieber, als Cavarri sie ihrer Meinung nach für ihre Leistungen viel zu knapp honorierte. Reinac, danküberströmten Auges, vereinbarte ein Rendez-vous für den nächsten Nachmittag.

Aber auch Cavarri hatte ein Rendez-vous erreicht, gleichfalls für den folgenden Nachmittag. Huguette hatte sofort erkannt, daß sie Chance habe, und alle ihre Reize abgeprotzt, um einen doppelten Sieg sich zu holen.

Am Abend darauf dinierten Reinac und Huguette in dem luxuriös eingerichteten Appartement Cavarris.

Das Diner verlief in eisigem Schweigen, da inzwischen allerlei sich zugetragen hatte.

Germaine, der nachträglich Reinacs Absichten nicht geheuer vorkamen, hatte es nämlich für schlauer gehalten, Cavarri das Vorgefallene mitzuteilen. Worauf man unter beiderseitigen Empörungsanfällen übereingekommen war, den Hochstapler zu entlarven.

Dennoch aber hatte Cavarri, von ihrer Schönheit machtvoll herbeigetrieben, zum Rendez-vous mit Huguette sich eingefunden. Und da er nicht den kleinsten Anhaltspunkt für ihre Teilhaberschaft zu finden vermochte (ihre amüsanten Geschichten hielt er für naiv erlogen und deshalb für den Hauptbeweis ihrer Unschuld), gelang es ihm mühelos, sich einzureden, daß er sie vor Reinac warnen müsse.

Huguette nun hatte, nachdem Cavarri zur Gänze verheert worden war, dessen Warnung mit der Aufklärung beantwortet, daß Reinac der heimliche Freund Germaines sei und zweifellos allerhand gegen ihn plane. Sie hoffte, durch diesen Schachzug Cavarri sich zu verpflichten, Germaine abzusägen und Reinac endgültig für sich zu gewinnen, indem sie ihm eine weitaus bessere, über sie hin zu führende Sache vorschlug, die überdies den Vorteil hätte, sicherer zu sein.

Reinac hatte länger als eine halbe Stunde auf Germaine warten müssen, die so unpünktlich erschien, weil sie, durch Cavarris Nervosität mißtrauisch geworden, ihm gefolgt war und ihn an der Seite Huguettes ein Absteige-Quartier hatte aufsuchen sehen. Sie schäumte vor Rachelust, vergaß alle Bedenken und erklärte sich zu allem bereit. Reinac legte sie auf den Rasen und, nachdem er sich emsig betätigt hatte, ihr ans Herz, Cavarri ja nicht merken zu lassen, was sie wisse. Hierauf entwickelte er ihr einen Plan zu Cavarris Dupierung, der ebenso unausführbar war wie verlockend.

Beim Dessert endlich hob Cavarri, der das Diner nicht durch den unausweichlich schrecklichen Eclat sich hatte verderben lassen wollen, langsam den Kopf und schnarrte: »Herr Reinac, Sie sind ein Hochstapler.«

Reinac aß gemächlich weiter. »Beweisen Sie es.«

Cavarri bewies es in einer viertelstündigen Rede, voll der gräulichsten Injurien.

»Ihr Beweis enthält vor allem einen Irrtum, den ich berichtigen möchte.« Reinac hämmerte mit seinem Obstmesserchen auf den Teller, um die Stimmung noch gereizter zu machen. »Ich bin zwar tatsächlich der Freund Ihrer Maitresse, aber erst seit heute nachmittag vier Uhr zehn.«

Huguettes Lider röteten sich. Ihre Öhrchen desgleichen. »Quoi? ... Est-ce vrai, Germaine? ... Tu m'as empilé, chien que t'es!« Sie nahm in ihrer Wut an, Reinac hätte ihr gegenüber behauptet, Germaine sei seine Freundin.

Reinac schwang kokett sein Obstmesserchen sich um die Nase. »Ich habe allerdings, ma chère Guette, seit vorgestern unsere mehr als ein Jahr hindurch unterbrochen gewesenen intimen Beziehungen wieder aufgenommen. Das ist aber doch wohl schwerlich ein Grund, mich als Hochstapler zu verleumden. Und keineswegs ein Gegenbeweis dafür, daß Guette Ihnen, Herr Baron, heute nachmittag intensiv ihre Gunst geschenkt hat.«

Cavarri strich sich den Schweiß von der Stirn. »Was soll das alles bedeuten? Germaine, hast du wirklich heute nachmittag ...?«

Germaine kannte sich einfach nicht mehr aus und machte eine irrsinnige Handbewegung.

Huguette steckte zwei Finger in den Mund und biß sie erbarmungslos.

»Bitte keine weiteren Inkommodierungen mehr, Herr Baron.« Reinac warf sein Obstmesserchen wie ermattet auf den Tisch. »Sie haben mich zur selben Zeit fast wie ich Sie hintergangen. Wir sind quitt. Ebenso die beiden Damen. Und da die freundschaftlichen Beziehungen eines Vierecks stets so lange von der Furcht gegenseitigen Betrugs getrübt bleiben, als diese Furcht nicht endlich begründet wird, besteht nunmehr die größte Hoffnung, daß unsere so frisch und freundlich begonnene Geselligkeit sich so angenehm gestalten wird, wie dies in Anbetracht der beteiligten Personen nur zu wünschen ist.«

Die Folge dieser Auseinandersetzung war die Verabschiedung Germaines, der Hinauswurf Huguettes und die dickste Freundschaft zwischen Reinac und Cavarri, der, nachdem er von jenem um zehntausend Lire geprellt worden war, sich nächtelang darüber ärgerte, daß er ihn nicht rechtzeitig durchschaut hatte und im Grunde immer noch nicht recht durchschaute.

Huguette, die Reinac eine Stunde vor seiner Abreise noch einmal besucht hatte, fragte ihn, vielleicht zum hundertsten Mal: »Und du hast keinen Plan gehabt, vraiment?«

Und Reinac, ein Auge eingekniffen gegen den Rauch seiner Zigarette, antwortete wie immer: »Ich hatte den, die anderen Pläne machen zu lassen.«

»Ferme ça! Das ist doch nicht sicher. Unsinn.«

»Du irrst. Das ist das sicherste Spiel. Wo mehr als drei beisammen sind, und darunter wenigstens eine Dame, wird unausbleiblich gespielt. Man spiele nur selbst ein bißchen mit. Wie, das ist fast gleichgültig. Am Ende hat man, wenn man nur aufpaßt, das As in der Hand und die Damen aus dem Spiel.« Reinac flatterte mit den Fingern, einen leichten Cäsarenanfall dergestalt überwindend.

»Va!« Huguette schwippte sich, unklar empört, auf die Sofalehne. »Also ich bin herausgeschoben, soi-disant, Mademoiselle Huguette ...«

»Denke an Spielmann! Man soll sich nicht so oft dividieren lassen.«

»Voyou que t'es! Der Bruch, das ist die fünfhundert lächerlichen Lire, welche du mir hast übergeben.« Huguette segelte bleich durchs Zimmer.

»Die hat ja doch schon dein süßer Junge. Ich wette.«

»Wieso du weißt das?« Huguette schnaufte wütend.

»Ich habe es soeben von dir erfahren.«

»Espèce de crapule!« Huguette biß sich in die Hand.

»Ich dich hören singen schon auch in Marseille.«

»Ma chère Guette ...«

»Va-z-y, idiot! Du fängst immer so an, wenn du wirst sehr gemein.« Huguettes Augen bekamen einen gewissen Ausdruck von Stupidität.

Als Reinac ihnen einen Tausendlire-Schein zeigte, begannen sie zu glänzen.

fand durch Alois statt, welcher hinten Srb hieß, aber sehr weitsichtiger Weise seinen Vornamen für hoffnungserweckender hielt als jedes noch so kühn gebaute Pseudonym. Überdies war Alois, dessen Nase in zart slawischer Breite gen Himmel wies, zweifellos tschechischer Abstammung.

Nicht solches war es jedoch, was die von sämtlichen Finessen, Trucs und Hautfarben durchaus gelangweilte Excentrique Fanoche auf Alois aufmerksam machte, sondern ein an sich nicht sehr ungewöhnlicher Vorfall.

Am Abend der Première in der Alhambra hatte nämlich Alois in jenem höchsten Augenblick der Darbietungen der Fanoche, als sie eben mit herzbeklemmender Komik süß ins Publikum refrainte: »O mon chéri, donne-moi un petit signe!« – in diesem wahrlich herausfordernden Moment hatte Alois, lediglich aber infolge eines kurz zuvor verzehrten Paprika-Gjulasches, ganz fürchterlich gerülpst.

Eine kurze Konsternation des ganzen Saales erfolgte und sofort darauf ein betäubendes Gebrüll.

Alois erhob sich vergnügt und sogar fast graziös von seinem im Tauschverkehr gegen einen alten Spazierstock erworbenen Parkettsitz und verneigte sich gelassen gegen das ihm huldigende Publikum; die Fanoche, entzückt und dankbar, vor Alois.

Diese Verbeugung wollte ihm während der folgenden Nummern nicht aus den Sinnen, die ohnedies gewissermaßen geweckt worden waren: sie hing ihm gleichsam vor Nase und Mund. Er grübelte, seufzte leise und pfiff ganz dünn in den Momenten hoffnungsvoller Reflexionen.

Neugierig und schüchtern zugleich wartete er nach Schluß der Vorstellung in jenem Bühneneingang, von dem er annahm, daß die Fanoche ihn passieren mußte.

Als sie dies endlich tat, mußte er, sei es aus Verlegenheit, sei es assoziativ, sei es gjulaschesk, abermals rülpsen.

Die Fanoche, die ihn naturgemäß daran wiedererkannte, näherte sich ihm darob lächelnd und schenkelsicher: »Du arbeitest gut, mein Freund. Du könntest das jeden Abend machen. Ich würde dir immer ein Billett geben. Willst du?« Dabei blies sie ihm kokett auf die Nase.

Alois, dessen slawisch-behende Natur sofort erkannte, daß in dieser Offerte nicht nur die Möglichkeit ruhte, das Schneidergewerbe aufzugeben, sondern vielleicht sogar die Fanoche selber, nickte so sonderbar unbeholfen, daß es mehr herablassend, ja fast frech sich ausnahm.

Die Fanoche wunderte sich leicht: »Du heißt?«

»Alois.«

Die Fanoche lächelte seltsam und biß ein wenig an ihrer schweren wildgeschweiften Unterlippe: dieser Name roch für sie absonderlich, neu, lasterhaft, verschlagen. »Und deine Adresse?«

Alois genierte sich, die rue Lepic zu nennen. »Hinterlegen Sie das Billett im Café, bei Robert.«

»Gut.« Sie stieß ihm jovial die Kniescheibe an den Bauch. »Au revoir, mon cher.«

So endete der Anfang. Das Ende begann nach drei Tagen. Schon.

Denn der tägliche Varietébesuch, der steigende Rülpserfolg, das joviale Blasen und Kniestoßen der Fanoche und schließlich die geradezu immense Hochachtung, die der Kellner Robert ihm gegenüber bekundete, brachten Alois, der außerordentlich begabt, nur noch unerfahren war, mit einem Schlag auf die Höhe seiner schlummernden Fähigkeiten.

Den Schlag erhielt er im Bühneneingang nach der Vorstellung von Réal, einem Fanoche-Interessenten lockerster Art, auf den Hinterkopf.

Doch Alois' Selbstgefühl, das diesen Schlag noch vor drei Tagen sicherlich stumm eingesteckt hätte, war inzwischen mächtig gestiegen. Und so geschah das gänzlich Unerwartete, daß Réal, der allseits schwer Gefürchtete, eine entsetzliche, so recht tschechische Watschen bekam.

Während der gräßlichen Prügelei, die sofort begann und die Réals wegen niemand zu bremsen wagte, erschien die Fanoche und sah angenehm erregt zu; bald aber neugierig lüstern; und schließlich, als Alois' Hiebe immer wilder niederprasselten, feuchten Auges und zitterfingrig.

Réals Kraft erlahmte.

Alois, der Fanoche längst begeistert gesichtet hatte, beschloß, seinen Sieg mit einem seiner Gönnerin würdigen Coup zu krönen: er packte Réal plötzlich im Klimmzug, riß ihn hoch und schleuderte ihn mit einer Kraft, deren ihn nur die heiß gewordenen Augen der Fanoche fähig werden ließen, auf einen in der Nähe stehenden Kulissenberg, der denn auch prompt zerbrach und Réal, den schwer Gefürchteten, knatternd und knarrend in sich begrub.

Alois hatte einen Riesenerfolg. Man klatschte, jauchzte, sang und schrie. Zwischendurch wurde der Name Alois mit Ehrfurcht genannt; von Fanoche mit rührender Zärtlichkeit, die jedoch Alois, als sie ihn zu streicheln versuchte, brüsk zurückwies.

Hier offenbarte sich seine außerordentliche Begabung.

Die Fanoche, auf solches am letzten gefaßt, fuhr sich mit dem Handrücken über die Augen, als wollte sie eine unmögliche Halluzination verscheuchen, und geriet, ohnehin durch das vorhergegangene Schauspiel tief erregt, endlich völlig außer sich. Sie begütigte, stammelte, bat, beschwor ...

Alois blieb hart, stieß sie eigensinnig immer wieder von sich und beschäftigte sich ausschließlich mit der Instandsetzung seines einigermaßen ramponierten Anzuges.

Die Fanoche, die sich nun nicht mehr zu helfen wußte und vor den herumstehenden Gaffern und Kollegen blamiert sah, wurde wütend und begann Alois in unglaublicher, nur ihrer Garonner Zunge geläufiger Weise zu beschimpfen.

Alois stutzte einen Augenblick. Dann aber zuckte es spitz in seinem breiten Gesicht auf. Er fühlte seinen unsäglichen Triumph und – schlug.

Die Rauferei, die nun folgte, unterschied sich nun freilich wesentlich von der vorhergegangenen. Alois beschränkte sich tunlichst auf eine kraftvolle Verteidigung. Immer, wenn Fanoche ein Hieb geglückt war, schrie sie vor Schmerz auf. Als sie, zerzaust, zerrissen und zerkratzt, wimmernd zu Boden sank, stürzte ein Hohngelächter ohnegleichen über sie hin.

Das brachte Alois zu sich und auf einen für einen Neuling wirklich bemerkenswerten Ausweg.

Er packte Fanoche um den Leib, trug sie auf die Straße, warf sie in ein Taxi und fuhr mit ihr in die Rue Lepic.

Unterwegs blieb die Fanoche, ein Gemisch von Wut und Neugier, Haß und Begierde, trotzig und regungslos mit geschlossenen Augen liegen.

Sie öffnete sie erst, als sie sich auf ein Bett gelegt fühlte, und wunderte sich durchaus nicht, sich in einer Mansarde übelsten Pariser Genres zu befinden.

Alois wusch sich über einem Blechtopf, der auf einer Kiste stand, zog sich langsam vor einem Scherben Spiegel einen Scheitel und blickte zwischendurch scheu und interessiert auf Fanoche, die bereits sachte ihren Schlager vor sich hin pfiff.

Als sie zu dem Refrain kam: »O mon chéri, donne-moi un petit signe!«, rülpste Alois kräftig und lachte sein breitestes slawisches Lachen. Und auch die Fanoche lachte ...

Am nächsten Morgen frühstückten sie, achtungsvoll und orientiert bedient, im Café de la Place Blanche, und als die Zigaretten in den Mundwinkeln baumelten, wurde nochmals besprochen, was nachts beschlossen worden war: daß Alois das Schneidergewerbe aufgeben müsse, nicht ohne sich zuvor eine kleine Garderobe, zu der Fanoche die Stoffe beizusteuern sich verpflichtete, verfertigt zu haben, und daß er seine Rülpsrolle, von nun an gegen Taschengeld, weiterzuspielen habe, bis sich eine passende Gelegenheit biete, ihn als Komiker oder wenigstens als Komparse zu managen ...

Während dieser Repetition blickte die Fanoche, die von sämtlichen Finessen, Trucs und Hautfarben gelangweilte, leidenschaftlich in das arg zerschrammte Gesicht ihres Alois, dessen in zart slawischer Breite gen Himmel weisende Nase querüber einen breiten blutigen Riß trug.

Als die beiden bald darauf die Rue St. Anne hinabschlenderten, begegneten sie, da das Doppelmatch in der Alhambra in allen Montmartre-Lokalen das Nachtgespräch gewesen war, zahlreichen auffällig registrierenden Blicken: die weiblichen Branche-Angehörigen freuten sich grinsend über den Hereinfall der Fanoche, die männlichen zeigten ihren Hohn durch lächerliche Höflichkeit und ein stattlicher unbeteiligter Rest spottete ganz ungeniert.

Alois aber war ein gemachter Mann.

Noch am selben Abend ließ ihm Canette Rasolla von den »Quat' z arts« durch Robert ein Billett zustecken, in dem sie ihm ein Rendez-vous offerierte und noch einiges ...

Und vierundzwanzig Stunden später fand die zweite Rauferei zwischen Alois und der Fanoche statt, die schlankweg gänzlich von ihm betört war.

Eros vanné

Henriette war eine von jenen Frauen auf dem Montmartre, die gegen neun Uhr morgens sich auf den Heimweg machen, unterwegs aber in ein Bistro treten, um für die nachtsüber zu sehr übermüdeten Nerven in Gestalt eines Chauffeurs, eines Negers oder eines sonstwie vakanten Costaud das letzte Tonicum zu finden. Dabei liebte sie es zu erzählen, daß sie ihre Stute vor der Vorstellung mit Champagner wasche, deshalb aber diesen Wein als Drogue empfinde.

Als Béschof, ein Raté undefinierbarster Art, das gehört hatte, bestellte er eine halbe Flasche Mumm brut und reichte Henriette, die am selben Tisch ein Beefsteak aß, ein volles Glas.

Henriette griff hastig danach und goß den Inhalt in einem Zug hinunter.

Béschof, der daraufhin auch den Zirkus ernstlich bezweifelte, fragte nun, von ihrem grünlich schillernden Unterarm dazu bewogen: »Salben Sie Ihren Leib?«

»Nur vor der Vorstellung.« Henriette raubte seine Zigarillo.

»Médrano?« Béschof las eine Paranuß vom Boden auf. Henriette, ohne auch nur eine Sekunde sich zu besinnen, nickte.

»Ich bin dort Habitué.«

»Jedenfalls in den Ställen«, meinte Henriette gelassen.

»Wo waschen Sie denn Ihre Stute, wenn nicht ...« Béschof steckte die Paranuß in den Mund und zerbiß sie vergnügt.

Henriette untersuchte die Haltbarkeit ihres Gebisses.

Béschof verlangte es erklärlicher Weise, in ihre schwärzlich unterwühlten Augen zu sehen. Aber es glückte ihm nicht. Deshalb äußerte er herausfordernd: »Wissen Sie, daß die Araber die Pferde höher schätzen als die Frauen?«

»Das beweist noch gar nichts für Sie.« Henriette schlug ein Bein so schwungvoll über, daß dessen violette Kniescheibe oberhalb des heruntergerutschten Seidenstrumpfes sichtbar wurde, und schmiß das Ende der Zigarillo, das sich zu entblättern begann, einem Stummelsammler durchs offene Fenster an den Kopf.

Béschof dauerte die Ouvertüre bereits zu lange. Er neigte sich schnell vor, packte routiniert Henriettes Kopf und küßte sie lange und detailliert.

Als Henriette sich ihm endlich entwand, bekundete alles an ihr beträchtliches Wohlgefühl. »Hierher kommst du also auch immer erst nachher?«

»Nachher – das ist nicht das richtige Wort. Mein Minimum sind drei Damen. Dann erst bin ich auf der Höhe.«

»Ah ...« Henriettes Bein fiel unter den Tisch. Ob es bloß ausgeglitten war oder hinunterreflektiert, blieb zweifelhaft. »Du suchst dir also hier eine, die es noch brauchen kann.«

»Pas la blague!« Béschof zwickte skeptisch sein Kinn. »Aber ich liebe Damen mit der äußersten Müdigkeit.«

Henriettes halb entrougte Lippen schmatzten langsam.

»Spuck doch endlich diese gräßliche Nuß aus!«

»Du willst also?«

Henriette preßte ihren Leib geil an das Tischbein. »Ja. Wenn du mir glaubst, daß ich es noch ... gut ... sehr gut ... brauchen kann.«

Béschof verteilte die inzwischen Purée gewordene Nuß auf der Zunge, so daß seine Worte breiig wurden. »Ich glaube es dir, wenn du es au pair machst.«

Henriette ließ das Tischbein pikiert los, kam sich nun jedoch wie verwaist vor. »Ich esse aber stets noch ein Aloyau, zwei Mille-feuilles und einen Brie.«

Béschof blickte auf die Uhr über der Bar. »Bist du in einer halben Stunde damit fertig?«

»Pour sûr.« Henriette trommelte mit ihrem enormen Tourmaline an das Glas und wies, nachdem sie schleunig zu Ende getafelt hatte, den Kellner mit einer stolzen Geste an Béschof ...

In der Rue Gabrielle zog Henriette Béschofs Hand sich auf die Brust, schob sie unters Kleid und flüsterte, dergestalt zu beseligen anhebend: »La poitrine urf, hein?«

Béschof, keineswegs dieser Auffassung, ließ es dabei bewenden, weil es ihn, solchem hingegeben, eines Gesprächs enthob. Spleenig Straßen hassend, wünschte er, rasch anzukommen.

An der Ecke der Place du Calvaire und der Rue Berthe entfernte sich Henriette mit einer schnellen Körperwendung Béschofs müde knetende Hand und schritt, seiner ganz sicher, voraus ins Haus.

Béschof lächelte ob dieser Sicherheit: es hätte nur eines kleinen Entschlusses bedurft, um ihn sofort umkehren zu lassen. Wenige Sekunden lockte ihn sogar diese Möglichkeit als neues Plaisir. Als er aber erkannte, daß er es konzipierend schon genossen hatte, folgte er Henriette nur noch vergnügter.

Im fünften Stock, gegenüber der Treppe, stand eine Tür offen, hinter der, als Béschof sich ihr näherte, Henriettes orientierende Stimme erscholl: »Passe par-là, mon coco.«

Béschof betrat ein unaufgeräumtes Zimmer, auf dessen verbogenen Dielen zerbrochene Näpfe, schmierige Tücher, Haarnadeln und Papierfetzen herumlagen. An der streckenweise in langen Streifen herunterhängenden Tapete klebten zerquetschte Wanzen. Auf dem unsauberen Bett schlief eine kleine gelbliche Katze. In der Mitte auf einem frisch gestrichenen Tisch gärten die Reste einer Mahlzeit. Über dem ganzen Ensemble hing eine säuerliche Schlafstuben-Atmosphäre.

Béschofs Sinne soffen selig diese Details. Mit gierig gehendem Atem schlich er zu einem Stuhl, ließ sich, vor Wonne zaghaft, nieder und betrachtete eben die schweinisch bemalte Tür, als Henriette sie mit einem Fußtritt schloß.

»Me voilà.« Henriette, die ihre Abendrobe mit einem Schlafrock vertauscht hatte, darauf unterhalb des Nabels japanische Funktionäre auf den Steinschenkeln einer Pagode sich berieten, setzte sich auf eine niedrige Chaiselongue dicht neben der Tür und strampelte mit den Füßen.

Béschof wiegte sich auf dem Stuhl. »Dieses Möbel schätze ich nicht. Leg dich ins Bett!«

Henriette schlenkerte sich hoch, ließ den Schlafrock fallen, knöpfte das bis zu den Knien reichende fleckige Hemd an den Schultern auf und streifte es mit berechneten Zwischenakten ab. Als sie nackt dastand, postierte sie die Hände mit gespreizten Fingern auf die fetten Hüften und drehte sich odaliskenhaft im Kreise. »Hein, sagt dir das etwas?«

»Du hast unterm Hals schmutzige Schatten.« Béschofs Augen umschossen kundig ihren Akt. »Neben den Brüsten auch. Und dort ... eine wüste bläuliche Röte ...«

Henriette stellte ihre Drehungen mit einem schnellen Blick auf ihre ungewaschenen Füße ein. »Was sind das für versaute Beobachtungen?«

»Im Gegenteil, profundeste Wahrnehmungen!« Béschof hatte Mühe, seine Hände zu beherrschen. »Das linke Knie ist arg zerschlagen. Heb das rechte Bein!«

»Quelle pitié!« Henriette tat es aber doch.

Béschof hustete, heiser vor Wollust. »Komm her!«

Henriette trippelte auf ihn zu.

Béschof schlang sie sich mit beiden Armen zwischen die Knie. Seine Nase wanderte, nacktselig schnüffelnd, über Henriettes wogendes Fleisch, während deren Rechte seinen Hals umspielte und ihre Linke den eigenen.

»Da ... da ... da ...« Béschofs Hände waren außer sich, tollten über Haut und Wülste. Es schien, als sammelten sie habsüchtig etwas ein und hielten es immer wieder der Nase hin. »Wie eine Mischung von Heu, Safran und Moder.«

»Warum nicht gar Teer und Schlamm, hein?« Henriette gluckste unbestimmt.

Vor Béschof dampfte alles. Er schwamm. »*Dich* müßte man mit Champagner waschen.«

Henriette fing an, sich verhöhnt vorzukommen. Sie stieß Béschof zurück und hüpfte zur Chaiselongue.

Béschof rächte sich sofort. »Von einer Salbe keine Spur.«

»Prahler!« Henriette gelang es, zu rülpsen.

»Schade, daß deine eklatanten Fähigkeiten unter dem Mangel an Regie leiden.«

»Du hast weder Fähigkeiten noch ...«

»Talg!«

»Was ...?«

»Bade wieder einmal!«

Henriette stürzte wie tobsüchtig auf ihn zu. Ihre Hand traf aber nur in die Luft, da Béschof rechtzeitig entwichen war. Von hinten her packte er ihre schwappigen Arme und schlug seine Zähne ihr zischend zwischen die Schultern.

Henriette schleuderte sich geschickt zu Boden, derart sich befreiend. »Assez!« schrie sie aufspringend. Das rote Mal seiner Zähne leuchtete auf ihrem Nacken.

Béschof fühlte, daß er, wollte er nicht zu kurz kommen, sofort einlenken mußte. »Weißt du übrigens schon ...«

»Ich will nichts wissen«, heulte Henriette und fuchtelte mit ihren Fäusten.

»... daß Clémenceau sich heute früh um sechs erschossen hat?«

Henriette blieb sekundenlang ohne Atem. Dann aber krümmte sie sich vor Lachen. Der ganze Bauch war eine Falte.

Woraufhin Béschof mit rekordähnlicher Geschwindigkeit sich auszukleiden begann.

Und während Henriette noch lachend sich hin und her bog, griff Béschof nach ihren Händen und zog die über seine stürmische Nacktheit erregt Kreischende bettwärts. Beide achteten nicht der kleinen Katze, die fauchend über sie hinwegsprang und auf einer Stuhllehne einen zornigen Buckel machte.

Béschof proponierte sofort sehr diffizile Nuancen, so daß Henriette, von so viel Kenntnissen und Elan gleicherweise impressioniert, ihr Allerletztes hergab, die erlesensten Erschöpfungen genießend ...

Beide waren eben im Begriffe einzuschlafen, als an die Tür gepocht wurde.

Henriette fuhr hoch.

»Wer ist da?«

»So mach doch auf!« krächzte eine häßliche Männerstimme.

»Ah, der von der Polizei.« Henriette ließ sich aus dem Bett gleiten. »Ich muß ihn hereinlassen. Steh auf und setz dich hierher! Es dauert nicht lang.« Sie warf einen Polster hinters Bett, schob, nachdem Béschof leise fluchend dahin gefolgt war, einen Stuhl davor und verhängte ihn mit Kleidungsstücken. Dann öffnete sie.

»Warum läßt du mich so lange warten?«

»Keine Litanei!« befahl Henriette gelassen. »Sei froh, daß ich dich nicht hinauspfeffere.« Da diese Behandlung zu den Bedürfnissen des Klienten gehörte, fügte sie hinzu:

»Ich habe heute keine Minute zu verschenken, du Drecksau!«

»La ferme! Ich lasse mich nicht mehr abspeisen. Jetzt mußt du das Ganze machen.«

Henriette, die vor Schläfrigkeit taumelte, hätte sich am liebsten entrüstet. Doch dazu fehlten ihr die Argumente. Zur Zustimmung aber die Gewißheit der – Möglichkeit.

Der Klient erriet, was in ihr vorging. Seine Hand verließ die Hosentasche und stellte ein Fläschchen, auf dem »Purgativ Pink« zu lesen war, hämisch vor sie hin auf den Tisch.

Béschof vernahm die Vorbereitungen, die ihn höchst merkwürdig deuchten. Und plötzlich hörte er die häßliche Männerstimme wieder: »Ah und gestern hab ich die Anezka Tritt gehabt. Weißt du, das ist die kleine Polin, die wir vor ein paar Tagen bei ›Peignen‹ beobachteten, Boulevard de Belleville ... Noch, noch, Henriette ... Jack hat sie aufgespürt, als er die alte Flouche abholte. Anezka wollte aus dem Klosettfenster springen. Das war ein guter Fang. Nihilistin und Hure und Kupplerin und weiß der Kuckuck was noch alles in einer Person. In der Präfektur schimpfte sie herrlich. Da kannst du mit deiner Gueulerie einpacken. Sogar Lépine staunte. Ich war direkt ergriffen. Aber dann sprang sie doch aus dem Fenster. Eine tolle Katze ... Bitte hierher, Henriette, hierher ... War sofort tot. Aber glücklicherweise hab ich meine Beziehungen zum Lariboisière. Gestern nacht war ich dort. Und so bekam ich mein Täubchen doch noch. Durch den Leichendiener. Und noch was ganz Besonderes ... Ah, so ists recht, Riette, Riette ... So konnte ich sie ausnehmen. Mit diesen Händen da. Mit diesen Fingern. Und haute den ganzen Salat in die Pfannen. Herrlich! Ah, es war ... Aber nachher hatte ich entsetzliche Angst wegen des Leichengifts, wie der Diener sagte. Ich nahm sofort ein Sublimatbad. Zwanzig Francs! Billiger tat ers nicht, der alte Falot. Schließlich, die Sache war es wert. Es war ganz herrlich!«

»Du Dreckspitzel!« heulte Henriette, wirklich angewidert.

Béschof, der atemlos gelauscht hatte, überwand sich erst jetzt, so sehr hatte seine eigene Phantasie ihn gefesselt: er hob den Kopf und sah ...

Dann sank er wie benommen zurück, unfähig, etwas zu denken oder zu tun. Es war ihm, als wäre bereits viel Zeit vergangen, als er miteins Henriettes Gesicht über sich erblickte.

»Das Schwein ist schon fort. Kannst aufstehen.«

Béschof kroch todmüde hervor. Alles roch in übelster Weise. Sein Kopf drehte sich. Er zog sich hastig und unbeholfen an und vergaß, als er aus der Tür eilte, zu grüßen.

Henriette blickte ihm verächtlich nach. Dann machte sie das Fenster weit auf und nahm ihre schwierige Coiffure vorsichtig auseinander.

Sprotte schmust

»Wat meenste, wie ik dazujekomm bin.« Sprotte nahm die kurze Pfeife aus dem furchigen Gesicht und zwirbelte seinen struppigen Schnurrbart. »Eejentlich uff ne sehr romantische Weise. Denkst dia woll, denn is et sichalich ne Schwei – ei –« Er pumpte einige Male an seiner Pfeife. »– ei – nerei. Denn biste een bejabter Junge. Sis imma ne Schweinerei. Also ik wa in Italien in irjend so nem jräulichen Nest mit der jewöhnlichn dollen Kirche. Wie ik nach Italien jekomm bin, ausjerechnet? Mechste woll wissen. Na scheen, ik habe mia jefracht: wie kannste Jlick ham, Sprotte? Und ik habe mia jesacht: Mensch, jeh man feste los und paß uff uff die Jelejenheiten! Na, so wars ja nich jerade jekomm, Jlick is wat andres, aba ... Na also, der Küsta hatte mia rausjeschmissn, weil ik Brot wollte und keen Stick Stein. Na, wat sehn meene Ojen, hungerkollrich wie se schon uff de Kirchentier jlotzen? Een Relief sehn se mit Noahn, wie er jrade die ältste Tochta bejattet, wobei die jingere schon an die Reihe jewesen dichte bei liejt. Und ik saje dia, elf Jahre wa ik, da hab ik schon in nem alten Schmöker Säulen jefunden mit schweinische Vazierung, jestrotzt ham sie nur man so. Trotzdem hat det noch keen besondern Eindruck uff mir jemacht. Aba Noah ... nee ... Wart, Hundejast, ik zieh lieba 'n Laden zu un lech 'n Riejel vor. Besser is besser.«

Hundegast hob mühsam den einbandagierten Kopf, aus dem nur ein Auge blickte, und reckte sich unter Stöhnen auf dem feuchten Stroh zurecht.

Sprotte schlurfte zurück, einen mitleidigen Blick auf Hundegast lenkend und einen trübseligen auf seine ausgegangene Pfeife. Dann warf er sich auf das Stroh nieder neben Hundegast, legte die Pfeife weg und seine Hände zwischen die prallen Schenkel, um sie dieserart zu wärmen. »Wat soll ik dia sajen, Hundejast, meene Kaischheit bin ik natierlich schon vill frieher valustisch jegang. Det wa damals mit sechzehn bei meene Tante, die wo friher mit ner Brille uff'n Strich jing, ne hohe Fuchzijerin un noch ne sehr üppje Dame, als ik ihr 'n Schlafpulver jab von wejen meener jewaltjen Neujierde nach die Beschaffenheet von ihre kolossalen Beene. Bei diesa Jelejenheet habe ik iebrijens entdeckt, det ik zu Höherm jeborn bin. Et fehlte man bloß det klare Sehn, jewissermaßn der jroße Schwamm, wo nachher allens janz anders aussieht. Und nu Noah ... Bejreifste? Ik weeß, dette bejreifst, Hundejast. Also ik jlotze uff besachtes Relief. Natierlich bin ik zu potent und mit die Schamlosichkeet sozusajen von sonem Kunstwerk kann ik nich mit. Ik wa bloß schwea erjötzt von wejen ausjerechnet an die Kirche mit ran und von wejen Noahs Jründlichkeet und so ne Chuzpe von nem Familienvater und so ... Ik schmuse. Total, der Mann hat mia imponiert. Ik bin eben n duftes Jehirne und sone Sachn machn aus mia keen Idioten, wat sich einredet, mit Noah is keen Staat zu machn. Nee, ik sehe da klar. Ik sah man janz klar. Und habe sofort heftich darunta jelittn, det ik meene Schwester Rieke ausjelassen habe, wo det Meechen doch, wenn sie mia bloß ansichtich wurde, wahhaftich nich mit ihre Reize jeizte. Vorbei is vorbei. Jejenwärtich is Rieke in Saïgon schwanger, sachte ik mia, und Mutta von jlatt drei Bäljer, also schon nich mehr, wat se jewesen, und die enorme Entfernung nich zu vajessen. Nee, sachte ik mia, det is vorbei. Aba meen jewissermaßn empörtet Jemiet erblickte ne dolle Lücke, wat sache ik Lücke, det wa ne Erlebnis-Pleite, ne unvazeihliche Untalassungssinde ... Ik schmuse. Total, ik wa familienweese uff det janze Kirchdorf schaf und sachte mia: Sprotte, de bist ne runde Numma!«

Hundegast griff sich mit beiden Händen an den Kopf. Sein Unterleib wackelte.

Sprotte neigte sich über ihn. »Wat, Hundejast, de meckerst schon? Na, denn wirste bald wieda ieba de Wiese renn! Junge, Junge!« Er schob sich hoch, da der heruntergebrannte Lichtstumpf, der auf einer Holzkiste klebte, zu verlöschen drohte, zog eine Stearinkerze aus der Weste und während er sie lautlos installierte, hörte man die Ratten unter den unterwühlten Dielen pfeifen und einen Köter sich flohen. Sprotte versetzte ihm einen freundschaftlichen Tritt, bevor er sich auf das Stroh zurückgleiten ließ. »Wo wa ik man stehn jebliebn. Jawoll, bei meene runde Numma.« Er lachte heulend. »Siehste, Hundejast, de bist ooch ne runde Numma, nich bloß weil de jejenwärtich weißjott rund bist. Kannste mia denn ieberhaupt erkenn aus die weiße Kujel raus?«

Hundegast nickte ein wenig.

Sprotte lächelte zufrieden und setzte sich, die Knie mit den Händen gegen den Leib ziehend. »Na also, det wa damals in Italien sozusajn meene Wiedajeburt. Nu wa ik janz helle. Nu konnte man mia nich mehr. Nu jabs keen Halten. Det wa der jroße Schwamm jewesn mit Noah. Ik kam von da unten zurick mit sehr villem Jelde und mit nem System. Det is ja det Malhör von dich, dette keen System hast. Hättste een System jehabt, hätten se dia nich so hibsch jekonnt. Na, det wird ja nich wieda vorkomm. Nu biste ja woll fitt jetanzt. Wat willste. Bist ja noch nich finfunzwanzich. Nua, wenn eener mit Dreißich noch nich ist, wo er hinjehört, denn jehört er hin, wo er is. Wat willste. System is eben der Kitt vons Janze. N steifer Jewinn is nur systematisch zu azieln un ooch det wahre Vajniejen, wo ik jeradezu mit Unendlich multipliziere, wenn ick et jewinnbringend jestalte. System is imma Jewinn. System is Jlick. Die Stejreifklauer sind det personifizierte Prozeßfutta. Jelejenheet macht nich bloß Gannoven, se macht ooch Vorbestrafte, Hundejast. Na, de bist ja noch mits blaue Oje davonjekomm, det heißt, et is ja nich bloß een blauet Oje, aba ik saje dia, et is jut so. Nu biste fitt. Nu wirste ...«

Hundegast knurrte dumpf.

»Sollst nich mit mia achseln!« Sprotte versetzte einer unweit von ihm auf dem Boden liegenden zerbrochenen Ziehharmonika einen unwilligen Schlag, so daß sie leise erbrummte. »Wenn ik saje System, so is et doch det Jejebene, det nich jeda Stift in die Straße weeß, von wat ik orjle, vaschteste. Ik meene, det is natierlich meen Jeheimnis. Aba so vill kann ik dia sajen, wat 'n Kenna is un keen fauler Kopp, der weeß, det man sich perfektionieren muß im Sinne von die vorhandnen Vorzüje. Und Hundejast, de hast Vorzüje. Is et nich ne seltne Sache, wie de mit eener eenzjen Hand ...«

Hundegast grunzte bescheiden.

Sprotte erhob sich, um ein Bedürfnis zu verrichten. Da aber ein plötzlicher Regen auf das Asphaltdach der Scheune zu prasseln begann, schlurfte Sprotte in eine Ecke, vor der ein leeres reifenloses Faß stand, und ließ die Hose herunter. Worauf er, alsbald in voller Verrichtung, von neuem anhub: »Wat soll ik dia sajen, Hundejast, ik bin von da unten zurickjekomm als een jemachter Mann. Als stolzer Professionel, wie Juste imma sacht, die in Lyon Priejelmassöse wa. Und als een sicherer Systematiker, wie *ik* saje. Natierlich werd ik dia nich vormachn, wie ik arbeete. Det kannste nich verlang. Aba ik werde dia wat erzähln, wat sich vorzüjlich eijnet für denne janze Laje und wat mia nach Noah dea wichtichste Moment von meene janze Laufbahn jewesen is. Et wa in Hamburg, ne vafluchte Stadt. Ik wa im ›Efeu‹ abjestiejen, jleich beim Bahnhof. Weeßte, ik liebe die Bahnheefe, die Schnellzüje un die kleenen Hotels bei 'n Bahnheefen ... Ik hatte ne dufte

Sache in die Finger. Da stellt mia der Wirt 'n Meechen vor. Na, eejentlich wa et mehr ne Zulle, fast mecht man sprechn ne Dame. Jarderobe, Manieren, Jesundheet, alles da. Acht Tage machte ik den janzen Wirbel mit. Sojar de Briste hat se schultern kenn. Da fliecht pletzlich der Oba raus. Der Naie wa Wise, een juter Bekannter von mia. Bißken zimperlich. Wie ik 'n sehe, zwinkere ik so, det er mia vaschteht. Am andern Abend erwischt er mia im Flur un steckt mia im Vorbeijehn, det der Wirt een ehmaljer Zuchthaisler is und det 'n jetzt die Polente bezahlt. Ik saje danke und denke mia: Sprotte, de bist noch janz frisch, hast nich een Tach im Kittchen jehängt, bist 'n saubrer Solitär, nich in de Hand, meene Herrschaften ... Tja, weit jefehlt! Wat soll ik dia sajen, et wurde een jroßer Jestank. Ik wollte jerade zu Kläre rieber und ihr adjee sajen, da türmt Wise rin, ne Vase mit drei Nelken ausjerechnet in die Hand, uff mich zu und japst: ›Teilach, Sprotte, denne Kläre is 'n Lockspitzel! Ik hab ihr im Korridor jesehn, wie sie mitm Wirt jezischelt hat.‹ Wat soll ik dia sajen, in finf Minuten wa ik bei ihr uns saje et ihr uff 'n Kopp zu. Det wa jroßartich, wie sich det Luda jehalten hat! Aba ik habe jewußt, det se sich bloß hält. Denn ik habe jesehn, wie ihr Popo jezittert hat. Na, ik habe jejrinst, det et nua son Vajniejen wa. Da will se mia niedaspottn und rickt det Strumpfband heher, damit ik jereizt bin un bei ihre Beene bleibe. Ik spucke ihr hin un will jehn. Da fliecht de Seitentier uff, zweie packen mia un een dritta schnappt in meene Taschen un zieht hastenich-jesehn een Brillantring un ne richtje Perlenbrosche, allens schwere Ziffern. Natierlich hatt ik von dem janzen Quietsch keene blasse Ahnung, aba die Kläre sacht, et jehört ihr un sie hätt et schon vorjestern vamißt. Wat soll ik dia sajen, in ner halben Stunde saß ik feste. Ik habe noch den Fehla jemacht, mia zu vateidijen. N jroßer Stuß jewesen! Uffrichtichkeet is det Vadächtichste fier sone Laite! Sechs Monate mußt ik abschwimm. Ik, bei dem et imma det erste wa, wenn ik 'n naies Jesichte sehe, det ik mia sofort saje, det kennte ne Polizeikreatur sind. Ik habe et mia ja ooch bei die Kläre jesacht, aba ik habe jejloobt, ik bin sicha, wo doch keen eenzjer Mensch ... Na, siehste, et wa wejen Wise. Det ham de Hunde woll jesehn oda wa er selber 'n Hund jewesen schon frieher, wat weeß man. Die zerschnittne Neese hat er jehabt un jebrannte Locken ooch. Muß ja nich effektiv stimm, aba ik habe det erst späta erfahrn, det se die Spitzel, wenn se sie festklemm, mit 'n Messer de Nasenspitze karieren. Merk dia det, Hundejast, det is ne Richtschnua. Ooch wenn eener so zimperlich is ... Schmus. Ik totalisiere: Erstens brauchste een System, Hundejast, und zweetens brauchste de passive Resistenz. De darfst nischt mitmachn. Aba schon jar nischt. Nich mit nem Anton un nich mit ner Seege. Und nich mit niemanden nich. Det is so vill wie Knast jeschoben. Det is jedalldorft. Jedalldorft, saje ik dia ... jawoll ...« Sprotte lachte dröhnend, dieweil er sich sehr primitiv beendete.

Hundegast hatte sich in die Seite gedreht und wandte dem heranschlurfenden Sprotte den schmerzenden Kopf zu. Das winzige freie Auge erglänzte im Licht der Kerze.

Sprottes Schnurrbart zuckte, als er sich niederließ. »Jedalldorft, saje ik dia!« Er drohte fürchterlich mit dem ganzen Gesicht.

Hundegasts Blick wedelte.

»Nua nich weich wern!« Sprotte winkte mit beiden Händen ab. »Ik weeß det am besten. Is nich leicht, so ohne 'n Blick, der sacht, det haste jut jemacht. Nich leicht. Aba et muß sind. Ik habe een jekannt, dem se 'n Mitjeher wechjeschossen ham. Un weeßte warum? Der hat son Spitzel de Holzhand nachjeschmissn und der hat jejloobt, et is ne Handjranate. Armer Taifel! Der andere aba hat det nich ausjehalten so alleene. Der is aus Langeweile, nua um Jesichta zu sehn, direkt unvorsichtich jeworn, jeradezu in de Polente hineinjeloofen. Natierlich warn se ihm jleich hintaher. Aba wat macht det Roß Jottes? Statt sich hinzulejen und assyrisch zu kaffern, arbeetet er weiter, mit Fliejenbesetzung. Macht noch ihre Bekanntschaft, machts ihn noch leicht. Een janzes Jahr ham se 'n herumjehetzt un zujesetzt mit 'n janzen Dreck, den se ham. Kunststick! Wenn ik fier Jemeenheeten von staatswejen honoriert werde, leiste ik det ooch. Aba een, von dem man nich weeß, ob er wat dreht oda nich, zu dem machn, wat se brauchn fier feste Jemmchen zu vaknalln, damit son Kerl avangsiert un ne Dekoration kriecht, wie se 's mit mia jedaichselt ham, nee, det würd ik nich machn. Det is jeschmacklos. Mehr saje ik nich.«

Hundegast versuchte ächzend, sich aufzusetzen. Es war deutlich, daß er etwas sagen wollte.

Sprotte drängte ihn sanft auf das Stroh zurück und bettete seinen Kopf vorsichtig höher. »Is jut, Junge, is jut. Ik weeß et ja schon längst. Bei dia wa et noch nich det fehlende System, bei dia wa et schon die Polente. Scheen ham se dia zujerichtet, die Bande! Ham se dia valleicht ooch bestohln wie mia? Na, kannst et mia erzähln, wenn de wieda janz bist. Obwohl ik mia den janzen Dreck ja denken kann. Und wenn de et mia nich erzählst, is et noch besser. Fang lieba jleich bei mia an mit die passive Resistenz!« Er brüllte höhnisch auf. »Und warum ik dia det allens vorschmuse, wat? Ik Oberroß Jottes? Weeßte, Hundejast, et jibt Ojenblicke, wenn ik dia da so liejen sehe und wo ik eben so ganz aleene bin, da packts een un man kann nich anders und wirkt bleede. Und ik sache mia, wat, een Napoleon biste ooch nich un et kann dia ooch nochmal passiern, dette so wo liechst und det et janz hibsch wäre, wenn dia da eener wat vorschmust. Is ja vaflucht dreckich, mit nem kaputten Kopp in een nassen Stall liechen un nich rauskönn und nischt zu fressen ham. Aba haste noch Jlick jehabt, dette Moritz erwischt hast. War er alleen, wie de jekomm bist?

Hundegast nickte.

»Is jut«, lobte Sprotte und hob seine Pfeife auf. »Aba wenn de wieda draußen bist, schenkst ihm een Joldstick. Moritz is 'n patenter Watteonkel, aba ik hab 'n in Vadacht, det er 'n Rumblaser is, fast mecht man sprechen 'n Anjeber von janz hintenrum. Wenn de 'n aba jut schmierst, kommts ihm uff detselbe raus und wer weeß, ob de 'n nich nochmal brauchst.«

Hundegast legte seine blutleeren mageren Finger auf Sprottes Hand, der sie nach einigen Sekunden langsam zurückzog und aufstand. Und ganz plötzlich ging ein heftiges Zucken über ihn hin. Er ballte die Faust, daß die Pfeife knarrend zerbrach, und stieß zwischen den Zähnen hervor: »Weeßte, ik scheiße uff de janze Welt, mia inklusive! Wenn ik den, der den janzen Dreck da jestimpert hat, mal vor die Faiste kriejen kennte, die Fresse wird ik ihm einschlajen ... Na, is jut. Ik komm morjen wieda, wenns finster is, un mit nem schmalzjen Rumfutsch. Adjes. Ik schwanke ab.«

Sprotte hatte sich bereits der Tür genähert, als ein Geräusch ihn veranlaßte, sich umzuwenden.

Hundegast hatte sich aufgesetzt, gespenstisch beleuchtet von der flackernden Kerze, und winkte Sprotte zu sich zurück.

Als dieser vor ihm stand, griff Hundegast sich unters Hemd und zog einen Lederbeutel hervor, den er Sprotte hinhielt.

Der nahm ihn verwundert, zuckte die Achseln, ging dann aber doch zur Kerze und öffnete ihn. Er enthielt mehrere Dutzend Tausendmarkscheine. »Det also is denne Sore. Na scheen, ik jratuliere dia, Junge. Da kannste dia ne Existenz von uffmachen, wenn de nich bleede bist.«

Hundegast nahm den Lederbeutel, den Sprotte ihm auf die

Knie geworfen hatte, zupfte vier Tausendmarkscheine heraus und legte sie Sprotte vor die Füße.

Sprotte zögerte: »Jetzt biste jeriehrt wie 'n altes Weib, ik weeß. Und wenn de wieda janz bist und ik den Kesch valleicht nich mehr herjebe, hab ik dia zum Feind.«

Hundegast machte eine wilde Handbewegung.

»Na, is jut.« Sprotte hob die Scheine auf und befühlte sie. »Wenn de jetzt schon Jefiehle haben mußt, denn jib mich denne Hand druff, dette von mia niemals nich een Wort daherquasselst, dette imma sajen wirst: ›Sprotte, Sprotte, kenn ik nich! Soll aba 'n juter Fisch sind, wenn man 'n richtich frißt ...‹ Und nu is jut, Junge, und lech dich wieda hin und vafiehr mia det Biest nich. Pscht, Bismarck, wech!« Er versetzte dem Köter einen freundschaftlichen Tritt. Dann gab er Hundegast schnell noch einmal die Hand und eilte zur Tür. Bevor er sie schloß, steckte er den Kopf durch die Spalte und rief: »Dobronoz!«

Ein Meisterstück

Madame Guercelles war eine jener Kokotten, die hübsch genug sind, um nicht die Straße machen zu müssen, und klug genug, um es verhindern zu können, für eine Kokotte gehalten zu werden. Da ihr zudem eine kleine Revenue, welche die Familie ihres toten Mannes ihr ausgesetzt hatte, die Möglichkeit bot, wenn es einmal nicht mehr anders ginge, als Kleinbürgerin zu leben, verfügte sie trotz ihrer großen Jugend über eine ganz außerordentliche Sicherheit.

Es war daher nicht verwunderlich, daß auch de Parno, ein Hoteldieb größten Stils, als er ihr in der Hall des Hotels Beau Rivage in Genf begegnete, nach eingehender Prüfung ihres dezenten Schmucks und ihrer restlichen Haltung, sie für eine vornehme Witwe hielt, die darauf aus ist, einen zweiten Gatten zu finden. Nach dieser Feststellung wäre sie für ihn erledigt gewesen, wenn er nicht eines Abends, gelegentlich einer zufälligen Begegnung im Korridor der zweiten Etage, eine Nervosität an ihr wahrgenommen hätte, welche seinem erfahrenen Auge verdächtig erschien.

Schnell huschte er in die Toilette, wartete, bis die Tür von Madame Guercelles Zimmer sich geschlossen hatte, und bezog hierauf seinen Beobachtungsposten, den er bereits seit Tagen inne hatte, um die Gewohnheiten der Gräfin Banffy, auf deren höchst wertvollen Schmuck er es abgesehen hatte, zu studieren.

Nach etwa einer Viertelstunde verließ Madame Guercelles, einen braunen Regenmantel um die Schultern, ihr Zimmer, lief auf den Fußspitzen in schnellstem Tempo den Korridor entlang und verschwand geräuschlos hinter einer Tür, die augenscheinlich nur angelehnt war.

De Parno, der nicht ohne Interesse konstatiert hatte, daß Madame Guercelles Zimmer neben dem der Gräfin lag, merkte sich die Nummer der Tür, welche Madame Guercelles soeben aufgenommen hatte, und begab sich, überaus vergnügt, noch in die Hall, wo er sich unauffällig dem Portier näherte, um ihn in ein Gespräch zu ziehen. Alsbald wußte er, daß Madame Guercelles in dem Appartement des Konsuls a.D. Steffens aus Hamburg sich befand, eines eleganten alten Herrn, der ihm bereits des öfteren im Speisesaal aufgefallen war.

Diese Nacht schlief de Parno besonders vorzüglich, wie stets, wenn er eine sichere und überdies amüsante Sache vor sich hatte.

Am nächsten Nachmittag ließ er Madame Guercelles im Lesezimmer über seinen Stock stolpern und sprang ihr absichtlich so ungeschickt bei, daß sie zu Fall kam. Während er ihr half, sich aufzurichten, stammelte er eine Entschuldigung über die andere, bemühte sich mit Erfolg, zu erröten und überhaupt alle Merkmale schwerster innerer Verwirrung darzubieten, und ergriff das Händchen, welches ihm Madame Guercelles liebenswürdig lächelnd zum Dank entgegenstreckte, mit zitternder Beglücktheit.

Noch am selben Abend kamen sie, während man den Kaffee in der Hall nahm, ins Gespräch. De Parno gelang es mit größter Leichtigkeit, jugendlichste Verliebtheit zu heucheln, und nicht viel schwieriger war es ihm, seiner rasch und im richtigen Augenblick vorgebrachten Biographie Glauben zu sichern.

Madame Guercelles, welcher der schlanke dunkle männliche Italiener über alles gefiel, betrachtete deshalb zum ersten Mal seit dem Tode ihres Gatten einen Mann nicht lediglich mit dem Kalkül der Kokotte, sondern mit jenem halbversponnenen Blick, hinter dem der Traumgeliebte der Backfischjahre seine Auferstehung feiert. Gleichwohl war sie zu klug, um dieser plötzlichen süßen Aufwallung zu erliegen. Sie schützte Müdigkeit vor und zog sich, nicht ohne eine Einladung zum Tee für den folgenden Tag anzunehmen, bestrickend lächelnd zurück.

De Parno folgte ihr vorsichtig und sah wiederum, wie sie den Korridor entlang lief und im Zimmer des alten Konsul verschwand. Im Nu war er an der Tür ihres Zimmers, zog sie hinter sich zu und öffnete mit seinem Aluminium-Taschenbesteck die verschlossene innere Tür. Nachdem er, das elektrische Licht kurz an- und abdrehend, zu seinem größten Bedauern gesehen hatte, daß nach dem Zimmer der Gräfin keine Tür führte, trat er zur Rekognoszierung auf den Balkon, den er nach kurzer Zeit sehr zufriedengestellt verließ. Dann drehte er das Licht wieder an und setzte sich mitten ins Zimmer in ein Fauteuil.

Daselbst erblickte ihn, nach drei Stunden zurückkehrend, Madame Guercelles, wie er, mit allen Zeichen heftigster Erregung, ein Paar ihrer Seidenstrümpfe leidenschaftlich küßte.

Nachdem er sich vergewissert hatte, den gewünschten Eindruck hervorgebracht zu haben, sprang er entsetzt auf und warf sich, demütig um Verzeihung bettelnd, Madame Guercelles zu Füßen.

»Wie lange sind Sie schon hier?« hauchte sie, deren Eitelkeit mit ihrer Besorgnis kämpfte.

De Parno verkniff ein Lächeln. »Vielleicht fünf Minuten.«

Eine gewisse schmerzhafte Spannung auf Madame Guercelles puppenhaftem Gesicht ließ langsam nach. Sie trat, bereits wieder im Besitz ihrer vollen Sicherheit, von de Parno weg und setzte sich würdevoll auf einen Stuhl. »Stehen Sie auf!« befahl sie herrisch und fügte wie gequält hinzu: »O Gott, wie konnten Sie nur! ... Aber welches Glück, daß ich noch nicht zu Bett war! ... Unbegreiflich, daß ich vergessen konnte, die Tür abzusperren.«

»Ich weiß selbst nicht, was da über mich gekommen ist«, stöhnte de Parno. »Aber es war stärker als ich. Ich mußte hinauf ... in Ihre Nähe ... Ich hielt es nicht länger aus ... Bitte glauben Sie nicht, daß ich eine schlechte Absicht hatte, Tiennette.«

»Tiennette?« In Madame Guercelles Augen dunkelte es drohend.

»Verzeihen Sie bitte ... Ich habe diesen Namen in Gedanken so oft geflüstert, daß ...«

»Wie, und Sie wußten auch meine Zimmer-Nummer?«

»Ich habe Sie doch schon vom ersten Augenblick an ... Ich folge Ihnen ja bereits seit Tagen ...« De Parno spielte mit seinen Fingern wie ein ertappter Gymnasiast.

Auf Madame Guercelles Nase sprang eine kurze Angst auf: »Wenn er doch etwas beobachtet hätte?« Aber ein schneller Blick auf seine spielenden Finger beruhigte sie. »Gehen Sie jetzt!«

De Parno ging. Langsam. Stockend. Ungelenk.

An der Tür wandte er sich noch einmal um, die Lippen schmerzlich verzogen, in den Augen einen hündisch zärtlichen und zugleich wehmutsvollen Blick.

Das war zu viel für Madame Guercelles ohnehin tief aufgerührte Jugendträume. Sie erhob sich majestätisch, trat auf de Parno zu und reichte ihm ihr Händchen, das er stürmisch ergriff und, fast schluchzend vor Glück, mit heißen Küssen besäte.

Madame Guercelles, neuerlich im Bann jener süßen Aufwallung, erlag ihr nun. Sie hob de Parnos Kopf hoch, faßte ihn mit beiden Händen und zog seinen bebenden Mund langsam auf den ihren.

De Parno ließ sich, sehr behutsam abgestuft, in Glut geraten, packte Madame Guercelles immer fester, ächzte immer heftiger und gelangte ohne Schwierigkeiten auf den Punkt, wo er sich ohne Gefahr besinnungslos gebärden und zur Tat hinreißen lassen konte.

Madame Guercelles ließ sie mit ausgezeichnet verstecktem Genuß an sich begehen ...

Tagsdarauf erwartete de Parno sie an der Ecke der Rue du Mont Blanc und fuhr mit ihr in den Parc des Eaux-Vives zum Tee.

Als Madame Guercelles nach zwei Stunden allein in das Hotel zurückkehrte, war sie, was sie selbst sehr erstaunte, in de Parno sozusagen sterblich verliebt, ja kokettierte bereits in Ansehung der vornehmen Mailänder Familie, der er angehörte, und dem Vermögen, das er besaß, mit dem für sie nun wieder hold gewordenen Gedanken, sich zum zweiten Male zu verheiraten.

Am Abend, während sie an verschiedenen Tischen einander gegenübersaßen, stellte de Parno mit Befriedigung fest, daß der alte Konsul an Appetitlosigkeit litt und überhaupt allem Anschein nach mit einer schweren Verstimmung rang; und eine halbe Stunde später, daß die Gräfin Banffy zum Aufbruch drängte, um, was sie jeden zweiten Tag zu tun pflegte, den Kursaal zu besuchen.

Beim Kaffee in der Hall bestürmte er deshalb Madame Guercelles, ihn um zehn Uhr bei sich zu empfangen. Nach den obligaten, immer schwächer werdenden Weigerungen gab sie, verschämt das Köpfchen senkend, endlich nach und schritt eilig hinweg, als wollte sie so vermeiden, nicht schließlich doch noch anderen Sinnes zu werden.

De Parno lachte sich innerlich ins Fäustchen, ließ sich eine halbe Flasche Heidsick sec bringen und, nachdem sie geleert war, vom Groom Mantel und Hut aus seinem Zimmer holen. Hierauf schlenderte er, eine Zigarette lässig in den Fingern, aus dem Hotel.

Dicht neben dem Gartengitter blieb er jedoch stehen, wartete wenige Minuten und lugte dann vorsichtig nach dem Hoteleingang: niemand war zu sehen. Mit einigen raschen Schritten war er wieder an der Tür und huschte hinter einen Flügel. Hier wartete er, bis ein Kellner, der allein in der Hall an einer Säule lehnte, weggegangen war, rannte, von niemandem gesehen, auf die Treppe und gewann in vier Etappen, immer wieder vor erscheinendem Personal sich verbergend, Madame Guercelles Zimmer.

Nach einer halben Stunde wand sich diese in holdesten Entzückungen. »Silvio, fühlst du, daß ich dich mit dem Herzen liebe?« Sie war der Auffassung, mit dieser Frage de Parno in diesem Augenblick endgültig zu beseligen.

De Parno schloß, wie ins Innerste getroffen, die Augen und verharrte sekundenlang regungslos. Dann griff er, gleichsam um seiner übermenschlichen Erregung Herr zu werden, durch das Hemd hindurch sich auf die auf und nieder wogende Brust. Dies jedoch lediglich, um einen daselbst befindlichen Gegenstand, der an seinem Halse hing, loszulösen, zu öffnen und blitzschnell Madame Guercelles auf Nase und Mund zu pressen. Es dauerte nur einige Sekunden, bis die Narkose ihre Wirkung getan hatte ...

De Parno kleidete sich hastig an, nahm Madame Guercelles Schmuck an sich und eilte auf den Balkon, von dem aus er mit einem kleinen, wenn auch nicht ganz ungefährlichen Sprung den Balkon des Nebenzimmers erreichte, dessen Tür zufälliger Weise offen stand. Mit Hilfe seiner elektrischen Taschenlampe orientierte er sich und fand nach langem Suchen (er mußte zwei Handkoffer aufschneiden) die stählerne Schmuckkassette, die er mit einem von ihm selbst konstruierten Instrument erbrach. Hierauf befestigte er, irreführungshalber, ein gut eingeseiftes Seidenseil am Gitter des Balkons, tat, bevor er es auswarf, einen raschen Blick auf die leeren Tische der Terrasse und ließ die hirschledernen Handschuhe, welche er während des Arbeitens getragen hatte, auf dem Balkon liegen. Den Rückweg trat er durch das Zimmer der Gräfin an, dessen innere Tür er zweimal abschloß.

Ungesehen in der Hall angelangt, schlug er den Kragen hoch, schlich sich in das leere Lesezimmer und entfernte den Portier, von dem nicht zu erwarten war, daß er sein Pult so bald verlassen würde, dadurch, daß er eine fast mannshohe chinesische Vase mit einem Fußtritt von ihrem Sockel gegen die Wand stieß, an der sie krachend zertrümmerte. Der Portier rannte erschreckt herzu, de Parno im selben Augenblick aus dem Hotel.

Fünf Minuten später hatte er seine Beute einer hübschen Krankenschwester, welche auf der Hotelseite promenierte, zugesteckt, und nach weiteren fünf Minuten erschien er in einer Loge des Kursaals, trat während der folgenden Pause, um sich ein ganz besonders festes Alibi zu zimmern, der Gräfin Banffy im Vestibül auf die Schleppe, daß es nur so knatterte, und entschuldigte sich so devot, daß die Gräfin ihm mit bestem Willen nicht böse sein konnte ...

Um Mitternacht wurde der Diebstahl bemerkt. Der Verdacht fiel sofort auf Madame Guercelles, deren Beziehungen zu dem alten Konsul und zu einem gleichfalls im Hotel wohnenden jungen Franzosen dem Hotelpersonal nicht unbekannt geblieben waren. Da sie um elf Uhr vormittags noch nicht erschienen war, klopfte man und schloß, als keine Antwort erfolgte, die Tür auf.

Madame Guercelles, der ein Riechfläschchen unter die Nase gehalten wurde, fühlte sich nach einer Viertelstunde so weit wohl, daß sie den Zusammenhang zu begreifen begann. Sie hütete sich, zu sagen, was sie wußte, und verließ sich darauf, daß es, zudem angesichts ihres fehlenden Schmucks, schwer war, ihre Behauptung, sie müsse während des Schlafs narkotisiert worden sein, zu widerlegen.

In den Zimmern des alten Konsul und des jungen Franzosen wurden ebenfalls Durchsuchungen vorgenommen; die beiden Herren waren sehr erstaunt, als sie erfuhren, daß ihr zärtliches Geheimnis keines war.

De Parno, auf den nicht der kleinste Schatten eines Verdachtes gefallen war, lächelte leise, als er Madame Guercelles abends im Speisesaal gegenübersaß.

Aber auch Madame Guercelles lächelte. Sie hatte mit ihrem bescheidenen Schmuck nicht allzu viel eingebüßt, dafür aber eine Erfahrung gewonnen, die jeden Rückfall in Jugendträume ausschloß und ihr jene letzte Sicherheit gab, welche allein die große Kokotte gewährleistet.

Später ging sie in der Hall, die Kaffeetasse in der Hand, an de Parno vorbei und zischte ihm schnell zu: »Das war ein Meisterstück.«

De Parno tat, als hätte er nichts gehört.

»Paulchen von Beisiegl ... zu dienen.«

»Paulchen ...?«

»Ich finde die Liebe genußreich, aber sinnlos.«

Frau Prollius, die wie so manche ehrsame kölnische Hausfrau sich nicht zu erhaben dünkte, vornehme Straßenbekanntschaften zu machen, schüttelte lachend den Kopf. »Also, lustig sind Sie. Aber wenn Sie sich einbilden, daß ich ... dann gehen Sie lieber!«

»Psychologie ist, sich nichts gefallen zu lassen.« Von Beisiegl begann langsam zu gehen. »Da Sie nun aber wissen, daß ich das weiß, wäre es klüger, sich einiges gefallen zu lassen.«

Frau Prollius, die literarische Ambitionen hatte, witterte sofort den Schöngeist und bog mit ihm auf den Hansaring ein. »Solange Sie sich auf Redensarten beschränken, dürfen Sie sich viel erlauben.«

»Wenn ich nicht überzeugt wäre, dadurch kokett zu wirken, würde ich jetzt fluchen.« Von Beisiegl öffnete seinen Handschuh.

»Stört er Sie bei dieser Unterlassung?« Frau Prollius wurde immer wohler. »Aber warum wollten Sie denn nur fluchen?«

»Weil die Gewißheit sich mir einstellte, daß ich keinen vernünftigen Effekt erzielen würde, wollte ich Ihnen einen Zwanzigmark-Schein in die Pfote stecken.«

Innerlich sich zwar fühlend, hielt Frau Prollius es doch für richtiger, abzuwehren. »Ich sagte, Sie dürfen sich viel ... Alles dürfen Sie sich aber nicht erlauben.«

»Immer nur halb!« Von Beisiegls Lippen schürzten sich salopp. »Wären alle Bösen nicht auch ein wenig gut und alle Guten nicht so sehr böse, dann dürfte man sich alles erlauben, ohne die Überzahl, in der die Dummen sich befinden, noch zu vermehren.«

»Ihr Kopf scheint ein Kaleidoskop zu sein.« Frau Prollius legte überlegen die Hände auf den Rücken.

Von Beisiegl senkte kurz die Augen: das war eine überraschend feine Antwort gewesen. Deshalb äußerte er lax: »Sie werden noch als Prestige-Jägerin enden, wie alle, die zu gescheit sind, um ihren Neid, und zu feig, um ihre Dominationslust zu zeigen.«

»Halten Sie mir bitte keine Vorlesung aus Ihrer Schreibtischlade.« Frau Prollius hemmte geziert den Schritt. »Sie haben doch so amüsant angefangen, Sie Paulchen.«

»Gnädige Frau«, sang von Beisiegl, süß grinsend, »ich bin von dem Fehler junger Intelligenzen, sich zu überschätzen, in einem Maße frei, daß ich geradezu am Laster der Selbstverachtung leide.«

»Das hätte ich am wenigsten erwartet.« Zum ersten Mal, seit sie mit diesem eleganten jungen Mann sprach, fiel Frau Prollius auf, daß im Grunde alles an ihm widerspruchsvoll war; nicht nur die ungebügelte Hose und das Jicky-Parfum, die abgenützten Schuhe und der teuere Pelz. Um das Unangenehme dieser Beobachtung sich wegzuschieben, aber auch um sie zu kontrollieren, fragte sie unsicher: »Sie haben doch sicherlich schon ein tolles Leben hinter sich, nicht wahr?«

»Um ein Leben zu schildern, braucht man einen Gesichtspunkt. Das Leben aber, das ich bisher geführt habe, hatte keinen. Ich führe es täglich anders. Oft stündlich.« Von Beisiegl hustete müde.

»Das kann ja nett werden?« Frau Prollius lachte, allerdings noch sehr unfrei. »Aber warum dieser schroffe Wechsel, wenn ich fragen darf?«

»Das unerschöpfliche Chaos ... seine ungeahnten Genüsse ... seine Blödheiten ...« Von Beisiegl blickte in eine Auslage, als spräche er von Sardinen. »Ein Messerstich durch die Brust, so daß die Spitze aus dem Rücken ragt, kann zum Wohlgefühl werden. Es kommt nur auf die Axe an. Schon an Vormittagen auf den Terrassen der Cafés tanzen, in vornehmen Restaurants plötzlich ordinäre Lieder singen, ausnahmslos lügen, die Lügen widerrufen, aber sogleich den Widerruf, sich selber widerrufen, seine letzte Viertelstunde und seine letzte Silbe ... Das alles, meine Gnädige, kann einem etwas bedeuten.« Er schneuzte sich gleichgültig in ein blutigrotes Seidentaschentuch von übertriebener Größe.

Frau Prollius drehte sich gelinde der Kopf. Aber wie wohl viele ihrer Standesgenossinnen, statt mißtrauisch zu werden, sich unzureichend vorgekommen wären, so glaubte auch sie, daß es nur an ihr läge. Fast schon kleinmütig, sagte sie: »Ihre Weltanschauung ist sehr apart, aber ...«

»Weltanschauung?« Von Beisiegl lächelte wehmütig. »Immer nur ein ästhetisches Bekenntnis! Das ist stets prekär.«

Frau Prollius hatte das Bedürfnis, ihm das Sprechen leichter zu machen. »Mir gegenüber nicht. Denn ich fühle, was Sie meinen.«

»Wollte ich meine Weltanschauung mit Argumenten behängen, also mit Zitaten, würde ich mir den Magen verderben.« Von Beisiegl sog pfeifend an einem hohlen Zahn. »Und wollte ich, um den nötigen autoritativen Effekt zu erzielen, Zitate selber erfinden, würde ich mich eines zu großen Privatvergnügens berauben. Ich ziehe es deshalb vor, wenn man meinen Argumenten zu Leibe geht, sie mit diesem zu illustrieren.« Er machte große feuchte Tieraugen gegen den Himmel.

Frau Prollius hatte sich nunmehr an all diese Seltsamkeiten gewöhnt, ohne allzu sehr an Initiative eingebüßt zu haben. »Illustrieren Sie, Herr von Beisiegl!«

»Sagen Sie Paulchen zu mir! Das stärkt mein verbogenes Herz!«

»Sie sollten sich nicht alles so zu Herzen nehmen ... Paulchen.« Frau Prollius glaubte plötzlich, des Rätsels Lösung zu haben.

Von Beisiegl aber hob die Hand und schlug ihr schmerzhaft auf den Arm.

Jäh errötend und außer stande, zu sprechen, blieb Frau Prollius stehen.

Von Beisiegl blickte ihr auf den Busen. »Noch nie gab es ein besseres Mittel, etwas ad absurdum zu führen, als es mit der Hand zu tun ... Vielleicht gehen wir die Riehler Straße weiter.«

Frau Prollius folgte ihm wie willenlos, da sie drei Autos hatten ausweichen müssen. Hierauf redete sie sich ein, sie sei zu wohlerzogen, um kurzerhand kehrtmachen zu dürfen. Dies umso leichter, als von Beisiegls Stimme, plötzlich in weichster Schwingung, also sich vernehmen ließ:

»Auch mit mir selber verfahre ich ganz schonungslos, wenn es sich darum handelt, mich ad absurdum zu führen. Das ist sehr gut für die Psyche.«

»Sie machen sich aus Perversität so schwer verständlich.« Irgendwie mußte Frau Prollius ihren Unmut entweichen lassen. »Sie sind so eitel, daß Sie tun, als wären Sie es nicht.«

»Was?« Von Beisiegl rollte zornig die Augen. »Das wagen Sie mir ...?«

Frau Prollius erschrak. »Verzeihen Sie ...«

»Ha!« schrie von Beisiegl, so daß zwei Passanten lachend sich umwandten. »Ich bin der Allereitelste, den jemals die Erde getragen hat. Was nicht einmal dadurch, daß ich es zugebe, gemildert wird. Denn ich verzichte auf den billigen Scherz, mir einzubilden, man nivelliere seine Schwächen und Fehler, indem man sie lächelnd oder sachlich zugibt.«

Frau Prollius hielt sich die Ohren zu. »Sie sind eine unerträgliche Mischung von Selbstvergötterung und Selbstbespeiung.«

»Auch mein Liebesleben strotzt nur so von Blödheiten«, jammerte von Beisiegl komisch.

Frau Prollius blieb nichts anderes übrig, als zu lachen, wenn sie ihren Begleiter nicht verlassen wollte. Und da sie das begreiflicher Weise längst nicht mehr vermochte, lachte sie noch lauter, um sich gleichsam zu bekräftigen. »Damit verschonen Sie mich bitte!«

»Niemals!« Von Beisiegl gähnte.

Frau Prollius, die vor lüsterner Neugier nichts gehört hatte, berührte seinen Arm. »Ich wollte sagen, daß Sie es mir schonend beibringen sollen.«

»Schonen werde ich Sie. Denn ich bin vielleicht auch der boshafteste Mensch unter der Sonne. Obwohl ich mich noch nie für einen guten ausgegeben habe. Deshalb aber zeichnete sich mein Liebesleben durch völlige Wahllosigkeit aus und letzte Monstrositäten. Was mir auch in den Weg kam, ob Frau oder Mädchen, ob alt oder jung, ob Kokotte oder Päderast, ob Hund oder Katz ... stets versuchte ich es.« Von Beisiegl schnupfte nonchalant.

»Was?« rief Frau Prollius entsetzt, »... oder Katz?«

»Gelang es nicht, so ließ ich das jeweilige Lebewesen stehen und schritt zum nächsten. Gelang es, so nahm es den üblichen Verlauf ins nächste Stundenhotel, wo es in der Regel zu Prügeleien kam.« Von Beisiegls Hand wies mißbilligend zur Ruhe. »Ich reagiere nämlich auf jedes zärtliche Wort, dessen betrügerische Absicht mir klar ist, mit Schlägen. Fehlt diese, wie in Ihrem Fall, so schlage ich zur Vorsicht. Diese Behandlung ermöglicht es mir, eine aufrichtige Situation herbeizuführen. Manchmal sogar Sympathie und Anhänglichkeit. Deshalb wählte ich stets die miserable Behandlung als den sichersten Weg zum Herzen des Weibes. Den zu Ihrem gedenke ich jedoch überhaupt nicht einzuschlagen, weil ich Ihre Bekanntschaft zu regulär gemacht habe.«

Frau Prollius wußte nicht, wie ihr geschah. Immer wieder verdroß es sie, daß sie sich noch zu wundern vermochte.

Von Beisiegl lächelte geringschätzig. »Irregulär hätte ich Sie kennen gelernt, wenn es in Mailand gewesen wäre. Dann wären Sie übrigens heute meine Frau.«

Frau Prollius hatte dieselbe Empfindung, die sie einst im

Schleuderwägelchen des Berliner Lunaparkes gehabt hatte, Sie sah aus wie eine Schwerkranke.

»Denn in Mailand war ich einmal auf dem äußersten Minus-qui-vive.« Von Beisiegl betonte jedes Wort bedächtig. »Ich beschloß nämlich, die erste Frau, die mir auf der Via Torino einen aufmunternden Blick widmen würde, zu heiraten. Grauen und Wollust zugleich packte mich. Mein ganzes künftiges Leben hatte ich auf eine einzige Karte gesetzt, die ich das wahnwitzige Leben ziehen lassen wollte.«

Frau Prollius, die sich wieder eingefangen hatte, staunte neugierig zu ihm empor: »Toll!«

Von Beisiegl atmete kaum, allem Anschein nach ob dieser Anerkennung. »Nun, diese Frau war eine Knirpsin. Im Café Biffi, in das ich sie führte, bemerkte ich, daß sie von abstoßender Häßlichkeit war. Außerdem stank sie penetrant und undefinierbar, war aber sehr gut gekleidet.«

»Sie stank?«

»Sie stank. Mir stieg das Blut zu Kopf. Ich hatte Moira zu sehr herausgefordert, mir zu viel zugemutet. Wortlos rannte ich davon und wollte mir eine Kugel durch den Kopf jagen.«

»Aber weshalb denn nur?«

»Glücklicher Weise hatte ich damals vorübergehend ein ebenso kurzes Gedächtnis wie Sie.«

»Wieso?«

»Mir erleichterten es allerdings Zahnschmerzen, zu vergessen, daß ich keine Karte mehr hatte.«

Frau Prollius war wie außer Atem: »Keine Karte mehr?«

»Die letzte hatte ich auf den aufmunternden Blick gesetzt und verloren.« Von Beisiegl hauchte das Folgende nur: »Aber obwohl ich verspielt hatte und das Recht verwirkt, zu leben, ließ ich mich dazu herbei, zu vegetieren, indem ich mich mit einjährigem Hausarrest bestrafte. Auf meine Wohnungstür schrieb ich: ›Reservato el derecho de admisión‹. Klingelte es, so öffnete ich fast nie, sondern rief: ›Il y a du monde.‹ Aber das alles langweilt Sie doch sicherlich.«

Frau Prollius zappelte vor Ungeduld mit allen Gliedmaßen. »Aber nein. Es interessiert mich ganz kolossal.«

»Wenn ich aber einmal öffnete ...« Von Beisiegl war ein wenig aus dem Schwung geraten. »... schmetterte ich schnell wieder die Tür zu.« Er hielt inne, als hätte er es soeben getan. »So blieb ich ein ganzes Jahr allein.«

»Sie hatten ja noch Ihre Tiere«, meinte Frau Prollius ernst.

Von Beisiegl verspürte einen unbezwinglichen Lachreiz, besiegte ihn aber gleichwohl spurlos. »Damals schätzte ich das nicht mehr. Ich hatte eine Gummipuppe.«

Frau Prollius' Mund blieb offen, ihre Lunge gänzlich untätig.

»Durch eine im Rücken angebrachte Öffnung konnte sie mit warmem Wasser gefüllt werden, so daß sie schon ein trefflich Stück Illusion zu bieten vermochte. Umsomehr als sie in ihrem essentiellsten Teil durchaus gebrauchsfähig eingerichtet war.«

Puterrot werdend, blieb Frau Prollius wie erschöpft stehen.

Selbst sein Hauchen dämpfte von Beisiegl nun noch: »Nachdem ich von dem gelieferten Dutzend Wachsköpfe genug hatte, fertigte ich mir selbst welche an. Und zwar nach den Gesichtern der Schönen Mailands.«

Frau Prollius mußte, wollte sie ihn verstehen, fest an ihn sich pressen. Er tat, als litte er es nur.

»So hatte ich alle Begehrenswerten im Bett und in effigie benützt.«

»Wie macht man denn das?« lispelte Frau Prollius.

»Vorsichtig«, näselte von Beisiegl bedeutungsvoll. »Und als mein Jahr der Strafe um war ...«

»In eff ... Aber wie ...« Frau Prollius fragte nicht weiter, obwohl sie unsäglich bedauerte, nicht die Unverfrorenheit dazu zu haben.

»... verließ ich die Wohnung.« Von Beisiegl weidete sich an seinem Opfer. »Auf dem Tisch ließ ich einen Irrigator zurück, halb voll Wasser und darin eine Lilie. In einer Blechkiste hatte ich ein Kohlenfeuer angefacht, damit der Rauch Neugierige anlocke. Ich sah draußen in einer Verkleidung zu, wie sie über meine Puppen sich entsetzten.«

Frau Prollius, die angespannt auf etwas ganz Bestimmtes zu warten schien, kränkte es, daß er nicht weiter erzählte. In plötzlich sich einstellendem Stolz aber beschränkte sie sich darauf, glühend zu ihm emporzublicken.

Von Beisiegl trat brutal zur Seite, mißgestimmt darüber, daß ihm nichts mehr einfallen wollte.

Frau Prollius aber, diese Qual nicht länger ertragend, platzte heraus: »Aber warum wäre ich denn sonst heute Ihre Frau?«

Das war von Beisiegl völlig entfallen. Wieder verspürte er jenen unbezwinglichen Lachreiz, besiegte ihn aber gleichwohl wiederum spurlos, indem er zum Falsett überging: »Sie wären meine Frau geworden ...« Er blickte starr vor sich hin: sein Dampf war abgegeben. Da lächelte er plötzlich hämisch.

Frau Prollius, nichts begreifend, als daß es sie zwang, es wissen zu wollen, sprang geradezu an ihm hoch: »Also warum denn? Warum hätten Sie mich geheiratet? Sie lächeln?«

»Weil ich den zoologischen Garten sehe.« Von Beisiegl schritt mächtig aus.

Frau Prollius hielt sich mühsam hinter ihm. »Also warum ... geheiratet?« Sie merkte immer noch nicht, wie albern alles war, was sie sagte und tat.

»Sagen Sie Paulchen zu mir!« Von Beisiegl falsettierte unentwegt, wenn auch infolge des schnellen Gehens nicht mehr so einheitlich.

»Also bitte, Paulchen, sagen Sie es mir!«

»Im Zoo. Den brauche ich dazu.«

»Warum? Paulchen?«

»Sie werden bald sehen, wozu.«

Als sie angelangt waren, winselte Frau Prollius: »Also, antworten Sie!«

Von Beisiegl marschierte unbarmherzig weiter. Erst in der Nähe des Löwenhauses blieb er stehen, ergriff Frau Prollius' Hand und zog die gänzlich Widerstandslose in ein Boskett. Und mit einem Mal öffnete er mit beiden Händen weit seinen Pelzmantel, unter dem sein magerer weißer Körper in völliger Nacktheit erschien.

Frau Prollius' Augen umflorten sich. Ihr Handtäschchen fiel in den Schnee. Da aber sah sie deutlich. Und was sie sah, ließ sie gell aufschreien. Wie besessen rannte sie davon.

»Narziß!« röchelte von Beisiegl. »Narziß!« Dann schloß er mit zuckenden Lippen Mantel und Augen ...

Bevor er das Boskett verließ, steckte er das Handtäschchen, in dem dreihundert Mark sich befanden, ein, ohne zu zögern.

Die Rache des Serben Calenowitsch

Es ist vielleicht nicht ganz unbekannt, daß es eines der besten Mittel ist, eine Dame zu bekommen, bereits eine zu haben. Aber auch umgekehrt trifft diese Maxime zu: Herren, die nicht die geringste Lust einem gewissen Weibe gegenüber verspüren, werden allgemach von ihr erfaßt, wenn sie wahrnehmen, daß ein anderer sie in heftigem Grade empfindet.

Moo aus Lüttich, eine überaus genußsüchtige junge Witwe, welche die vorteilhafte Eigenschaft, sehr nüchtern zu beobachten, in hohem Maße besaß, war dies nicht entgangen. Deshalb entschloß sie sich zu einer Liebschaft mit dem ihr schließlich nicht unsympathischen Serben Calenowitsch, um dessen Freund, den Sachsen Fuhrmatz, für den sie in mächtiger Begierde, aber ergebnislos erglüht war, zu bekommen.

Die beiden Freunde bewohnten seit kurzem in Nizza gemeinsam ein kleines Appartement zu ebener Erde; Moo ein elegantes Zimmer im Hotel Negri, das sie allabendlich nach dem Diner verließ, um sich zu ihrem Calo zu begeben.

Daselbst trank sie schwarzen Kaffee, schäkerte, auf seinen Knien sitzend, mit Calenowitsch und liebkoste ihn stürmisch so lange, bis Fuhrmatz es für gekommen hielt, delikat ins Nebenzimmer sich zurückzuziehen, von wo aus er die Geräusche allerlei holder Vergnügungen mitanzuhören gezwungen war.

Anfangs schmeichelte ihm dieser Zustand. Moo hatte ja, lange bevor Calenowitsch zu ihm gezogen war, eines Nachmittags ihr Haupt auf seine Knie gelegt und überhaupt sehr deutlich zu verstehen gegeben, daß ... Fuhrmatz durfte sich also als derjenige fühlen, der anderen gerne überläßt, was er verschmähte. Deshalb war es ihm ein besonderer Genuß, Calenowitsch gegenüber eines außerordentlich liebenswürdigen, leider aber fast gnädigen Tones sich zu befleißigen.

Calenowitsch, der nicht vergeblich auf dem notorisch über ein stattliches Quantum Pfiffigkeit und Feinhörigkeit verfügenden Balkan geboren war, vernahm diesen Ton und merkte sich ihn, da er ihn sich noch nicht zu erklären vermochte.

Doch bereits nach zwei Tagen lieferte ihm ein Vorfall die Möglichkeit zu einer ganz bestimmten Erklärung. Moo hatte ihn nämlich, wie stets nach Fuhrmatzens Verschwinden, liebevoll auf die Chaiselongue gezogen. Die Kehllaute, die sie alsbald mit einer gewissen Regelmäßigkeit ausstieß, deuchten jedoch Calenowitsch' feinem Ohr ein wenig übertrieben. Gleichwohl nahm er sie lediglich für Genußsteigerungen im Wege der Autosuggestion. Als sie aber geradezu in ein wildes Heulen übergingen, zu dem nach der augenblicklichen Sachlage durchaus kein Grund vorhanden war, hielt er plötzlich inne. Und mit einem Mal wußte er, woran er war: dieses Heulen war auf das Nebenzimmer projiziert, für Fuhrmatz bestimmt.

Calenowitsch ließ sich jedoch durchaus nichts von dieser Entdeckung anmerken und Moo, die wie alle sehr, nicht aber ganz Klugen andere gerne unterschätzte, bemerkte denn auch nichts.

Calenowitsch schlief diese Nacht nicht. Er sann auf Rache. Und zwar auf Rache an beiden. Der gnädige Ton Fuhrmatzens machte ihn fast noch wütender als Moo's Unverschämtheit, ihn einfach als Animierknaben zu benützen. Der Umstand, daß er weder für Fuhrmatz noch für Moo ein sozusagen besseres Gefühl besaß (er hielt den Abbé Galiani für den einzigen wahrhaft bewundernswerten Mann), erleichterte ihm sein Vorgehen, das an Raffinement wirklich nichts zu wünschen übrig ließ.

Er beschloß, die beiden aufeinander zu hetzen, und, wenn die Begierde am höchsten gestiegen wäre, die Vereinigung auf eine grausame Weise zu verhindern. Das Blut seiner Vorfahren, der Bojaren, wallte in ihm.

Zu diesem Behufe begann er, Moo gegenüber seine bisherige Geilheit mit Sonderempfindungen und gänzlich unmotivierten, angeblich Gefühlen entsprungenen Seufzern aufzuputzen, tief schürfende Gespräche über das Wesen der wahren Liebe und den Sinn des Lebens vom Zaun zu brechen etc., kurz, er simulierte nichts Geringeres als – Liebe.

Fuhrmatz gegenüber sprach er immer häufiger über Moo, ihren persönlichen Wert und ihre körperlichen Reize, stellte sich hierauf leicht gequält und ließ von Zeit zu Zeit das Gespräch sich gleichsam entgleiten, indem er, scheinbar Fuhrmatzens Anwesenheit völlig vergessend, streckenweise Monologe sonderbarst meditierender Art von sich gab.

Die Wirkung blieb nicht aus. Moo beeilte sich ungesäumt, ihrem Calo vor Fuhrmatz Befehle zu erteilen, um seine Servilität und sexuelle Hörigkeit zu demonstrieren, und wechselte mit Fuhrmatz gelegentlich leise ironische Blicke. Dieser vermochte nun schlankweg nicht mehr zu begreifen, wie er sich diese Dame hatte entgehen lassen können, die er bereits für ein sehr bedeutendes Weib hielt, um so mehr als er bislang von Calenowitsch eine außerordentlich hohe Meinung besessen hatte.

Calenowitsch war mit seiner Arbeit zufrieden, hielt es jedoch für angezeigt, das Feuer noch zu schüren. Er lobte Fuhrmatz in selbstverleugnender Weise, wenn er mit Moo allein war. Und war er mit Fuhrmatz allein, lobte er Moo derart, daß er oft Mühe hatte, ein Lächeln zu unterdrücken. Dies alles aber lediglich, um nach einigen Tagen wirkungsvoll das Gegenregister aufziehen zu können. Er begann nämlich, wenn er mit Moo allein war, allerlei Einwände gegen Fuhrmatz zu erheben und geschickt den Neidischen zu mimen. Und war er mit Fuhrmatz allein, so erhob er schwere Einwände gegen Moo und stellte sich gleichwohl unbestimmt ärgerlich.

Und eines Nachmittags im Tea-Room, als Moo eben mit Fuhrmatz von einem stürmischen Tango an den Tisch zurückkehrte, erwies sich die Frucht als reif.

Moo hauchte nämlich hingerissen: »Fuhrmatz, ich bewundere dich.«

Und Fuhrmatz senkte eitel die Lider und sandte gleich darauf Calenowitsch einen spitzigen, sachte triumphierenden Blick zu.

Noch am selben Abend vollendete Calenowitsch seine Rache.

Er bat Moo zum ersten Mal, nach dem Diner nicht zu kommen, da er und Fuhrmatz einen Herrn bei sich empfangen müßten. Moo glaubte es selbstverständlich nicht. Sie war überzeugt, daß das Spiel sich endgültig zu wenden begann, und ging, ein sieghaftes Lächeln auf den frischen Lippen frühzeitig zu Bett.

Unterdessen erwies sich Calenowitsch, während er mit Fuhrmatz, seit langem zum ersten Mal bei dieser Gelegenheit zu zweit, schwarzen Kaffee trank, als abnormal schweigsam und bleich. Fuhrmatz, in manch einer Hinsicht unwillig, fragte schließlich mehr aus primitivster Höflichkeit, denn auch nur in kleinster Anteilnahme, ob er vielleicht nicht ganz wohl sei.

Calenowitsch schwieg düster.

Fuhrmatz zuckte verächtlich die Achseln.

Da schob Calenowitsch plötzlich den Ärmel empor und wies mit dem Finger auf gewisse kleine runde zackige rote Flecke.

Fuhrmatz begriff durchaus nicht: »Bist du verrückt?«

Calenowitsch lächelte traurig: »Nein. Aber ich werde es bestenfalls in zwanzig Jahren tatsächlich sein.«

»Ja, bist du denn wirklich übergeschnappt?«

»Keineswegs. Bloß krank.«

»Kra-a-a-ank?«

Fuhrmatz begriff endlich. Und erbleichte.

»Ja, aber, du hast doch seit Wochen nur mit Moo ...« entrang es sich ihm mühsam.

»Ich zweifle auch nicht im mindesten daran, daß *sie* mir dieses liebliche Geschenk machte.« Calenowitsch ließ das Haupt ein wenig sinken.

Nach einigen Sekunden auch Fuhrmatz ...

Am nächsten Tag fuhr Fuhrmatz, der diese Absicht nur Moo's wegen bisher aufgeschoben hatte, nach einem rührenden Abschied von Calenowitsch zu seinen Eltern nach Zwickau auf Besuch.

Calenowitsch, der aus übergroßem Zartsinn sich weigerte, mitzufahren, hatte Fuhrmatz versprechen müssen, sich mit größter Fürsorge zu heilen, und dieser versprach seinerseits, schon in vier Wochen wiederzukommen.

Endlich allein, wischte Calenowitsch die weiße Crême, die er aufgelegt hatte, vermittels Spiritus sich vom Gesicht, nahm ein heißes Bad, um die kleinen roten Bemalungen zu entfernen, und machte, wiederum zum ersten Mal, Moo, die es ihrer Reputation wegen nicht liebte, im Hotel von Herren aufgesucht zu werden, daselbst einen Besuch.

»Fuhrmatz ist heute abgereist«, sagte er ganz unvermittelt.

»Was? ... Ach, das ist ja nicht wahr.« Moo war aber doch irgendwie überrascht.

»Und zwar nach Wien. In eine Klinik.«

»Klinik?«

»Der arme Junge!« Calenowitsch ließ abermals sein Haupt sinken.

»Aber was ist denn nur los ... Was hat er denn auf einmal ...«

»Die Syphilis.«

Nach zwei Tagen verließ Moo Nizza, ohne auch nur von ihrem Calo sich verabschiedet zu haben.

Dieser hatte sich freilich auch nicht mehr blicken lassen. Er zog es vor, die gesamte Wohnungseinrichtung Fuhrmatzens im Wege eines guten Verkaufs zu unterschlagen, und, Bars und Dancings ausgiebig frequentierend, herrlichen Selbstgefühlen sich hinzugeben.

Als Numi erwachte, hörte er sprechen.

»Ah, Blanche. Doch die andere Stimme?« Numi lauschte verschlafen: »Schunte!« Augenblicklich schluckte er, völlig wach geworden, den Atem und rührte sich nicht.

»Du kennst mich doch, Schunte«, hörte er Blanche sagen. »Ich habe einfach nicht ausgeschlafen. Das ist alles.«

»Schön. Also die achttausend sind sicher. Du mußt halb vor drei im Café Lyrique sein. Bitte, hör genau zu ...«

Die Stimmen wandten sich in eine andere Richtung.

Numi setzte entzückt die Zeigefinger an die Ohren, vermochte aber erst nach einigen Minuten wieder zu verstehen.

»Persönliche Fabel ist hervorragend«, kicherte Blanche.

»Du bist meine cousine germaine, meine Gliedkusine, Belgierin und erst seit drei Wochen in Genf. Fertig. Bitte nicht die leiseste Dichtung. Das erweckt Mißtrauen oder doch nur den Eindruck von Trottelei. Ferner ...«

Abermals entzog sich Numi das Weitere. Bald aber hörte er Blanche wieder:

»Aber was soll ich denn anziehen? Hein?«

»Pas grand'chose! Halb vor zwei kommt ein Fräulein zu dir, das dir ein dunkelblaues Kostüm bringt. Gutbürgerliche Nebenanleimung von mir, die Kleine, lediglich zu ähnlichen Zwecken. Also keine Konversation, wenn ich bitten darf. ›Merci!‹ – und dann hinaus mit dem Wesen.«

»Großartig. Woher hast du diese Schneegans?«

»Pah, Spielerei ... Übrigens ...«

Das Folgende blieb für Numi unverständlich. Er zitterte bereits vor Ungeduld und Neugierde, als endlich Schunte wieder vernehmlich wurde:

»... Die Schlipski? Die sitzt seit gestern mit irgendeinem Schnurrbart in Nyon und hält sich für eine Lebenskünstlerin, das Biest.«

»Ja, und nachher?«

»Nachher sandte ich mich still nach Hause. Wer sitzt da tollkühn vor meiner Tür? Kralup. Pumpt mich mit voller Erfolglosigkeit an, übt sich eine Viertelstunde im Lügen und wird von mir mit einer kleinen Mission entlassen ... Alles nur meine Laufburschen, diese Dromedare ... Kralup erinnert mich übrigens an einen sehr günstigen Kauz, so eine stille Größe, die sich einbildet, einen Extraschatten zu werfen. Blöder Stümper natürlich und um den Bauch zu binden. Vorgestern holte ich mir den Trottel im Café, seifte ihn mit einem schäumenden Sermon ein, daß er nur so ächzte, und nahm ihn so ein bißchen mit in den Salat ...«

»Wer ist denn das?«

»Ganz besonders gestielter Name: Jonas Numi, bitte. Kennst du den Vogel?«

»Ich? ... Bitte nicht so laut! ... Ja, flüchtig.«

»Hast du Mäuse? ... Also der Junge ist direkt eigens dazu geboren, daß man ihm schlechte Erfahrungen verschafft. Nebenbei: mach den Jungen flüssig, dann wird er glatter ...«

»Sssst! Es ist wegen ...«

Geflüster. Schließlich konnte Numi von Schunte noch einiges auffangen:

»... Im Café werde ich für dich bezahlen. Das wirkt nämlich doch wieder besser. Und vor der Schneegans bitte keine Reden halten ... Hast du vier Francs? ... Merci beaucoup ... Hübsch bist du heute ... Ich habe lang nicht mehr mit dir ...«

»Adieu. Bitte, laß mich jetzt ...«

»Excusez, madame. Ich vergaß: nicht ausgeschlafen ... Au revoir!«

Die Tür ging.

Numi drückte langsam den Kopf in das Kissen.

Gleichdarauf stürzte Blanche an den Vorhang und atmete befreit auf, als sie Numi hold schlafend erblickte. Dann weckte sie ihn stürmisch.

Später setzte sich Numi mit einem Glas schwarzen Kaffees in eine Ecke und betrachtete geruhsam Blanche, die vor dem Spiegel mit ihren Chignons kämpfte.

»Vorhin war Schunte einen Moment da.« Blanche lauerte angespannt in den Spiegel, in dem sie Numis Gesicht sehen konnte.

»So.« Numi, der wußte, daß sie ihn sah, beäugte verzückt sein Stück Brot.

»Wie gefällt er dir?« Blanches Hände in den Haaren hielten inne.

Numi blickte ihr mit unüberholbarer Treuherzigkeit in die Augen. »Ich kenne ihn nur flüchtig.«

Blanche sah augenblicks weg. Ihre Finger hasteten wieder. »Ach, das sagt man immer, wenn man nicht schimpfen will. Ich mag Schunte trotz allem sehr. Das Erste, was ich über ihn hörte, hat mir schon sehr gefallen. Man erzählte mir, er sei mit achtzehn

Jahren nach Paris gefahren, um ein großer Verbrecher zu werden, und nur, wenn ihm das nicht gelingen sollte, ein Dichter. Sehr nett, nicht wahr?«

»Wie alt ist er jetzt?«

»Neununddreißig.«

»Und noch kein Dichter?«

»Sehr nett, wirklich ... Aber wer sagt dir, daß er *kein* großer Verbrecher ist?«

»Meine Nase und die Art, wie er – dichtet.« Numi biß selig in sein Brot.

»Er *ist* doch kein Dichter.«

»Aber er lügt ebenso.«

»Ph, kennst du einen Verbrecher, der *nicht* lügt?«

»Nein. Aber Lügner, die keine Verbrecher sind.«

»Qu'est ce que ça? ... Du verstehst dich ja selber nicht.« Blanche flitzte, sich sehr überlegen fühlend und deshalb vergnügt, durch die Mansarde.

Numi näherte sich ihr, noch weitaus vergnügter, und gab ihr Gelegenheit, sich an die vergangene Nacht zu erinnern.

Im Verlaufe dieser Erinnerungen gelang es Numi mit geschickter Benützung seiner Armbanduhr, es so einzurichten, daß Blanche halb vor zwei das im Korridor befindliche Kabinett, wo sie in solchen Fällen stets länger als wahrscheinlich sich aufhielt, frequentieren mußte.

Fast pünktlich erschien die gutbürgerliche Nebenanleimung in Gestalt eines etwa zehnjährigen Schmutzfinks.

Das sehr unappetitliche Paket, das lediglich einen bereits weidlich benützten Rock barg, legte Numi versteckt neben die Tür.

Mehr noch über das Ausbleiben des heiß erwarteten Kostüms erstaunte Blanche über eine Stadtdepesche, die gegen zwei Uhr eintraf.

Numi tat, als interessierte ihn nichts als ein Loch in der Hose.

»Das ist jetzt schon das dritte Mal!« entfuhr es dem Zorn Blanches.

»Was denn«, äußerte Numi so nebenhin.

»Ach, immer wieder nichts.«

»Hör mal«, begann Numi nach einer Weile, da es ihm gelungen war, den Namen Schuntes unter der Depesche zu lesen. »So weit ich mich erinnere, hast du noch fünf Francs. Wie wär's, wenn wir essen gingen?«

»Je n'ai rien du tout.« Blanche pfiff die große Arie aus Aïda.

»Aha, Schunte!«

»Ça ne te regarde pas.«

»Ja, der große Verbrecher, der sich francweise durchs Leben gaunert.«

»Du bist eifersüchtig.«

»Mitnichten. Aber als er mir den Vorschlag machte, ihm zwei Francs zu pumpen, damit er eine in die Tausende gehende todsichere Sache nicht im letzten Moment wegen Körperschwäche aufgeben müsse, ließ ich ihn glatt stehen.«

»Ist das wahr?«

»Ebenso wahr wie der Verlust von acht Francs seitens des freundlichen Knaben Kralup, der so naiv war, zu glauben, ohne diesen Betrag müßte ein Kamerad Schuntes in Rotterdam auf vier Jahre ins Gefängnis wandern, mit dreitausend Gulden in der Tasche.«

»Hm.« Blanche war enorm nachdenklich geworden.

»Apropos, als du vorhin draußen warst, brachte ein Scheusal von einem Straßenjungen ein Paket für dich ... Hier.«

Blanche stürzte sich darauf.

Plötzlich aber schrie sie auf: »Mais non! Das ist ja mein eigener Rock? Der, den ich seit Wochen vergeblich suche.«

Numi zuckte die Achseln und mimte vortrefflich den Ahnungslosen.

Den Rock auf den zuckenden Knien, saß Blanche sekundenlang unheildrohenden Gesichts da.

Plötzlich schaute sie scharf nach Numi, der sich jedoch durchaus nicht irritieren ließ.

Nun versagten ihre Nerven. Sie sprang auf und schrie: »Je ne comprends pas ça! Wie kommt Schunte zu meinem Rock!«

»Schunte?« wunderte sich Numi nett. »Er wird ihn dir wohl geklaut haben.«

»Hör, Numi! Schunte hat mir, als er heute hier war, versprochen, mir ein Kostüm zu schicken. Und nun ... Je ne comprends pas ça!«

»Er hat jedenfalls einen alten Kleiderhandel. Vielleicht verschafft er sich die Ware stets so, wie dir dieser Rock abhanden kam. Infolge seines stattlichen Lagers hat er sich wohl diesmal geirrt.« Numi musterte den schadhaften Plafond.

»Ein Straßenjunge brachte den Rock, sagtest du?«

Numi nickte kaum.

Blanches Lippen verrissen sich kläglich.

»Wieviel hat er dir denn im ganzen bereits abgeschwindelt?« fragte Numi plötzlich scharf.

Blanche, die ohne es zu merken, langsam in Numis Gewalt hinüberglitt, sagte leise: »Vielleicht 30 Francs.«

Numi lachte unverhohlen: »Nun, der Rock ist keine zehn Francs mehr wert und sollte dich wohl wenigstens so weit trösten, um noch weitere dreißig Francs aus dir herauszukitzeln. Kein Zweifel, Schunte ist ein großer Verbrecher.«

Blanche sank gebrochen auf eine Kiste.

»Komm, mein Kind, wir gehen jetzt zu Beltrami essen.«

Numi preßte seine Hand fest auf ihre Schulter. »Das Weitere wird sich finden, wenn du parierst.«

Blanche fiel ihm um den Hals.

Das Loch in der Weste

Es war sechs Uhr nachmittags, als Vinzeriche den Tea Room ABC in der York Street betrat. Er setzte sich ganz hinten in eine Ecke und wartete.

Da trat er auch schon ein. Es war ein schlecht gekleideter junger Mann, der einen fadenscheinig gewordenen Trump trug, ein »Brettchen«, mit daran fixiertem Kragen und schwarzer Krawatte. Das Gesicht, das allein Vinzeriche veranlaßt hatte, in den Tea Room einzutreten, war fast unnatürlich mager und das eines ungewöhnlichen Menschen. Daß der junge Mann ihm gefolgt war, bewies zwar noch nichts: wie viele der unwahrscheinlichsten und schillerndsten Schein-Situationen hatte Vinzeriche nicht schon erlebt; hier aber, in diesem entlegenen Lokal, würde es sich bald eindeutig zeigen, ob ...

Der junge Mann trat an den zweitnächsten Tisch. Miteins aber schien er eines andern sich zu besinnen und setzte sich an den Nebentisch, Vinzeriche schräg gegenüber.

Dieser wollte es immer noch nicht glauben, obwohl es nach diesem geradezu schulmäßigen Manöver schon schwer war.

Die Kellnerin kam. Vinzeriche bestellte. Der junge Mann genau dasselbe.

»Das zweite Manöver«. Aber Vinzeriche wartete immer noch.

Nachdem serviert worden war, versuchte er, die Entscheidung zu beschleunigen, indem er mehrmals gähnte und mit den Fingern auf den Tisch trommelte. Aber es geschah nichts. Er wunderte sich. Und vergegenwärtigte sich sofort sämtliche Beobachtungen, die er gemacht hatte, seitdem der junge Mann ihm gefolgt war. Aber es war das tausendmal gesehene Bild gewesen. Plötzlich hörte er die Stimme. Er vernahm jedoch keines der Worte. Er hörte nur diese klare, dunkel vibrierende Stimme, die, während sie seinem Ohr den erwarteten Gegenbeweis zu liefern schien, eben dadurch, daß er sie überhaupt hörte, bewies, daß trotz ihr derjenige, dem sie zugehörte, ein ...

Vinzeriche gab sich innerlich einen Ruck: der junge Mann sprach ja noch immer, sprach mit ihm. Und sprach – deutsch.

»... Ihr Schweigen mich vermuten läßt, daß Sie nichts dagegen haben.« Der junge Mann trug sein Tee-Tablett zum Tisch Vinzeriches und setzte sich neben ihm auf die Rohrbank, sofort weitersprechend: »Sie haben sogleich, als Sie mich hinter sich erblickten, gewußt, was ich bin. Ich übernahm Sie in der Shaftesbury Avenue und fuhr neben Ihnen in die Underground hinunter. Bei der Trafalgar Square Station setzte ich mich neben Sie. Und von diesem Augenblick an hatte ich die Absicht, Ihnen zu sagen, was ich Ihnen jetzt ... Denn Ihr Gesicht kann nicht ... Ein gemeiner Verbrecher sieht ganz anders aus. Ich bin freilich erst ein halbes Jahr dabei ... aber ich ...« Seine Finger verkrampften sich in einander. Ein fast grotesk banges, halb irres Lächeln sprang um seine Lippen. Seine Augen tränten und wurden undeutlich.

Vinzeriche blickte sie fest an. Als er sie wieder deutlich sah, war es ihm, als fröre jenes Lächeln gleichsam ein: die Zähne blieben getrennt, kein Atem passierte sie. Vinzeriche blickte auf die Hände; sie waren knochig, nervig, wenn auch sehr schmutzig und vervollständigten in ihrer schlanken Geschlossenheit den Eindruck dieses Menschen.

»Ich ...« Der junge Mann strich sich die Haare aus der Stirn, nahm mit zitternder Hand einen Schluck Tee und wischte sich mit einem Finger den Mund ab. »Es war mir eine Erleichterung, daß ich mit Ihnen würde deutsch sprechen können. Aber die Hauptsache war doch Ihr Gesicht. Ich habe mir gesagt: der – oder du findest nie wieder einen. Bitte schauen Sie mich nicht an! Ich kann sonst nicht weitersprechen. Thank you.« Er nahm abermals einen Schluck Tee. Es schien, als müßte er ihn hinunterwürgen. Dann holte er sich ein Päckchen aus der Tasche und zündete sich mit immer noch zitternder Hand eine Lucky Dream an. »Ja ... Ich habe ... Und ich will Ihnen jetzt also sagen, wie ich dazu gekommen bin. Ich werde Sie nicht mit Überflüssigkeiten langweilen. Meine Eltern sind mit mir aus Deutschland herübergekommen, als ich zwölf Jahre alt war, und starben nach zwei Monaten durch einen Unfall in der Fabrik. Nicht einen Debbish haben sie mir hinterlassen. Aber London ist groß und die Abfälle liegen auf der Straße. Und nachts schlief ich mal da, mal dort. Ich habe sogar noch mehr gefunden, als ich brauchte. Zeitungen und Broschüren. Oft sogar Deutsches. Und dann habe ich stundenlang gelesen. Ich mag Zeitungen sehr. Denn so ist die Welt. Verlogen und böse. Und man kann sie nicht besser machen. Denn das Leben ist ein Krieg. Und wenn die Zeitungen nicht wären, würde ein Krieg nicht einen Tag später kommen. Man müßte die Regierungen abschaffen und die Polizei. Aber dann kommt die Anarchie. Denn die Welt ist böse. Ich habe mich schon oft gefragt, warum. Ich weiß nur, daß es immer so sein wird. Denn ich bin auch böse. Und jeder Nächste ist mein Feind

... O, beg your pardon ... Ich bin ganz anderswohin gekommen ... Glauben Sie mir bitte, daß ich mit diesem Leben zufrieden war. Es war mir lieber als das, das ich bei meinen Eltern geführt hatte. Aber da wurde ich einmal aufgegriffen. In der Holland Road Avenue vor der Castle Bar. Das war ja nun für einen so abgerissenen Jungen wie mich eine auffallende Gegend. Der Rozzer, der mich mitnahm, hat mich schon unterwegs ausgefragt. Hätte ich gewußt, was ich heute weiß, ich hätte ihm etwas vorgelogen und er hätte mich wieder laufen lassen. Die Nacht lag ich im Clink. Am nächsten Morgen gaben sie mir einen Sixpence und ließen mich hinaus. Jede Woche griffen sie mich nun anderswo auf. Und immer am Morgen einen Sixpence. Da hat einmal einer im Clink mit mir zu reden angefangen. Er redete die halbe Nacht. Damals habe ich schon geahnt, daß sie nicht mehr locker lassen würden, und versteckte mich nun immer, so gut ich konnte. Es dauerte auch fast vier Wochen. Aber diesmal nahmen sie mein Maß, die Fingerabdrücke und photographierten mich. Und immer öfter hatten sie mich jetzt. Und immer übler wurde es im Clink. Da blieb mir nichts anderes übrig als die Arbeit. Aber ich wurde überall weggeschickt. Ich merkte jedoch bald, daß man sie beeinflußt hatte. Denn oft, wenn ich schnell hineinlief und sogleich meine Bitte herunterstotterte, sagte man freundlich ja. Und wenn ich später zum Antritt wiederkam, sagten sie nein. Die von der Station hintertrieben es immer wieder. Sie hielten mich wohl für verwendbar. Ich sprach deutsch. Und da sie alles über mich wußten ... keine Verwandten, keine Freunde, kein Vormund, nicht einmal Bekanntschaften ... ein vogelfreier Londoner Vagabund ... da ließen sie nicht mehr locker. Was hätte ich in dieser Lage tun können? Aus London fliehen? Zweimal war ich noch nicht über die Stadt hinaus, da hatten sie mich schon. Das dritte Mal kam ich in einem Holzwaggon bis Harwich. Aber am Hafen klaubten sie mich auf. Da habe ich es aufgegeben. Vom Morgen bis in die Nacht gehetzt zu werden wie ein wildes Tier, das hatte ich satt. Der Mensch ist nicht geschaffen, ein böses Schicksal, das er nicht ändern kann, lange zu ertragen. Er redet sich dann ein, daß er ja, wenn er auch tut, was seine Feinde wollen, später einmal doch wieder wird tun können, was er will. Und so fällt er hinein. So bin ich hineingefallen. Und mit fünfzehn ein halb Jahren ein Rozzers-Nark geworden, ein Ghoul.« Er legte die Zigarette, die längst ausgegangen war, auf die Untertasse, strich sich nervös die Haare aus der Stirn und wandte den Kopf ab.

Vinzeriche saß unbeweglich da. Er ließ diese Stimme in sich nachklingen. Sie war die schönste, die er seit Jahren gehört hatte. Und diese Geschichte die merkwürdigste. Mit einem Blick auf die neben ihm zuckende Wange vergewisserte er sich, daß die Bereitschaft des jungen Mannes, weiterzusprechen, ungebrochen war.

Ein kurzes Klirren. Irgend jemand hatte ein Geldstück in das mechanische Klavier geworfen, das ›Destiny‹ zu spielen begann.

»Wie alt sind Sie jetzt?« Vinzeriche wünschte das Hemmende dieser Musik aufzuheben.

»Sechzehn.« Der junge Mann zündete sich die Zigarette wieder an und schien auf die Musik zu lauschen. Plötzlich zuckte er zusammen. Dann hüstelte er verlegen, während er das Tischtuch zurechtzupfte. »Sehr unangenehm diese Musik. Sie macht die Situation unklar. Ich mag überhaupt Musik nicht. Sie paßt nie dazu. Es ist eine Spielerei.« Sein Gesicht dehnte sich gequält. »Ich hatte gehofft, ich würde es ein paar Jahre aushalten und dann wohl eine Gelegenheit finden. Aber schon nach vierzehn Tagen hielt ich es nicht mehr aus und von einer Gelegenheit keine Spur. Und jetzt bin ich schon ein halbes Jahr dabei, mir ist zum Kotzen übel von allem und ... Und als ich Sie da in der Underground von der Seite her betrachtete ... Ich wußte doch, wer Sie sind: der geschickteste Kerl, der jemals die Ghouls an der Nase herumführte ... Da habe ich mir also gesagt: der – oder du findest nie wieder einen. Und was wissen sie schon von ihm? Nichts als daß er deutscher Abstammung ist und einer der gefährlichsten und waghalsigsten Verbrecher sein soll. Und wenn Sie es wirk ich wären? Ich habe genug gelesen und erlebt und weiß, daß die Gesetze und die Moral von den Machthabern gemacht werden. Zum Schutz vor der Massenkonkurrenz. Und die Polizei ist ihnen so wichtig, weil sie die Vorsehung spielt. Ohne die Polizei gäbe es keine Religion, sondern Anarchie. Eine Institution, die das äußerste Gegenteil dessen ist, was sie aufrecht zu erhalten hilft, lenkt die Geschicke eines Landes. Die Anarchie im Staate! Und dieser Trottel von Bürger glaubt an den lieben Gott oder sich unabhängig oder ein Höhenmensch, der in Geist und Güte schwimmt. Was für Trottel! Man braucht doch nur die Nüstern zur Tür hinauszustecken, um zu riechen, daß alle Welt böse ist. Was war Napoleon? Ein Anarchist. Und Metternich? Ein Polizist. Und was ist Lloyd George? Ein Intrigant. Was dasselbe ist. Ich sage das alles nicht so, wie ich möchte. Aber ich bin zu nervös und die Musik ist so unerträglich. Wenn ich innerlich vor mich hinrede, da erscheint mir alles sehr klar herausgebracht ... und jetzt plötzlich kommt mir alles so klobig vor.« Er schleuderte die Zigarette zu Boden und versuchte, sich nicht zu ärgern. Sein schmaler Mund und das spitze Kinn bewegten sich.

Vinzeriche sah, daß er bald lächeln würde. Deshalb blickte er wieder vor sich hin und verzichtete darauf, etwas Aufmunterndes zu sagen, wohl wissend, daß bei Bekenntnissen saugendes Schweigen das klügste Verhalten ist.

»Also und ...« Der junge Mann lächelte. »Also wie ich Sie da so neben mir sah in der Underground ... Sie haben ein ganz unglaubliches Gesicht ... Es ist halb ... halb ... Ich kann es nicht sagen. Ausgesprochen, wäre es schon dumm.« Seine Augen gingen zur Seite, um ein Echo seiner Worte sich zu holen. Da es nicht kam, blickte er wieder geradeaus und sprach, wiewohl er bereits lebhafter und zutraulicher geworden war, nun leise und stockend. »Sie sind ja auch bloß maßlos verdächtig. Sie haben ein vierbändiges Dossier. Einbrecher sollen Sie sein, Falschmünzer, Frauenausbeuter, Eisenbahnräuber ... Es reißt gar nicht ab. Und da habe ich mir also gesagt: er ist entweder alles, dessen sie ihn verdächtigen, und noch viel mehr oder gar nichts von alledem, sondern etwas ganz anderes, ganz Ungewöhnliches, ganz Überragendes. Und dann kann er dir helfen. Und da habe ich es auch schon ganz sicher gewußt: der – und kein anderer! So. Jetzt ist alles heraus. Beg your pardon ...« Er hörte aber nur auf, zu sprechen, weil es ihm war, als wäre jedes weitere Wort zu viel. Als er sich jedoch schweigen hörte, merkte er, daß er bloß nicht mehr hatte weitersprechen wollen. Er drehte sich Vinzeriche zu und blickte ihn offen an.

Der wandte langsam den Kopf. Er wußte, daß ein langer Blick oft nicht vergeblich ist. Wenn er auch nichts Unumstößliches zu finden vermag, so wird er doch oft zur Warnung oder Ermutigung. Aber Vinzeriche war zu lange durch die Schule des Kampfes und der Niedertracht gegangen, um nicht zu wissen, daß das erst hinterher zu zählen vermochte; daß es gerade in diesem Fall, der ein seltenes Musterbeispiel von Doppelspiel sein konnte, lediglich als Anfang genommen werden durfte und beileibe nicht als das Ganze. »Warten, warten und nicht schließen!« Er legte die Hände in einander und so auf den Tisch. »Sie glauben zweierlei: den Mann vor sich zu haben, der alles, was Sie sagten, für aufrichtig zu halten vermöchte; und der imstande wäre, Sie vor der Polizei zu verbergen. Ists nicht so?«

Der junge Mann nickte ernst. »Ja. Und selbst wenn er von

meiner Aufrichtigkeit nicht überzeugt wäre. Denn ein Mann wie Sie kann doch nur glauben, was ihm klipp und klar bewiesen wird. Aber Sie haben fünfzehn Jahre lang allen Ghouls getrotzt. Da dürfen Sie es wohl wagen, einem armen Schlucker wie mir *trotzdem* zu helfen.«

Vinzeriche hatte die Absicht gehabt, ihn nicht mehr anzublikken, sondern lediglich noch einige Fragen zu stellen. Gleichwohl sah er wieder auf. Unterwegs aber war sein Blick von einem weißen runden Fleck, der sich bewegte, abgelenkt worden. Der runde Fleck war ein Loch in der Weste des jungen Mannes. Das Weiß war dessen Haut. Und was sich bewegte ... Vinzeriche sah genauer hin: der Fleck war dort, wo das Herz sich befinden mußte ... Was so schnell und deutlich sich bewegte, war – das pochende Herz des jungen Mannes. Das mechanische Klavier ging in ein häßliches Rasseln über und stand still.

Vinzeriche preßte seine Hände zwischen die Schenkel, so sehr erregte ihn, was er gesehen hatte. Die scheinbar so meisterlich beherrschte Aufregung des jungen Mannes war eine um vieles stärkere Ermutigung; sie konnte aber auch die desjenigen sein, der sein Schicksal in die gefährliche Hand eines andern gegeben hat; oder dessen, der weiß, daß er eine gute Karriere vor sich hat, wenn es ihm gelänge, das Vertrauen eines der größten Verbrecher zu gewinnen. Vinzeriche schloß die Augen: er hatte es schon in Fällen, die weitaus unsicherer waren, gewagt. »All right. Leeren Sie Ihre Taschen aus!«

Der junge Mann saß etwa fünf Sekunden verwirrt. Dann flogen seine Hände in die Taschen, deren kläglicher Inhalt im Nu auf dem Tisch lag. »Und einen Browning habe ich«, sagte er leise. »Es ist am besten, Sie nehmen ihn selber.«

Vinzeriche, mit dem Kopf ablehnend, las die Polizeikarte unter Zelluloid. »Felix Igelski. Ist das Ihr richtiger Name?«

»Alles stimmt. Und ich bin nie widerspenstig und kann drei Tage ohne Essen bleiben und ...«

»Stecken Sie das Zeug wieder ein! Sie gehen mir bis Ecke Waterloo Road-Stamford Street nach. Ich werde es kurz machen, damit Sie mich nicht abgeben müssen. Das Weitere wird sich finden. Good bye.« Vinzeriche ging, ohne ihm die Hand zu reichen. An der Tür wandte er sich noch einmal um.

Igelski saß mit schiefem Rücken bewegungslos auf seinem Platz. Das Kinn lag auf der Brust. Das Loch in der Weste war unsichtbar.

Vinzeriche stand schon auf der Straße, als ihm einfiel, daß er es nicht mehr gesehen hatte, weil Igelskis Hand darauf gedrückt war. Er zuckte mit der Oberlippe, schritt weit aus und pfiff einen alten Rag. Nach einiger Zeit knurrte er vor sich hin: »Wenn aber das Ganze *doch* Theater war ... dann wehe dir, mein Igelski!«

Dem Andenken von Francis Bough

Bukarest – Budapest

Der Wiener D-Zug hatte seit etwa zwanzig Minuten Bukarest hinter sich, als Schingut den Toiletteraum verließ und seinen mit einer Reisemütze belegten, in einem Abteil zweiter Klasse befindlichen Mittelplatz einnahm. Hierauf zog er eine Zeitung aus der Tasche und tat, als lese er, um unbeobachtet die Mitreisenden mustern zu können. Links von ihm saß eine weißhaarige Dame, die unausgesetzt an einem gelben Stift roch; rechts von ihm ein halbwüchsiger Gymnasiast, der Kants ›Praktische Vernunft‹ mit persönlichen Randbemerkungen versah. Deshalb hielt Schinguts erfahrenes Auge nur den ihm gegenüber sitzenden Herrn seiner Aufmerksamkeit für würdig. Dessen hellgrünen Waterproof, der glatt zusammengerollt im Netz lag, erkannte Schingut als echte Londoner Marke, Wäsche und Krawatte von allererster Qualität, desgleichen den dunkelgrauen Sakko, der schwerlich älter war als acht Tage. Nur das feiste Gesicht war für Schingut ein Rebus: es war kugelrund, ockerrot, glattrasiert und im höchsten Grade nichtssagend, welchen Effekt sonderlich die kleinen lichtlosen Augen bewirkten und die kurze Stupsnase. Selbst nach wieder und wieder unternommenen Musterungen mußte Schingut sich eingestehen, daß er weder die Nationalität noch den Beruf seines Gegenübers zu fixieren imstande war. Das war ihm seit Jahren nicht mehr widerfahren. Und da er allen Grund hatte, seine Reise mit größter Vorsicht auszuführen, nahm er sich augenblicks vor, sein beunruhigendes Vis-à-vis zu untersuchen.

Als dessen Blick das nächste Mal dem seinen begegnete, sagte Schingut deshalb laut, wenn auch durchaus wie absichtslos: »Eine sehr gute Strecke! Wie ruhig der Wagen geht!«

»Ja. Sie haben recht.«

Schingut schwieg, die Zeitung neben sich legend, und blickte zum Fenster hinaus. Er rechnete auf den suggestiven Zwang, der von einem hingeworfenen Satz, dem nichts weiter folgt, ausgeht.

Und er hatte richtig gerechnet. Der Herr wartete bloß auf Schinguts Blick, dem er, als er eintraf, zulächelte. »Sie fahren auch bis Budapest?«

Schingut, der einen leichten slawischen Akzent konstatiert hatte, nickte, obwohl sein Reiseziel Brünn war. »Gefällt es Ihnen?«

»O, sehr. Ein kleines Paris. Sie sind wohl von dort?«

»Nein. Ich war noch nie in Budapest.«

Der Herr wiegte erstaunt den Kopf. »Ich hätte gewettet, daß Sie in Budapest geboren sind.«

Schingut war, obwohl er es völlig zu verbergen wußte, fast verblüfft: er war tatsächlich aus Budapest gebürtig. »Weshalb?« fragte er leise.

»Ihr Deutsch hat jenen breiten und singenden Tonfall. Sehr schwach. Aber es ist doch zu merken.«

Schingut schmunzelte höflich. »Sie beobachten sehr scharf.« Innerlich aber grinste er: er war drei Monate alt gewesen, als seine Eltern ihn nach Mailand verkauft hatten, und hatte seither Ungarn nie wieder gesehen.

»Keine besondere Leistung. Man muß eben darauf achten. Und da ich selbst Budapester bin ... Barany ist mein Name.«

»Schingut.«

»Angenehm.« Barany verneigte sich abermals.

Schingut desgleichen. Da er aber bereits überzeugt war, daß sein Gegenüber ebenfalls log und auch in der Absicht, sich zu orientieren, legte er sich gewissermaßen auf die Lauer.

»Also Sie sind trotzdem nicht aus Budapest.« Barany lächelte wie einer, der sich herbeiläßt, mit einem Lügner noch weiter zu reden.

Schingut hißte eine gewisse verlegene Bedachtlosigkeit. »Habe ich denn behauptet, daß ich aus Budapest bin?«

»Aber gewiß nicht.« Barany blickte fröhlich auf die Deckenlampe. »Habe *ich* denn das behauptet?«

»Aber keineswegs.« Schingut zog eine kleine Feile aus der Westentasche. »Schließlich könnte man ja auch einen bestimmten Akzent haben, ohne ihn am Ursprungsort erworben zu haben.« Er feilte an seinen Nägeln.

»Ja natürlich.« Es war offensichtlich, daß Barany an diese Gelegenheit sich klammerte. »Man könnte ihn zum Beispiel in jahrelangem Umgang mit einer Person sich angeeignet haben.«

»Zweifellos.« Schingut nickte geradezu begeistert, feilte dabei aber so heftig, daß er sich blutig riß. »Teufel auch! ... Oder indem man wochenlang eine Rolle spielte.«

»Eine Rolle?« fragte Barany verwundert, als begriffe er nicht das Geringste.

»Nun ja.« Schingut speichelte seinen verletzten Finger ein und umwickelte ihn äußerst behutsam mit seinem Taschentuch. »Zum ... Beispiel ... in einem Stück.«

»Ach so.« Barany war leicht enttäuscht, glitt aber schnell darüber hinweg. »Sie sind vielleicht Schauspieler?«

Schingut ärgerte sich nun fast schon. »Nicht mehr, als man so fürs Haus braucht.«

Barany, dem diese halbe Herausforderung nicht entging, lachte deshalb schallend auf. »Sehr gut! Wirklich sehr gut! ... Aber, ich bitte Sie. Das Leben ist eine Rauferei. Wer immer aufrichtig wäre, läge bald auf der Nase.«

»Wem sagen Sie das«, seufzte Schingut kordial und feilte wiederum an seinen Nägeln.

Beide sahen freundlich zum Fenster hinaus. Es war eine gewisse Harmonie hergestellt.

Der Gymnasiast, der selbstverständlich so getan hatte, als hörte er nicht zu, begab sich, empört über die Banalität des Vernommenen, fluchtartig in den Speisewagen.

Der alten Dame war es gelungen, einzuschlafen.

Als Schingut es bemerkte, wurde er plötzlich heiter: es hatte ihm ein gut Teil seines Elans geraubt, von Dritten gehört zu werden. Nun schickte er sich an, schärfer ins Zeug zu gehen. Er überfiel geradezu Barany mit seiner Stimme: »Sie sind Reisender, nicht wahr?«

Barany machte ein impertinentes Gesicht. Es konnte allerdings auch lediglich verstimmt sein.

Schingut hielt es für impertinent und deshalb Barany für sehr verdächtig. Er steckte die Feile ein und erklärte, liebenswürdig lächelnd: »Ihre Art, den Mantel zu rollen, ist nämlich typisch für die englischen Reisenden.«

Barany schmatzte ironisch. Aber es war trotzdem schwer, zu behaupten, daß es nicht nervös war. »Ich war nie in England und bin auch nur insoweit Reisender, als ich eben reise.«

Schingut verdroß es, daß sein Kniff mißlungen war: er hatte nicht daran gezweifelt, daß Barany ihm antworten würde: »Nein, ich bin kein Reisender, sondern ...« Deshalb sagte er vorwurfsvoll: »Ich hätte gewettet, daß Sie Reisender sind. Aber Sie sind wohl bloß vorsichtig.«

»Oho!« Barany schien ernstlich beleidigt zu sein.

»Nun, ich meine«, lenkte Schingut händereibend ein, »Sie sagten doch selbst, wer immer aufrichtig wäre ...« Sein Taschentuch fiel zu Boden.

»*Das* schon. Aber damit habe ich doch nicht gesagt, daß man lügen müsse.« Barany ärgerte sich darüber, gleichsam hinterrücks des Widerspruchs geziehen zu werden.

Schingut hob sein Taschentuch auf. »Aber ich bitte Sie. *Das* habe ich doch gar nicht gesagt.« Er dachte, das Taschentuch auf dem Knie glättend, krampfhaft darüber nach, wie er das Gespräch umstellen könnte. »Übrigens kann man es vermeiden, die Wahrheit zu sagen, ohne zu lügen.«

»Allerdings.« Barany nahm sich eine Zigarre. Es machte den Eindruck, als hielte er das Gespräch für beendigt.

»Sehen Sie«, begann Schingut nach einigen ihm sehr peinlichen Sekunden, »*ich* bin sehr vorsichtig. Ich habe Ihnen zum Beispiel nur aus Vorsicht keine Zigarre angeboten.« Er wunderte sich hinterher, daß ihm nichts Besseres eingefallen war.

Barany wandte langsam den Kopf. »Ach so. Sie hätte ja auch vergiftet sein können.«

»Erraten!« Schingut gehabte sich entzückt, um sich selber zu verbergen, daß er eine Dummheit gemacht hatte. »Es war also sehr vorsichtig von mir, mich keinem Refus auszusetzen. Denn es kränkt ja doch stets ein wenig.«

»Das ist richtig.« Barany leckte liebevoll das Ende seiner langen Importe.

Schingut saß neuerdings auf dem Trockenen. Er ärgerte sich maßlos über sich selber, steckte hastig das Taschentuch ein und biß erregt an seinem Schnurrbart.

Er schien Barany nun zu erbarmen. Denn mit einem Male schwenkte dieser jovial seine Zigarre. »Sehen Sie, *Sie* könnten Detektiv sein.«

»Ich?« Schingut wußte nicht, sollte er sich freuen oder verschanzen: war es ein Vorstoß oder vielleicht wirklich nur so hingesagt? Schließlich fragte er für alle Fälle harmlos: »Wieso?«

Barany zog mit großem Genuß an seiner Zigarre und die Brauen sich auf die Stirn. »Erinnern Sie sich daran, daß *Sie* es waren, der zuerst zu sprechen begann? Sie machten eine Bemerkung über das gute Fahren des Waggons und schwiegen dann. Wie aber, wenn Sie nur geschwiegen hätten, damit ich ein Gespräch beginne? Das ist doch ein alter beliebter Detektiv-Kniff.« Er wartete, verschmitzt mit den Lidern flatternd, auf die Wirkung.

Diese kam sehr langsam. Eigentlich gar nicht. Denn Schingut senkte die Augen, als langweile er sich, ja als würde er müde.

Barany spielte mit seiner Zigarre, ohne Schingut weiter zu beachten. »Und als Sie mich plötzlich fragten, ob ich Reisender sei, dachte ich mir, Sie könnten vielleicht fragen, damit ich Ihnen meinen Beruf nenne. Darin bestärkte mich auch Ihre spätere

Bemerkung, daß die Art, wie ich meinen Mantel rolle, typisch für die englischen Reisenden sei. Ganz abgesehen davon, daß ich nicht glaube, Engländer sein zu müssen, um meinen Mantel geschickt zusammenzurollen.«

»Sehr scharfsinnig!« Schingut hielt es nun doch für schlauer, sein Verhalten zu ändern. »Aber ist es nicht wirklich lustig, daß ich genau dasselbe vermutete wie Sie? Als Sie nämlich behaupteten, ich spräche mit Budapester Akzent, war ich überzeugt, daß Sie auf diese Weise erfahren wollten, wo ich geboren bin. Denn ich weiß ja doch, daß ich den Budapester Akzent nicht habe. Und als Sie ... «

»Ganz interessant.« Barany lächelte bissig.

»Und als Sie kurz darauf sagten, daß man einen Akzent ja auch in jahrelangem Umgang mit einer Person sich aneignen könnte, zweifelte ich nicht daran, daß Sie auf diese Weise mich in die Enge treiben und zu einer Auskunft zwingen wollten. Und als ich dann meinte, man könne ja auch durch eine Rolle ... und als Sie fragten, ob ich Schauspieler wäre ...« Schinguts sich zusammenschiebende Stirn frohlockte allzu deutlich.

Barany rückte sich bequem auf seinem Platz zurecht. »Ganz interessant. Nur besteht ein auffälliger Unterschied zwischen unseren Auffassungen. *Ich* habe nämlich bloß scherzhaft geäußert, daß Sie Detektiv sein könnten, während *Sie* davon überzeugt sind, daß ich Detektiv bin.«

»Aber, aber ...« Schingut war nun absolut sicher, einen Detektiv vor sich zu haben, und beschloß, das Gespräch schnell und liebenswürdig zu beenden. »Und selbst wenn Sie es de facto wären. Was wäre schon dabei? Ich wäre trotzdem nicht weniger erfreut, Ihre Bekanntschaft gemacht zu haben.«

»Angenehm.« Barany verneigte sich. »Aber ich bin wirklich kein Detektiv.«

»Ich ebenfalls nicht.«

Barany verneigte sich abermals.

Schinguts Gesicht strahlte ein Glück aus, als hätte er den Schah von Persien kennen gelernt. »Ich bitte Sie. Man unterhält sich. Eine Eisenbahnfahrt ist lang. Und es ist doch im Grunde so gleichgültig, woher man stammt und wer man ist. Die Hauptsache ist, daß man sich die Zeit vertreibt. Womit, das ist auch sehr egal. Hab ich nicht recht?«

»Aber gewiß.« Barany klopfte mit sichtlicher Genugtuung die Asche von seiner Zigarre.

Beide sahen freundlich zum Fenster hinaus. Es war neuerlich

eine gewisse Harmonie hergestellt. Wenn auch diesmal ganz anderer Art ...

Bald darauf verließ Schingut das Abteil, blieb aber, für Barany sichtbar, etwa eine Viertelstunde vor einem Gangfenster stehen, bevor er verschwand.

Als der Zug in Szegedin hielt, eilte er auf den Perron, kaufte einige Zeitungen und bestieg den Speisewagen.

Sobald der Zug sich wieder in Bewegung gesetzt hatte, erschien der Gymnasiast im Gang vor dem Abteil; und zwar mit dem überlegen verglasten Blick desjenigen, der gerade etwas unerhört Wichtiges und Überragendes gelesen hat. Nachdem er sich überzeugt hatte, daß Schinguts Abwesenheit seinem Gehirn die Sicherheit vor Zumutungen verbürgte, warf er sich in seinen Eckplatz.

Die alte Dame schlief selig weiter ...

Erst als der Zug sich Budapest näherte, verließ Schingut den Speisewagen und betrat die Toilette. Hier wartete er, bis der Zug hielt. Doch auch dann wartete er noch fünf Minuten, um sicher zu sein, bei seiner Rückkehr ins Abteil Barany nicht mehr vorzufinden.

Das Abteil war leer. Schingut lugte vorsichtig auf den Perron hinaus. Und plötzlich wurde er kreidebleich: die weißhaarige Dame aus dem Abteil kam schnellen Schrittes zwischen zwei Männern auf den Waggon zu, in der einen Hand ein Taschentuch, das Schingut an den Blutflecken und dem dreifachen schwarzen Rand als das seine erkannte. (Es trug die Initialen L. F., seines jüngsten Opfers, und stellte ein schweres Indiz dar.) Und fast gleichzeitig erblickte Schingut, gerade gegenüber dem Fenster, an dem er stand, Barany, den zwei Kriminalbeamte gefesselt an den Handgelenken hielten.

Wenige Sekunden später war auch Schingut verhaftet.

Doktor Hégésippe Schwer (maladies de peau et voies urinaires) besaß neben seinen Ordinationsräumen in der Avenue de la Victoire in Nizza auch ein kleines Appartement, in dem seine Wirtschafterin Nounou ihm täglich um zwei Uhr ein gewissenhaft zubereitetes Déjeuner zu servieren pflegte, während dessen er unter keinen Umständen gestört zu werden wünschte. Nur eine Person nahm eine Ausnahmestellung ein: Irene, die als Patientin zu ihm gekommen war, von seinem Renommée herbei- und seinem Vornamen irregeführt. Sie hatte ihn sofort erkannt und die Vorteile, die dies und die Möglichkeit bot, deutsch zu sprechen, und aus Dankbarkeit zwei Wochen bei ihm gewohnt, um ihm die Naturalien, die sie ihm zu bieten hatte, so häufig und bequem wie nur möglich verabfolgen zu können. Seither hatte er für sie eine fast väterliche Zuneigung und für ihre Konversation eine unbesiegliche Schwäche. Dennoch hatte sie seine Ruhestunden stets respektiert und, wenn sie einmal das Bedürfnis hatte, mit ihm ein ›Causettchen‹ zu machen, zuvor telefonisch ein Rendezvous vereinbart. Umso erstaunter war er deshalb, als er eines Nachmittags eben mit dem Déjeuner begann, unangemeldet von ihr überfallen zu werden.

»Lieber Hugo ... pardon, wollte sagen mon cher Hégésippe ... Briand helfe mir, ich kann nicht anders!« Irene drückte beide Hände sich aufs Herz und lächelte bestrickend. »Eine solche Perfidie! Und da wundern sich die Leute, daß es Terroristen gibt! Aber iß nur ungeniert weiter! Was los ist? Der Patron vom Café de Paris ... O, wie kann einer nur Franzose sein und sich die Haare glatt über die Ohren kämmen! Außerdem kaut er ununterbrochen eine Kaffeebohne. Affreux! So. Siehst du? Genau so, wie ich diese Olive da beiße. No, kann man da anders reden als spritzend und schnaufend? Du gestattest doch, daß ich mich setze. Aber daß ich zur Hauptsache komme! Vor vier Tagen hat er uns allen verkünden lassen, daß Damen ohne Begleitung nicht mehr serviert werden darf. Eine bodenlose Perfidie! Nachdem er während der ganzen Saison sich an uns gemästet hat! Denn *wir* ziehen ihm die reichen Amerikaner und Engländer ins Lokal. Mit *unseren* Reizen erreichen wir es, daß sie traumhafte Zechen machen! Durch *uns* diese Trinkgelder! Und was diese hochnasigen Frackproletarier, alias Kellner, sonst noch von uns bekommen, ist mehr als das Dreifache von dem, was sie von den lausigen Bourgeois kriegen. Ah, malheureusement, diese Weiber haben ja keinen Corpsgeist und nicht für zehn Sous Verstand. Was meinst du, Sippi, was diese unterspickten Dulzineen jetzt machen? ... Du gestattest doch eine Sardine? ... Hupp! Schon verschlungen! Sie gabeln sich einen Nervi auf oder einen Métèque oder irgendeinen fadenscheinigen Marius und zahlen ihm einen Kaffee und ein Brioche, damit er so lange neben ihnen als Deckung sitzen bleibt, bis ein Amateur kommt. Quelle stupidité! Moi, je me respecte trop! Nicht einen Fuß setze ich jemals wieder in dieses Tschoch, geschweige denn wichtigere Bestandteile meines verlockenden Frauenleibes. Übrigens hat Conchita mir erzählt ... Du kennst sie doch, diese kleine Spanierin, die immer Koriandoli-Reste in den Haaren trägt und zerbrochene Kämme. Sie hält das für enorm. Die Männer sollen glauben, um sie herum spiele sich ein ewiges Fest ab zur kontinuierlichen Feier ihrer Reize. Ach, was glauben die Männer nicht alles? Du, Sippi, mußt es doch wissen. Aber man muß schon deinen Beruf haben, um solchen Flitscherln nichts zu glauben!«

»Wer zählt die Tripper, kennt die Namen?«

»Geliebt bist du, Sippi, geliebt! So. Die letzten beiden Radieschen entziehe ich dir, damit du keine Blähungen bekommst ... O, diese Titanen! Und *was* sie alles glauben, wenn sie die Vertrauensfrage stellen, die du dir schweigend selber beantworten würdest! O là là, ich sage es immer noch mit der ernstesten Miene von Nizza: ›Même pas un échauffement!‹ Kaum einer, der den Mund verzieht. Paraît qu'ils sont tous des idiots. Ich schau mir diese Schakale schon näher an. A moi on la fait pas, tu sais?«

»... la fait plus. Nur immer exakt!«

»Hast recht, Sippi. Und nicht zuletzt dank deinen sachgemäßen Mitteilungen geh ich auf Nimmerwiedersehen chez Nullnull, wenn ich ihre Trophäen für Betrulljen halte ... O, que j'aime les limandes! Heureusement que Nounou en a fait trois. Tu permets, pas? ... Conchita? Ah, oui. Also, sie hat mir erzählt, daß der Patron vom ›Paris‹ diesen Zweck jedes Jahr aufführt. C'est cochon de sa part, tout ce qu'il y a de plus cochon. Und diese Masochistinnen, diese Ambosse des Nachtlebens laufen immer wieder hin. Mich sieht dieses Beuglant nicht wieder. Abgesehen von allem andern, weil ich mich nicht noch einmal in eine solch gräßliche Situation bringen lassen will. Es ist keine Kleinigkeit, wenn einem plötzlich der Standplatz ausgespannt wird! Und die Telefonnummer! Man hat doch seine feste Klientel. O là là, che la vita stupida! Seit drei Tagen, seitdem diese vertrackte Lumperei passiert ist, nicht *ein* Chiqué! Von einem Orgasmus gar nicht zu reden! Was? Ferdinand? Ah, daß ich nicht gackere! Bouge-toi! Je l'ai envoyé promener. Du fragst noch, warum? No ja, woher sollst du das auch wissen. A propos, sag, hältst du mich für schön oder bloß für hübsch? Aber bitte von der Leber weg!«

»Also von der Limande weg: für sehr hübsch.«

»Geliebt bist du, Sippi, geliebt! Aber ich hätte es merken müssen! Wenn einer sich schon einen Hund anschafft und tagelang mit ihm herumzieht! Das macht ja Eindruck auf die Flics, ich gebe es zu, aber es weckt auch wieder den Familiensinn der Huren. Wissen möchte ich, bei welcher Momôme er jetzt seine Haxen ausstreckt. Der soll mir nur nicht wiederkommen! Dann kann er sich seine Anatomie numerieren lassen! Aber geschieht mir ja recht! Ich war eppes bebête. Wenn ich mir jedoch alles vergegenwärtige, kann ich mich schon begreifen. Wenn man so auf einem resedafarbenen Plüschsofa sitzt und das Orchestre hawaiian rasselt ›If you knew Suzie, like I know Suzie‹, bei rotem Glühbirnenlicht, alles sitzt depraviert da mit verschlungenen Beinen, die Kellner gehen im Katzenschritt am Tisch vorbei, du hörst jemanden sagen, er habe jetzt eine entzückende Wohnung gegenüber dem Gebärsaal La Roche und gratis die wunderbarste Musik für seine Liebesnächte, und neben dir sitzt ein Typ wie Ferdinand, zieht unnachahmlich verlottert eine Zigarette aus der obersten Westentasche, halb Féschak halb Zuchthäusler, und zeigt dir mit seiner wüsten Blässe eine rötliche Narbe auf dem Arm, deren Nähte man noch sieht, und daneben ist eine Tätowierung, ein Dolch und ein Stern, und zwischendurch entwickelt er dir des idées avançées ... O, c' qu'il était salaud ce soir ... Die Toilettentür ist offen und du riechst les odeurs légères ... O là là, ich höre noch lang nicht auf, es benebelt mich schon wieder ... Also ein Münchner schneidet vor Begeisterung einer Römerin den Paradiesreiher ab, sie schreit wie defloriert, etwas russischer Hochadel brüllt aus Sensation mit, ein kleiner Italiener heuchelt Irrsinn, warum weiß kein Mensch, und du bemerkst, wie er hinter seiner Serviette einer Engländerin die Pfunde aus dem Réticule zupft, bist also jetzt der einzige Mensch, der es weiß, Ferdinand schlägt mir vor, in die Rue Emma zu ziehen, in die Villa Emilie, dabei packt er plötzlich ganz fest meine Hüfte ... Oui, oui, j'abrège. Man hat eben das Bedürfnis, wenn man hineingefallen ist, sich zu entschuldigen. Und das gelingt einem nur, wenn man darüber redet. Denn mit sich selber läßt man ja nicht darüber reden. Da ist man strenger. Que veux-tu? Ce sont les après ... Ah, Artischocken! Und gar noch à la vinaigrette! Ich krieg doch eine? Merci. Sippi, sei auch gebenedeit! Passe-moi une assiette, Nounou, mais vite! ... Ah, du möchtest also doch gerne wissen, was dieser Saukerl von Ferdinand ... Plakiert hat er mich! Es ist mir ja nicht um den Orgasmus ... et pour le reste, je m'en fiche pas mal. Aber das Bewußtsein, hineingelegt worden zu sein, das ertrage ich nicht. O, ich werde mich rächen. Pas pour rêgler la situation, wie das Milieu sagt. Meine Sorge! Standesehre, holder Quark! Non, aber um meine Verdauung wiederherzustellen. Denn seitdem dieser Strizzi mich hat sitzen lassen, bin ich verstopft. Nervosität, sagst du. Und ich sage dir, der Zorn nagt an mir und verhärtet meinen Leib. Und was das Hauptmalheur ist, mit vollem Darm kann ich nicht losgehen. Das raubt mir die innere Freiheit. Ein Skandal ist das! Und ein wahres Glück, daß ich wenigstens noch dich hab! Weißt du, dein kühler rasierter Anblick wirkt auf mich wie eine erfrischende Dusche. Ich sage mir, wie gut, daß du einen hast, der weiß, daß das Leben denen gehört, die es über die Schulter ansehen. Du schaust jeden über die Schulter an. Auch mich. Leugne nicht! Es ist zwecklos. Diesen Schulterblick im Auge hat außer dir nur noch eine. Wer? ... Schweinskoteletten? Meine Leibspeise? Sippi, also jetzt lade mich endlich ein oder ich bin ernstlich beleidigt! Muß man denn bei dir ganz aufdringlich werden? Wer ihn noch hat, den Schulterblick? La dame du pipi, die alte Margot vom Lavabo im ›Paris‹. Die hat noch merkwürdigere Dinge gesehen als du. Vor acht Tagen hat sie mir erzählt, daß Cléclé Milch mit Äther trinkt und Marthe eine halb verweste, entsetzlich stinkende Taube im Bett versteckt hat, weil ihre alten Herren das lieben. La choléra! ... Nounou, verse-moi! Sofort! Ich nag nur noch den Knochen da ab. Fein, das Schweinerl! ... Margot ist überhaupt unschätzbar. Sie hat mir geraten, nur kunstseidene Strümpfe zu tragen. Wenn man sie nämlich in warmes Wasser steckt, verlieren sie den verräterischen Glanz und sehen garantiert wie echte aus. Das sind Hunderte von Francs, die man erspart. Und dann hast du doch sicherlich schon bemerkt, daß ich ... Nicht? Also ich parfümiere mich, auf Margots Rat hin, nicht mehr. Und die Konsequenz? In einer Woche neun neue Kunden! No, kannst du dir das wirklich nicht selber erläutern? Alles Ehemänner über die Fünfzig! Wenn sie mit einer Parfümierten gehen, merkt es die Frau. Und dann bilden diese Alten sich immer ein, daß eine

Nichtparfümierte sauberer ist. Und sauber wirken, das ist doch bei uns schon das halbe Geschäft, pas? Was für ein Unglück war es zum Beispiel für die Armanda, daß ein Marokkaner ihr einen Finger abgebissen hat! Sie kann doch nicht immer den ausgestopften Handschuh tragen. Ohne ihn aber hält jeder sie für eine alte Spitals-Scharteken. C'est bœuf tout de même. Und dabei ist Armanda die Sauberkeit selber. Wenn ich das Material gehabt hätte, das sie in ihrem Leben schon hat schießen lassen, nur weil sie eine pathologische Angst vor Mikroben hat, lieber Sippi, für uns beide wäre ausgesorgt. Erinnerst du dich noch an die alte dicke Gina, die einmal bei dir war? Also die verdient das Zehnfache, bloß weil niemand sieht, daß ihr etwas fehlt. Und was der alles fehlt, das hat mir auch die alte Margot erzählt. Ihre ganze rechte Wade ist wegoperiert und der linke Busen. Da hat sie Caoutchouc hingeschnallt. Wodurch sie ihn ...? Ja, das war eine ganz komische Sache! Was die Wade betrifft, bin ich nicht informiert. Aber mit dem Busen ... vorausgesetzt, daß wahr ist, was sie der Margot erzählt hat ... Also ein fünfundsechzig Jahre alter Türke soll plötzlich bei ihr einen sadistischen Koller bekommen und geschrien haben: ›Ich hasse die Mutter!‹ Und dabei hat er sie immer wieder in den Busen gezwickt. Vielleicht war es auch bloß ein alter Esel. No, jedenfalls hat er dreckige Finger gehabt wie alle Türken und Armandas armer Busen hat dran glauben müssen. Nach zwei Tagen ist er angeschwollen und nach einer Woche haben sie ihn abnehmen müssen. Aber die ist eine Steißgeburt, ich ahne es ja. Was? Lach nicht so schmierig! Das ist sehr ernst zu nehmen. Denn mein Bruder, der Wenzel, ist doch so albern gewesen, in der Rossauer Kaserne in Wien sich zutode schikanieren zu lassen. Und warum? Weil er eine Steißgeburt war. Der Zusammenhang ist ja nicht evident, aber trotzdem ebenso wenig zu leugnen wie der Einfluß der Gestirne. Denk doch nur an die absolute Unbenützbarkeit mancher Frauen beim Mondwechsel und wie sehr man vor dem niederen Jungfrauentypus im engeren Verkehr auf der Hut sein muß. Das wird manchem deiner Patienten nicht mehr neu sein. Ah, da fällt mir eine nette Sache ein. Du hast doch auch Perrinnette gekannt, pas?«

»Die mit der eitrigen Achsel?«

»Das war Lieschen. Nein, die, die einen Rubinring trug, der Stein so groß wie hinten an einem Vélo. No also. Was? Schon das Dessert? Wo bleibt das Vogerl? Sippi, alias Hugo, ich rate dir, behandle mich fürstlich! ... Ja, also Perrinnette! Die hat sich, das erzählt sie jedem nach zwei Minuten, von einem sehr gescheiten

Kellner in Dresden ein Horoskop stellen lassen, das ihr verkündete, wenn sie die nächste Mißhandlung stillschweigend hinnehme, werde sie in einem halben Jahr reich sein. Nun, tagsdarauf bekam sie einen heftigen Tritt in die Geschäftsgegend und lag, selig darüber, eine Woche im Krankenhaus, wo ein alter Jockey, der das Bett neben ihr hatte, es war großer Platzmangel, vier Stunden vor seinem Tod sich dermaßen in sie verliebte, daß er ihr sein Vermögen vermachte. Hunderttausend Mark. Wo die jetzt sind? Weiß ich? Jedenfalls hat sie sie nicht mehr, das weiß ich. Alors, Nounou, apporte-moi le poulet d'hier soir! Kenn ich noch die Gewohnheiten im Hause Schwer? Ja, mein Kopferl! Va pour le poulet, Nounou, je le bouffe froid. Ach, tu nicht so, als hättest du keine Zeit! Du hängst ja nur so an meinen Lippen. Wie solltest du auch nicht! Von früh bis abend das einzig wahre Vergnügen, das ein Mann hat, in den unappetitlichsten Zuständen sehen, die es gibt: da muß einer sich doch auf den Geist werfen, wenn er nicht lebensüberdrüssig werden will. A propos, ich glaube, wenn die Geschlechtskrankheiten verschwänden, würden viele gänzlich neue Berufe entstehen. Das wäre vielleicht etwas für mich. Denn es gibt doch sonst nur schwachsinnige Schönheiten, widerliche Blaustrümpfe und schwer pathogene Häßliche. Also, bekenn dich unumwunden zu mir! ... Merci. Cinquante balles, ça me suffit pour le moment. Alles merkst du beim leisesten Tönchen. Aber mißtrauisch bist du wie ein alter Handley ... Hannnn-dln! Hannnn-dln! Erinnerst du dich noch? Unten im Hof? Immer am Vormittag? Schon damals, als ich noch ein ganz junger Fratz war, habe ich geahnt, daß ich einmal dazu berufen sein werde, der Männerwelt die Mores auszutreiben. Wenn auch nicht gerade auf der Côte d'Azur. Wie das zuging? No, dem einen Handley, der nur am Schabbes kam, *schon* nicht koscher, bin ich nämlich einmal nachgegangen, weil er einen so verschmitzten Schädel hatte, der verfluchte Jud. Ich lästere, ich weiß es. Aber was tut man nicht alles, wenn man wirklich urbane Gastfreundschaft in Dankbarkeit abtratschen will? ... Lügen? Ich schwöre dir beim Heil meiner Formen, daß ich niemals lüge. O, nicht vielleicht, weil ich es verwerflich finde. Denn Lügen ist für Leute, die zu viel Geist haben, das einzige Mittel, sich ein Ventil zu verschaffen. Aber ich habe bemerkt, daß Aufrichtigkeit wichtiger ist und auch beglückender, jawohl. Das ist kein Pathos, sondern das Glück des ... Warte nur ab, was kommt, mein Lieber! Wenn man aufrichtig ist, ist man nämlich immer gemein. Und wenn man gemein ist, ist man eitel. Und wenn man eitel ist,

ist man glücklich. Deshalb sind Schufte so glücklich. Und die größten Jesuiten die Ethiker, weil sie so unglücklich sind und so viel lügen. Und die aufrichtigsten Biester die Kokotten, obwohl sie fast alle ein Sentiment am Armband hängen haben. Nur Durchschnittsmenschen sind manchmal gut. Aber das ist jedem gleichgültig. Das ist gar keine Güte. Das ist kohinoor. O, hab dich nur nicht so! Ich stelle dir anheim, zu formulieren, was ich da alles herausgestrudelt habe. Dann wirst du erkennen, daß es unbezahlbare Perlen waren. Schwarze Perlen! Du warst übrigens ganz leise beglückt. Ich habe es an deinen Lippen und Augenbrauen gesehen. Denn ich bin *die* Aufrichtigkeit. Und dann, als du gerülpst hast, hat sich alles zu einer paranoiden Larve libidinösen Charakters kristallisiert.«

»Nicht hineingeheimnissen, Irene!«

»Hast du das Glück des Schuftes genossen oder nicht? Prossim! Und jetzt zu meinem Prager Juden! Den hatte ich schon wieder ganz aus dem Auge verloren. Damals übrigens auch. Wenn ich mir vorstelle, daß ich, hätte ich ihn nicht plötzlich an einer Ecke wieder gesehen, vielleicht gar nicht hier vor dir sitzen und glückliche Momente zusammentratschen würde ... C'est la lili, que veux tu! Denn erst nachher hat er sich zum ersten Mal umgedreht und mich bemerkt. Und als wir auf der Kleinseite waren, hat er neben einem Laden auf mich gewartet und mich angesprochen. Und meine Hände gestreichelt. Damit muß er mich paternisiert haben. Denn ich bin neben ihm wie ohne meinen Vaterkomplex dahergetrottet. Also, ich stand dann in seiner Bude und sah zu, wie er sich auszog. Behaart wie ein Affe war er und schmutzig wie die Moldau zu Ostern. Aber er hat mich nicht einmal angerührt, nur immer mit seinen kugelrunden Augen angestiert. Zuerst dachte ich, er wäre ein Scham-Maniak. Lach nicht schon wieder! Das gibt es. Das sind Käuze, die bei nichtsahnenden Jungfrauen schwere Schamzustände herbeiführen, um sich daran zu letzen. Erst vor kurzem habe ich dafür einen Beweis bekommen. Die Louison, die ich einmal wegen ihrer hartnäckigen Frostbeule zu dir geschickt habe ... Es war gar keine? Na, prosit! ... Also, sie muß schon gegen fünfzig sein und hat im Gegensatz zu ihren Kolleginnen, die noch mit vierzig glauben, ihre Haut zu Markte tragen zu können, schon mit sechsunddreißig eingesehen, daß sie nicht mehr mit einem Typ ins Bett gehen darf, wenn ihre Ungenießbarkeit nicht anekdotisch werden soll. Sie hat sich absolut nicht mehr ausgezogen, größeren Wert als je auf piekfeine Unterwäsche gelegt und sich nurmehr auf die Chaiselongue. Quelle radeuse! Wenn das jede Altgewordene sich zu Herzen nehmen wollte, unser Geschäft wäre nicht so verschrien! Ach so, ich bin schon wieder vom Thema abgekommen. No, warum nicht. Alles gehört immer dazu. Also, Louison hat mir erzählt, daß sie, als sie sich nicht mehr ausgezogen hat, eine ganz neue Kundschaft bekommen hat. Da sie schlank ist und ihr Gesicht à la Embryo montiert, hält jeder sie für sechsundzwanzig und das Nichtausziehenwollen für Scham. Sobald sie gemerkt hat, daß damit ein Geschäft zu machen ist, hat sie sich vor Scham nur so gewunden und sogar geweint. Ich würde mich genieren, mich zu genieren. Jetzt macht sie das schon so fabelhaft, daß ein Privatdozent sie als ganz absurden Fall in ein dickes Buch als Schulbeispiel aufgenommen hat. Dick, dick! Was für eine undankbare Sache doch so ein Bauch ist! Es kostet viel, ihn sich anzuschaffen, und nachher ist es noch viel teurer, ihn an das Weib zu bringen. Louison zum Beispiel zieht ihn aber nicht deshalb allein vor. Sie tut noch so, als würde sie ihn vor Scham gar nicht sehen. Da ist der Typ dann ganz weg vor Seligkeit und läßt sich ausbeuteln wie ein Sack. Aber jetzt solltest du endlich das Dessert bringen lassen. So, ich feßle dich mit meinem Getratsch so unentwindbar, daß ... Tu nicht so, würdiger Hort der Huren von der Victoire, sondern klingel schon! Dich muß man tatsächlich mit der Nase auf deine Gastgeberpflichten stoßen. No und dabei kommt mir auch hoch, daß ich meinen Prager Juden schon wieder aus dem Auge verloren hatte. Der hat mich nämlich auch mit der Nase auf etwas gestoßen. Er brachte plötzlich einen blitzblanken Nachttopf, in dem sich Bier befand. Ich habe es austrinken müssen. Gutes Pilsener Spatenbräu. Aber was sah ich auf dem Boden des Topfes? ... O là là, ich höre Nounou heranschlurfen ... Schau, schau, Gaufrettes, Nüsse, Joghourt und Ananas. No ja ... So. Und jetzt werde ich dir *auch* den Rest geben. Spann deine etwas zu großen Wascheln auf! Ich sah in dem Nachttopf einen gemalten Menschenmund, der einen Hund ins Bein beißt. Und darunter war zu lesen: ›Gott ist eine Seuche.‹ Der Mann hatte Lenin vorweggenommen. Dieses Erlebnis hat mich von Grund aus aufgewühlt. Du bist enttäuscht? Schade, daß ich nicht gelogen habe! Mir wäre sicherlich etwas Originelleres eingefallen. Nächtelang habe ich mir den Kopf über diesen Juden zerbrochen. Er hat mich nämlich sogleich darauf fortgehen lassen. Erst nachher ist mir seine Absicht klar geworden. Er wollte mich revolutionieren. Denn oberhalb seines Bettes hatte ich ein großes Ölbild der Zarin Alexandra gesehen, das an den weiblichsten Stellen rot verschmiert war. Durch Zufall erfuhr ich später, daß er Brillant hieß und 1905 in Moskau dabei gewesen war. Und er *hat* mich auch revolutioniert. Denn von da an zogen die Helden und Träumer bei mir nicht mehr. Ich konnte keinen ernsten Roman, kein ernstes Theaterstück mehr ertragen. Alles lächerte mich. Kein Wunder, daß ich schon mit siebzehn meinen Wenzel verführte. Ich fürchte, das arme Bürscherl hat das hinterher nicht ausgehalten. Vielleicht haben sie ihn in der Rossauer Kaserne gar nicht zutode schikaniert. Wahrscheinlich hat er sich freiwillig aufgehenkt. Wenn es aber so war, dann war er nicht würdig, mein Bruder gewesen zu sein. Dann war er ein Blödian, für den es keine Entschuldigung gibt. Das Erlebnis mit mir hätte ihn revolutionieren müssen. Das war ja auch meine dumpfe Absicht gewesen. Und dieses Hornvieh henkt sich auf! Dann kamst du an die Reihe. No, du hast dich wenigstens nicht aufgehenkt. Aber revolutioniert hat es dich allerdings auch nicht. Glücklicher Weise. Denn sonst hätte ich dir hier auf der Victoire nicht das Renommée so unerhört hochtratschen und du mir konsekutiv dieses hervorragende Déjeuner nicht vorsetzen lassen können. Ich weiß, ich weiß, ich habe mich selber davorgesetzt. E vero. Aber es war deine verfluchte Pflicht und Schuldigkeit, es zu gestatten. Du gestattest doch? Nur noch ein Glaserl Superfine ... Es war deine verfluch ... Auch die fünfzig ... Denn ich bin ein Opfer der tückischen Straße. Prossim, noch ein Glaserl Super ... Eins, zwei, drei ... Kling Klang Gloria ... Was, schon drei Uhr? O là là, je dois filer et au plus vite. C'est le moment pour attrapper ce cochon de Ferdinand. Je vais lui crêver son chien. Aber ich werde das Ekel nicht ins Bein beißen. Ich werde mich beherrschen. Au revoir, Sippi. Ach, wenn ich dich so mit den letzten Schlüssen meines revolutionären Gehirnes betrachte ... No, das kann dir ja kohinoor sein. Hand auf meinen Bauch! Der geht jetzt mit mir fort von da, etsch! So! Und da hast du noch schnell einen Jubelschmatz auf deine Platten. Leb wohl! Im Ordinationsstuhl sehen wir uns wieder.«

Doktor Schwer blickte lächelnd Irene nach, während sie graziös aus der Tür eilte. Dann feixte er, wischte sich sorgsam den Mund ab und zwitscherte an mehreren Zähnen. Als er die Tür nach seinem Ordinationszimmer öffnete, murmelte er: »Messalina – eine Blunzen!«

Tralcof griff, kaum daß er erwacht war, hastig nach dem Telephonapparat, der auf dem Nachttischchen stand, und lächelte verschmitzt, während er auf die Stimme der Beamtin wartete. »Central 4688 ... Ja ... Die Signorina Forbena, bitte ... Ja ... Luisa? Guten Morgen. Ausgeschlafen? ... Aber das muß doch wieder einmal aufhören. Ich glaube, daß es für die Erhitzung erkalteter Beziehungen genügt, wenn man sie drei Wochen lang ... Wie? Sechs Wochen? Si. Also wenn man sie sechs Wochen lang auf den Rost eines flammenden Bruchs legt. Poetisch, nicht? ... Ja, du hast recht. Ich war stets ein sachlicher Träumer. Du glaubst mir doch hoffentlich kein Wort. Jetzt, da mich die Sehnsucht treibt ... Ja, bitte, treibt. Also jetzt kann ich es dir ja eingestehen, daß ich mit dir nur gebrochen habe, weil es so nicht mehr weiterging und weil ... Was ich eigentlich will? O, du Tiefsinnige! Erstens mich mit dir aussöhnen, um die Friedlichkeit meiner seit drei, scusate, seit sechs Wochen schwer troublierten Nächte wiederherzustellen ... Ach, ich pfeife darauf, ob du es glaubst oder nicht. Wichtig ist mir nur, daß du wiederherstellst ... Nicht? ... Wirklich nicht? Warte bitte, bevor du mir endgültig abläutest, mein Zweitens ab ... Ja, heißgeliebtes Mädchen ... Du lachst nicht einmal? Dann allerdings ist die Gefahr des Abgeläutetwerdens beträchtlich gestiegen ... Ja, ja, ja, also kurz und gut und zweitens: *wie* konntest du eine derart fürchterliche Dummheit machen, dich mit diesem Frauenzimmer in der Via Chiaia zu zeigen und noch dazu am hellen Mittag? ... Ob ich sie kenne? Ganz Neapel kennt diese Person. Wie konntest du nur! ... O, ich vermute, daß es ein Rückzug ist, wenn man nach solch einer feuchten Mitteilung plötzlich keine Zeit mehr hat ... Was? Um sieben Uhr? Zur Wiederherstellung? ... Nein? ... Also um sieben Uhr. Arrivederci!«

Tralcof ließ sich schmunzelnd in die Kissen zurückgleiten: er war nun sicher, daß er jene schöne Frau, die er am Tag vorher am Arm Luisas, das erste Mal in seinem Leben, gesehen hatte, in wenigen Tagen kennen würde.

Abends saß er mit Luisa im Esposito auf der Piazza S. Ferdinando.

Luisa hatte sofort, als er bei ihr eingetreten war, Frau Vercelli in leidenschaftlicher Weise zu verteidigen begonnen: sie sei die

Witwe eines römischen Colonels, der in Tripolis gefallen wäre, bewohne drei Zimmer im Hotel Britannique auf dem Corso Vittorio Emanuele und verkehre überhaupt nur mit zwei Menschen, mit Lina Dini und Carlo Gelli, durch den sie zufällig ihre Bekanntschaft gemacht habe. Luisa war während dieser Verteidigungsrede geradezu aufgeregt gewesen.

So hatte Tralcof, ohne selbst auch nur ein einziges Wort gesagt zu haben, mühelos erfahren, was er zu wissen wünschte; daraufhin die Möglichkeit eingeräumt, daß er sich geirrt haben könnte, daß vielleicht eine verblüffende Ähnlichkeit vorläge, und, schnell ablenkend, Luisa eine gut disponierte Liebeserklärung gemacht, die zwar zu keinem deutlichen Ergebnis führte, aber immerhin zur Annahme der Einladung zum Diner.

Beim Dessert, dem vorzüglich gebändigte Sprachattacken und mehr oder weniger heftige Wiederannäherungsversuche auf dem Souterrain vorhergegangen waren, ließ Tralcof eine kleine Pause eintreten, um mit der erforderlichen Harmlosigkeit sagen zu können: »Nein, ich glaube doch nicht, daß ich mich geirrt habe. Die Ähnlichkeit war *zu* groß.«

»Du *mußt* dich geirrt haben.« Luisa wurde augenblicklich wieder aufgeregt, so daß Tralcof verwundert aufmerksam wurde. »Es ist gänzlich ausgeschlossen, daß Pina nicht ist, was sie scheint.«

Tralcof lächelte dünn. »Pina sagst du bereits? Also schon so intim? Nun, ich erinnere dich an das, was ich dir früher öfter zu bedenken gab: daß man immer nur etwas zu sein scheint und daß es deshalb lediglich darauf ankommt, herauszubekommen, ob man den frühzeitig und endgültig angenommenen Schein vor sich hat oder einen nur vorübergehend angenommenen.«

Luisa machte eine eigensinnige Handbewegung und fistelte nervös: »Laß bitte deine Erziehungsversuche! Darauf falle ich nicht mehr hinein. Außerdem hat mir Pina tatsächlich bewiesen, daß sie es ehrlich mit mir meint.«

Tralcof schwieg schlauerweise und beschränkte sich darauf, als er Luisas forschenden Blick auf sich gerichtet fühlte, wie für sich hin zweifelnd den Kopf zu bewegen.

»Du kannst dich ja selbst davon überzeugen, wenn du willst.« Luisa spielte ärgerlich mit ihrer Serviette. »Ich gehe morgen mit ihr und Gelli ins Theater. Komm in die Loge! Ich stelle dich vor.«

Tralcof zuckte, sehr mit seinem Vorgehen zufrieden, leicht die Achseln und nahm seine Bestrickungstätigkeit wieder auf, die ihn denn auch nach Mitternacht in Luisas Bett brachte ...

Als er am nächsten Abend in Frau Vercellis Loge erschien, war Luisa deshalb so heiter, daß der günstige Eindruck, den er auf jene machte, noch durch die naheliegende Vermutung, er könnte diese Heiterkeit hervorgerufen haben, erhöht wurde.

Tralcof erkannte sogleich, wie vorteilhaft seine Situation sich gestaltete, und zögerte nicht, ihr kräftig nachzuhelfen: er ignorierte Frau Vercelli fast, verwickelte aber Luisa und Gelli in eine schlechthin betörend amüsante Konversation und verließ, als es ihm gelungen war, der finster abseits Sitzenden ein Lächeln zu entlocken, überraschend unvermittelt die Loge.

Am folgenden Morgen war es daher Luisa, die anklingelte, um ihn mit jenen gewissen halben Tönen heißen Stolzes zu bitten, sie abends abzuholen und ins Hotel Britannique zu begleiten.

Daselbst verursachte Tralcof mit boshafter Genugtuung ein eisiges Diner, indem er sich darauf beschränkte, mit dem Kopf zu nicken oder ihn leise zu schütteln. So daß der sonst sehr zähe Gelli es nach einigen verzweifelten Versuchen aufgab, Tralcof zum Reden zu bringen.

Umso größer war darum dessen Erfolg, als er, während man noch Kaffee trank, ans Klavier ging und die reizvollsten deutschen und französischen Kabarettschlager spielte, zwischendurch sang und scherzte und schließlich die gewagtesten Späße machte, welche Frau Vercelli immer wieder vor die Wahl stellten, ihn hinauszuwerfen oder zu bewundern. Da sie selbstverständlich dieses vorzog, war es nicht weiter verwunderlich, daß sie Luisa neugierig fragte: »Ist er immer so?«

»Nein, so war er noch nie.« Luisa ahnte nicht einmal, was alles sie mit dieser Feststellung vernichtete.

Denn Frau Vercelli zweifelte nun nicht länger, wem Tralcofs Götterstimmung gelte, und erkannte, daß dessen vorhergegangene Launen bewußte, auf sie gerichtete Manöver waren.

Als Luisa und Tralcof spät nachts sich verabschiedeten, bat Frau Vercelli um Bücher. Tralcof, bereits innerlich sich als Sieger huldigend, versprach welche; Luisa, sie zu bringen.

Doch Tralcof kam ihr zuvor. Schon am anderen Morgen. Und zwar um acht, überzeugt, Frau Vercelli noch im Bett anzutreffen und gleichwohl vorgelassen zu werden.

Kaum hatte das Zimmermädchen, das ihm mitgeteilt hatte, er möge ein wenig warten, den Salon verlassen, als Tralcof kurzerhand Frau Vercellis Schlafzimmer betrat.

»Giorno. Ich wußte, daß Sie nicht warten würden.« Frau Vercelli blieb, ihm nur den Kopf zuwendend, im Bett liegen.

Tralcof ließ die Bücher fallen. »Sie ... Sie ... Sie ...« keuchte er, nicht ohne effektvolle Klimax, und warf sich, nicht weniger bedacht, auf Frau Vercelli, die ihn ohne den geringsten Widerstand empfing und nach einer Stunde immer noch festhielt.

Erst als eine ganz besonders durchgearbeitete Erschöpfung stattgefunden hatte, begann sie zu sprechen. »Bist du wirklich Luisas Apoll?«

»So daneben vorbei gewesen.« Tralcofs mächtig geschwungene Brauen zuckten wie gekränkt. »Vor vielen Monaten einmal habe ich, gewiß, aber ... Ich fing nur deinetwegen wieder an.«

»Sie muß schon reichlich bejahrt sein, das Wesen.«

»Dreiunddreißig.«

»Si. Seit sechs Jahren.« Frau Vercelli ließ Tralcof nicht aus den Augen. »Bei diesem Leben geht es eben rasch.«

»Kokotte ist sie eigentlich nicht.«

»Doch.«

»Du willst mich aushorchen.« Tralcof zupfte mißtrauisch an ihren Achselhaaren.

»Vielleicht. Liebst du sie?«

»Wie macht man denn das?«

»Bene. Hat sie mich beschimpft?«

»Nein. Vielmehr dich heftig als anständige Frau verteidigt, als ich dich eine schwere Kavallerie-Hure nannte.«

»Was?« Frau Vercelli, deren prächtiger Oberkörper viperngähnlich aufgeschnellt war, ließ sich alsbald grinsend zurücksinken. »Übrigens weshalb, wenn man fragen darf?«

»Zur Orientierung. Sage mir, auf wen eine Frau schimpft, und ich werde dir sagen, welche von beiden vorzuziehen ist.«

»Nett. Aber sie hat mich doch nicht beschimpft.«

»Eine Frau, die eine andere verteidigt, muß schwer hineingefallen sein.«

»Bravo. Aber beobachtet sprichst du noch besser. Hör mal, willst du mit mir arbeiten?« Frau Vercelli räusperte aufmunternd.

Tralcof setzte sich auf, es mit Erfolg vermeidend, erstaunt zu sein. »Was soll das heißen?«

»Das soll heißen, daß du mir in jeder Hinsicht willkommen wärst. Und wenn du mein Liebhaber bleiben wolltest, umso herzlicher.« Frau Vercelli weidete sich, fast mit leisem Hohn, an Tralcofs gespielter Gleichgültigkeit. »Die Veränderung wäre nicht zu deinem Nachteil. Wieviel gibt dir Luisa, carissimo?«

»Sind Sie ... Bist du dessen sicher?«

»Er verspricht sich! Also doch noch ein wenig beleidigt.«

»Ich wundere mich über deine gotische Psychologie. Unnötig. Luisa gab mir gestern tausend.« Tralcof, der bloß fünfhundert erhalten hatte, ärgerte sich, nicht einen höheren Betrag genannt zu haben.

»Stimmt. Das Geld ist von mir.« Frau Vercelli küßte ihren Handrücken.

Tralcof ließ augenblicklich seine Augen träumen.

Frau Vercelli sah es, sachte schmatzend. »Ich verschaffe nämlich Kokotten, die sich der Überreife nähern, Geld. Tunlichst viel und nur gegen einen richtigen Schuldschein. Welche überreife Kokotte braucht kein Geld? Jede. Welche zahlt zurück? Keine. Das dauert also längstens zwei bis drei Jahre. Die Michés bleiben schließlich fast ganz aus und mit ihnen die Soldis. In diesem feierlichen Augenblick erscheint einer meiner Turner mit dem Schuldschein, der an ihn zediert ist, und ...« Sie hielt beiläufig inne.

Tralcof stieß ihr, süß lächelnd, sein Gesicht hin. »... und macht die dümmsten Drohungen und am Ende die Gans willig dazu ... O, das kann ich mir sehr gut vorstellen.«

»Weniger aber, daß persische, indische und chinesische Bordelle ganz unwahrscheinlich stattliche Beträge für weiße Damen zahlen, nach denen hier kein Lazzo mehr kräht. Übrigens werden diese Kühe dort wie Prinzessinnen behandelt. Ich habe Dankschreiben.« Frau Vercelli legte ihre gepflegte schöne Hand zart auf Tralcofs nackten Bauch.

»Wieviel hast du Luisa geliehen?«

»Sechstausend. Mit denen sie ja bald fertig sein wird, wenn du ...«

»... wenn ich nachhelfe.«

»Bravissimo.« In Frau Vercellis Augen blitzte es verhalten. »Ich ahnte sofort, daß du zu brauchen bist. Wie du dich mir vormanövriertest, war eine gesunde Talentprobe ... Ecco. Du mußt Luisa das Geld so rasch wie möglich wieder abnehmen. Es gehört, darüber ist nicht weiter zu reden, dir. Und mußt dich auch an andere Damen heranmachen. Aber doch lieber Genre Lina Dini, der ich viertausend geliehen habe. Diese Sache macht Gelli. Allora, va bene?«

Tralcof überhörte raffinierter Weise diese Frage. »Ich kann mir aber auch vorstellen, welchen Erfolg du in diesem Metier hast, das bisher nur stinkende alte Vetteln an der Hand einiger Friseur-Beaux ausübten. Eine vornehme, sehr schöne Frau und ein neuer, wenig riskanter Truc. Meine Hochachtung! Ein ungewöhnlicher Handel!«

Frau Vercelli wartete lauernd, die Augen auf ihren rosigen Unterleib gesenkt. Dann wurde ihr Atem kürzer. »Du machst eine Bedingung?«

Tralcof lachte auf. »Wir verstehen uns ohne Hängebrücken.« Er biß, irgendwelche Schwierigkeiten markierend, in seinen Zeigefinger. »Ich möchte lediglich Präzisionen.«

»Wir machen Kontrakt. Du bekommst zwanzig Prozent des Verkaufspreises der von dir beendeten, vielmehr auf neu verfrachteten Damen, sämtliche Spesen ersetzt, wobei ich *dir* gerne durch die Haare sehe, und schließlich noch manches von mir, wenn du dich um mich weiterhin so verdient machst wie heute.« Frau Vercelli beklopfte zärtlich ihre Knie. »Ä, carissimo ...?«

Tralcof hielt es für zweckentsprechend, ein scharfes Gesicht zu machen, bevor er, plötzlich zu einem dummen Ausdruck übergehend, großartig sagte: »Va bene.«

Frau Vercelli, die nun überzeugt war, in ihm ein williges Werkzeug gefunden zu haben, schloß die Augen und bewegte begehrlich die Beine.

Tralcof, dieser Bewegung nachkommend, überlegte, während seine Lippen freche Zärtlichkeiten fabrizierten, wie er Frau Vercelli in seine Hand bekommen könnte.

»Was? Sie wollen nicht?« Kauner sprang empört auf, kaum daß er sich gesetzt hatte. »Auch nicht, wenn ich Ihnen wiederhole, daß diese kleine grüne Kiste Diamanten enthält? Wasserreine Diamanten? Und daß wir drei ...«

Fogoschin, bleich und mager, nickte mit gefalteter Stirn auf ihn ein. »So seien Sie doch nur nicht so ungeduldig! Ich sage ja nicht, daß ich dagegen bin, sondern ...«

»Sondern ...?« winselte Kauner feixend.

»Fogoschin ist nämlich gelber Terrorist geworden.« Stenka, der vollendete Typ der häßlichen intellektuellen russischen Jüdin, erhob sich würdeschwankend. »Und zwar durch mich.«

Kauner ließ sich lachend die Haare ins Gesicht stürzen. »Gelber Terrorist? Darf er deshalb keine grüne Kiste knacken?«

»Ich bitte Sie, Kauner, lassen Sie diese infantilen Späße!« Stenka riß ihre aufgebürsteten Wimpern energisch hoch und trat, nunmehr geradezu majestätisch, ans Fenster.

»Gelber Terrorist? Das ist infantiler noch als spaßhaft.« Kauner warf sich aufprustend in ein Fauteuil und drehte sich kopfschüttelnd grinsend eine Zigarre zwischen die Lippen.

Fogoschin zog einen Stuhl neben ihn, legte ihm die Hand aufs Knie und hielt eine fast einstündige Rede über den gelben Terror: Es handle sich um eine gänzlich neue Gründung, durchaus nicht um die altrussische Terroristenpartei, auch nicht um die gleichfalls längst unaktiv gewordene Ssavinkow-Gruppe. Deren Ziel, die gewaltsame Untergrabung der bestehenden Ordnung zum Zwecke der Errichtung einer neuen, billige *seine* Partei nicht, die deshalb zum Unterschied von jener ihren Terror den gelben heiße. Dessen Ziel sei die Herbeiführung des allgemeinen Chaos, nicht nur in bezug auf die bürgerliche Rechtsordnung, sondern auch in bezug auf die Gehirne, denen keine neue Idee, keine neue Irrlehre serviert werde. Das Chaos der Zustände *und* Köpfe habe als der normale Zustand hergestellt zu werden. Alles sei allen erlaubt, so weit und so wie es einem jeden eben gefalle. Die Menschheit, die mit ihren Ideen nicht anders fertig wurde, als daß diese in der Hand einzelner mit ihr fertig wurden, habe jetzt endlich mit sich selber fertig zu werden. Es sei außer Zweifel, daß eine allgemeine, absolute und direkte Vogelfreiheit einen Weltzustand herbeiführen werde, der, obwohl er sich durchaus nicht bis ins Letzte vorstellen lasse, dennoch *natürlich* sein müsse. Sämtliche höchste Verbrechen, wie Mord, Diebstahl, Notzucht, Blutschande, überhaupt alle sogenannten Laster, welche bisher von dem Privatinteresse einer international herrschenden Gaunerbande als Verbrechen gestempelt wurden, seien für vogelfrei erklärt. Obenan naturgemäß der Machttrieb, die Hefe aller Vergnügungen; ob er sich nun direkt äußere, indem er in abertausend Formen zu herrschen trachte, oder indirekt, indem er in abertausend Formen sich pervertiere. Die ganze Welt sei vogelfrei. Die Folge würde sein, daß es drunter und drüber ginge. Und da es im tiefsten Grunde auch bisher stets drunter und drüber gegangen sei, würde auf diese Weise nur ein bereits latent bestehender, lediglich von einigen wenigen vogelfrei schaltenden Exemplaren eingeschnürter Zustand publik werden und allgemein. Es würde toll werden. Unvorstellbar. Unsäglich. Verrückt. Aber es sei die letzte Möglichkeit der Menschheit, auf sich selbst zu kommen. Würde die ganze Menschheit schrankenlos auf sich selbst losgelassen sein, so müßte sie, nachdem sämtliche Triebe, eine freilich nicht bestimmbare Zeit hindurch, mit noch nie dagewesener Aufrichtigkeit und Vehemenz auf einander geprallt wären, eines Tages zweifellos auf einem Punkt anlangen, von dem aus es nicht mehr weiterginge. Auf diesem Punkt könnte eine gänzlich neue, aber, weil aus keinem Arrangement hervorgegangen, natürliche Regelmäßigkeit (oder Gesetzmäßigkeit oder Ordnung) sich einstellen, die ebendeshalb jeder erkennen und anerkennen würde. Damit wäre das Paradies erschienen. Es könnte aber auch sein, daß diese natürliche (und darum allein richtige) Ordnung *nicht* erschiene. In diesem Falle würde eine rasende Übersteigerung aller Triebe beginnen. Ein grauenhafter Wahnsinn. Vielleicht würde die Menschheit in diesem Zustand sich selber unerträglich werden. Vielleicht würde sie in letzter Raserei ein Attentat auf die Erde begehen ... die Erde in die Luft sprengen ...

Kauner, der bemerkt hatte, daß Stenkas Finger immer nervöser über das Fensterbrett wischten, machte in diesem Augenblick unwillkürlich eine ironisch ablehnende Körperbewegung, so daß Fogoschin zornig innehielt. »Lieber Fogoschin, Sie entwickeln da nichts Geringeres als eine Weltanschauung. Das tun *Sie*, der mir erst vor einem Jahr in Petersburg gesagt hat, er wäre gegen jede Art von Weltanschauung, und daß die meine, welche eigentlich nur die sei, keine zu haben, die allein diskutable sein könne.«

Fogoschins blasse Lippen machten kleine bogenartige Bewegungen. Seine Fingerspitzen tippten aufgeregt auf einander. »Nein, nein, nein, nein ... Ich war darauf vorbereitet, das von Ihnen zu hören. Haben Sie doch nur Geduld! Was ich sagen will, ist ... Ich muß doch weiter ausholen. Bevor ich Sie in Petersburg kennen lernte, war ich das, was man einen gewöhnlichen Verbrecher heißt. Wie ich das wurde, ist gleichgültig. Jedenfalls war meine Weltanschauung nihilistisch, wenngleich durchaus subjektiv. Ich kümmerte mich lediglich um mich und um die anderen nur insoweit, als ich beabsichtigte, sie zu plündern. Sie waren der erste Mensch, den ich nicht zu plündern versuchte, weil er mir Dinge sagte, von denen ich bis dahin geglaubt hatte, sie allein zu kennen. Hinzu kam, daß Sie diese Dinge gleichsam erst unter Dach brachten, während sie in mir mehr oder weniger abstrus durcheinander geflossen waren. Es war eine komplette Weltanschauung negativer Observanz, die Sie vor mir entrollten, eine philosophisch-epikureische Determination des Verbrechens. Es war die Weltanschauung der tabula rasa, eine letzthin nicht wertende Glorifikation des Verbrechers. Aber es *war* trotz allem eine Weltanschauung. Denn eine Weltanschauung hat man *immer.* Solange man lebt, schaut man die Welt unter einem bestimmten oder unbestimmten Gesichtswinkel an. Nur ein Toter hat keine Weltanschauung mehr.«

»Das ist richtig.« Kauner nahm seinen Kopf aus den Händen. Dabei wechselte er mit Stenka, die sich kurz umgewandt hatte, einen scharfen Blick.

Fogoschin wischte sich den Speichel vom Mund. »Ich will Ihnen mit all dem ja nur sagen, daß ich, der ich völlig Ihrer Anschauung war, augenblicklich die Stenkas und ihres Kreises annahm, als ich sie das erste Mal hörte, weil diese Anschauung nur eine großartige Fortsetzung der Ihren ist, Kauner. Ihre Anschauung enthält kein Ziel, das weiter läge als in Ihnen selbst. Jene geht weit darüber hinaus. Wie, das habe ich Ihnen ja bereits auseinandergesetzt. Was Sie aber noch nicht wissen, ist, daß Sie bisher durch Ihre ganze Arbeitsart beinahe schon gelber Terrorist waren. Und daß Sie nur Weniges hinzutun müssen, um ein ganzer und vielleicht einer unserer allerersten Terroristen zu werden. Und nun hören Sie: der gelbe Terror, wie wir den Zustand des hergestellten allgemeinen Chaos nennen, wird dadurch herbeigeführt, daß ganz einfach praktisch mit ihm begonnen wird. *Jeder* Verbrecher ist Terrorist. *Alle* müssen Verbrecher werden ...«

»Wenn ich Sie recht verstehe ...« Kauner bat Fogoschin um

Feuer, um zu verbergen, daß er jede von Stenkas Bewegungen überwachte, »... so dürfte ... danke! ... das, was der gewöhnliche Verbrecher, um gelber Terrorist zu werden, noch hinzutun muß, doch wohl sein, daß er sich weniger um grüne Kisten kümmert, als um ... Ja, worum?«

Fogoschin biß sich auf die Unterlippe, schmatzte ein wenig und ballte die Hände, daß die Knochen weiß hervorschimmerten. »Kauner, ich erkenne Sie nicht wieder. Bitte hören Sie weiter! Das allgemeine Mittel zur Herbeiführung unseres Ziels ist, kurz gesagt: hemmungslose Gewaltanwendung, wo immer es nur angeht. Was ist Gewaltanwendung? Jede Art von Verbrechen. Damit wühlt man am Fuße des Baues der bestehenden Ordnung, ohne sich um den *Effekt* weiter zu kümmern. Nun aber hat man sich um den *Effekt* zu kümmern. Und das tut man durch ein hinzugefügtes Attentat auf die Gehirne. Der gelbe Terrorist muß das Chaos der Köpfe herstellen, ohne das die direkten Gewalttätigkeiten keine Nachahmung finden, wenigstens nicht in solchem Ausmaß, daß die große Panik beginnt, die am Anfang des allgemeinen gelben Terrors stehen wird. Diese Nebentätigkeit, die aber dennoch durchaus essentiell ist, besteht in sexuellen Hemmungslosigkeiten aller Art, um durch Lockerung der geschlechtlichen Urtriebe Entsetzen zu verbreiten und sie zugleich aufzupeitschen. Sie besteht in der systematischen Störung sämtlicher Gewohnheiten der Menschen, um jene Unzufriedenheit und bis zu Wutanfällen sich steigernde Gereiztheit herbeizuführen, von der es nicht mehr weit zur Gewalthandlung ist. Indem man zum Beispiel in Restaurants Stinkbomben legt; in den Cafés die Tische beschmiert, bespuckt; auf der Straße plötzlich einen gellenden Schrei ausstößt; Regenschirme zerschneidet; Häuserwände schweinisch bemalt; falsche Telephongespräche zu Tausenden führt; phantastische Irrlehren verbreitet und nach wenigen Tagen das Gegenteil; anonyme Briefe schreibt, um jede Art persönlicher Beziehungen zu zerstören; kurz, indem man lügt, betrügt, stänkert, verwirrt, entsetzt ... Das Feld dieser Tätigkeit ist unüberblickbar groß. Der Haupteffekt aber, neben dem die soeben geschilderte Tätigkeit wahrlich nur eine Nebentätigkeit ist, wird dadurch erzielt, daß man ... daß man dem jeweils Ermordeten eine kleine Papierrolle hinters Ohr steckt, auf der zum Beispiel eine religiös-unsittliche Zeichnung zu sehen ist und darunter zu lesen: ›So du nicht wirst wie ein Kindlein, bringt dir kein Kakadu den lange ersehnten Spazierstock‹. Oder: ›Sie reichten mir stets die Hand, ohne sie zu drücken. Deshalb glaubte ich, Vertrauen zu Ihnen haben zu können. Sie haben mich betrogen, indem Sie mir vertrauten.‹ Oder: ›Du sagtest einmal, du hättest in einem gewissen Augenblick dir gewünscht, nicht aufblicken zu können. Ich nannte dich die geborene Nulpe. Du zweifeltest. Empfange deine Strafe, nichtsnutziger Träumer!‹ Oder: ›Waren nicht Sie es, den ich soeben anspie?‹ Oder: ›Hier ist ein Blumenkorb untergegangen. Was ist ein Blumenkorb, so frage ich?‹ und so fort, daß den Leuten der Atem im Halse stecken bleibt vor Entsetzen, vor Irrsinn. Die Leichen sollen derartige Inschriften, auf gelbem Papier, ins Knopfloch bekommen, mit gelben Girlanden geschmückt werden, gelbe Papierkronen auf dem Kopf tragen, auf die zum Beispiel ein Eselskopf gemalt ist, quer von einer Stricknadel durchstoßen etc. ... Dadurch wird jene allgemeine vorbereitende Verwirrung in den Köpfen angerichtet, von der es nicht mehr weit zur großen ist, zur gelben ...«

»Warum sagen Sie gerade zur – gelben?« Kauner war immer vergnügter geworden; sonderlich, seit Stenka sich mit einem Blick, als könne sie Telegraphenstangen umlegen, ihm zugewandt hatte.

Fogoschins Augen leuchteten fanatisch auf. »Weil gelb von allen Farben die irrsinnigste ist. Man hat festgestellt, daß ganz gesunde Menschen, andauernd dieser Farbe ausgesetzt, Spuren von leichtem Irresein aufweisen und daß reguläre Irre diese Farbe am meisten lieben. Im übrigen aber, weil man für jede neue Sache ein handfestes Wort braucht.«

Längst dazu entschlossen, etwas zu provozieren, reichte Kauner wie in überwallender Ergriffenheit Fogoschin die Hand. »Sie haben mich überzeugt. Es gilt. Ich bin gelber Terrorist.«

Da trat Stenka vom Fenster weg und schnell auf Kauner zu. »Sie lügen! Sie haben sich andauernd über Fogoschin lustig gemacht.«

Kauner stand stramm und salutierte mit der Rechten. »Zu Befehl!«

»Kauner!!!« Fogoschin schlug sich die Hände auf die Ohren. »Sind Sie verrückt?«

»Nein. Ich übe mich im gelben Terror.« Kauner setzte sich johlend. »Wenn ich Sie ermorden würde, bekämen Sie ein Papier ins Knopfloch gesteckt, mit der Inschrift: ›Du warst der größte Schweinehund, den der Teufel in seinem Zorn erschuf. Warum bist, Unglücklicher, du es nicht geblieben?«

Stenka lächelte hochnasig. »Sie wollen damit sagen, daß Fogoschin Idealist geworden ist.«

»Parfaitement, madame.« Kauner machte eine Hoftheatergeste.

Stenka lehnte sich an den Tischrand und schob ein Buch mit erregter Hand weit von sich. Es war unverkennbar, daß sie sich zu einer großen Rede anschickte. »Was Fogoschin Ihnen soeben entwickelte, hätte ich Ihnen nicht besser erklären können. Gewiß, es ist eine Art von Idealismus, aber ...«

»Genug!« Kauner sprang auf, den Blick dunkel vor Eifer. »Ich kenne Ihren Kreis nicht, madame, bin aber überzeugt, daß er, wenn er überhaupt existiert, aus Schwachköpfen besteht. *Sie* halte ich überdies für eine Dame, die mit Hilfe dieses gelben Terrors Herrn Fogoschin sich eingefangen hat. Für irgendeine große Lumperei. Oder für andere Privatzwecke, die, Fogoschins schlechtem Aussehen nach zu schließen, behäbigerer Natur sein dürften als das Mittel, das schwerlich auch nur kleine Anwendungen erleiden wird. Fogoschin ist, so schwer er als ›Junge‹ ist, ein leichtes Opfer für Schwadroneure. Deshalb fürchteten Sie während dieser ganzen Unterredung für Ihre Herrschaft über ihn, der ja von je auch für meine Suada eine Schwäche hatte. Das wußten Sie. Und deshalb versuchten Sie vorhin, mich durch einen frechen Affront mit ihm zu brouillieren. Rechts um! Kehrt euch! Marsch!«

»Fogoschin!« schrie Stenka zornbleich. »Wenn du ihn nicht sofort hinauswirfst, verlasse ich das Hotel.« Sie legte beide Hände übereinander auf die Stirn und atmete gleich einer Sterbenden.

Fogoschin sah verstört auf. »Ich entsinne mich, Stenka, daß du immer gegen diese Zusammenkunft warst. Und auch dem Kreis wolltest du mich nie vorstellen ... wenigstens nicht früher, bevor ich mein ... mein Meisterstück abgelegt hätte ...«

»Meisterstück?« Kauner schleuderte, um besonders endgültig zu wirken, ein Glas zu Boden. »Das wäre ja fast tatsächlich ein Meisterstück geworden, madame ... eine ganz große Lumperei.«

Fogoschin massierte seinen Hals.

Stenka unternahm es, zu husten.

»Meine Adresse wissen Sie, Fogoschin.« Kauner stieß ein paar Glasscherben mit dem Fuß gegen Stenka. »Wenn Sie Lust haben ... Die grüne Kiste ... Ich erwarte Sie nur bis morgen abend. Aber ohne diesen gelben Terror da neben Ihnen. Au revoir, mon cher.«

Plötzlich stand er unter der Tür, bleich, klein, grünlich – und mit einem schwarzen Blutfaden auf der rechten Schläfe.

Die Galli lief herzu, griff ihm unter die Achseln und schleifte ihn mehr, als sie ihn führte, zu einem Klubfauteuil.

Alle reihten sich im Halbkreis um ihn. Spriller hielt ihm ein Glas Bowle an die Lippen, das er, gurgelnd vor Schwäche, leerte; und Molde gab ihm seine brennende Zigarette, die er in hastigen Zügen zu Ende rauchte, als hätte er diesen Genuß jahrelang entbehrt. Dann machte Spriller allen ein Zeichen, sich zu setzen; auch Mumm, der mit karbolübergossener Watte und einem Röllchen Charpie erschien. Völlig verdutzt, vermochte er nicht zu begreifen, daß niemand um Wong Funs Wunde sich kümmerte. Als aber Sprillers Hand ihn nochmals anwies, sich zu setzen, tat er es kopfschüttelnd und fast unwillig.

Die Galli ließ sich seitlich neben Wong Fun niedergleiten. Ihre Augen hingen an seinen Lippen, die, schmal und blutleer, schmerzvoll sich verschoben.

Alle fühlten einander atemlos warten. Aber keiner fragte. Jeder respektierte den lethargischen Zustand Wong Funs, dessen dünne straffe Lider endlich sich hoben. Die gelben starken Zähne öffneten sich: »Er hatte mich unten fast eingeholt. Ich sah, er wird sofort schießen. Werfe mich nieder. Er schießt. Ich greife unter die Brust nach der Spritze ... und dann blieb ich liegen. Zu Patmac's rannte er hinüber, um zu telefonieren. Schon war ich um die Ecke und sicher. Ak, ak.«

»Das fünfte Mal.« Molde stellte sich wichtig in eine Fensternische.

»Etwas Wunderbares, diese Spritze!« Die Galli wischte Wong Fun das Blut von der Schläfe. Nur ein kleiner runder Fleck blieb.

»Schade, daß er wieder so nahe dem Apartment verschwunden ist.« Spriller hastete nervös auf und ab. »Das muß von heute ab unter allen Umständen vermieden werden.«

Wong Fun hob sich langsam auf den Armen, ging mit zackigen Schritten auf Mumm zu und holte sich dessen Hände. »Das Blut ist gut.« Sein gedrungener, kugelrunder, dicht behaarter Kopf schien etwas erschnuppern zu wollen. »Aber zu spröde die Haut. Mehr Wasser trinken!«

Mumm errötete jäh.

»Verräterisches Erröten hat mein Vertrauen.« Wong Fun starrte ihm aus großer Nähe ins Gesicht. Sekundenlang. Miteins ließ er ihn stehen. »Sag, Spriller, du gibst ihm alles?«

Der nickte. »Er ist neunzehn und aus Florida.«

Wong Fun schaute scharf, wenn auch wie flüchtig auf Molde, dann auf die Galli und trottete, auf Möbel und Wände sich stützend, in den Korridor, allen mühselig mit der Hand winkend. »Muß eine Stunde schlafen, ak.«

»Das hätte ich nicht für möglich gehalten«, flüsterte Mumm.

Niemand achtete auf ihn. Sogar Issy, die ihm bereits einige Male zugelächelt hatte, trat weg von ihm und stieß das Röllchen Charpie, das ihm entfallen war, kichernd vor sich her.

Mumm ärgerte sich immer noch, aus all dem nicht klug werden zu können, wiewohl nicht das kleinste Detail ihm entgangen war, kein Wort dieser sonderbaren Szenen, von denen das Rätsel der Schußwunde, die nicht behandelt werden durfte, das sonderbarste blieb, da er weder Kugelsicherheit noch irgendeine unbekannte Injektion gelten lassen konnte. Er setzte sich verkniffen, harrte aber offenen Blicks.

Die Galli, deren helle spitzige Stimme ein wenig störte, ergriff Sprillers Arm. »Fritz, du bist ein ganzer Kerl!«

»Vielleicht.« Spriller nahm mit beabsichtigter Zimperlichkeit seinen Arm aus ihrer Hand und führte diese steif auf eine Stuhllehne. »Aber dieses Meisterwerk von einem Unterschlupf ist nicht mein Verdienst. Wie kommt es, daß Sie das noch nicht wissen?«

Die Galli schnalzte, scherzhaft ihr Gesicht hinter einem Arm verbergend. »Ihr seid ja alle so maulfaul und burlesk. Und dann bin ich erst zum zweiten Mal bei euch in London. Und diesmal noch kaum einen Tag.«

Spriller schichtete vier Kissen übereinander und setzte sich darauf. »Dieses Apartment, ohne das unsere Existenz, so wie wir sie führen, unmöglich wäre, ist unter unvorstellbaren Schwierigkeiten, mit geradezu übermenschlicher Geduld und mit Hilfe grandioser Verschleierungsmanöver umgebaut und eingerichtet worden.«

»Willst du damit sagen, daß du es nie zustande gebracht hättest?« Die Galli schob sich auf die Stuhllehne.

»Man kennt die Grenzen seiner Fähigkeiten erst, wenn man sie erprobt hat. Weil das bei so vielen Menschen verhindert wird, sterben Hunderte als unbekannte Helden.« Spriller machte mit einer Quaste laszive Bewegungen. »Ich habe mich übrigens noch nicht ganz durchprobiert.«

Mumm strahlte mit den Augen. »Erzählen Sie doch die Geschichte des Apartments!«

Molde klatschte in die Hände, seinen viel zu feisten Hintern neben einer Chaiselongue niederlassend, auf die, dicht hinter ihm, Issy sich legte und ihre Beine so, daß seine großen Balkanaugen viel zu tun bekamen.

Plötzlich umschlich ein blondes schönes Mädchen unhörbar Sprillers Kissensitz, um an ihm vorbei zu Mumm zu gelangen. Sie reüssierte jedoch nicht.

»Hui!« Die Galli setzte neugierig die Zähne aufeinander. »Also los, Fritz! Das Apartment ...«

»... gehörte dem größten Verbrecher, den London je besessen hat – Gabriel Sulbac.« Spriller ließ die Quaste fallen, ein Knie mit beiden Händen ergreifend. »Einige Sekunden vor seinem Tod schenkte er es mir. Es war in Marseille. Ich wohnte Rue National, im Hotel Nîmes. Sulbac, ohne daß ich es wußte, nebenan im Prince Hotel. Eines Abends saß ich in der ›Abeille dorée‹, als er eintrat. Ich erkannte ihn sofort. Bei einem Boxkampf im Playhouse hatte man ihn mir einmal gezeigt. Ich hatte diesen Kopf nicht vergessen, weil er so ratzekahl war.«

»Drauflosgehen, das ist die ganze Weisheit«, hörte man mit einem Mal das schöne blonde Mädchen sagen. Hinterher pfiff sie leise.

Spriller wandte sich erstaunt nach ihr um. »Liebe Wally, es ist erst die ganze, wenn man zuvor seine Erfahrungen konsultiert hat.«

Mumm bekam unversehens einen roten Kopf und rief in Wallys blitzende Augen: »Energie ist alles! Wahnsinn! Gelder! Weh dir, wenn du ein Schwächling bist!«

Issy rieb sich die Nase mit dem Handrücken. »Dieser junge Mann, der nicht von gestern ist und erst seit heute bei uns, redet schon von morgen.«

Dieses Lob tat Molde mit einem hölzernen Lachen ab und einem schlechten Scherz: »Ich sehe bereits Sargbretter an seinem Podex kleben.«

»Schluß mit der Regeldetri!« Die Galli schlug mit der Spitze ihres Ellbogens auf die Stuhllehne. »Recht haben nur die Ereignisse. Also, Fritz!«

Wally nickte, seltsam lächelnd, und versuchte noch einmal vergeblich, in Mumms Nähe zu kommen.

Um sich Distanz zu verschaffen, schneuzte sich Spriller. »Obwohl Sulbac sein Gesicht unglaublich geschickt verändert hatte, fühlte er sich rasch von mir erkannt, ohne daß er aber gewußt hätte, wer ich sei.«

»War er häßlich?« Issy hing Molde ihre Beine auf die Schultern.

»Er hatte den Kopf eines hübschen Herrschaftskutschers.« Spriller hatte so lässig geantwortet, daß er nun sicher sein konnte, nicht mehr unterbrochen zu werden. »In jenem Restaurant trat er ganz nahe an meinen Tisch, mit der Frage, ob ich ihm nicht hundert Sous leihen könnte. Nach zwei Minuten wußte er, daß er einen Kameraden vor sich hatte, und pries diesen Zufall. Denn das ganze Lokal war schon voll von Ghouls. Und auf der Straße standen sie in jedem Haustor und an jeder Ecke. Da ich mich ganz sicher gefühlt hatte, war es mir gar nicht aufgefallen. Sulbac versprach mir leise einen Batzen dafür, mich unter solchen Umständen angesprochen und dadurch der Polizei vorgesetzt zu haben. Und er hielt Wort. Als sie uns nachher im Flur des Prince Hotels zernierten, zischte er mir zu: »Sobald ich schieße, hau dich nieder!« Er schoß. Die andern auch. Ich lag schon vor den Schüssen. Er fiel neben mich. Da fühlte ich es wie einen kühlen Strahl auf der Schläfe und hörte ihn ganz nahe hauchen: »Ich bin fertig. Was auch noch kommt, mach den Toten! Aber kehr mir erst die Hose um, wenn du drei Stunden gefroren hast.« In diesem Augenblick kamen die Ghouls heran und schleiften uns unters Haustor. Hier sagte mir Sulbac die letzten Worte: »Merk dir London ... Knights ... 10 und 33 ... Maudette ...« Im Wagen blinzelte ich vorsichtig. Niemand saß vor der Tür. Man hielt uns also für ex. Sulbac lag tot neben mir. Lächerlich, daß ein Toter so häufig demoralisierend wirkt! Obwohl ich damals erst einundzwanzig war, also überhaupt leicht zu irritieren, hatte ich doch Respekt. Damals errang ich mein Selbstbewußtsein und meine Stirne vor den Katastrophen. Wir wurden in die Leichenkammer gelegt. Furchtbar kalt wars. Drei Stunden blieb ich bewegungslos liegen. Ich parierte. Spät nach Mitternacht erst erhob ich mich. Das höre ich. Da wird die Luft dünner und das Gehör schärfer. Langsam riß ich Sulbac die Hose auf. Siebenhunderttausend! Hinauszukommen war überraschender Weise nicht schwer. Unterwegs betrachtete ich mich in einem Ladenspiegel. An meiner rechten Schläfe lief ein dicker dunkler Blutfaden hinunter, der längst geronnen war. Wie aus einem Schußloch gekommen. Sulbac hatte, selbst schon zutode getroffen, eine kleine Spritze aus der Tasche gezogen (ich hatte sie in seiner Rocktasche gefunden) und mir den roten Strahl auf die Schläfe gespritzt, um mich zu retten und mit mir sein Erbe und sein Apartment.

»Und seine letzten Worte?« Die Galli stieß, begehrlich lauschend, den Kopf weit nach vorne.

Da ließ Wally gegen den Kissensitz Sprillers sich fallen, der ins Wanken geriet, aber doch noch sich zu halten vermochte. Lächelnd drohte er ihr und antwortete der Galli: »Er hatte wohl schon geahnt, daß er verloren war, und noch im Restaurant mir viel von seinem Londoner Apartment erzählt. Auch von der Art der Zugänge. Aber weder deren Lage, noch die Adressen hatte er angegeben. Vermutlich hoffte er noch bis zum letzten Augenblick. Nun aber wußte ich alles: Knightsbridge Street 10 und 33, Maudette. Das war ein Hutsalon. Nun, es dauerte fast zwei Wochen, bis ich die Schiebleisten fand.«

Mumm, der mit vor Herzklopfen nassen Augen zugehört hatte, befriedigte der Schluß nicht. »Darf ich eine solche Blutspritze sehen?« Miteins bemerkte er, daß Wally ihm verstohlen winkte. Als er neben ihr stand, zwickte sie ihn schmerzhaft in die Hüfte und verließ unauffällig das Zimmer. Er folgte ihr über den Korridor in ein dunkles Zimmer, wo sie Licht machte.

Wong Fun lag auf einem Sofa unter einer roten Plüschdecke. »Kommt sehr nahe, alle beide!« Er richtete sich schwerfällig auf und berichtete mit zitternder Stimme, zwischendurch immer wieder um Atem kämpfend, daß er Komödie gespielt habe und erst unten auf der Treppe gespritzt. Man habe ihm auf der Straße aufgelauert und ihn aus nächster Nähe getroffen. Die Galli sei eine Verräterin. Wenn man nicht schnell handle, sei alles verloren. Die Wunde habe nach innen geblutet.

Wally weinte. »Spriller hat erzählt, wie er zu dem Apartment kam. Ich konnte es nicht hindern.«

»Sie hat ihn hingehalten«, jammerte Wong Fun. »Sie darf nichts merken. Sie ist verschlagen. Könnte ein Zeichen geben. Geht hinein und ...« Er fiel erschöpft zurück.

Mumm blickte starr in Wallys Pupillen. Er fühlte, als er ihre Hand hielt, daß er noch bebte.

Wong Funs Augen waren nur ein kleiner Spalt. »Die feine Galli! Molde, falscher Sire! Ihr müßt es machen. Sofort! Sperrt sie in die Dunkelkammer! Geht hinein! Schlau sein! Issy herschicken!«

Beide gingen, die Augen unentwegt auf ihn gerichtet; auch als sie schon unter der Tür waren.

Bald darauf kam Issy. »Fühlen Sie sich nicht gut?«

Wong Fun nahm, fragend, ob sie Molde liebe, ihre Hand zwischen die seinen.

»Diesen gewichsten Pomadegauner?«

»Ernst sein! Antworten!«

Issy wollte frech werden und zerrte an ihrer Hand.

»Du mußt es sagen. Privatleben gibt es bei Spriller nicht. Hast es geschworen Issy.«

»Aber es ist doch gar nichts ...« Issy blies die Backen auf und warf den Oberkörper schnell zurück.

Aber Wong Fun hielt sie fest und zwang sie. Seine Hände fühlten, wie ihr Widerstand schmolz.

Wie eine Erleichterung spürte Issy es miteins von ihnen ausgehen. Halb erstaunt, halb noch böse, stieß sie den Kopf hoch. »Er hat mich vorgestern vergewaltigt. Ich war wie gierig nach der Niederlage. Ich war aber nur ...«

»Hundert Jahre für dich, Issy. Denn du lügst nicht.«

»Er hat mir gesagt, daß er in Rußland ein Komplott geschmiedet hat. Morgen schlagen sie los. Es würde sicherlich glücken und er von der englischen Regierung fünfzehntausend Pfund bekommen, mich heiraten und in Sidney ein Haus kaufen. Ich war aber nur sehr dumm, glaube ich.« Issy schloß, die Zunge zeigend, die Augen.

Wong Funs Gesicht war wächsern geworden. Mit einer letzten qualvollen Anstrengung raffte er sich hoch und preßte die Hände auf Issys Schultern, so daß sie vor ihm in die Knie glitt. »Ak, ak. Das Komplott gegen *uns* ... Du wirst bald hören, was ...« Sein Kopf rutschte zur Seite. »Ak, ak ...« Er fiel nieder. Brust und Kopf hingen über das Sofa hinunter. Die Perücke, die teilweise sich gelöst hatte, ließ eine quer über den Schädel laufende breite violette Narbe erkennen.

Issy hatte Mühe, ihre Hände zu benützen. Als sie endlich stand, biß sie sich in die Finger.

Da kamen alle. Einer hinter dem andern. Als Vorletzter Mumm. Hinter ihm Wally.

Spriller legte Wong Funs Kopf auf das Sofa, schob die Perücke zurecht und riß die Augen auf, um nicht gerührt zu werden. Nach einem langen Schweigen brachte er mit unsicherer Stimme heraus: »Dem haben wir unsere Freiheit zu danken. Und diese beiden da.« Er wandte Mumm und Wally das Gesicht zu, das dankbar aussehen wollte. Ein plötzliches klebriges Ziehen in den Augen aber machte es böse und scharf. Deshalb rief er hastig: »Stop! Alles liegen und stehen lassen! Sobald ich pfeife, durch den zehner Gang ab! Dem holden Pärchen Galli-Molde werde *ich* auf den Knopf drücken. *Sie* werden hochgehen.«

Alle drängten ungestüm zur Tür.

»Und nun auf Wiedersehen bei Patmac's in Portsmouth!«

Dem Andenken von Hector Salina

Das Fest in der Via Alfeo

Garringa, eine unklare Existenz, saß im Café Dora an der Ecke des Corso Buenos Aires, als ein Gast am Nebentisch seinen Schiffsfahrschein liegen ließ. Obwohl Garringa ihm sofort auf die Straße nacheilte, war er bereits im Gewühl verschwunden. Da aber Name und Adresse auf dem Fahrschein standen, beschloß Garringa, ihn seinem Besitzer zurückzubringen, falls dieser ihn nicht reklamieren sollte.

Als er nach zwei Stunden noch nicht gekommen war, machte Garringa sich auf den Weg zum Hotel de Londres, wo er Signor Pingezzi zu sprechen wünschte. Der Portier maß ihn neugierig und bedenklich über seinen rostigen Zwicker hinweg und fragte schleimig: »Sind Sie ein Verwandter von ihm?« Als Garringa erstaunt verneinte, lispelte er achselzuckend: »Signor Pingezzi ist nämlich vor einer Viertelstunde gestorben. Und morgen früh wollte er sich noch nach Alexandrien einschiffen. Ecco la vita.«

Garringa hob, zaghaft schnupfend, die Hand an die Mütze und ging. Sehr langsam. In seiner Mansarde angekommen, grübelte er verbissen weiter und so lange, daß er oft vor Ungeduld aufstöhnte. Gegen drei Uhr morgens endlich war sein Plan gefaßt und um acht Uhr eilte er zum Bahnhof, wo er sein Köfferchen in das Deposito gab.

Der Portier des Hotel de Londres teilte ihm auf sein unterwürfiges Fragen unwillig mit, daß betreffs das Ableben des Signor Pingezzi alles in Ordnung sei, die Leiche aber wahrscheinlich erst morgen nach Livorno überführt werden würde.

»Und er wollte doch heute mit der ›Esperia‹ ...« stieß Garringa erregt hervor. »Hatte er denn schon die Kabine?«

Der Portier spritzte den Federhalter gegen ihn aus. »Ä! Noch dreißig können Sie haben.«

Garringa schnupfte nicht einmal. Er holte schnurstracks sein Köfferchen und rannte hinunter an den Hafen, wo er erfuhr, daß die »Esperia« erst um elf Uhr ausfahre. Er setzte sich auf ein aufgeringeltes Tau und wartete, im Rausch eines überwältigenden Entzückens: in vier Tagen also würde er in Alexandrien sein, wo seine Manila arbeitete; neunhundert Lire würde er ihr zeigen und drei Tausender, die allerdings nicht ihm gehörten, sondern ... Er machte eine erledigende Geste gegen die Stadt in seinem Rücken: »La polizia? Pah!« Er reiste ja als Signor Pingezzi, erster

Klasse, und war in zwei Stunden spurlos aus Genua verschwunden.

Als er endlich die Hängebrücke emporkletterte, drängten hinter ihm zwei Reisende so brutal nach, daß er einen Stoß bekam und weit nach vorne torkelte. Um nicht hinzufallen, klammerte er sich an eine eiserne Säule. Grinsend sah er, daß er auf diese Weise die Kontrolle durchbrochen hatte.

Das sollte ihm zum Schicksal werden. Nicht weil er unter einem falschen Namen reiste, sondern aus einem ganz andern Grund. Er hatte sich nämlich im Taumel seines Reisefiebers den Fahrschein nicht genau angesehen. Dies tat jedoch der Steward, den er nach langem Umherirren nach seiner Kabine gefragt hatte.

»Sie haben ja bloß zweite Klasse. Da müssen Sie nach hinten gehen und dann die Treppe hinunter.« Der Steward machte ein kleines blaues Kreuz auf den Fahrschein. »So. Jetzt sind Sie in Ordnung.«

»Wann ist das Schiff in Alexandrien?« Garringa rang um Haltung.

»Wir fahren diesmal nur bis Syrakus. Kein Verkehr.« Der Steward ließ ihn stehen.

Garringas Kopf kugelte über Bord: das Schiff war schon in voller Fahrt. Seine Augen stürzten auf den Fahrschein: ja, da stand in rotem, freilich mattem Gummidruck – Siracusa. Er ließ sich auf eine Bank fallen und starrte verzweifelt vor sich hin: alles war zu Ende; er mußte noch in Italien von Bord gehen. Nach wütendem Überlegen entschloß er sich, bis Syrakus zu fahren. Anfangs hatte er beabsichtigt, schon in Neapel an Land zu gehen, dies aber verworfen, weil dort die Möglichkeit, ausfindig gemacht zu werden, zu groß war. In Syrakus aber glaubte er sich während der kurzen Zeit, die er auf ein Schiff würde warten müssen, sicherer.

Nach einer Fahrt von zwei Tagen, während welcher Garringa mehrmals seekrank gewesen war, lief die »Esperia« in den Hafen von Syrakus. Da gerade im letzten Teil der Fahrt die See sehr hoch gegangen war, so daß Garringa wieder heftig gekotzt hatte, verfügte er, als er aus dem Landungsboot stieg, nicht über seine volle Entschlußfähigkeit. Froh, endlich wieder festen Boden unter den Füßen zu haben, ließ er von einem jungen Burschen, der unablässig auf ihn einredete, nach der Via Alagona sich schleppen und im Ronco Olimpia in ein altes Steinhaus. Er warf kaum einen Blick auf das winzige halbdunkle Zimmerchen und sich angekleidet aufs Bett.

Als er die Augen aufschlug, war es stockfinster. Er lag, wie ihn deuchte, auf einem Sandhaufen. Sein Kopf lehnte an etwas Hartem. Die Glieder und der Mund schmerzten ihn. Und plötzlich erschrak sein ganzer Körper: er war gefesselt und geknebelt und wohl zweifellos beraubt worden. Tränen traten ihm in die Augen. Nach einer Stunde mühsamer und schmerzhafter Versuche gelang es ihm, den Knebel aus dem Mund zu stoßen. Die Stricke aber gaben nicht nach. Die Helligkeit wurde zusehends größer. Er sah bereits, daß er an einem großen Holztor lehnte und vor ihm ein weiter leerer Platz sich ausdehnte, von kleinen hellfarbigen Häusern umsäumt. Bald mußten Menschen kommen. Wenn er bis dahin nicht befreit war, würde alles herauskommen. Fieberhaft suchte er die Umgebung nach etwas Scharfem ab. Aber er entdeckte nichts. Nur Kiesel lagen umher und Plunder.

Plötzlich fiel sein Kopf hintüber: aus dem Tor war eine Frau getreten, deren große schwarze Augen alsbald ruhig auf ihn sich richteten. Schnell den Blick senkend, betrachtete er ratlos die nackten schmutzigen Füße, die dicht vor ihm standen.

»Wie kommst du daher?« fragte sie, ihren Rock fester bindend. »Warst du in der Kaserne?«

»Sie haben mich hergebracht.«

»Wer. Die Militari?«

»Bestohlen haben sie mich.«

»Du bist nicht von hier, das hör ich. Bist wohl erst gestern gekommen, mit der ›Esperia‹?«

Garringa nickte.

»Weiß schon, wer das war.« Sie verschob die Wangen, wobei ihre Augen fast verschwanden.

Garringa glaubte zu bemerken, daß sie ihn mit einem gewissen Wohlgefallen musterte, und hielt ihr die gefesselten Hände empor.

Sekundenlang starrte sie darauf, ohne sich zu bewegen. Miteins aber stieß sie das Kinn verächtlich nach oben, nahm mit unvermuteter Kraft Garringa auf die Arme, trug ihn eine niedrige Steinmauer entlang und durch eine flügellose Tür in einen feuchtwarmen Raum. Hier legte sie ihn hinter einem speckigen dunkelroten Vorhang auf eine breite Ottomane und setzte sich neben ihn.

»Allora, mio amico, erzähl mir erst mal, wie viel Geld sie dir abgenommen haben. Und sag nur Metta zu mir.«

Garringa schwieg. Die Wahrheit zu sagen, schien ihm ebenso gefährlich wie lügen unvorteilhaft; denn Metta dachte offensichtlich an ein Geschäft. Er entschied sich deshalb für einen Kompromiß. »So im Ganzen waren es ... rund viertausend.«

Metta faltete die Hände: »Porca Madonna! Viertausend! Und da kümmerst du dich gar nicht weiter darum?«

Garringa hielt ihr die gefesselten Hände hin, die sie löste, während er berichtete. Dann höhnte sie: »Wenn du zur Polizei gehst, siehst du dein Geld nicht wieder.«

»Wenn ich aber nicht hingehe, sehe ich es auch nicht wieder.«

»Du willst also die viertausend so einfach segeln lassen?«

»Will ich nicht.« Garringa blickte sie herausfordernd an. »Du hast doch gesagt, daß du weißt, wer es war.«

»So?« Metta suchte mit den Augen die Wände ab. »Hab ich das?«

»Si. Da könntest du mir ... Da könnte ich doch ... Da könnten wir uns doch das Geld wieder verschaffen.«

Metta zwinkerte ihm zu. »Sag mal ... hat das Geld dir gehört?«

Garringa nickte eifrig.

Mit einem komisch singenden Zwitschern sog Metta die Luft ein. »Wenn es dir aber zum Beispiel nicht gehört hat ... Was hast du überhaupt hier in Syrakus machen wollen, ä?«

»Nach Alexandrien wollte ich weiter.«

»So.« Metta rückte ihm ganz nahe. Und wie von selber fiel ihr Hemd die Schultern hinunter und entblößte zwei riesige fleckige Brüste, an denen die Warzen gleich blauen Pflaumen hingen. Sie hielt Garringa die wulstigen Lippen hin.

Er küßte sie ohne jedes Vergnügen, aber auch durchaus nicht widerwillig. Dann verlangte er zu trinken.

Metta brachte ihm ein Glas Ziegenmilch, streifte ihren Rock ab, schob das Hemd bis zu den Brüsten hoch und wies mit einem breiten einladenden Grinsen auf ihren nackten sonnegebräunten Leib...

Nach einer Viertelstunde kleidete sie sich an. »Das Geld gehört also nicht dir.«

Garringa, dem ihre Schlauheit gefiel, hustete. »Dann hätte ich es wohl schon verschmerzt.«

»Es ist aber besser, wenn du da bleibst.«

Garringa kämmte sich schweigend.

»Setz dich mal da her an den Tisch und schreib mir einen Brief an Carlo!« Metta schneuzte sich mit dem Daumen.

Garringa schnupfte übellaunig, gehorchte aber.

Nachdem Metta ihm diktiert hatte, ging sie mit dem Zettel unter die Tür: »Pietro, Pietro, venga!«

Wieder im Zimmer, zerrte sie Garringa auf die Ottomane. »Carlo kommt. Das weiß ich. Du versteckst dich da hinten unter der Kiste. Aber rühr dich nicht! Wirst schon sehen.« Sie fuhr ihm lachend mit der Zunge über die Wange, den Mund und legte sich neben ihn ...

Nach einer Stunde kam Carlo. Garringa, durch ein Astloch der Kiste blickend, erkannte ihn sofort: es war derselbe, der ihn auf der Passeggiata Aretusa abgefangen hatte.

Metta verhandelte sehr lange mit Carlo, der nicht glauben wollte, daß sein Opfer ein entfernter Verwandter von ihr sei, der sie schon seit langem habe heiraten wollen, aber jetzt erst das Geld beisammen gehabt hätte, um ein Geschäft anfangen zu können. Immer noch mißtrauisch den Kopf wiegend, wünschte Carlo diesen Verwandten zu sehen. Metta sagte, er sei zur Polizei gegangen, habe ihr aber versprochen, zu verschweigen, daß er bei ihr war. Daraufhin stieß Carlo sie auf die Ottomane und versprach nachher, fünfzehnhundert Lire zurückzugeben und noch tausend, wenn wirklich geheiratet würde.

Als er fort war, kroch Garringa mit einem ledernen Gesicht hervor und ging eilends unter die Tür, um frische Luft zu haben. Vor allen Türen sah er halbnackte Weiber sitzen, die ihre verfilzten Haare mit kurzen Holzkämmen bearbeiteten oder von kleinen Mädchen sich lausen ließen. Nach dem, was er soeben bei Metta mitangesehen hatte, zweifelte er nicht mehr daran, wo er sich befand. Gewiß, Metta war die wohlerhaltenste, aber die Aussicht, an ihrer Seite sein Leben zu verbringen, fest in ihren Krallen durch ihre Mitwisserschaft, schien ihm unerträglich. Da fiel ihm ein, wie unvorsichtig es war, sich auf der Schwelle blicken zu lassen. Schnell trat er zurück. Und bekam eine Gänsehaut, als Metta ihm freudenärrisch um den Hals fiel.

»Heute werfe ich sie alle hinaus, die Militari. Heute wird gefeiert und getanzt.« Sie sprang in ihren unförmigen Holzpantoffeln grotesk umher und heulte ein Lied.

Garringa rieb sich knirschend die Knie. »Metta, was willst du denn mit dem Geld machen?«

»In Damaskus eine Trattoria. In drei Monaten kündige ich.«

»Und was weiter?«

»Ä, und da heiraten wir.«

Garringa spie sich auf die Schuhe und fegte sie mit einem Stück Papier sauber. Dabei zeterte er ob seines grausamen Geschicks in sich hinein. Schon wollte er aufspringen, um irgendwie eine Änderung zu erzwingen, als ein langer Soldat hereineilte, sich auf

Metta warf, ihr einen Teller aus der Hand riß und an die Wand schleuderte, daß die Scherben bis in die Mitte des Zimmers spritzen.

»Hinaus!« schrie Metta. »Ich mag nicht.«

Der Soldat aber zerrte sie hinter den Vorhang und zwang sie auf die Ottomane nieder, die Garringa soeben erschreckt verlassen hatte. Dieser mußte sich darauf beschränken, wegzublicken. Er wunderte sich, daß er Mettas Schmach schon fast als die seine empfand. Bald aber wurde der Trieb, sich umzuwenden, immer stärker. Und schließlich zog es seine Augen mit unwiderstehlicher Gewalt zur Ottomane, auf der Metta keifend und zischend, aber vergeblich sich wehrte und mit all ihren Anstrengungen, dem Unhold sich zu entwinden, nur dessen Vergnügen erhöhte.

Endlich war es zu Ende. Metta rannte, wie unter einem Rest von Scham, auf die Straße hinaus.

Der Soldat schimpfte, stieß mit dem Fuß nach Garringa und hätte ihn unweigerlich in den Unterleib getroffen, wenn nicht die halb herunterhängende Hose ihn behindert hätte. Deshalb ergriff er einen blechernen Waschkrug und goß, roh lachend, Garringa den Inhalt nach. »Sauerei, das alles! Metta, komm her! Deinem Ruff geb ichs nicht.«

Metta trat maulend in die Tür. Der Soldat gab ihr drei Lire, schimpfte noch in der unflätigsten Weise und tänzelte hinaus.

Metta sprang zur Seite und spuckte hinter ihm her. Dann machte sie sich wieder ans Waschen des Geschirrs, als wenn nichts geschehen wäre.

Gegen vier Uhr nachmittags kam Carlo mit dem Geld, das Metta sofort in einen Zipfel ihres Hemdes knüpfte. Für Garringa hatte er nur einen verächtlichen Blick. Als er aber ging, war er für den Abend eingeladen worden, zu dem er ein halbes Dutzend gemeinsamer Bekannten mitzubringen versprach.

Metta holte alte Papiergirlanden hervor und schmückte Wände und Plafond. Dann holte sie Wein und nach einer halben Stunde waren beide angetrunken und balgten sich, in einander verkrallt, auf der Ottomane, bis sie einschliefen.

Als sie gegen neun Uhr erwachten, kamen die ersten Gäste. Um zehn Uhr wälzte sich zu den Klängen einer Okarina und einer Ziehharmonika ein Knäuel Soldaten, Huren, Gauner und Matrosen in dem kleinen Zimmer Mettas. Und vor der Tür standen die Nachbarn, lachten, tanzten und rissen ordinäre Witze.

Nach Mitternacht, als es bei Metta längst still geworden war, ging ein Kanonikus draußen vorbei. Er tat, als hindere seine Soutane ihn beim Gehen, um unauffällig die Szene betrachten zu können.

Metta lag, völlig nackt, auf der Ottomane; neben ihr Carlo, das Gesicht auf ihrem Bauch. Und vor ihm auf dem Boden hockte Garringa. Speichelfladen liefen ihm über Kinn und Wangen. Er hatte sich vor Wut sinnlos besoffen.

Am nächsten Morgen, kurz nach sechs Uhr, wurde er verhaftet und mußte noch am selben Tag, an der Seite eines Kriminalbeamten, die Rückreise nach Genua antreten.

Homingmans schönste Komposition

Homingman hatte die Bekanntschaft Fifitts auf der Enzpromenade gemacht, indem er plötzlich von hinten grußlos mit den Worten neben sie trat: »Ich würde mich freuen, wenn Sie sich langweilten.«

Fifitt hatte gelacht und man war ins Gespräch gekommen. Und als Homingman sie nach einer Stunde vor dem Badhotel verließ, hatte sie ihm ein Wiedersehen versprochen, wenn auch nicht fixiert und den Wunsch geäußert, in seiner Erinnerung als Fifitt zu existieren und nicht anders. Er erreichte ohne Schwierigkeiten sechzehn Spaziergänge an der Enz und vier auf dem Sommerberg und schließlich eine Autofahrt nach Baden-Baden, allwo es in dem auf einer Anhöhe gelegenen Hotel Grethel sich begab, was insoferne eines besonderen Reizes nicht entbehrte, als Homingman ein Pyjama sich ausleihen mußte, das viel zu kurz, und Fifitt ein Nachthemd, das viel zu eng war.

Damit war für Homingman, der das Tempo seines Lebens zu gut kannte, um nicht davon überzeugt zu sein, daß niemals ein Wiedersehen erfolgen würde, diese Episode beendet. Er fuhr nach Kopenhagen, Fifitt nach München. Er trauerte während der Eisenbahnfahrt Fifitts schlanken Beinen nach, diese einen ganzen Tag seinen seltenen Küssen. Dann war es aus.

Als aber Homingman den zweiten Frühling, der auf diesen Sommer folgte, in San Remo verbrachte, sah er schon am dritten Tag im Speisesaal des Riviera Palace Fifitt allein an einem Tisch sitzen. Er drückte sich augenblicks. Denn seine Situation, ohnehin bereits von äußerster Kompliziertheit, hätte durch eine unbesonnene Wiederaufnahme der Beziehungen zu Fifitt eine weitere Komplikation erlitten. Er setzte sich in der Hall in einen versteckt stehenden Klubsessel, entzündete sich eine Kyriatzi und kurbelte sein Gehirn an.

Sein Leben hatte kurz nach jener schönen Nacht im Hotel Grethel eine so mißliche Wendung genommen, daß die Kopenhagener Polizei seine Photo unter der Nummer 225 in ihr Album eingereiht hatte. Er maß diesem Umstand keine allzu große Wichtigkeit bei, war vielmehr so raffiniert, ihn sich zunutze zu machen. Er verschmähte es, eine gründliche Metamorphose an sich vorzunehmen, und beschränkte sich darauf, die zahllosen

Herren und Damen, die im Restaurant, im Café und auf den Promenadenbänken neben ihm sich niederließen, scheinbar halbblind, schwerhörig oder sonstwie invalid waren, auch gerne an allerlei nervösen Störungen litten, in ihrem ohnedies traurigen Beruf zu unterstützen, indem er tat, als sehe er sie überhaupt nicht, und ihnen gelegentlich Lügen zu hören gab. Er wollte warten, bis eine angemessene Beute sich zeigte, und mit Hilfe derer, die dazu kommandiert waren, sie ihm zu entreißen, sie sich holen. Und er wollte so komponieren, daß seine Undurchschaubarkeit von nie noch erreichter Vollkommenheit wäre.

Nun, diese Beute war in Darmstadt im Hotel zur Traube in Gestalt einer jungen, über alle Zweifel reichen und zudem sehr schönen ungarischen Großbäckerstochter erschienen. Homingman hatte, kaum daß er sie erblickt hatte, sofort sich zurückgezogen. Das war seine Stärke. »Vermeide jedes überraschende Zusammentreffen, das stets zu Extemporalien zwingt, sondern komponiere deine Absichten!« Also war in seinem kleinen Notizbuch zu lesen, in dem er alsbald auf sein wichtigstes Axiom stieß: »Von zwei Objekten wähle nicht das größere, sondern das glattere!« Da er, der seiner schönen Ungarin nach San Remo nachgereist war, für einen der folgenden Abende ein zweckentsprechendes Rendezvous im Westend Hotel präpariert hatte, wog er die beiden Objekte. Leider ohne Erfolg, weil Fifitts Gewichtsverhältnisse ihm fehlten. Nach einer zweitägigen Enquête jedoch kannte er diese. Die neuerliche Gewichtsprüfung fiel zugunsten Fifitts aus, die Alexandra von und zu Stettenhausen hieß und die einzige Tochter ihrer verwitweten und anhanglosen Mutter war. Daß die schöne Ungarin größere Reichtümer besaß, wurde durch die rekommandablere Glätte der Sache Fifitt aufgewogen. Und nun machte Homingman sich ans Komponieren. Der Umstand, daß die Polizei das Hotel innen und außen belagert hielt, mußte als zentraler Punkt angesehen werden. In Fällen, die infolge der Umsicht des gejagten Wilds die übliche sporadische Überwachung als unsicher befürchten lassen, wählt nämlich die Polizei die lückenlose Umklammerung. Ihr Kalkül, wer den einzelnen Häscher rasch herausschnüffelte, wäre am ehesten zur Annahme geneigt, es seien gar keine da, wenn er nur Häscher sähe, war im Falle Homingman freilich deplaziert. Denn dieser hatte in seiner jeweiligen Umgebung nie noch etwas anderes gesehen als Feinde und stets lediglich sich bemüht, Objekte zu suchen.

Noch am selben Abend lächelte er, seine Komposition vollendet im Kopf, die in der Hall rings um ihn eifrig konversierende Umklammerungs-Staffel freundlich an und sagte sich: »Ein Gefängnis ist das Leben ohnedies. Aus diesen lebenden Mauern aber werde ich mit dem Finger ausbrechen.« Und alsbald winkte er mit dem Zeigefinger. Die Konversationen versiegten augenblicks. Wohl ein halbes Schock lauernder Augen teilte sich in zwei Teile: die einen flogen in die Richtung, in der Homingmans Finger gewinkt hatte, die anderen hafteten auf ihm selber, der liebenswürdig grinste. Er hatte gleichsam rhetorisch gewinkt und bloß das Vergnügen der realisierten Metapher sich geleistet. Hierauf ging er siegesgewiß in den Speisesaal und auf den Tisch Fifitts zu. Um ihr den Übergang zu erleichtern, setzte er sich sofort neben sie und erzählte ihr, allerdings auch in Hinsicht auf das plötzlich hinter ihm sitzende Lauscherpärchen, die Erlebnisse seiner ersten Autofahrt nach St. Raphael, die niemals stattgefunden hatte. Dann flüsterte er schnell, daß er am nächsten Vormittag von zehn bis zwölf in den Giardini Marsaglia promenieren werde, und verabschiedete sich überkorrekt von der weidlich Konsternierten. Und eine Viertelstunde später erschien er in der Hall des Westend Hotel, wo an diesem Abend ein kleiner Ball stattfand, zu dessen Teilnehmern Vilma Kököllö zählte. Er trat diskret neben sie und sagte leise vor ihrem Ohr: »Sie haben auf der rechten Schulter einen Schmutzfleck. Gestatten Sie, daß ich Sie hinausführe.« Dabei hielt er ihr den Arm hin, den sie verdutzt ergriff. Im Korridor bearbeitete er mit seinem Taschentuch dezent ihren Rücken. Dieser Tätigkeit sah eine alte Dame zu, deren Indignation er auf den ersten Blick als adjustiert erkannte. Weshalb er, während er Vilma so nahe an ihr vorbeiführte, daß sie sie streifte, mit den Worten grüßte: »Buona sera, Madame Reichsgräfin.«

Vilma, die aus dem Erstaunen gar nicht herauskam, stotterte: »Aber was ... Reichsgräfin ...? Und Sie sagen ›buona sera‹?«

»Wenn ich jemandem zu verstehen geben will, daß ich ihn kenne, aber keine Ahnung habe, wer er ist, grüße ich in mehreren Sprachen. Dann besteht die Hoffnung, daß er mir in seiner Muttersprache antwortet, oder die Chance, daß er verschwindet.«

Vilma lachte aus vollem Hals: Homingman hatte die erste Attacke gewonnen. Und gewann im Verlaufe des Abends fast eine Schlacht. Er rollte den ganzen linken Flügel Vilmas auf. Und zwar mit Hilfe eines halben Dutzend neuerdings hinzugekommener Ballgäste, die alle das Riviera Palace verlassen hatten, wie um eigens ihm als Komparsen zu dienen. Tagsdarauf sprach ganz San Remo über diesen unerhörten Vorfall.

Und vormittags elf Uhr zwölf Homingman darüber mit Fifitt, die ihn, an seine Eskapaden von Baden-Baden sich erinnernd, sofort in Verdacht gehabt hatte, als sie beim Frühstück vom Nebentisch her die erste Version vernahm. »Das sieht Ihnen ähnlich. Schweigen Sie! Es ist ganz aussichtslos für Sie, zu leugnen. Aber sagen Sie mir, ob es wirklich so war.«

»Ja, wie soll es denn eigentlich gewesen sein?« fragte Homingman erheitert, aber wohl überlegter Weise leise resigniert.

»Sie ist also ohnmächtig geworden?«

»Dazu hat man sie gezwungen.«

»Sie wollten wohl sagen, daß *Sie* sie dazu gezwungen haben.«

»Keineswegs. Sondern die Umstehenden.«

»Jawohl, weil sie gesehen haben, wie Sie Ihre Hand mißbrauchen wollten.«

»Eine Interpretation, die falsch ist.« Homingman rollte langsam die Schultern. »Vielleicht habe ich jene Geste nach dem Unterrock Fräulein Kököllös lediglich gemacht, um die Umstehenden zu Interpretationen zu veranlassen.«

»Sie schwindeln.«

Homingman, der aufrichtig gewesen war, gähnte. »Daran zweifelt meist niemand, wenn ich es nicht tue. Nur wenn ich lüge, glaubt man mir manchmal.«

»Ganz wie in Wildbad.« Fifitt zeigte lächelnd ihre schönen Zähne. »Aber Spaß beiseite, ich finde es sehr chic von den jungen Leuten, die es sahen, daß sie sich auf Fräulein Kököllö stürzten und sie gleichsam zur Ohnmacht zwangen.«

Homingman lachte brutal. »Aber sie haben ihr doch die Röcke links hochgeschoben und Strumpf und Unterhöschen untersucht, als hätte ich da eine Giftschlange oder Bazillenkultur angelegt.«

»Deshalb möchte ich ja von Ihnen wissen, wie es eigentlich war. Denn grundlos machen wohlerzogene junge Leute doch so etwas nicht. Das wäre ein zu geschmackloser Scherz.«

»Die jungen Leute waren eben *nicht* wohlerzogen, sondern ganz einfach unverschämt. Das hatte ich ja auch erwartet.«

»So, das hatten Sie erwartet!« Fifitt schritt schneller aus, schlug aber den Weg in die Berge ein statt den nach dem Corso. »Sie erwarten das wohl von allen wohlerzogenen jungen Leuten?«

Homingman, der sich verplappert hatte, lenkte ein: »Sie unterstellen meinen Worten eine ungerechte Verallgemeinerung. Und im übrigen ist mir dieses Seide gewordene ungarische Beugel schon zum Halse heraus. Wenn *ich* nicht wohlerzogen wäre, würde ich nach diesem Vorfall mich überhaupt nicht mehr um sie kümmern.«

Das beruhigte Fifitt, die zwar nicht eifersüchtig war, aber nicht wünschte, daß die Wiederaufnahme ihrer Beziehungen zu ihm durch Nebenbeschäftigungen verzögert oder geschmälert würde. Denn sie war ein in jeder Hinsicht emanzipiertes Persönchen, das, weit davon entfernt, in ihn verliebt zu sein, ihn bloß als Amüsement schätzte; tags die Konversation, nachts die Position.

Während sie, in Schwarzwald-Erinnerungen schwelgend, den letzten Villen sich näherten, folgte ihnen in dem üblichen Abstand ein ältliches Ehepaar. Deshalb schrieb Homingman in einem Augenblick, da Fifitt ihre Haare ordnete, auf eine Streichholzschachtel: »Ce soir à dix heures«, und ließ sie zu Boden fallen, was das weibliche Auge in seinem Rücken veranlaßte, an dieser Stelle zurückzubleiben, um die Person, welche die Streichholzschachtel suchen würde, zu agnoszieren. Und nach zehn Minuten riß er unversehens einen Zweig ab, knickte ihn und hängte ihn über einen Ast. Das ihm folgende männliche Auge hielt es jedoch für ratsamer, auf seinen Fersen zu bleiben. Aber Homingman war um ein anderes Manöver nicht verlegen: er zog, als sie in einen Fichtenwald kamen, Fifitt hinter zwei dicke Bäume, wechselte noch dreimal das Versteck und wartete schließlich hinter einem Sandhaufen, bis sein Verfolger sich verloren hatte. Fifitt, die über sein Verhalten sich wunderte, erklärte er, das faschistische Italien verfolge mit Vorliebe die illegitimen Zärtlichkeiten fremdländischer Nichtstuer. Fifitt war es zufrieden; auch, daß er sie auf vielerlei Fußsteigen zu dem gleichfalls auf einer Anhöhe gelegenen Hotel Bellavista führte, wo er ihr zu déjeunieren vorschlug.

Als sie daselbst gegen zwei Uhr die Toilette zu benützen wünschte, wies er ihr den Weg. Er öffnete sogar selbst die Tür, in die er Fifitt jedoch schnell hineinstieß. Denn es war gar nicht die Toilette, sondern das von ihm beim Portier meuchlings gemietete Zimmer, in dem es bald stürmisch zuging.

Um sechs Uhr nachmittags stiegen sie nach San Remo hinunter, trennten sich aber, als sie in die Villenzone kamen, und dinierten im Riviera Palace, durch zwei Tische von einander geschieden, Homingman vermied es vereinbarungsgemäß, mit Fifitt zu sprechen, und begab sich gegen zehn Uhr ins Westend Hotel, wo auch an diesem Abend ein Ball stattfand. Wider Erwarten, wenn auch nicht wider das seine, erschien Vilma ebenfalls auf diesem Ball. Sie beging wie so viele den Fehler, zu glauben, das Peinliche eines Vorfalls würde am besten aus der Welt geschafft, wenn man so tue, als wäre gar nichts Peinliches vorgefallen. Und dieses Getue ist gerade für alle Welt das Peinliche. Dies wurde noch dadurch verstärkt, daß Vilma, die Homingman nicht zu begegnen erwartet hatte, einen zweiten Fehler beging: sie eilte sofort auf ihn zu, obwohl der unerhörte Vorfall vom Abend vorher durchaus noch keine befriedigende Erklärung gefunden hatte. Auch nicht für Vilma, die der brennende Wunsch, sie zu erhalten, zu Homingman getrieben hatte. Kaum daß sie mit ihm ein wenig abseits geraten war, stöhnte sie denn auch schon:

»Also jetzt werden Sie mir unverblümt sagen, was gestern abends ...« Ihre Augen sprühten böse. »Ich begreife absolut noch nichts.«

Homingman holte sich eine Haarsträhne, als versuche er, nachzudenken. »Wenn ich aufrichtig sein soll ...«

»Sie müssen!« Vilma stieß ihm den Fächer auf die Brust.

Homingman nahm vorsichtig sein Kinn in die Hand. »Ja also ... Es war in der Hauptsache ...« In diesem Augenblick gewahrte er schräg hinter sich das unvermeidliche Ohr der Polizei und sich gegenüber Fifitt, die soeben zur Tür hereinkam. Sein Gehirn hüpfte. Und komponierte ihm das reizvollste Detail. Er neigte sich, wie um leiser zu sprechen, Vilma zu und sagte, in Wirklichkeit aber lauter als vordem: »Dr. Mesch hat das Schächtelchen gefunden. Auch der geknickte Zweig hat seine Schuldigkeit getan, wie ich sehe.«

»Aber ... Ich verstehe kein Wort ...« Vilmas Stirn wich weit zurück.

Homingman schob sie rasch vor sich her, um aus dem Bereich der Polizeiohren zu kommen, und explizierte: »Herr Dr. Mesch aus dem Hotel Royal hatte beim Tee im Westend ein Schächtelchen mit Perlen verloren. Während des Balls bildete ich mir ein, es unter Ihren Füßen zu sehen. Meine impulsive Geste hat dieses alberne Rudel von Keuschheitsknaben für einen Angriff auf Ihre Tugend gehalten.«

»Diese Knaben haben mich doch aber visitiert!«

Homingman mimte den Erstaunten. »Was? Ja, das wußte ich doch gar nicht. Ah, da haben sie Sie wohl für die Diebin gehalten. Eine Unverschämtheit! Aber seien Sie außer Sorge! Dr. Mesch hat das Schächtelchen heute unversehrt wiedergefunden.«

Vilma machte immer ratlosere Augen. »Haben Sie nicht noch von einem geknickten Zweig gesprochen?«

Homingman wisperte: »Moment! Pardon!«, eilte spornstreichs durch die Tür, öffnete in dem menschenleeren Korridor ein Fenster, stieß einen ohrenzerreißenden Fingerpfiff aus und sprang in den Hof hinunter. Hierauf lief er durch den hinteren Eingang ins Hotel zurück, wo er in der Hall vom Portier gemächlich seinen Mantel verlangte. In dem Hotelauto, das ohnedies zum Bahnhof fahren wollte, ließ er sich zum Riviera Palace bringen, nahm langsam seinen Zimmerschlüssel und stieg noch langsamer die Treppe empor, um es so arrangieren zu können, daß er ungesehen statt in die zweite Etage in die dritte einbiegen und mit dem Schlüssel, den Fifitt ihm gegeben hatte, in deren Zimmer verschwinden konnte. Sein Fingerpfiff war für diese das verabredete Zeichen gewesen, nach zehn Minuten in ihr Hotel zu fahren.

Für die Polizei aber ein Zwischenfall, der sie die ganze Nacht auf den Beinen hielt. Denn sie glaubte an einen abenteuerlichen Coup Homingmans und hielt den Pfiff für das Signal für seine Komplizen. Die Umgebung des Westend Hotel wurde gründlich abgesucht, drei Streifen in die nahen Wälder geschickt und unausgesetzt gefragt und geforscht. Aber erst gegen acht Uhr morgens fand sich eine Spur. Der Portier, der abgelöst worden war, nachdem er Homingman den Mantel ausgehändigt hatte, kam in die Hall, um seinen Dienst anzutreten. Von den Beamten bestürmt, sagte er, was er wußte. Da fuhr das Hotelauto vor, dessen Chauffeur die Mitteilungen des Portiers bestätigte und unverzüglich mit dem leitenden Kommissär und drei Beamten ins Riviera Palace rasen mußte. Nachdem Homingmans Zimmer vergeblich durchwühlt worden war, fuhr der Kommissär fauchend ins Westend Hotel zurück, wo er die schöne Ungarin sofort einem zweiten Kreuzverhör unterzog. Das erste hatte bis drei Uhr morgens gedauert, weil sie sehr verdächtiger Weise von einem gewissen Dr. Mesch gesprochen hatte, der von niemandem in San Remo gesehen worden war, von einem Schächtelchen Perlen, das er verloren haben sollte, und von einem geknickten Zweig, von dem sie selber nichts begriff. Da sie auch diesmal wieder auf diese seltsamen Details zurückkam, wurde sie unter scharfer Eskorte samt ihrer weinenden Mutter ins Riviera Palace gebracht, was während der Nacht verweigert worden war, und in ihrem Zimmer streng bewacht.

Um neun Uhr klingelte Homingman, ohne daß Fifitt es sah,

dem Zimmermädchen, mit dem er zweimal geschlafen hatte. Als er sicher war, ihr zu begegnen, trat er auf den Korridor, lief ihr just vor der Tür in die Arme und eilte, äußerste Verlegenheit heuchelnd, in die Toilette. Kurz darauf Fifitt hinunter zum Frühstück.

Nach einer Viertelstunde kam Homingman und setzte sich, ihren leisen Protest ignorierend, ihr gegenüber. Als der Kellner ihn sah, schrie er fast auf. In wenigen Sekunden war der Frühstückssalon voll von Gästen und Personal. Endlich kam auch die Polizei.

Homingman, deren Zustand wohl kennend, fragte immer wieder, warum man ihn denn gesucht und wer gepfiffen ı abe; er wäre, als er den Pfiff gehört hätte, in der Toilette gewesen und nachher mit dem Hotelauto ...

»Aber Sie haben die Nacht nicht in Ihrem Zimmer zugebracht«, krähte der Kommissär.

Homingman streckte sich arrogant. »Ich schlafe, wo es mir paßt.«

»Sie sind verpflichtet, auszusagen.« Der Kommissär krächzte nur so, wurde aber verlegen, weil er wußte, daß er unrecht hatte.

»Ist ein nächtlicher Fingerpfiff, dessen Grund Sie weder kennen noch dessen Folgen, eine hinreichende Basis für solche Inkommodierungen?« Homingman wandte ihm den Rücken.

Da aber kam dem Kommissär unverhoffte, für Homingman freilich die erhoffte Hilfe. Das Zimmermädchen der dritten Etage trat vor und rächte sich: »Aber Herr Homingman hat doch im Hotel geschlafen. Ich habe ihn selber aus Nummer 53 herauskommen sehen.«

»Wer wohnt auf Nummer 53?« fragte der Kommissär scharf.

Alle wußten es und wandten sich ab. Und da Fifitt blutrot wurde, wußte es auch der Kommissär. Wütend zog er mit seinen Edilen ab.

Nach vier Wochen heiratete in Mainz Fräulein Alexandra von und zu Stettenhausen sehr wider ihren Willen, aber notgedrungener Weise Herrn Robert Homingman, der mit dieser seiner schönsten Komposition Vollkommenstes vollbracht hatte. Seine Schwiegermutter rang die Hände und war entschlossen, nach einem halben Jahr die Scheidung zu erzwingen. Es kam aber nicht dazu, da Fifitt nach einigen verzweifelten Ehebrüchen, die übrigens Homingmans Meisterhand von hinten nieder zu dirigieren gewußt hatte, es aufgab, einen ebenbürtigen Positionsersatz zu finden.

Vilma Kököllö aber laboriert immer noch an einer schweren Psychose, in der Perlen und geknickte Zweige eine große Rolle spielen. Sogar Professor Alfred Adler vermochte mit diesem Fall nichts anzufangen und glaubt noch heute an Schizophrenie.

»Die Sache entwickelt sich einfacher, als ich für möglich gehalten hätte.« Passi seifte sich, die Lippen leckend, Brust und Arme ein. »Ich habe eben einen großen Vorteil vor allen Herren meines Metiers: den, überzukombinieren.«

Georgettas lange Wimpern fielen tief herab. Sie begann, mit ihrem Schminkstift allerlei Gliedmaßen sich auf die nackten Oberschenkel zu malen.

Passi rieb sich seine schäumende Brust. »Meine Pläne sind sehr oft zu weit gespannt. Die Leute, gegen die ich manövriere, stellen sich als weitaus ungefährlicher heraus und die Sache kommt an, fast als hätte ich gar nichts gestartet. Noch vor drei Tagen hätte ich es nicht für möglich gehalten, daß Wannemakers Psychologie von solcher Ärmlichkeit ist.« Er fühlte, daß er ins Übertreiben geraten war, und wurde ärgerlich. »Freilich kann ich nicht mit letzter Gewißheit urteilen. Es könnte ja auch sein, daß *diese* Haltung sein Manöver ist.«

Georgetta kratzte sich unter der Achsel. »Ein schlankes Männerprofil!« Und meinte, es mit dem Hemd sich vom Bauch wischend: »Du überkombinierst schon wieder.« Sie erhob sich träge, achtete aber sorgfältig darauf, graziös aufzutreten, um die Übung, ihren Akt voll zur Geltung zu bringen, nicht zu verlieren. »Wannemaker ist trotz seiner achtunddreißig Jahre ein dummer Junge. Wer anders ließe sich denn vier Abende lang besuchen, stundenlang zurückweisen und immer wieder hinhalten?«

»Hm.« Passi schnupperte an einem Finger. Ganz undeutlich war es ihm, als entziehe sich etwas seiner Kenntnis. »Auch Aliette benimmt sich anders, als ich erwartet hatte. Sie scheint es für listiger zu halten, sich nicht neben dir zu zeigen. Vielleicht, um mich öfter ins Bett zu bekommen und gegenüber Wannemaker sich leichter zu behaupten.«

Georgetta sang: »Möglich.« Dann machte sie sich schimpfend daran, ihren Kimono zu suchen.

»Weißt du, daß Wannemaker seit zwei Tagen mit Aliette schläft?«

»Nein.« Georgetta beobachtete interessiert ihr weißes Kätzchen, das sich mit der Zunge wusch. »Aber es wundert mich, daß du es mir erst jetzt sagst. Übrigens glaube ich es nicht.«

»Ich weiß es erst seit vier Stunden. Es beweist, daß Wannemaker doch kein so dummer Junge ist und den peinlichen Zustand, in dem du ihn stets zurückläßt, sich von Aliette beseitigen läßt.«

»Wann holst du das Halsband?« Georgetta spie ihrem Kätzchen auf den Kopf und jauchzte, als es sich heftig puddelte.

Passi zuckte mit der Stirn, nahm ein Wasserglas und fing an zu gurgeln ...

Die auf den Diebstahl des Perlenhalsbands folgende Woche war für beide eine schwere Geduldsprobe. Wannemaker kam unter dem Vorwand, den Verdacht endgültig abzulenken, allabendlich; aber auch Aliette, die einen Tag lang in Untersuchungshaft gewesen und nur durch Wannemakers Eingreifen freigelassen worden war. Sie bekundete eine nichts Gutes verheißende Schweigsamkeit, da sie nicht mehr daran glaubte, daß Georgetta von dem Diebstahl nichts wisse und es nach der ganzen Sachlage ein Fehler wäre, jetzt schon mit ihr zu brechen. Sie besaß jedoch, außer Wannemakers jüngsten Liebenswürdigkeiten für Georgetta, nicht den kleinsten Anhaltspunkt und vermochte Passis Absichten nicht zu durchschauen.

Da Passi weiterhin mit ihr schlief und Wannemaker allem Anschein nach blind war vor Liebe zu Georgetta, wäre die ganze Angelegenheit wohl wunschgemäß in jenes Stadium gekommen, in dem Passi mit Georgetta hätte still verschwinden können. Da aber geschah etwas ganz Unerwartetes.

Aliette kam eines Abends angerast und meldete zitternd, man habe Tiller, ihren Freund, verhaftet. Es läge ihr ja weiter nichts mehr an ihm, erklärte sie sofort Passi, der nur mühsam schwerste Besorgnisse hinter lächelnder Verwunderung verbarg, aber er hätte sie ohnedies im Verdacht, daß sie mit ihm, Passi, nicht nur des Geldes halber schlafe, und wenn er nun von ihrem Abenteuer mit Wannemaker erfahre, das sie ihm dummer Weise verschwiegen habe, wäre er imstande, das Tollste zu erfinden, um sich zu rächen.

Die Situation wurde noch um vieles kritischer, als Wannemaker, der inzwischen erschienen war, von der eifrigen Konversation, in der Passi und Aliette begriffen waren, zu profitieren sich beeilte, indem er Georgetta gegenüber allerlei versteckte Zärtlichkeiten sich herausnahm, die diese vergeblich zu verhindern trachtete.

So geschah es, daß Aliette plötzlich Wannemakers Hand in Georgettas Decolleté verschwinden sah.

Es war Aliette, als fiele eine dünne Wand vor ihr ein. Sie erbleichte bis auf die Stirn.

Passi bemerkte es. Ein Blick in die Augen Aliettes, die sich mit einem feuchten weißen Schimmer überzogen, und in die Georgettas, die groß und warnend auf ihn gerichtet waren, orientierte ihn sofort. Er wußte, daß es galt, augenblicklich zu handeln. Schnell packte er Aliettes Finger und so fest, daß der Schreck ihr die Stimme verschlug, und raunte ihr scharf ins Ohr: »Du gehst mit mir auf den Balkon! Sofort! Vorwärts!«

Draußen setzte Passi sie in einen Korbsessel, pflanzte sich vor ihr auf, die Hände über der Brust gekreuzt, und musterte sie schweigend.

Aliette faßte sich schneller, als ihm lieb war: »Ah, wie konnte ich nur so dumm sein, das nicht früher bemerkt zu haben! Aber ich habe es geahnt.«

»Was denn.« Passi, an seinem Handrücken schnuppernd, versuchte, irreführend zu lächeln.

»Ah, ich durchschaue dich jetzt!« In Aliettes Augen zuckte es haßerfüllt. »Georgetta war der Köder, nicht ich. Mit Georgetta allein war dir die Sache bloß nicht sicher genug. Du brauchtest zwei Hennen. Durch mich sollte Wannemaker sich dir gegenüber gedeckt glauben. Durch mich wolltest du Georgetta und dich gegen die Polizei decken. Und durch Tiller. Du hast gewußt, daß er mein Freund ist. Jetzt ist mir alles klar ... Ah, Georgetta *hat* ja schon mit Wannemaker geschlafen. Denn ich habe *nicht* mit ihm geschlafen. Ah, jetzt begreife ich erst die idiotische Haltung dieses schlanken Männerprofils ... Bewundernswert! Ich sollte Georgettas Besuche verschleiern. Wir haben ja beide fast dieselbe Gestalt. Ah, das ist, das ist ...«

Passi war, als das »schlanke Männerprofil« wiederkehrte, stutzig geworden. Die Wahrscheinlichkeit, Georgetta könnte bereits mit Wannemaker geschlafen haben, deuchte ihn mit einem Mal sehr groß. Aber er rührte sich gleichwohl nicht, hoffend, er werde noch Genaueres erfahren.

»Passi, sag mir, hast du den Schmuck gestohlen, während *ich* bei Wannemaker war oder während *sie* bei ihm war? ... Ah, es war sicherlich sie! Sicherlich!« Aliette zerriß ihr Seidentaschentuch zwischen den Zähnen.

Passi säuberte sich mit der Zunge das Zahnfleisch. »Und selbst wenn es so gewesen wäre. Wäre das nicht sehr unwichtig?« Es war seine Spezialität, in den kritischesten Momenten, auch wenn er durchaus nicht wußte, wie er sich aus der Affaire ziehen könnte, am sichersten zu erscheinen.

Aliette weinte. Ihre Stimme aber klang trotzdem gefährlich. »Wenn du dir einbildest, daß ich für diesen niederträchtigen Verrat meinen Hans verhängen lasse ... für dieses Dreckschwein ... dann irrst du. Du hast diese Verhaftung kalkuliert, kein Zweifel, und vielleicht sogar direkt besorgt ... Nein, nein, so billig setzt man Aliette nicht vor die Tür und auf den Sand!« Sie schneuzte sich entschlossen.

Passi, immer noch nicht im Klaren, was er am besten täte, sagte, wohl wissend, daß er unter allen Umständen sich halten müsse: »Du bist eine dumme Gans.« Er lächelte innerlich über den Kontrast: Aliette, die sich zwar teilweise irrte, hatte dennoch unerwartet viel Scharfsinn bewiesen.

Eigenartiger Weise aber wirkte diese Beschimpfung sichtlich beruhigend auf Aliette. Sie hob das Köpfchen und betrachtete Passi, mehr neugierig prüfend als zornig.

Passi wunderte sich. Da aber erinnerte er sich daran, daß Aliette ihn ja eigentlich liebe; und daß Georgetta ihn vielleicht doch betrogen haben könnte. Und augenblicklich stand sein Plan in der Hauptsache fest. »Ich wollte zwar, aus sehr bestimmten Gründen, noch einige Tage warten. Da ich aber sehe, daß du infolge des blödsinnigen Zustandes, in dem du dich jetzt befindest, imstande bist, die rasendste Dummheit zu machen ... Ja, es ist schon gut! Komm mit! Du wirst einsehen, *wer* in dieser Affaire die dupe ist, du oder – Georgetta.«

Aliette traute ihren Ohren nicht. Ein Lächeln, das bis hinter die Haare floß, überquoll ihr Gesicht. Sie ließ sich willenlos von Passi an der Hand ins Zimmer zurückführen.

Passi hätte es nun lediglich mit einigen Worten vermeiden können, die von ihm geplante, immerhin nicht ganz unriskante Szene aufzuführen. Aliette hätte ihm trotzdem wieder geglaubt. Aber er war neugierig, zu sehen, wie Georgetta sich verhielte.

Er trat schnell auf das Paar zu und sagte leise, aber mit einem gut gemeisterten Zittern in der Stimme, zu Wannemaker: »Mein Herr, ich hatte soeben Gelegenheit, Sie ein wenig zu beobachten. Ich hoffe, Sie werden Ihre Beziehungen zu meiner Frau dadurch vereinfachen, daß Sie sie in einer Stunde von hier abholen.«

Wannemaker starrte sekundenlang steif auf einen Paravent. Dann küßte er Georgettas Hände, verneigte sich gemessen gegen Passi: »Ich werde in einer Stunde meinen Wagen schicken«, und ging.

Kaum hatte die Tür sich hinter ihm geschlossen, als Passi auf Georgetta zusprang, sie brutal zu Boden schleuderte und mit den Füßen gegen die Wimmernde stieß: »Du Dreckschwein!«

Georgetta, die Passis Absicht, Aliette zu beruhigen und andererseits Wannemaker gegenüber eine schnelle Abreise zu motivieren, sofort begriffen hatte, kroch stöhnend zu Passis Füßen, küßte seine Schuhe und schluchzte herzzerbrechend.

Passi stieß sie, von ihrem verständigen Verhalten irgendwie enttäuscht, von sich und ging mit Aliette, die leise triumphierend lachte, ins Vestibül des Hotels.

Nach einer Weile sehr genußreichen schweigenden Nebeneinandersitzens füllte Passi Aliettes kleine Hände in die seinen. »Nun, weshalb wollte ich mit Georgetta nicht früher brechen? Um sie bei der ersten Gelegenheit Wannemaker an den Hals zu werfen. Hätte diese Gelegenheit sich nicht geboten, hätte ich sie eben herbeigeführt. Sollte er bereits mit Georgetta geschlafen haben, so wird er sie sich unfehlbar holen. Er ist ja Amerikaner. Und sollte er noch nicht mit ihr geschlafen haben, so wird er sie sich erst recht holen. Er ist ja Amerikaner. Auf jeden Fall aber bin ich beide los. Und das Halsband gehört gefahr- und komplikationslos uns. Noch heute nacht reisen wir, Aliette.«

»Ist Georgetta denn nicht deine Frau?«

»Nein. Eine gewöhnliche Kokotte, die ich aus einer peinlichen Situation befreite, in der Absicht, mir ihre Dankbarkeit dienstbar zu machen. Daß du in Griffnähe warst, konnte ich nicht wissen.«

Aliette machte vor Glück ein ganz strenges Gesicht. Hierauf versprach sie, in zwei Stunden mit ihren Koffern an der Ecke vorzufahren ...

Als Passi ins Zimmer tänzelte, küßte Georgetta ihr Kätzchen auf die Schnauze. »Wo ist dieses Häufchen Unglück von einem dummen Luder?«

»Sie kommt in zwei Stunden wieder, um sich zu überzeugen, daß wir beide abgereist sind. Aber weshalb packst du nicht längst? Ich nahm an, du hättest alles begriffen. Wir müssen sogleich fort. Weit fort.« Passi, sich außerordentlich bewundernd, trällerte ausgelassen. »Dieses schlanke Männerprofil ist wirklich ein dummer Junge. Nicht einmal mit Aliette hat er geschlafen.« Plötzlich aber wurde er neuerdings mißtrauisch. »Vielleicht aber *doch* mit dir ...?«

»Du überkombinierst schon wieder.« Georgetta begann sich hastig umzukleiden. »Wannemaker wird mir zwar seinen Wagen schicken, aber zu einem einigermaßen anderen Zweck.«

Passis Mund klappte auf und blieb offen.

»Er verlangt nämlich, daß ich ihm endlich zuwillen sei, widrigenfalls er uns verhaften ließe. Wenn ich drei Wochen lang täte, was er wolle, gehöre der Schmuck uns.«

Passi schnappte. »Kein dummer Junge!«

»Finde ich auch.«

»Leider etwas spät. Er hat also *doch* mit Aliette geschlafen!«

»Glaube ich nicht.«

»Wie aber sollte er sich die Gewißheit verschafft haben, daß ich es war, der das Halsband stahl?«

»Seine Psychologie ist doch nicht von solcher Ärmlichkeit, mir das auf die Nase zu binden.«

»Diese Haltung war also *doch* sein Manöver. Daß ich das nicht früher ... Ja, selbstverständlich, seine Unverschämtheiten dir gegenüber vor Aliette waren zwischen euch abgekartet. Wie überhaupt alles. Denn er hat *doch* mit dir geschlafen ... Ja, selbstverständlich!«

»Es wundert mich, daß du nicht bemerkst, wie gleichgültig das alles ist – angesichts des Zwangs, den Wannemaker ausübt.« Georgetta warf ihr Kätzchen in eine Hutschachtel.

»Du lügst. Aber schließlich habe *ich* ja das Halsband.«

»Und Aliette.« Georgetta, eine verdächtig süße Mattigkeit auf den Lippen, schminkte sich unbekümmert weiter.

Als Wannemakers herrlicher Mercedes-Wagen mit Georgetta die Rampe des Hotels hinunterglitt, hatte Passi, der am Fenster stand, das peinliche Gefühl, daß sie nicht zurückkehren würde. Nicht ohne Grund.

Un débrouillard

Selbst für einen ungewöhnlich schönen jungen Mann ist es in Paris schwer, weibliche Gunst gelegenheitsweise und gratis zu erlangen. Denn auch jene Damen, die keine festen Preise haben, besitzen sehr lukrative Grundsätze, welche es ihnen schlankweg verbieten, der Liebe mit einem noch so imposanten Fremdling sich hinzugeben, wenn er nicht durch sichere Anhaltspunkte Gewähr dafür bietet, daß es zu nennenswerten Zahlungen kommt.

Ulescu bot diese Gewähr in keiner Hinsicht. Schon daß sein Akzent ihn als Rumänen verriet, also dem klassischen Volk der Rastas angehörig, wirkte ungünstig; nicht weniger aber seine üppige Eleganz, seine allzu dégagierten Manieren und sein geflissentliches Meiden jedweder größerer Spesen. Dennoch war es ihm in den ersten Wochen seines Pariser Aufenthaltes, kraft seiner Neuheit als Erscheinung und nonchalant vorgewiesenen gefälschten Hundert-Dollarscheinen, ziemlich mühelos gelungen, zwischen Clichy und Barbès mehreren Bar-Heroinen den Eindruck eines Mannes zu machen, dem gegenüber restloses Vertrauen das klügste Verhalten wäre. Bald aber sprach es sich unter den Geblitzten herum, daß Ulescu nichts Seriöses sei, und eines Abends stieß er allenthalben auf jene beunruhigend leeren Blicke, die selbst den neuartigsten Versuch aussichtslos machen.

Da Ulescu in übergroßer Vorsicht es verschmäht hatte, das Wohlgefallen, das er einigen kleinen Kokotten erregte, zu einer Einnahme auszubauen, andererseits aber plötzlich wahrnehmen mußte, daß die Polizei, der sein Metier als Pickpocket nicht verborgen geblieben war, bereits ein Auge auf ihn hatte, befand er sich angesichts der Unmöglichkeit, seinem Beruf nachzugehen, in einer umso schwierigeren Situation. Diese nachhaltig und einträglich zu klären, sann er Tag und Nacht. Der ohnehin sehr unbedeutende Barbetrag, den er noch sein eigen nannte, war bereits katastrophal dem Nichts entgegengeschmolzen, als er auf einen, seinem Balkan-Gehirn wahrlich Ehre machenden Ausweg verfiel: er denunzierte sich selbst der Präfektur in einem ausführlichen Brief als gefährlichen Anarchisten, der sich mit der Absicht trüge, den Ministerpräsidenten meuchlings über den Haufen zu knallen. Als gründlicher Kenner der Praktiken der Polizei zweifelte er keinen Augenblick an den Folgen dieses Schreibens und begab sich andern Abends, eine diabolische Genugtuung um die Augen, weichen Schrittes auf den Boulevard Rochechouart.

Er hatte ihn kaum zur Hälfte hinter sich, als eine weidlich angejahrte Dame mit lastermüder Miene, strohgelben abgeschnittenen Haaren und defekter Nase ihre geröteten Äuglein vor ihm entfaltete und, lüstern grinsend, ein sehr schadhaftes Gebiß entblößte.

Obwohl es Ulescu empörte, wie gering man ihn auf der Präfektur einschätzte, vermochte er gleichwohl einer gewissen freudigen Regung, endlich wieder Beachtung zu finden, nicht zu wehren. Hinzukam, daß er dringend eines Weibes bedurfte, so daß die Überlegung, er könnte durch Auslassung der ersten Attacke die Zurückziehung des weiblichen Personals verursachen, ihm nicht schwer fiel; umso weniger, als seine Absicht, die jeweilige Dame nicht zu repetieren, überhaupt seinen Gepflogenheiten entsprach.

Um nicht durch rasches Kehrtmachen aufzufallen, stellte Ulescu sich kurz vor ein Schaufenster, bevor er seiner Dupe folgte. Nach wenigen Schritten hinter sie gelangt, legte er mit bemerkenswerter Unverfrorenheit ihr die Hand auf den Nacken und schnob, während sein Blick sich wie in fesselloser Begehrlichkeit bog:

»Von welchem Betrag aufwärts haben Sie Empfindungen für mich?«

»Hein?« Sie blieb zusammenzuckend stehen und lächelte erschreckt. »Ich begreife nicht, was ...« Es war außer Zweifel, daß sie fürchtete, sich irgendwie verraten zu haben.

Ulescu lächelte maliziös. Dann ließ er seine Hand ihre Schulter entlang in die Achselhöhle gleiten und verlieh gleichzeitig seiner ganzen Haltung etwas Distinguiert-Verworfenes. »Ich meine ... Sie sind sicherlich ebenso teuer wie schön.«

Sie gewann, obwohl noch nicht ganz beruhigt, langsam ihre Haltung zurück. »Auch wenn ich schön wäre, würde ich niemals Geld verlangen.«

»O!« Ulescu entfernte, während er mühselig ein Gelächter unterdrückte, respektvoll seine Hand. »Für solch eine Ausnahme habe ich Sie freilich nicht gehalten.«

Der morbide Schatten unter ihrer Nasenwurzel verlängerte sich hochmütig. »Sie werden sich dazu herbeilassen müssen.«

»Mit Vergnügen.« Ulescu würgte. »Schließlich erreichen Leute, die sich rar machen, nach einiger Zeit ohnedies, daß man sie dafür hält. Aber ich würde doch vorziehen, daß Sie es mir sofort beweisen.«

Sie bewegte miteins, ohne jeden Übergang, wie unzurechnungsfähig die Arme, so sehr bedrängte sie die Schwierigkeit einer Replik. Deshalb hielt sie es für forscher, das Weib herauszukehren. »Sie gefallen mir ja sehr ... nur ... es ist ...«

»Ich weiß. Sie können sich bloß furchtbar schwer entschließen.«

Sie nickte mit dem wallenden Federhut wie ein Leichenwagenpferd.

Ulescu beroch galant ihre Hand, um sein Grinsen zu decken, und schnarrte energisch: »Aber das ist doch kein Grund, nicht mitzugehen.«

»Allerdings ...« Sie lachte schrill auf, ohne sich auch weiterhin noch sonderlich anzustrengen.

Ulescu war überzeugt, daß sie sich ganz sicher fühlte. Deshalb führte er sie, ununterbrochen schwatzend, so daß sie immer wieder lächeln mußte, und jedem Lokal ausweichend, so daß sie ihn schließlich schnippisch maß, direkt in das kleine Hofzimmer, das er in einem Garno der Rue Belhomme bewohnte, warf sie ohne Umstände sogleich aufs Bett und wusch sich, nachdem er sich Genüge getan, überaus gewissenhaft, ohne auf ihr Gezeter zu achten. Als sie deshalb endlich erkannte, daß sie es an Taktik hatte fehlen lassen, setzte sie sich, heftige Gêne markierend, auf den Eimer, beanstandete mit tränenerstickter Stimme die Kleinheit des Raumes und lobte, wieder munterer werdend, ein geräumiges helles Appartement, das ihr seit kurzem winke, in dem allein zu hausen jedoch zu trist sei.

Ulescu wartete, hämisch die Lippen aufeinander pressend, bis sie vor den Spiegel trat. Während sie ihren Federhut, der sich immer noch, nun freilich in sehr desolatem Zustand, auf ihrem Kopf befand, vergeblich zu renovieren trachtete, schlich Ulescu sich zur Tür, öffnete sie geräuschlos und postierte sich draußen platt an die Wand.

Es dauerte nicht lange, da erschien die Erwartete erstaunt vor der Tür und trat, noch erstaunter, auf die Treppe; Ulescu aber in diesem günstigen Augenblick schnell ins Zimmer zurück. Er schloß die Tür und nahm aus dem Handtäschchen, das er kurz zuvor unter das Traversin geschoben hatte, einen Zehnfrancs-Schein, gerade, als heftig an die Tür getrommelt wurde.

Ulescu öffnete gefährlichen Blicks und warf das Handtäschchen vor die Füße der gänzlich verwirrt Stammelnden: »Aber ... das ist ... das ist ja ...«

»C'est jeune et ça ne sait pas«, sang Ulescu in höchstem Tremolo, nachdem er die Tür zugeschmettert und abgesperrt hatte ...

Am folgenden Nachmittag, als Ulescu vor dem Café Dupont saß und an einem Picon-Citron zwitscherte, setzte sich ein würdevoller alter Herr mit einem außergewöhnlich gepflegten weißen Bart und bläulichen Brillengläsern an seinen Tisch, obwohl die Terrasse noch freie Tische aufwies, und bat nach einiger Zeit höflich um den Petit Parisien, der neben Ulescu lag. Dieser überhörte es. Der Herr bat noch einmal, sich krümmend vor Höflichkeit. Ulescu warf nachlässig hin, er vermute, daß es schon spät sei, und begann, innerlich gröhlend, mit der Lektüre des Petit Parisien, die er jedoch nach wenigen Minuten unterbrach, um in heftigen Ausdrücken des Unwillens darüber sich zu ergehen, daß die Regierung von unverständlicher Laxheit in der Erteilung von Aufenthalts-Bewilligungen an unsichere Ausländer sei. Der alte Herr schmunzelte fröhlich und meinte, Frankreich könne wegen einer Handvoll Balkan-Filous seinen Ruf der Gastfreundschaft nicht gefährden. Ulescu beruhigte sich darob, äußerte sich noch des Breiteren über die vorzüglichen Sicherheitsverhältnisse in Paris, bedauerte hierauf flüchtig, daß so viele junge Damen infolge der Geschlechtskrankheiten außerordentlich an Reiz verlören, und suchte plötzlich das Pissoir auf, von dem aus er, seinem Tischgenossen die Begleichung der Zeche überlassend, ungesehen durch den Seitenausgang den Boulevard Barbès erreichte.

Die Folge dieser Konversation war, daß Ulescu, als er gegen elf Uhr nachts die Rue Victor Massé passierte, unmittelbar vor dem Eingang zum Tabarin eine wohlige Frauenstimme hinter sich locken hörte:

»Offrier mir was, schöner Schwarzer, ja?«

Ulescu wandte sich um und stellte mit einem schnellen Blick fest, daß seine Beschwerde berücksichtigt worden war: diesmal hatte man keine halbinvalide alte Kokotte auf ihn losgelassen, sondern einen mittleren Jahrgang, der nicht nur noch sehr wenig gelitten hatte, dessen hohe feine Beine sogar höchst eindringlich warben.

»So. Offerieren.« Ulescus Stimme klang so mild, daß sie ihn selbst beglückte. »Sehe ich aus, als würdest du Geld von mir nehmen?«

»Quel culot!« Sie ergriff seinen Oberarm und zog ihn in das

Etablissement, immer wieder versichernd, sie wolle nur ein Bock und es verpflichte ihn zu nichts.

Vor der Bar klagte Ulescu sofort über die unverschämten Preise der Nachtlokale, den infamen Egoismus der Frauen und die Schwierigkeiten, in Paris billig und einigermaßen komfortabel zu wohnen.

Sie meinte leise, daß es auch in Paris Frauen gäbe, die trotz ihrem diesbezüglichen Beruf unter der Vakanz ihres Herzens litten; verriet schelmisch, daß der Bar-Keeper stets ihr Konto zu belasten pflege, wenn sie den Spazierstock ihres Kavaliers an sich nehme (was sie gleichzeitig tat); und erinnerte sich plötzlich, freudig in die Hände klatschend, daß sie gerade vorgestern die Adresse eines kleinen, aber ganz entzückenden Appartements, das sofort beziehbar sei, erfahren habe.

Ulescu lächelte, als das Wort »Appartement« fiel, ganz besonders maliziös, flüsterte dann aber schlicht, ob sie sich vielleicht mit all dem über ihn lustig machen wolle. Als Antwort zerrte sie ihn von seinem Hocker und, obwohl er, lediglich zu seinem Vergnügen allerdings, lange und ernstlich sich sträubte, endlich auf die Straße, woselbst sie wie leidend auf ihre gelben Seidenhalbschuhe blickte, während sie ihn fragte, wo er wohne.

Ulescu wies mit dem Daumen hinter seine Schulter, jedoch in die falsche Richtung.

Gleichwohl ging sie mit ihm in der richtigen weiter und fragte erst an der Ecke der Rue Belhomme, wo denn eigentlich sein Hotel sei.

Ulescu behielt sie die Nacht über bei sich, vereinbarte gegen Morgen ein Rendez-vous um Mitternacht im Tabarin und steckte ein Fünffrancs-Stück, das sie, zweifellos absichtsvoll, auf dem Tisch vergessen hatte, ostentativ ein, so daß sie ihn darob mit überlauter Aufgeräumtheit verließ.

Selbstverständlich begab Ulescu sich nicht ins Tabarin, sondern ins Café Dupont, wo gegen ein Uhr morgens ein eleganter junger Mann, der den leicht Angetrunkenen spielte, sich neben ihm auf die Bank fallen ließ und von seinem Pech mit Weibern daherstotterte; er habe schon zwei Vermögen mit ihnen durchgebracht und nur schwärzesten Undank geerntet. Ulescu antwortete ebenso heiter wie beiläufig, daß er hinwiederum das Vermögen zweier Damen durchgebracht habe und, was das Ernten betreffe, auf sofortige bare Dankesbekundung halte; leider aber entpuppten sich heutzutage die Weiber schon nach wenigen Stunden als geizig, wenn nicht gar als habgierig. Hierauf wollte er das Pissoir benützen, wurde aber unterwegs vom Kellner um Zahlung gebeten ...

Am nächsten Nachmittag sprach auf dem Boulevard des Batignolles eine pompöse Blondine Ulescu an und bemühte sich alsbald in der Rue Belhomme zwei Stunden ausgiebig um ihn. Obwohl sie einen Fünfzigfrancs-Schein zu Boden flattern ließ, wurde sie noch am selben Abend versetzt. Tags darauf war es eine schlichte Rothaarige, die sechzig Francs opferte. Ihr folgte eine vornehme Schlanke mit hundert Francs. Dieser eine burschikose Dicke, die ein Manicure-Necessaire zurückließ und zwei Orangen. Auch fernerhin wechselte Quantitatives mit Qualitativem, Großes mit Kleinem, Raffiniertes mit Primitivem. Fast alle ließen ein Andenken zurück oder sich eines entwenden und alle hatten ein Appartement oder wenigstens in Aussicht. Sämtliche Bemühungen gestalteten sich intensivst, ja oft dermaßen hingebungsvoll, daß Ulescu manch Neues, manch Seltenstes an sich erfuhr. Und allnächtlich gab es Minuten, wo er unsäglich maliziös lächelte. Mehr als gratis schwelgte. Unerhörtes genoß.

Leider erfolgte allgemach der Wechsel mit größeren Unterbrechungen und die von Zeit zu Zeit im Café Dupont oder anderwärts auftauchenden, sehr verschiedenartig stilisierten männlichen Typen wurden zusehends zudringlicher. Und eines Tages mußte Ulescu konstatieren, daß er bereits seit einer Woche unbeschickt geblieben war; daß die zudringlichen Typen sich zwar nicht mehr zeigten, dafür aber eine äußerst scharfe Überwachung seiner Person eingesetzt hatte, die eine ganze Kette von Unannehmlichkeiten nach sich zog: der Patron seines Hotels grüßte nicht mehr und setzte ihm eine Phantasie-Steuer auf die Wochenrechnung; das Stubenmädchen brachte sein Zimmer nurmehr fiktiv in Ordnung; die Kellner in den Cafés und Restaurants beflissen sich wohl einer krampfhaften Höflichkeit, in der Bedienung jedoch nicht des geringsten Eifers; und überall überhielt man ihn in der frechsten Weise mit den Preisen, was um so erschrecklicher war, als Ulescu jegliche Einkäufe versiegt waren. Er sah knirschenden Mundes eine Katastrophe nahen und verfluchte sich und die schicksalsschwere Stunde, die ihn jenen unheilvollen Brief hatte schreiben lassen.

Da rettete ihn ein Zufall. Ein Russe verübte ein Revolver-Attentat auf den Ministerpräsident, das fehlschlug. Da der Attentäter in Vaugirard wohnte und nicht die kleinste Spur von ihm zu den Kreisen führte, die Ulescu auf dem Montmartre gezogen hatte, konnte dieser bereits am Tage nach dem Attentat beobachten, daß sein Patron ein freundliches Gesicht machte, daß sein Zimmer in neuem Glanz erstrahlte, die Kellner ihn sofort bedienten und die hunderterlei Gestalten, die ihn gleich zähen Insekten überall umschwirrt hatten, verschwunden waren.

Nach einer Woche war Ulescus Sicherheit derart gestiegen, daß er es wagte, vorsichtig zu seinem Metier zurückzukehren. Der Erfolg war ihm sogar ungewöhnlich hold. Überraschender Weise auch bei den Damen, deren Interesse an ihm durch den rapiden Wechsel auffallendster Erscheinungen machtvoll sich erhöht hatte. So daß Ulescu neuerdings gratis schwelgte und Unerhörtes genoß.

Die Bande Kaff

Gegen sechs Uhr morgens stand die Sonne stets in einem langen Streifen an der rechten Wand jenes Zimmers, das Kaff fünf Minuten, nachdem es frei geworden war, vom Portier mit der Begründung sich erbat, er habe es bereits dreimal bewohnt und schätze es wegen seiner ruhigen Lage. Er schätzte es nicht deswegen, sondern wegen des langen Streifens Sonne, dessen Verwertung ein sterbender Kumpan aus Dankbarkeit ihm vermacht hatte.

Am folgenden Morgen, als gegen sechs Uhr seine Taschen-Weckuhr schnurrte, sprang Kaff aus dem Bett, ergriff den großen länglichen Handspiegel, den er am Abend vorher in Spiegelschrift mit Buchstaben bemalt hatte, hielt ihn in den Sonnenstreifen und dirigierte den Widerschein vorsichtig durch das offene Fenster auf die Decke des gegenüber, eine Etage höher, befindlichen Zimmers, woselbst Anny, die gleichfalls sich hatte wecken lassen, in nur wenig verschwommenen Buchstaben den Satz las: »Delaro arbeitet schon, sei um elf Café Dauphin.«

Anny sah verabredetermaßen nach dem Wetter und hüpfte hierauf ins Bett zurück, neugierig nach der Decke blickend, auf der nach wenigen Minuten die Worte erschienen:

»Sei pünktlich!«

Anny war es. Und da sie Delaro schon von der Straße aus hatte sitzen sehen, betrat sie so das Café, daß sie ihm den Rücken zuwandte und ihn erst dann zu erblicken schien, als sie ihm bereits am Nebentisch gegenübersaß.

Delaro rauchte vergnügt, während das eine Auge für alle Fälle über den Rand der Zeitung hinaushing.

Anny, dies unter dem breiten Hutrand hervor beobachtend, hielt es daraufhin für vorteilhaft, Delaros Aufmerksamkeit dadurch zu erregen, daß sie ein leeres Cachet aus ihrem Handtäschchen nahm und mit übertriebenen Vorkehrungen, dabei nicht gesehen zu werden, schluckte.

Delaro sah es. Da der Fall, dessentwegen er von Southampton nach London gekommen war (die Aufspürung des Falschmünzers Kaff und seiner Bande), ihm für den Augenblick nichts zu tun gab, zögerte er nicht, die Dame näher zu besichtigen. Nachdem er, vorbedachter Weise allerlei Zeitungen suchend, mehrmals an Annys Tisch vorübergewechselt war, ließ er wie versehentlich ein Journal neben ihr zu Boden fallen und entschuldigte sich unaufhörlich.

Anny, sehr ergötzt, daß es ihr gelungen war, summte die ersten Takte des new-yorker Chansons ›I can't love …‹ und lächelte dämonisch.

Delaro setzte sich deshalb, als geschähe es vor Verwirrung, ihr gegenüber an den Tisch. »Sie kommen aus New-York?«

Anny sah traurig über ihn hinweg. »Geben Sie mir zwei Zigaretten!«

»Zwei …?«

Anny blickte, noch trauriger, auf den Tisch.

Delaro hielt ihr sein Etui hin.

Nachdem Anny sich bedient hatte, erläuterte sie: »Eine für die Schnauze, die andere für meinen Kerl.«

Delaro behielt seine seriöse Miene bei. »Sie nehmen Morphium?«

»Wer zuerst schweigt, schweigt am besten.«

»Sie scheinen nicht viel zu tun zu haben.«

»Tätigkeit ist aller Laster Anfang.«

Delaro, kaum lächelnd, entzündete sich eine Zigarette.

Anny hüstelte. »Ich bin sicher, daß Sie mich für so verausgabt halten, ich könnte glauben, Sie wären mit der Anlage geboren, die Zigaretten so zwischen den Lippen zu drehen, wie Sie es tun.«

Delaro ärgerte sich nun doch und vergriff sich deshalb: »Ich gehe nur mit Weibern, die mir gut stehen.«

»Also ein Einsamer.«

Delaro mußte lachen. »Heben wir doch unsere Raketen für den Ernstfall auf. Unter uns wäre es angezeigter, offener zu sein.«

»Unter uns?« Anny holte abermals ein Cachet hervor. »Lügen wir also deutlicher.«

»Unverbesserlich!«

»Beeilen Sie sich! Die Situation geht zu Ende.«

Delaro, schnell auf seine Armbanduhr blickend, schlug ihr vor, mit ihm in den Regents Park zu fahren und dann bei »Frascati« in der Oxford Street zu lunchen.

»Ist das das Lokal mit der roten Ziegelfassade?«

Delaro nickte und erhob sich …

Als sie die Drehtür des Cafés passierten, streifte Anny die Wade des knapp vor ihr eintretenden Kaff, der die Mütze schief in die Stirn gedrückt trug und um den linken Arm einen falschen Verband.

Sobald sie mit Delaro in einem weich dahinrollenden Cab saß, äußerte sie deshalb, es vorzuziehen, in »Oddeninos Imperial« zu lunchen; das sei zudem näher dem Regents Park.

Nach zwei Stunden, während welcher Delaro endgültig sich davon überzeugt hatte, eine geistreichelnde, aber harmlose Amerikanerin vor sich zu haben, die aus unglücklicher Liebe ein Opfer jener schrecklichen Droge geworden war, saßen sie in »Oddeninos Imperial« einander gegenüber.

Zwei Tische hinter ihnen saß Kaff, mit falschem Schnurrbart, einem Toupet und in einem eleganten Cutaway.

Eine Viertelstunde nach dem Dessert verabschiedete sich Delaro, dem Kaff unauffällig auf die Straße folgte, wo er sah, wie Delaro dicht neben einer Gruppe von zwei Männern und drei Frauen, die durchwegs schwarz gekleidet waren, stehen blieb, als müsse er sich orientieren, in Wirklichkeit aber, um aus dem Gespräch der fünf Geheimagenten den erwarteten Bericht entgegenzunehmen.

Kaff kehrte in das Lokal zurück, um seinen angeblich vergessenen Spazierstock zu suchen: das Zeichen für Anny, daß er in sein Hotel sich begebe. Dort erschien nach einer halben Stunde ein Kommissionär, der ihm einen Brief übergab, in welchem ein Stück Zeitungspapier sich befand: das Zeichen für Kaff, daß es noch nicht so weit sei ...

Am nächsten Morgen gegen sechs Uhr hielt Kaff den großen Handspiegel in den Sonnenstreifen.

Anny in ihrem Zimmer las: »Delaro arbeitet Hochdruck, Eile tut not.« Sofort lief sie zum Fenster und sah nach dem Wetter; diesmal aber mit der Variation, die rechte Hand über die Augen zu halten: das Zeichen für Kaff, daß sie es für diesen Abend versuchen werde.

Eine Stunde später telefonierte sie dem Portier des Hotel Atlantic, er möge sie mit Mister Delaro verbinden.

»Ah, Sie ... Anny?« Delaros Stimme war nicht nur morgendlich frisch, sondern auch die eines Mannes, der soeben ein vorzügliches Geschäft gemacht hatte. »So früh schon auf? Nun, wie gehts?«

»Haben Sie wirklich erst übermorgen Zeit für mich?« zwitscherte Anny gekränkt in den Apparat.

»Liebe, ich sagte Ihnen doch, daß ich ...«

»Sie essen zu wenig. Deshalb haben Sie keine Gefühle.«

»Vielleicht haben Sie recht. Aber ich habe eine ganze Reihe sehr wichtiger Sachen zu erledigen, die kei ...«

»Gestern sagten Sie, es wäre nur eine.«

Delaro, der es nicht gesagt hatte, ließ sich, unsicher geworden, Lügen strafen. »Sie passen ja gefährlich auf.«

»Habe ich eine Schmutzkonkurrentin?«

»Für einen so billigen Herrn halten Sie mich?«

»Nein. Aber die Londoner Damen nicht für sehr teuer.«

»Sie haben eine wunderbare Schnauze.«

»Und, ich schwöre es Ihnen, keinen Kerl.«

»Daran habe ich niemals geglaubt.«

»Ich wußte es. Halten Sie die Bewegung der Erde um die Sonne für inkorrekt?«

»–?–«

»Nun?«

»Ich warte auf die Pointe.«

»Sie irren. Ich wollte damit nur sagen, daß Sie diese Bewegung, zu der Sie im Großen und Ganzen gezwungen sind, auch im Kleinen und Halben mitmachen sollten, sofern Sie nicht ...«

»Dieser Verdacht, Sie seltenes Nachtgestirn, kann mich nicht treffen, denn ... Eine Sekunde, bitte ...«

Anny nahm augenblicks den zweiten Hörer, setzte sich geräuschlos, hörte auf zu atmen und lauschte angestrengt. Nach einigen Sekunden näherten sich undeutliche Stimmen Delaros Apparat. Aber erst nach etwa drei Minuten vermochte Anny folgende Satzfetzen aufzufangen: »... war es nicht im Chronicle, Pitts ... Man muß, wenn es klappen soll, in der Fenchurch Street ... Im Osten. Dann aber hat es keinen Zweck, die Leute, die doch ... von South Kensington bis ...« Neuerliches Stimmengewirr. Dann: »... vielleicht auch zwecklos, Pitts ... Ich bin dafür, es doch so zu machen, daß wir sofort ...« Die Stimmen entfernten sich.

»Anny?« rief Delaro endlich ungeduldig. »Anny, halloh!«

Anny machte ein Geräusch, als ergriffe sie erst jetzt wieder den Hörer. »Hallo, Delaro? Halloh! Ah, Sie vermuten wohl, daß ich so wenig Zeit habe wie Sie.«

»Wieso.«

»Nur Leute, die keine Zeit haben, warten lange.«

»Ebenso wahr wie rar. Doch ich kann Sie entschädigen. Ich habe heute Zeit für Sie.«

»Meinen Glückwunsch!«

»Unverschämt!«

»Such is life!«

»Aber entzückend.«

»Also heute abend. Um acht.«

»Bei Frascati, wie vereinbart.«

»Good by.« Anny hängte den Hörer ein ...

Kaff befand sich noch in seinem Zimmer, als er ans Telefon gerufen wurde, wo ihm der Kassier eines Cinéma-Theaters mitteilte, Mrs. Plinghton sei leider immer noch krank und lasse ihn herzlich grüßen. Kaff wußte nun, daß Anny es erreicht hatte.

Nur für diesen Fall hatten sie eine direkte Verbindung vorgesehen, die an Vorsicht und Durchtriebenheit nichts zu wünschen übrig ließ: Kaff rief vom Wartezimmer eines Zahnarztes in der Parlament Street aus um drei Uhr nachmittags, auf die Sekunde genau, die Wohnung eines Zahnarztes auf dem Haymarket an und bat darum, Miß Flower, die im Wartezimmer sei, an den Apparat zu rufen.

»Miß Flower selbst?«

»Ja. Mister Pringgs?«

»Ja, selbst. Was hat man Ihnen mitgeteilt?«

»Daß der Laden in der Fenchurch Street schon vermietet ist. Man muß sofort einen andern suchen.«

»So. Das ist unangenehm. Auf jeden Fall aber ist es besser, wenn Sie heute Abend zwei Stunden warten, damit ich mich melden kann.«

»All right.«

Kaff verließ das Wartezimmer unter dem Vorwand, einen wichtigen Gang erledigen zu müssen.

Anny tat desgleichen ...

Als sie abends in großer Toilette bei »Frascati« erschien, erwartete Delaro sie bereits im Vestibül, war aufgeräumter noch als am Morgen und hatte diesmal so vorzüglichen Appetit, daß es Anny nicht schwer fiel, das Diner bis gegen zehn Uhr hinauszuziehen.

Zu dieser Zeit wurde Delaro ans Telefon gerufen, wo man ihn mit verstellter Stimme bestürmte, sofort nach Fenchurch Street zu fahren; Kaff sei, als Arbeiter verkleidet, dort aufgetaucht, in der Wohnung sei Licht, man höre Tumult etc.

Delaro hatte die unbekannte Stimme zwar Verdacht erregt, der Umstand aber, daß sie ihn »Pitts« genannt hatte, ließ ihn annehmen, daß die Aufregung Powells Stimme (denn nur diese konnte es sein) verändert haben mochte.

Delaro bat um Entschuldigung, Annys Hand ergreifend; er würde in einer halben Stunde zurück sein.

Anny aber bestand darauf, mitfahren zu dürfen.

Unterwegs wurde Delaro, eben als er mit beiden Händen Annys Kopf nahm, um sie zu küssen, blitzschnell von ihr gefesselt. Ihn zu knebeln unterließ sie, um ihn, freilich mit vorgehaltenem Browning ausfragen zu können: »In welcher Angelegenheit sind Sie in London?«

Delaro, der seine Lage nicht unterschätzte, hielt es für das Vorsichtigste, falsch die Wahrheit zu sagen: »Um Casallo zu finden.«

»Kaffs Komplizen?« Anny kicherte höhnisch. »Warum nicht lieber ihn selber?«

Delaros Brauen zuckten zornig. »Wer hat mir telefoniert?«

Anny wackelte mit dem Browning, ihn kurz gegen den Chauffeur richtend. »Der!«

»Wer!«

»Der am Volant – Kaff.«

»Ah!« Delaro machte sichtlich eine furchtbare Anstrengung, um seine Ruhe zu bewahren. »Ich weiß, daß ich Ihnen ausgeliefert bin. Geist wie dem Ihren bin ich unter Verbrechern noch nie begegnet. Das entschuldigt meinen Hereinfall ein wenig. Ich verspreche Ihnen, die ganze Falschmünzer-Affaire durch ein Machtwort niederzuschlagen, wenn Ihre Bande Europa verläßt.«

»Er stellt Bedingungen!« Anny stieß mitleidig den Atem aus. »Er verspricht! Sie scheinen vor Angst zu vertrotteln.« Sie hielt die Waffe näher an seine Stirn, da sie den unklaren Eindruck gehabt hatte, als hätte er versucht, sich zu bewegen.

»In meinem Portefeuille in der linken Brusttasche befinden sich siebenhundert Pfund.« Delaro dachte so rasend nach, daß er erbleichte. »Außerdem unterschreibe ich für das Zehnfache.«

»Er deliriert«, sagte Anny trocken. »Halten Sie mich wirklich für so dumm? Dann würde ich mich allerdings nicht mehr darüber wundern, daß Sie mich nicht überwachen ließen.«

»Selbst wenn es geschehen wäre, hätte es wohl nichts verhindert. Wenn Menschen Ihres Kopfs Verbrecher werden, entwikkeln sie eine tolle Phantasie und arbeiten viele Jahre hindurch gänzlich ungestört. Bis einmal ein Zufall, der immer kommt, ein wichtiges Detail lüftet und dadurch bald auch das ganze System.« Delaro hoffte, halb bereits sich aufgebend, ihr doch noch zu schmeicheln.

Anny jubilierte innerlich, diesen Gegner vor dem Schuß zu haben. »Schlucken Sie das!« Sie hielt ihm ein Cachet hin, das eine Dosis Morphium enthielt, die genügt hätte, ein Pferd zu töten.

Im selben Augenblick hob Delaro die Fäuste, um ihr die Stahlfassung der Handschellen auf den Kopf zu schlagen.

Anny schoß. Und sah sofort, daß es nur ein harter Streifschuß war, der den Schläfenknochen weggerissen hatte. Das Hirn lag in der Breite eines Fingers bloß. Der Schmerz mußte ungeheuerlich sein. »Schlucken Sie das!« befahl sie herrisch, wütend darüber, daneben geschossen zu haben.

Delaro, vor Schmerz fast ohnmächtig, aber doch noch so weit bei Bewußtsein, um zu wissen, daß er verloren sei, öffnete die Lippen und verschluckte das Gift.

Drei Sekunden später schoß Anny noch einmal. Die Kugel drang neben der Nase schief nach oben ins Gehirn. Delaro war sofort tot ...

Der Mord hatte sich im dichtesten Straßengewühl ereignet, so daß die Detonationen selbst von Kaff nicht gehört worden waren.

Nachdem Anny durch das Hörrohr mit Kaff sich verständigt hatte, hielt das Auto bald darauf vor einem kleinen Restaurant, das Anny nur betrat, um es nach wenigen Minuten wieder zu verlassen.

Kaff, der weitergefahren war, hielt vor einer kleinen Bar, stieg aus, trank einen Likör, trat auf die Straße, dann in einen Laden und ließ schließlich das Auto im Stich.

Am nächsten Morgen erwachte er, durch die Weckuhr bereits daran gewöhnt, von selber gegen sechs Uhr. Aber der Sonnenstreifen fehlte. Der Himmel war bleigrau. Kaff sah aus dem Fenster.

Gegenüber, eine Etage höher, lehnte Anny am Fenster und lachte, als sie ihn erblickte. »How do you do, Mister Pringgs?«

»Thank you, very well, Miß Flower.«

Walter Serner über Walter Serner

Ich wurde am 15. März 1889 in Karlsbad geboren. In dieser Stadt besuchte ich das Gymnasium, wo ich in dem römischen Schriftsteller P. Ovidius Naso die erste Bekanntschaft mit einem subtilen Geist machte und in Gestalt des Lehrkörpers mit der menschlichen Niedertracht. Ich galt als subversives Element, obwohl ich mich damals nur für Stubenmädchen interessierte und auch sonst bemühte, dem genannten Schriftsteller Ehre zu machen. Das Jus-Studium, das ich mit achtzehn Jahren begann, kam nicht zur Ausführung, sondern Wien, das zu jener Zeit eine sehr beherzigenswerte Stadt war. Mir ist es noch heute rätselhaft, wie es möglich war, daß ich die rechtshistorische Staatsprüfung bestand. Kurz darauf brachte ich einen Spielgewinn an der Hand eines Münchner Faschings durch und fuhr mit dem letzten Goldstück nach Berlin, wo ich mich vierzehn Tage hindurch langweilte, weil ich nachts schlief. Als ich anfing, es umgekehrt zu halten, amüsierte ich mich drei Jahre dermaßen, daß meine Liebe für diese Stadt ebenso unausrottbar bleibt wie die für ihren Argot. Da eine hinter meinem Rücken für mich ordnende Hand mich in Wien weiter inskribiert hatte, konnte ich der Lockung, meine Schulden bezahlt zu sehen, insofern nicht widerstehen, als ich beabsichtigte, vier Monate in Greifswald auszuruhen. Das Resultat war trotzdem positiv, wofür ich mich bei Ovid zu bedanken habe. Ich brachte nämlich das Gespräch auf ihn, und da meine Examinatoren Menschenkenner waren und echte Humanisten, wurde ich doctor utriusque juris. Es hat mir lange Zeit hindurch sehr genützt. Denn ich entschloß mich bald darauf, keine vorgeschriebene Laufbahn zu ergreifen (gibt es eine schönere Phrase?), sondern in Europa spazieren zu fahren. Der Familienvater, der merkt, daß einer keinen bürgerlichen Lebenswandel führt, ist im allgemeinen sofort davon überzeugt, daß ein ungesetzlicher geführt wird. Das weite Feld der Möglichkeiten, das zwischen diesen beiden Polen liegt, vermöchte ihm nur eine hemmungslose Phantasie zu zeigen. Der Doktortitel nun verzögert jene Überzeugung, indem er die Phantasie zivil anregt. Als der Weltkrieg ausbrach, war ich aber immerhin schon so übel beleumundet, daß mein vierjähriger Aufenthalt in der Schweiz mir mancherlei Distraktion verschaffte und im übrigen die Muße zur Niederschrift eines für jedermann lehrreichen Handbreviers, ›Letzte Locke-

rung‹ betitelt, das letzthin Entschlossenheit als wertvoller erklärt als Erfahrung. In den Alpen, für die ich nicht das Geringste übrig habe, schrieb ich auch die 33 hanebüchenen Geschichten ›Zum blauen Affen‹, die zwar einige Kenner sehr priesen, aber meinen schlechten Ruf endgültig befestigten. Als der Weltkrieg zu Ende war, stieg ich wieder in die Eisenbahn. Ich muß gestehen, daß es mich schon langweilt. Aber es ist doch von allem Angenehmen, woran der Globus nicht allzu reich ist, das am wenigsten Ermüdende. Störend empfinde ich nur, daß man mir kontinuierlich die geschmacklosesten Motive unterschiebt. Ich erkläre deshalb feierlich, daß ich weder Bordellbesitzer bin noch die rechte Hand von Boris Ssawinkow, den ich leider nicht persönlich gekannt habe; daß ich den Berlin-N-Jungen liebe, den deutschen Double-Mokka aber als gräuliche Tunke bezeichne; daß ich den Umgang mit Menschen für ein Handicap halte und Lichtenbergs Aphorismen sowie Flauberts ›November‹ für eine gute Vorschule; daß ich der österreichischen Memphis-Zigarette nachtrauere, nicht aber den sie einst in Massen konsumierenden Leutnants; daß ich das von mir sehr geliebte Jicky-Parfüm vermittels eines Vaporisateurs verwende und jene nicht begreife, die mir deshalb jede Intelligenz absprechen; daß mir Politik zum Kotzen ist, der italienische Lazzo aber sympathisch; daß ich zartfühlend bin, faul, neugierig und roh; daß ich viele Französinnen für exquisite Geschöpfe halte, die meisten Russen aber für Hysteriker; daß ich weder für Skoda reise noch für den Kaiser der Sahara, sondern zu meinem Vergnügen; und daß ich einen tschechoslowakischen Paß besitze und glücklicherweise eine harte Haut.

Der Brief zur eigenen Person war 1925 in der ›Neuen Bücherschau‹ veröffentlicht worden mit dem folgenden Kommentar von Gerhart Pohl: »Als Walter Serner auf der Literatur-Tribüne erschien, kläfften die Erbpächter bürgerlicher Zeitungsmoral: ›So etwas sei eine Frechheit, beinahe Literatur-Bolschewismus, und überhaupt sollte der Herr Oberstaatsanwalt ...‹ Das Häufchen der Unverbogenen hielt seine hanebüchenen Geschichten für amüsanteste Kolportage, ergötzte sich an ihnen und – dem Entrüstungsgeheul der Moralischen. Heute hat sich die Einstellung zu Serner um so viel verschoben, als die Zeit hinein in den Lichtkegel der Entscheidung rollte. Auf den wirtschaftlichen, politischen und sozialen Kampfplätzen ist keine Muße für diese brillierenden Hochstapler-Tricks eines Europa-Bummlers, dem ›Politik zum Kotzen‹ und alle Genüsse des Raffinierten Bedürfnis scheinen. Es ist verständlich, daß heuchlerisches Bürgertum und entschiedene Revolutionäre ihn mit gleicher Schärfe ablehnen: als Anarchisten die einen, die andern als Bourgeois. Trotzdem scheint mir Serners Bedeutung unverkennbar: der geradlinige, intelligente und sentimentlose Vollender einer hochstaplerischen Epoche. Was die Väter, noch ehrbare Kaufleute, mit Pastor, Vaterland und – Seitensprung drapierten, ist hier des Stucks entkleidet und in eine amoralische Welt projiziert. Serner fühlt – unbewußt –, daß ein Exempel: Ehedrohne gleich Kokotte, wohlsituierter Ausbeuter gleich Zuhälter ohne Heimat, Recht und Besitz restlos aufgeht. Selbst hemmungsloser Individualist, zersetzt er die Ideologie des gehemmten, des bürgerlichen Individualismus. Anarchisch als Formalist, beweist er die Bedingtheit formaler Gültigkeiten. Seine große Fähigkeit, Situationen zu erfinden, die den Mechanismus heutiger Existenz bis in die verborgenste Klemmschraube belichten, verliert sich an spielerische Arabesken, die soziologische Zeit-Struktur umschreibend, statt sie festzunageln. Sein Schaffen ist unbewußt: ohne Kenntnis der wahren Welt-Balance. Gelänge es Serner, aus der parfümierten Luft des Hotel-Europäers in die schweißige Arena produktiver Arbeit zu steigen, bald würde ihm Politik vielleicht noch ›zum Kotzen‹, wohl aber zwingende Notwendigkeit sein. Daß er, die Situation richtig beurteilend, die Konsequenz zöge, wäre dieser großen und mutigen Intelligenz Selbstverständlichkeit. Da in Deutschland Sentimentalität die Klugheit zerstampft, der Provinzler den Europäer überstimmt, ist dieses Schriftstellers Wirken erfreuliches Gegengift. Es könnte – wollte er nur – noch viel mehr sein!« – Für ihn hatte der letzte Satz freilich keinen Sinn. Serner, der an die Abstraktion der einen nicht glaubte, noch den pragmatischen Dienst der anderen mit der Unterwerfung bezahlen wollte, konnte sich unter kein Caudinisches Joch beugen. »... je le vois venir avec le mot connaissance qui commence comme connerie.« (Julien Torma) Bewußtsein endet wie Schwein. Der frappierende Augenblick sollte entscheiden.

Walter Serner ist um 1933 aus der Literatur ausgeschieden und seitdem verschollen. Heute sind seine kurzen erzählerischen Arbeiten weder einem breiteren noch einem schmäleren Publikum bekannt. Unser Band gibt eine Auslese aus Serners satirischen Kriminalnovellen. Ziel der Auswahl ist es, die Erinnerung an den Autor von seiner lustvollen Elastizität her einzustellen. Denn »von den vielen Wegen, die zu nichts führen, sind immerhin die am angenehmsten, an denen Einfälle brechreizvoller Art so lose lungern, daß sie besonders neugierig machen. Man torkelt ihnen zu, ändert ihnen zuliebe seinen ohnehin gleichgültigen Gedankentroll und findet, wenn auch keine metaphysischen Knallerbsen, so doch – schöne Oberschenkel ... Dreck, steifen Dreck in eure Nasen, ihr Klammerfatzken! ...« (›Letzte Lockerung‹)

Bibliographie

Eigene Arbeiten

Karl Kraus. [Würdigung]. In: Die Fackel 13 (1911/12), Nr. 326/328, S. 34–35.

Die neue Sezession. [Aufsatz]. In: Die Aktion 2 (1912), Sp. 173–176.

Das Schöne und die Malerei. [Aufsatz]. In: Die Aktion 2 (1912), Sp. 361–364.

Das Ornament. [Kunsthist. Aufsatz]. In: Die Aktion 2 (1912), Sp. 690–695.

Gegen den Futurismus. [Aufsatz]. In: Die Aktion 2 (1912), Sp. 850–851.

Pascin. [Würdigung]. In: Die Aktion 2 (1912), Sp. 1135–1136.

Der Maler Kandinsky. [Würdigung]. In: Die Aktion 2 (1912), Sp. 1324–1325.

Die Haftung des Schenkers wegen Mängel im Rechte und wegen Mängel der verschenkten Sache. Nach dem Bürgerlichen Gesetzbuch für das Deutsche Reich. [Diss.] Berlin 1913.

Das Freilichttheater. [Aufsatz]. In: März 7, III (1913), S. 174–176.

Kino und Schaulust. In: Die Schaubühne 9 (1913), S. 807–811.

Kunst und Gegenwart. [Aufsatz]. In: Die Aktion 3 (1913), Sp. 613–614.

Der Futurist Gino Severini. [Würdigung]. In: Die Aktion 3 (1913), Sp. 671–672.

Hodler, die Schweiz und Deutschland. [Aufsatz]. In: Die Aktion 3 (1913), Sp. 717–718.

Die Juryfreie Kunstschau. In: Die Aktion 3 (1913), Sp. 845–846.

Der neue Stil. [Aufsatz über die bildende Kunst]. In: Die Aktion 4 (1914), Sp. 142–144.

Honoré Daumier. [Würdigung]. In: Die Aktion 4 (1914), Sp. 875–878.

La vraie Marseillaise. [Prosa]. In: Der Mistral 1 (1915), Nr. 1, Bl. 2–3.

Georg Trakl: Sebastian im Traum. [Rez.]. In: Der Mistral 1 (1915), Nr. 1, Bl. 4.

Über Denkmäler, Weiber und Laternen. [Prosa]. In: Der Mistral 1 (1915), Nr. 2, Bl. 2.

Die Langeweile und der Krieg. [Prosa]. In: Der Mistral 1 (1915), Nr. 3, Bl. 1–2.

Der Kunstschmock. [Prosa]. In: Der Mistral 1 (1915), Nr. 3, Bl. 4.

Inferno. [Prosa]. In: Sirius 1 (1915/16), S. 1–4.

Goethe und Napoleon. In: Sirius 1 (1915/16), S. 11–13.

Sphinx. [Prosa]. In: Sirius 1 (1915/16), S. 17–20.

Christian Schad. In: Sirius 1 (1915/16), S. 21–26.

Buchbesprechungen über: Franz Jung, Sophie, Sagitta, Die Bücher der namenlosen Liebe, Rudolf Leonhard, Über den Schlachten. In: Sirius 1 (1915/16), S. 31–32.

Hilfe. [Prosa]. In: Sirius 1 (1915/16), S. 33–36.

Angst. [Skizze]. In: Sirius 1 (1915/16), S. 38–45.

Kultur. [Prosa]. In: Sirius 1 (1915/16), S. 49–52.
Buchbesprechung über: Wilhelm Heinse, Ardinghello. In: Sirius 1 (1915/16), S. 64.
Die Frauen der Revolution. [Prosa]. In: Sirius 1 (1915/16), S. 65–68.
Sascha. [Erzählung]. In: Sirius 1 (1915/16), S. 71–76.
Honoré Daumier. In: Sirius 1 (1915/16), S. 77–78.
Die Alten und die Neuen. [Prosa]. In: Sirius 1 (1915/16), S. 85–88.
Das Theater. [Prosa]. In: Sirius 1 (1915/16), S. 101–107.
Gespräch. [Prosa]. In: Sirius 1 (1915/16), S. 110–118.
Feststellungen. [Prosa]. In: Sirius 1 (1915/16), S. 121–125.
Die Entschuldigung. [Erzählung]. In: Sirius 1 (1915/16), S. 128–136.
Bestes Pflaster auch roter Segen. [Gedicht]. In: Anthologie Dada (1919), Bl. 8.
Letzte Lockerung. Manifest. In: Anthologie Dada (1919), Bl. 16–18.
Riesenprogramm Schlager auf Schlager ... [Prosa]. In: Anthologie Dada (1919), Bl. 18.
Manschette 7. Manschette 9. Manschette 5. [Gedichte]. In: Der Zeltweg (1919), Bl. 8–9.
Der Schluck um die Achse. Manifest. In: Der Zeltweg (1919), Bl. 13–16.
Dada-Park. [Prosa]. In: Der Zeltweg (1919), Bl. 23–25.
Un chien n'est pas un hamac. [Dada-Text]. In: Dadaphone (1920), Bl. 6.
Le Corridor. [Dada-Manifest]. In: Littérature 2 (1920), Nr. 13, S. 14–15.
Letzte Lockerung. Manifest dada. Hannover, Leipzig [usw.]: Paul Steegemann (1920). (Die Silbergäule, 62–64)
Dites »Oui«! Il faut lire Shakespeare ... [Gedichte]. In: 391 (1920), Nr. 14, Bl. 1.
Chansons suffisantes 1, 2, 3, 4. [Gedichte]. In: Bleu (1921), Nr. 3, Bl. 4.
Zum blauen Affen. 33 hanebüchene Geschichten. Berlin, Hannover: Paul Steegemann (1921) und Berlin: Paul Steegemann (1927). (Die Silbergäule, 91–98). Neuausgabe: Berlin, Renate Gerhardt (1964).
Le déluge. J'aime infiniment le camembert ... [Gedichte]. In: Le Cœur à Barbe (1922).
Der elfte Finger. 25 Kriminalgeschichten. Hannover: Paul Steegemann (1923). Berlin: Paul Steegemann (1927).
Die Flucht aus Berlin. [Erzählung]. In: Störtebeker (1924), S. 58–63.
Der Pfiff um die Ecke. 22 Spitzel- und Detektivgeschichten. Berlin: Elena Gottschalk (1925). Berlin: Paul Steegemann (1926). 22 Kriminalgeschichten.
Die Tigerin. Eine absonderliche Liebesgeschichte. Berlin: Elena Gottschalk (1925). Berlin: Paul Steegemann (1927). Neuausgabe: München, Rogner & Bernhard (1971). Vorangestellt: »Die Französin« von Louis Aragon. Mit einem Nachwort in memoriam Walter Serner von Christian Schad.
Ich ... [Autobiographie. Mit einem Nachwort und kurzer Bibliographie von Gerhart Pohl]. In: Die neue Bücherschau F. 3 (1925), H. 4, S. 23–26.

Posada oder der Große Coup im Hotel Ritz. Ein Gaunerstück in drei Akten. Berlin: Paul Steegemann (1927).
Die tückische Straße. Neunzehn Kriminalgeschichten. Berlin: Paul Steegemann (1927).
Letzte Lockerung. Ein Handbrevier für Hochstapler und solche, die es werden wollen. Berlin: Paul Steegemann (1927). Neuausgabe: Berlin, Renate Gerhardt (1964).

Beiträge von Walter Serner in:
Die Schammade (1920).
391 (1920), Nr. 11.
391 (1920), Nr. 12.
Der Marstall (1920).
Proverbe (1920/21).
Le Pilhaou-Thibaou (1921).

Übersetzungen
Senakowski, Wladimir: Interieur. [Prosa]. Dt. von Walter Serner. In: Der Mistral 1 (1915), Nr. 3, Bl. 2.
Baudelaire, Charles: Der Kuchen. Aus d. Franz. von Walter Serner. In: Sirius 1 (1915/16), S. 118–120.
Tzara, Tristan: Inzwischen-Malerei. [Prosa]. Dt. von Walter Serner. In: Der Zeltweg (1919), Bl. 6–7.

Herausgegebene Werke
Parent-Duchatel, A. J. B.: Die Sittenverderbnis und Prostitution des weiblichen Geschlechts in Paris unter Napoleon I. Aus dem Franz., durchgesehen u. mit einem Vorwort von Walter Serner. Berlin (1914).
Der Mistral. [Untert. d. Nr. 2: Literarische Kriegszeitung; Nr. 3: Zeitschrift f. Lit. u. Kunst]. Hrsg. v. Hugo Kérsten, Emil Szittya [Nr. 3 von Walter Serner]. Jg. I. Zürich: Spyristr. 11 (1915). 1. Nr. 1–3 [mehr nicht ersch.].
Sirius. (Monatsschrift für Literatur und Kunst). Hrsg. v. Walter Serner. Jg. 1915–16. Zürich: Sirius-Verl. (1915). 1915/16. Nr. 1–8.
Der Zeltweg. Redaktion: [Otto] Flake, [Walter] Serner, [Tristan] Tzara. Zürich: Verl. Mouvement Dada (1919).

Utopisches und Phantastisches

dtv

Martin Gregor-Dellin (Hrsg.):
Das Gespenst im Aktenschrank
Geistergeschichten aus aller Welt
597

Peter Handke (Hrsg.):
Der gewöhnliche Schrecken
Horrorgeschichten
783

Mary W. Shelley:
Frankenstein oder Der neue Prometheus
Roman
829

Stefan Themerson:
Prof. Mmaa's Vorlesung
Phantastischer Roman
850

Stanisław Lem:
Eden
Roman einer außerirdischen Zivilisation
943

Jürgen vom Scheidt (Hrsg.):
Das Monster im Park
16 Erzählungen aus der Welt von morgen
961

Daniel Keyes:
Wer fürchtet sich vor Barney Stark?
Roman
968

Primo Levi:
Die Verdoppelung einer schönen Dame und andere Überraschungen
1109

George Langelaan:
Die Stimme und weitere Begegnungen mit der gespenstischen Wirklichkeit
1123

Frank Rainer Scheck (Hrsg.):
Computerträume
Neue Science Fiction
sr 116